U0508275

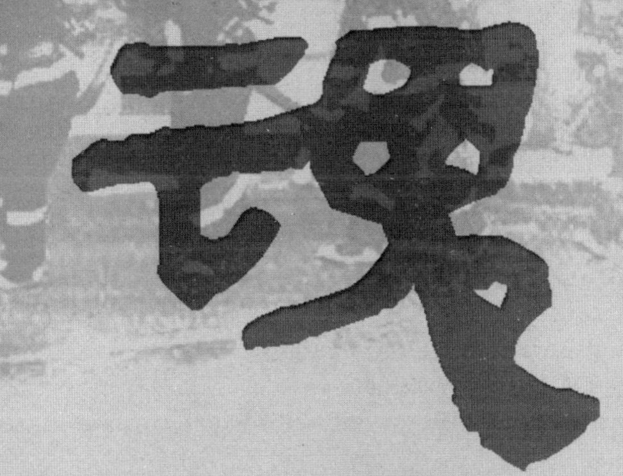

# 火魂

*HUOHUN*

陶 华 邓四林 著

敦煌文艺出版社

**图书在版编目（CIP）数据**

火魂 / 陶华，邓四林著. -- 兰州 ：敦煌文艺出版社，2016. 11(2022.1重印)
ISBN 978-7-5468-1488-9

Ⅰ. ①火… Ⅱ. ①陶… ②邓… Ⅲ. ①长篇小说－中国－当代 Ⅳ. ①I247. 5

中国版本图书馆CIP数据核字(2016)第281036号

**火魂**

陶 华 邓四林 著

责任编辑：张 桐

装帧设计：蔡志文

敦煌文艺出版社出版、发行

地址：（730030）兰州市城关区读者大道568号

邮箱：dunhuangwenyi1958@163.com

0931-8152173(编辑部)　　0931-8773112(发行部)

天津海德伟业印务有限公司印刷

开本 787 毫米 × 1092 毫米 1/16 印张 20. 25 插页 2 字数 380 千

2017 年 6 月第 1 版 2022 年 1 月第 3 次印刷

印数：1 501 ~ 3 500

ISBN 978-7-5468-1488-9

定价：59. 00 元

谨以此书

献给所有为消防事业奋斗的人们！

人类头脑不能完全了解事件的原因,但是寻找那些原因的愿望植根于人类的灵魂中。

——托尔斯泰《战争与和平》

# 淬火后的灵魂是英雄的归宿

张 策

收到陶华、邓四林同志的书稿《火魂》时，北京正渐渐从春天向夏季过渡。飘飞的柳絮挟带着一股隐约的燥热，曾经嫩黄养眼的草地也已渐成深沉的浓绿。而我，刚刚为一部与消防有关的书稿完成了序言草稿，心绪还在烟与火的蒸腾中散乱着，如这个季节窗外纷纷的花雨，有一种失落的沉痛。因为那部书的作者叫邹宁浩，是浙江义乌市公安消防支队北苑中队的宣传报道员，几个月前在灭火战斗中英勇牺牲。

为宁浩的遗著所撰序言，题目叫《钢铁的柔软》。

钢铁的意志因有善良的胸怀而柔软，柔软又在淬火的过程中逐渐坚强。消防，注定就是这样一个在生死之间从容行走的职业，凡踏进过火场的人，都将因此而具备了一种英雄的品格。这种品格也正如陶华、四林同志为自己的书稿所起的名字：是为《火魂》，火的灵魂。经过了烈火考验的魂魄，是将永远处变不惊的忠诚。而忠诚，是消防部队在战火中凝聚起的整体精神内涵。

读《火魂》，首先读到陶华、四林同志为此书所拟的推荐词：一部消防发展的纪实小说，一串前赴后继的感人故事，一首赴汤蹈火的华丽乐章。如此概括，当然是准确的。但草草读过书稿，感动之余，竟感觉这几句话仍然不够份量。应该说，这是一部消防编年史，这是一部消防英雄传，这是一块消防人用自己的经历与感悟为消防人树立的丰碑。

近年来，消防题材文学创作呈现蓬勃发展的态势，作品数量与质量都有较大提升，也吸引了一些文艺界的知名人士投身消防题材作品的创作。但如《火魂》这样，以一名消防人的成长为主线，从其入伍写到成为共和国将军全过程的，尚属首创。更难得的是，在作者的笔下，这条人物成长的主线，与中国社会的发展、城市的建设和价值观念的变化息息相关，紧紧相联，互为因果。使人物有了大背景，也使社会有了凸现点，使得作品的厚度和广度，都较之以往的消防题材作品有了突破和进步。

这是作者敏锐观察和把握社会事物的体现，更是作者勤于思考、善于思考的结果。显然，陶华、四林两位同志，从开始创作构思的时候，就秉执着一种态度，牢记了一种责任。他们虽然把落笔处放置在一座西部小城市，却以小见大，管中窥豹，以宏大叙事的方式，挥洒自如地描写刻划了以赵春生为代表的几代消防人的苦辣酸甜，彰显出他们的隐忍、他们的热爱和他们的坚持。作者的文字舒缓、流畅，从容不迫，而且朴素、扎实，非常得体地诠释了消防人丰富的内心世界和忠贞不渝的高尚精神。

邓四林是我非常熟悉的朋友。2014 年秋天，他在鲁迅文学院第 23 届中青年作家高级研讨班(公安作家班)学习时，我结识了这个话语不多的朴实消防战士；在去年全国公安文联组织的“长征路上的坚守”主题文学创作活动总结会时，我还为他颁过奖，并由衷地钦佩他在文学道路上锲而不舍的追求精神。陶华同志我不曾谋面，但从材料中得知是一位德高望重的消防老作家。他们的努力，遂成心愿，完成了这样一部优秀的消防题材作品，值得称赞，值得祝贺。

我这些年也曾陆续为消防写过一些稿件，或随笔，或散文，每每是有感而发的情绪流露。如为邹宁浩所撰序言，是字字含泪的书写。还记得北京警察博物馆收藏有一通石碑，碑文是对这座城市一支早期消防队设立过程的铭记，是有关消防的重要历史资料。记得这通石碑上的第一句话是：“水火偏灾，国家代有防御之道，职重消防。”作为曾经参与筹建北京警察博物馆的我来说，对这句话印象深刻，于是也曾为此而撰文给《中国消防》杂志。那篇随笔的题目也是这通石碑上的一句话：“用垂久远是为记。”是的，消防于国于民的业绩，是我们永远不能忘记的。消防人为此的付出和他们的坚韧勇敢，是我们这个国家的一笔宝贵精神财富。

淬过火的灵魂，有钢铁的坚硬和情怀的柔软，是英雄的座标和英雄的归宿。如展翅的雄鹰，纵横天南地北，终将降落在祖国的怀抱。在初夏的时刻读《火魂》，谨此向伟大祖国的消防英雄们致敬。

（作者为中国文联第十届全委会委员、中国作家协会会员、全国公安文学艺术联合会副主席、著名公安作家）

# 火红的轨迹

魏　珂

阳春三月，草长莺飞，万象更新；黄河两岸，百花竞翠，垂柳吐绿；处处一派生机盎然之景象，给人以新的启迪、新的希望。

在这美好的春光里，陶华和邓四林两位警营作家历时三年，四易其稿，创作完成的长篇小说《火魂》即将由敦煌文艺出版社正式出版并嘱托我作序，这是两位深植消防警营数十年作家的心血之作，也是近年来甘肃省公安消防总队狠抓部队警营文化建设结出的一大丰硕成果，为百家齐鸣、百花争艳的陇原文坛再添新作，可喜可贺！

我与作者都很熟，他俩都是我们甘肃省作家协会的会员，也是两位很勤奋、很敬业的作家。陶华服现役期间，先后担任过平凉市、武威市公安消防支队防火处处长、高级工程师。2012 年，年近六旬的他光荣退休。但不管在部队还是回到地方，他对文学的热爱都从未改变。三年前，他就出版了《烈火铸丰碑》(上集论文集，下集文学作品集)，当时也是我写的序。陶华的作品，善抓细节，以小见大，人物鲜活，感情饱满，回味悠长。邓四林是我省消防部队一位年轻的宣传工作者和警营作家。他发表了大量新闻、文学作品，其中尤以散文见长，在全国消防部队宣传圈和文学圈小有名气。他的《英雄礼赞》《今日，金城落雨》《温泉沟》《雪飘高原》《怀念中校》等一篇篇散发着浓浓军旅气息、战斗气息的散文诗歌作品，在全省消防部队影响较大；2014 年，经部队推荐，他作为全国公安现役部队惟一战士学员，到我国最高文学殿堂——鲁迅文学院，参加了为期两个月的鲁迅文学院第 23 届中青年作家高级研讨班(公安作家班)的学习。此次学习，对他的创作促进很大，极大激发了他的创作热情，写作也渐入佳境，对文学由单纯热爱逐步走向深入思考和理性写作。

三十多万字的《火魂》拿在手上，沉甸甸的，份量很重。我是利用两周时间，读完了这部长篇小说的。小说跨度很大，详细描写了20世纪70年代后，以消防事业的发展壮大为背景，以主人翁赵春生的成长历程为主线，围绕一家三代人为消防事业所付出的一切，叙述了近四十年来我国各个时期消防事业发展的艰难历程、消防工作面临的问题、消防人对部队建设的思考，以及主人翁在消防发展中走过的艰辛之路。陶华和邓四林两位作家年龄相差二十多岁，属于老中结合，这也从一个侧面映射出消防部队两代作家的承上启下和新老传递，折射出消防文化的生生不息和历久弥新。

一部好的作品，应该代表一个时代的风貌，引领一个时代的风气，《火魂》就是这样。小说以消防部队建设、防火灭火、抢险救援为题材，集中描写了消防领导者和消防官兵为保卫国家财产和人民生命安全的奋斗事迹，歌颂了消防官兵赴汤蹈火、英勇献身、牺牲奉献的精神，塑造了赵建国、赵春生、孙夏成、李秋丰、周冬杰、樊军、赵雷为代表的一群与红色战车为友，与银色水枪为伴，有警必出、有难必帮、有灾必救、有险必抢，忠诚无畏的消防兵形象，演绎了红门内一代又一代消防人的别样人生，深刻展示了消防人的崇高精神境界和高尚品质。小说塑造的人物形象有着年轻的生命、鲜活的面容，对人生有着至真至纯的追求；他们心系一方平安，把忠诚写在天地间，在烈焰里锻造着消防兵的赤胆忠魂，站着顶天立地，倒下气壮山河。它既是消防官兵出生入死火红生活的轨迹，也堪称一部恢弘的消防部队发展壮大史……

清代著名作家袁枚说："凡做人贵直，而作文贵曲。"《火魂》就这样，小说情节曲折，结构多变，一波未平，一波又起，时而山重水复，时而柳暗花明，悬念迭出，跌宕起伏。人物个性鲜明，一言一行、一举一动、一笑一颦都具有消防特色，展示了消防人独特的内心世界，在平缓的叙述中，人物命运不断转变，紧紧扣住了读者的心。无论是在艺术性、思想性，还是在结构方法上，都有许多独特之处。作者思维是开阔的，视角也是独到的，他们在尽可能地使文字尽善尽美，使作品尽善尽美，使故事和人物命运恰如其分，尽善尽美。但我们知道，美的极致只有夹杂在不尽如人意的瞬间，才能得到最终的升华。

合上书卷，我也陷入了沉思：两名日常工作都十分繁忙的消防人，是一种什么样的信念，激励他俩去观察、去积累、去思考并完成如此厚重的写作？四十年间，社会发展日新月异，部队变革也是突飞猛进，许多背景史料、三代人不同的人生轨迹、十多个主要人物的命运安排，既要符合常规常理，更要因时因势，巧妙构思。通观全文，应该说，两位作家还是十分理性而大胆的，他们非常熟悉消防这一领域，因为他俩本身就在这个群体工作、生活二三十年。在和平时代，消防部队养兵千日，用兵千日，抢险救灾，处突维稳，涌现出了许许多多可歌可泣的感人故事，消防官兵也成为了新时期最可爱的人。然而，随着经济社会的发展，不可否认的一个事实是，部队也不是一方净土，不可避免的受到了腐败的冲击，个别领导干部未能经受住考验，最终走上了不归路。小说虚实相合，“来源于生活而高于生活”的创作理念在作品中表现得淋漓尽致。

习近平总书记在文艺工作座谈会上讲话时指出：“艺术可以放飞想象的翅膀，但一定要脚踩坚实的大地。”对陶华和邓四林来讲，消防部队就是他俩脚下坚实的大地。愿两位作家放飞想象翅膀，脚踩橙色大地，扎根警营生活，挖掘、提炼出更多生动、感人的事迹，努力成为消防部队风气的先觉者、先行者、先倡者，创作出更多有筋骨、有血肉、有道德、有温度的优秀小说，讲述好橙色故事，传播好消防之声，凝聚正能量，弘扬主旋律，用自己的作品不断启迪战友们的思想、温润官兵们的心灵。

是为序！

2017 年 3 月于兰州

（作者为甘肃省作家协会常务副主席）

# 目　录

# 序章　春　梦

阳春三月,正是南方和煦风柔梅花斗艳风光秀丽之时。人们纷纷出外踏青,沐浴初春清新的气息,柔美的春风吹散隐藏在各个角落残余冷瑟的阴霾,到处呈现一派勃勃生机的景象。而他的家乡北方依旧被乍冷还寒的萧瑟所包裹,无垠的畴地覆盖着厚厚的积雪,西北风仍是傲慢不已,无所顾忌地长啸,令人望而生畏,连春的脚步好似也慢了些,难寻踪迹。

黄昏,一辆武警消防小轿车停在县城。他下了车,看了看周围,然后沿街道向前走去。

他穿着黑色军用皮鞋,兰灰色的西服和白色的衬衣。他挺胸直立的身姿显得很精神,尽管两鬓斑白却依然神采奕奕,走起路来速度不减当年,不认识他的人看不出他年近花甲。如果他要穿上他那少将警服,当然会显得更年轻。不过,那样太显眼,会惊动当地领导。

他不想让熟人发现,戴着一副深色眼镜,走在这里好像进入了梦境。

夕阳留下淡淡的橙红色,街道上行人零零星星。他感到一股熟悉的气息扑面而来,因为这里是他出生的地方,也是他出生的季节,所以父亲给他起了这个有寓意的名字——赵春生。

他向前望去,也许是夕阳晚霞的照射,天和地是红色的,墙和门也是红色的。淡淡的红色中有一幢独特的建筑,三层砖混结构小楼,红色的铁大门闪闪发光。那是当地最早的消防队宿营地,曾驻扎过无数消防官兵,接警出动过千千万万次火警,扑救了记不清多少起的火灾。

三十多年前,两台解放消防车和十几名小伙子来到这里,开始了训练和执勤,也承担起火灾扑救。尽管人员换了一批又一批,车辆装备更新了一茬又一茬,可这里的营盘是铁打的,这里的职责——灭火救人始终如一。多少个日日夜夜,多少次出生入死，消防官兵奉行着有警必接，有求必应，赴汤蹈火，保卫人民的职责。

眼前的一切是那么的熟悉，那不堪回首的一切仿佛都不曾发生。岁月不留人，他觉得他老了，已经不是以前血气方刚的消防兵，更不是英勇善战的消防队长。

他梦见门前那棵老榆树，尽管历尽沧桑却还枝叶茂盛。曾记得，每到春天榆树枝条鼓起繁繁点点紫褐色的“豆粒儿”，细瘦的枝条上长出绿黄色的榆钱，好像古时候的串串钱。当春风吹拂时，榆钱枝条在醉人的清风中不时摇曳，不仅增添了几分娇柔和明媚的春色，还可以食用。那时候，战友们爬到树上采榆钱，然后你一串我一串地分给大家，捋一小撮晶莹剔透的榆钱放入嘴里轻轻嚼着，那香甜甜的味道令人难以忘怀。如今树上没有了榆钱，长榆钱的年代已经过去。它长榆钱的那些年一直在等待着他，他却没有来。现在，他终于来了。他从树下走过，站在那座楼前。

他常常梦见这座楼，梦见楼里的那些战友，梦见接警出动的那些瞬间，梦见那浓烟烈火的肆意横行，梦见那一声声哭喊求救。

现在，当他站在这里时，忽然发觉自己永远无法从梦中醒来，彷如前世曾经生活在这里，现在来寻找曾经遗失的过往，又彷如一场廊桥遗梦在这里重新上演。梦把空间缩短了，梦把时间凝固了。梦是纯真的、圆满的，没有人的悲欢离合，没有月的阴晴残缺。

他来到楼前，红大门关着。他好像听见父亲说：

“门里面有你在和不在发生的一切，有你知道和不知道的故事……”

# 第一章　火的沉思

## 一

20 世纪 70 年代，北方陇山县的县城还很萧条。这是一个比较偏僻的农业县，农村处于大集体封闭式生产状态，粮食广种薄收，农民若风调雨顺还勉强过活，若遇干旱年份就难以维持生计了。县上没有什么工业，主要经济来源靠农业，经济发展极为缓慢。所以县财政每年主要是保障干部职工工资，保证一些急需的经费开支，几乎没有能力拿出资金进行城市基础设施建设。

县城不大，一条长街，从一头能看到另一头。建筑陈旧，多为砖木结构马鞍型单层房屋，几幢多层混合楼是经济状况比较好的电力、银行、石油单位，当然也有县医院从银行贷款修建的住院楼。县城平时人不多，零零星星，只有逢集日来赶集的人和街道两旁摆摊的，才使窄小的街道有些城镇的气息。

集市散了，县城仍然人员稀少。到夜幕降临时，街道也没有路灯，县城忽明忽暗，若隐若现，一个人去街上会有一种恐惧的感觉。县城人常说："晚上的街道连一个撵狼的人都没有。"

那是一个大雪后的夜晚。雪虽然停了，天气却依然寒冷，西北风卷着地面上的雪扬起一阵又一阵的寒意像潮水般袭来。大街小巷没有扫雪的路面被车辆和行人踩压过的雪冰层紧紧地依附着，行人一不小心就会滑倒。

凌晨两点，陇山县城的人们正在睡得香甜。县医院住院楼亮光出现，起初好像灯光，也伴有烟雾直冒。随着亮度增加和范围的扩大，发出噼里啪啦的响声，伴随着黑烟四处乱窜。

"着火了！着火了！快救火呀！快……"三楼值班的周护士发现这惊人的情景，慌忙地呼喊着。

“哪里着火了？”隔壁值班的武医生手里拿着还未来得及穿上的白大褂跑出来问。

“你看！”还没等医生回头看，一股热气和烟气把他呛得咳嗽不止。

“快……快报告院长！”武医生边咳嗽边向周护士说。

周护士拿起手摇式电话用力摇了几圈，向王清明院长报告了情况。王院长一面向县公安局报警，一面通知医院职工救火。

县公安局总机接了火警，那时电话通讯设施只能通过各单位手摇式电话总机接转。公安局赵建国局长接到电话后感到形势严峻，他知道县上不仅没有消防队，就连个像样的灭火力量也难以调集。可是，按业务范围火灾属于公安局管。怎么办？就凭公安局十几个民警能灭得了火？赵局长立即报告了县政府冯县长，冯县长迅速发布命令。刹那间，县广播站发出动员令：

**紧急通知**

各单位请注意！各单位请注意！

县医院住院楼发生火灾，县政府要求各单位立即组

织干部职工赶往现场进行灭火。

通知一遍又一遍地连续播放，打破了宁静的夜晚。这是当时唯一的通知办法，再也没有比它更先进、速度更快的报警设施了。于是，各单位想办法通知在机关和家里住的人员。人们从梦中惊醒，爬出热被窝，有的担上水桶，有的端上脸盆，也有的拿上铁锨镢头，从四面八方赶往火场。

公安局赵局长带领公安民警最早到达。当时住院楼三层、四层火势凶猛，浓烟烈火正在向五层燃烧蔓延，住院病人、家属和医护人员的求救声、哭喊声、吵嚷声混杂在一起。医院除了起火部位燃烧的火光，其他地方一片漆黑。紧接着，县政府冯县长和几个县上领导也赶到了。

“情况怎么样？”冯县长问。

“三楼、四楼火势很大，在向五楼蔓延。”公安局赵局长说。

“楼上有多少病人？”冯县长又问。

“一百四十多个。”医院王清明院长回答。

现场立即成立了灭火救人指挥部，冯县长任总指挥，公安局赵局长任副总指挥，成员有相关单位负责人。

“赵局长，灭火救人由你指挥，人员统一调配，还需要什么你尽管说。”冯县长

向赵局长交代了任务。

赵局长清点了一下来救火的人员，除了县级机关干部职工，还有县武警中队的二十几名官兵。他想灭火救人的骨干力量要靠武警官兵和公安民警，眼下最需要的是灭火和照明设施，于是急忙问医院王院长：

“医院怎么没有电？”

“火灾好像与电气线路有关，着火后火沿着线路迅速蔓延，我们被迫停电。”王院长说。

“住院楼上都有什么灭火设施？”

“有灭火器，还有消火栓。”

“冯县长，我建议灭火救人力量分为三组。第一组由公安局副局长魏显忠负责，抽组六名公安民警、六名武警官兵、三十名干部职工前往三楼灭火。第二组由公安局副局长韩正礼负责，抽组六名公安民警、八名武警官兵、四十名干部职工前往四楼灭火，并阻止火势向五楼蔓延。第三组由公安局副局长杨军负责，抽组八名公安民警、七名武警官兵、五十名干部职工组织疏散抢救病人和被困人员。其余人员寻找水源，组织供水。同时由于医院停电，还急需从电力部门调动事故抢险照明设施。”赵局长汇报了火场部署方案。

“就按你的意见办，我联系调动电力事故抢险照明设施。”冯县长说。

冯县长从县电力局调来了事故抢险照明车，尽管照明范围不大，却能解决燃眉之急。赵局长下达了命令，各组人员很快进入战斗。但灭火救人现场接连传来不好的消息：

“报告指挥部，三楼两处室内消火栓内没有水源。”一组负责人派人报告。

“报告指挥部，四楼灭火器已用完，消火栓无水，大火没法扑灭，韩副局长请示咋办？”一名公安局民警气喘吁吁地说。

“报告指挥部，各楼层都有被困人员，三、四、五层的两部楼梯中的一部被封锁，疏散救人遇到困难。”三组来人报告。

冯县长听后叫来医院王院长，质问：

“消火栓为什么没有水？”

“咱们县城一直水源缺乏，三天两头停水，况且医院又在较高的山台上，可能是没有压力。”王院长回答。

“楼梯封锁是怎么回事？”

“前一段时间，病人家属夜间窜楼层，楼上多次发生被盗。为了便于管理，我们将上面几层的一部楼梯焊装铁门,晚间锁上,为的是确保安全……”王院长说了一大堆理由。

“发生火灾后铁门为什么还不打开?”冯县长非常生气。

“拿钥匙的人昨天出差了。”王院长战战兢兢地说。

“尽快想办法打开门,烧死人我拿你是问!”冯县长发火了。

## 二

火势越来越大,全楼被浓烟烈火团团围住,一百多名病人、家属和其他人员面临着生死考验。火场如战场,灭火如果没有水源和设施只能是纸上谈兵,指挥部作出三项决定:

一、由县城建局通知自来水公司千方百计解决水源;

二、调用县级单位灭火器;

三、动员前来参战的干部职工从各自单位或家中取水。

寒冷的县城顿时沸腾起来,运水大军在大街小巷里来来往往。他们将一担、一桶甚至一盆水源源不断地送往火场,尽管冰天雪地,道路光滑,送水人你跌倒了,他打个趔趄,有时水倒在身上,衣服冻成冰块,可大家没有怨言,争先恐后地履行自己的职责。

自来水公司尽管想了好多办法,也采取了一些措施,可火场室内消火栓仍无法出水。冯县长急了,也火了。他叫来县城建局长和自来水公司经理,问:

“水源问题能不能解决?”

“该想的办法都想了,还是不能如愿。”县城建局何局长说。

“什么原因?”冯县长又问。

“县城水资源本来就不丰富,这几年水越来越少,机关单位和居民家庭用水都紧张,没有能力供给其他方面。正因为如此,县城至今也没有安装市政消火栓……”县自来水公司史经理说。

冯县长听后心情更加深重,他问公安局赵局长咋办,赵局长说既然这样只能打人海战了。赵局长建议水源从两个方面解决,一方面从医院生活用水上取,另一方面靠群众从县城运送水源,再是利用调集来的灭火器组织灭火,竭尽全力抢救人员。赵局长的意见冯县长完全同意,他调整了部署,第二次下达战斗命令。

灭火战斗极为艰难,参战人员不专业,要么盲目蛮干,要么畏缩不前。武警官兵和公安民警虽然不畏艰险，敢于冲锋陷阵，但毕竟缺乏灭火经验，事倍功半。尽管从各方面调运了一些水源，却一时无法转换成用于灭火的消防水源，只能用水桶、盆子向火上泼浇，但是这些水源难以靠近着火部位，灭火器也难近攻灭火。这样的灭火效能不能控制火势，达不到消灭的目的，随着时间的流逝火势进一步发展蔓延。

火场救人更是出师不利，除了熊熊烈火的威胁，烟气也困扰着抢救人员。抢救人员被浓烟挡住视线，看不清方向，找不到被困人员，有时呛得上气不接下气。被封锁的楼梯门锁虽然被砸开，但出口窄小，一次只能出入一个人。门周围用钢管和三角铁焊接，在当时没有破拆工具的情况下是无法彻底打通的。被疏散的人员在出口处拥挤、踩踏，甚至有些失去理智的闹腾。

火在继续燃烧，西北风越来越猛。风的威力将住院楼的大火卷向南侧一幢砖木结构平房。

“那平房是干什么的？”冯县长问。

“是医院的库房。”王院长回答。

“里面存放什么东西？”

“储存中西医药品。”

“价值有多大？”

“医院所有药品都要在里面，最少也在十几万。”

冯县长看了公安局赵局长一眼，赵局长马上领会到冯县长的意图。

“冯县长，我建议再抽组人员扑救库房火灾，抢救疏散药品。”赵局长说。

“抽哪些人？”

“县政府机关和医院的人，这样便于指挥。”

“政府机关和有关部门有四十多人，由政府办章主任负责，医院王院长组织他们的人员。”冯县长明确了人员职责。

赵局长再次部署力量，冯县长用小喇叭进行火场动员，要求参战人员英勇奋战，发扬不怕牺牲、连续作战的作风，尽最大努力扑灭火灾，抢救人员和财物，把火灾损失降到最低程度。

冯县长的动员起到了政治鼓舞作用，参战人员劲头不减。三楼在公安局副局长魏显忠带领下，尽管用落后的人工灭火，可他们还是紧紧咬住火势最严重的部位，用灭火器、人工水源轮番上阵灭火。在四楼组织灭火的公安局副局长韩正礼，将人员兵分两路，一路控制、消灭几个病房燃烧的火势，一路截击向五楼蔓延的火势。面对各楼层被围困的人员，杨军副局长把六十多名救援人员划为若干个小组，分楼层分部位找人救人。平房灭火战斗组采取边灭火、边疏散财物和破拆屋顶划隔离带的办法，紧张而有效地开展救灾。

……

尽管如此，灭火救人效果并不理想。由于水不能直接通过水枪喷向烈火，即使将一桶或一盆水泼上去，也不能控制火势。救人只能从一部楼梯和另一部楼梯打开的小门疏散，虽然想了许多办法，疏散并救出了一些被困人员，但楼梯口拥挤着的那些人员还依然受到浓烟烈火的威胁。县上在组织积极扑救的同时，向全地区唯一的消防队报了火警。可是，消防队在一百五十公里之外，还要翻越两座大山，按车辆白天的正常行驶速度需要两个多小时，况且在夜间又是冰雪道路，何时才能赶到？

两个多小时后，火势在大风的助威下完全进入猛烈燃烧阶段，住院楼各层大面积燃烧，形成立体火灾，人员无法靠近，楼梯口也被烟火封住。库房火灾幸亏破拆的防火隔离带阻止了火势蔓延，抢救出了部分药品。

大火着了四个多小时，也扑救了四个多小时。其实，大火不是被扑灭的，而是主要燃烧物基本着完，火势自己逐渐减弱了。地区消防队赶到时，火已经灭了。消防队吴队长对冯县长和公安局赵局长说，他们接到报警后就及时出动，由于路上滑得难以快速行驶，加之装水的负重消防车在山路上速度更慢，没有能及时赶到灭火救人，太遗憾了。吴队长再三道歉，表现出极大的愧疚和痛苦。冯县长和赵局长心里清楚，这其实不是消防队的错。

## 三

突如其来的大火打乱了陇山县城正常的工作和生活秩序，给县医院造成了前所未有的损失。县医院住院楼从室内到室外面目全非，一缕缕带有焦臭味的黑烟向四处散去；楼内主要医疗器械、设备和大部分病房的床铺及物品柜被烧毁；四层、五层楼梯口、走道，横七竖八的趟着被火烧、烟熏、踩踏的尸体；被抢救出的受伤者和病人有的被临时安置到门诊几间诊断室，有的在走道或房檐下休息……

冯县长主持召开县上主要领导和相关部门负责人参加的紧急会议，研究火灾造成的人员伤亡和医院恢复医疗秩序的应对措施。

“今天开这个会的原因，我想大家也很清楚，有关火灾的经过、危害暂且不说，谁也不要怨天尤人。眼下迫在眉睫的是，死者、伤者、病人如何安置？医院的医疗秩序怎么恢复？”冯县长虽然话不多，语气低调，但每句话每个字都非常沉重，几乎是带着悲愤和泪水。

会场一片寂静，没人说话，没人喝水，没人吸烟，甚至连呼吸声都难以听到，大家只是你看我，我瞧他。好一阵时间没有人发言，在冯县长的几次督促下，公安局赵局长开了口：

“这次火灾目前已经造成十一人死亡，还有好几个重伤员情况非常危险，有可能死亡人数还要上升。这么多的死者需要请地区公安处法医验尸，对于伤者要想尽一切办法尽快抢救治疗。还有火灾现场需要保护，火灾事故调查上级公安机关也得参加。”

“医院被大火烧得基本处于瘫痪状态，主要器械、设备、药品都被烧毁，目前不要说治病救人，就连病房问题都无法解决，这样的现状短期内难以恢复正常医疗秩序。”县卫生局郑局长说。

“那怎么办？”冯县长问。

“重伤员和重危病人转到地区医院治疗，轻伤员和一般病人由城关卫生院接治一部分，剩下的病人由医院想办法解决。”郑局长建议。

县民政局、财政局、红十字会负责人接着发言，提出了救灾方面的建议。会议经过集思广益，确定了工作措施。冯县长最后说：

“经过大家的讨论发言，我们已经理清了思路。接下来我把主要任务分配一下。公安局做好火灾现场保护工作，尽快与地区公安处联系，派专业人员指导尸体检验和火灾调查。卫生局协调相关医院分流重危病人和伤员，千方百计地给予抢救治疗。县医院将能使用的房屋利用起来，尽最大努力解决病人住院和医疗问题。民政局、财政局要拿出专款，用于救灾救济。红十字会发挥自身优势，向社会各方面求助，力争得到更多的外界支援。信访局要密切注意动向，及时了解民情民意。”冯县长安排得很具体，也很严肃。

会后，公安局赵局长感到压力很大。如此肆意疯狂的大火，这样惨不忍睹的现场，是他自进公安局以来从没有见到过的，也是陇山县几十年来前所未有的特大火灾。赵局长在向地区公安处报告的同时，琢磨着该由哪些人参与火灾调查。他清楚公安局眼下的政保、治保、预审、秘书四个股，人员总共不到二十个，消防业务由治保股代管。治保股只有三个人，两个股长一个内勤，不仅没有专职消防民警，更没有懂消防，熟悉火灾调查业务的人员。

怎么办？这么大的火灾，死亡人数和经济损失触目惊心。赵局长如同热锅上的蚂蚁，焦躁不安。

当天下午，地区公安处卫副处长带领治保科长、消防科长、法医共六人到达陇山县。卫副处长他们一到，立即召开会议，冯县长参加并主持，公安局赵局长简要汇报了火灾经过、人员伤亡和损失情况。冯县长在补充几个重点情况的同时，请求上级公安机关对火灾事故调查给予大力支持。接着，卫副处长发言：

“陇山县医院这起火灾是全地区近年来罕见的特大火灾，危害非常严重，令人痛心。我们公安机关一定要高度重视，认真开展调查。具体分三个组——现场勘查组，由消防科褚科长负责，县公安局抽组人员配合；调查访问组，由治保科沈科长负责，地县人员共同参与开展工作；火灾伤亡损失核定组，由县公安局赵局长负责，县公安局与医院配合进行。”

会后，火灾调查工作迅速开展，各组紧张有序地逐项推进。勘查组面对断壁残垣、一片狼藉的现场，从外向内、先大后小、由重点到一般地进行勘查。地区消防科褚科长是这方面的专家，在公安局副局长魏显忠和几名民警的配合下，他们对住院楼每一层的被烧现状、燃烧痕迹、蔓延方向做了认真的查看，有些部位还反复观察、翻刨。对于尸体，法医一具一具地仔细检验，与现场勘查同步进行，一点一滴地记录，一张一张地拍照。

调查访问从最早发现起火的医院周护士和武医生入手，当从他们那里得知发现起火时闻到橡皮焦臭味，看到火灾沿着电气线路迅速蔓延的情况后，地区治保科沈科长叫县公安局韩正礼副局长通知医院电工，他要亲自询问。

“你叫什么名字？”沈科长问。

“我叫秦胜利。”一个年近四十岁的胖男子回答。

“你的职业是什么？”

“我是县医院的电工。”

“你当电工多少时间了？”

“八年了。”

“你把医院住院楼电气设施、线路的设置和运行情况谈一下。”

“住院楼电气设施和线路是楼修成后敷设的，已有六七年时间。电气线路是明敷设，每层有一个木质配电箱。过去一直供电正常，近段时间有些楼层出现跳闸断电的情况。”

“是什么原因？”

“刚开始也不清楚，后来我发现好些病房用电炉子熬中药，每次断电就把配电箱的保险丝烧断，这事我也给医院领导反映过。”

“发生火灾之前出现过这种情况吗？”

“着火的那天晚上凌晨一点多，三楼断电。我去打开配电箱，将烧断的保险丝换上。”

“你认为发生火灾与电气有关吗？”沈科长试探性地问。

“这……这我不清楚。”秦胜利好像在有意回避。

## 四

沈科长把调查访问中掌握的火灾与电气设施有关的情况反馈给现场勘查组的褚科长，还特别交代要将三楼作为勘查的重点。褚科长组织人员围绕电气线路和设施，进行第二次现场勘查。他们对三楼配电箱附近坍塌的泥土、燃烧残片和灰烬，一点一点的翻刨、过筛，终于找到配电箱内闸刀开关。残存的铁质闸刀处于合闭状态，并且用铜丝代替保险丝。勘查人员不仅有了重大发现，还提取了痕迹物证。

现场勘查与调查访问密切配合，查漏补缺。从褚科长那里得知用铜丝做保险丝的情况后，沈科长对电工进行了讯问。

“秦胜利，着火前你在住院楼三层配电箱用什么换的保险丝？”

“就是正常的保险丝。”秦胜利含糊其辞地回答。

“你说的是真的吗？”

“是真的。”

“你可要考虑好，说假话是要负法律责任的。”沈科长非常严肃地说。

秦胜利低头不语，心里有些恐惧。他知道自己有过错，违反规定换保险丝。如果照实说了有不可推卸的责任，但隐瞒事实更是错上加错。正在他犹豫不决时，沈科长又追问：

“怎么样？你是多年的老电工，又是个聪明人，我想你应该清楚该怎么办。”

秦胜利似乎意识到是说真话的时候了，否则后悔莫及。

“沈科长，我说，我说……那天晚上三楼断电，我打开配电箱一看又把保险丝烧断了。我找来找去，原来的保险丝用完了，半夜三更到哪里去买？我就用铜丝代替接上，合闸送上电。”

“这种做法以前有过吗？”沈科长问。

“有过，是在没有保险丝的情况下才这样，但是也没有发生过什么问题。”秦胜利回答。

“这种接法符合规定吗？”

“按规定是不允许用铜丝、铝丝等代替保险丝。”

“那你为什么还要这样做工？”

秦胜利又沉默了。

火灾调查的第二天，又死了三个人。三个人都是转到地区医院的重伤员或重危病人，一个在烧伤抢救治疗中死亡，两个是心脏病病人，因火灾惊吓病情加剧导致死亡。公安局赵局长得知这个消息后，请示地区公安处卫副处长：

“卫副处长，这三名死者算不算火灾中死亡的？”

“按公安部规定，在火灾中因火烧、烟熏、踩踏致死的或因伤三日内死亡的统计为死亡人数。三个人中因烧伤死亡的算在之内，另外两个死者先不要统计。”卫副处长说。

“可死者家属认为病人死亡是因为发生火灾。”赵局长说。

“我们还是按公安部的规定执行。”卫副处长坚持自己的意见。

赵局长通知火灾核损人员，死亡人数按十二人统计。财产损失核定比较复杂，楼房烧损程度需要专门机构评估，医疗器械、设备和设施，则按医院报的清单核损，情况基本清楚。库房药品种类繁多，价格不一，况且进货入库账目被烧毁，给损失核定带来极大困难。尽管如此，赵局长组织人员想尽一切办法，昼夜加班，争分夺秒地开展工作。

五天后，火灾调查有了头绪，各组工作基本结束。卫副处长召集会议，听取火灾调查情况。褚科长汇报了现场勘查和尸体检验，尤其是火灾现场的重点部位和提取的痕迹物证。沈科长不仅汇报了对与火灾有关人员的调查询问，还有涉及医院电工、领导等火灾责任者的情况。赵局长从人员伤亡、房屋和财产的直接和间接损失方面，汇报得非常详细。卫副处长一一听后，问：

“现场勘查对起火部位、起火点和起火物能确定下吗？”

“起火部位在住院楼的三层，起火点在配电箱，起火物是电气闸刀和木质配电箱。”褚科长回答得有理有据。

“这是一起特大火灾，调查结论要能经得起考验，提取的痕迹物证应送权威机构鉴定。”卫副处长显得更加谨慎。

“调查方面还有没有需要询问的人？”卫副处长又问。

“涉及到的人都问了。”沈科长说。

“尽可能再调查得细一些，不仅要询问医院内部人员，落实安全责任，还要走访社会有关方面，听取群众的意见。”卫副处长对沈科长再三叮咛。

卫副处长看了一下赵局长，问：“你那里火灾损失核定怎么样？”

“各方面工作进行完毕。”赵局长说。

卫副处长简要总结了各方面的情况，在肯定成绩的同时提出了工作要求。他最后说：

“褚科长尽快联系送检痕迹物证，沈科长在调查询问上下些功夫，赵局长全面汇总火灾调查情况，与县上领导联系，做好专题汇报准备。”

过了三天，陇山县政府召开县上主要领导和地区公安处卫副处长参加的县医院火灾事故调查汇报会。公安局赵局长代表地县调查组，对火灾事故调查情况在全面汇报的同时，对几个重点作了详细说明。

“火灾原因：医院电工秦胜利在住院楼三层断电后，用铜丝代替保险丝接电，造成接触电阻过大，高温引燃木质配电箱及邻近的可燃物，火势蔓延成灾。火灾责任——电工秦胜利明知故犯，违章操作，是火灾的直接责任者；医院院长王清明、保卫股长白旺盛不重视安全工作，对病房乱用电炉，形成过负荷的火灾隐患没有及时整改，负有领导责任和间接责任。火灾伤亡与损失——火灾造成十二人死亡，另有两名病人因火灾惊吓死亡，受伤七人；房屋、设备、药品等财产累计损失七十四万四千元……”赵局长汇报得非常认真。

公安处卫副处长作了简要补充，着重强调电气设施的痕迹物证经权威机构鉴定后，才能对火灾原因给出最终结论。冯县长代表县委县政府既感谢卫副处长及调查组人员的辛勤努力和取得的成绩，也表明对火灾事故的态度与决心。他说：

“这起火灾损失惨重，教训深刻。我们要高度重视，严肃对待，依法处理火灾责任者，让群众受到深刻教育。”

## 五

一月后，被送去鉴定的电气痕迹物证有了结论。鉴定结果与火灾调查人员的意见一致，是电气设施接触电阻过大引起的火灾。公安局赵局长去冯县长办公室,当面汇报了情况。

“鉴定结论向上级业务部门汇报了没有?”冯县长问。

“还没有。”

“医院火灾调查还有什么需要做的工作?”

“上次汇报会后,我们还进一步深入细致地进行了调查。”

“火灾的主要责任者如何处理?”

“按国家法律规定,应追究相应的刑事责任。”

“尽快将痕迹物证鉴定结论汇报地区公安处卫副处长和消防科褚科长,听取他们的意见。火灾调查材料你们要从严把关,对主要责任者按照法律规定和程序进行严肃处理。”冯县长向赵局长认真交待。

赵局长回到公安局,在电话里向公安处卫副处长和褚科长汇报了情况。紧接着召集局务会议,安排医院火灾的查处工作。

“县医院火灾事故经过艰苦细致的调查,原因和责任已经查清,鉴定也有了结论。按照地县领导的意见,要尽快依法处理。治保股对调查材料认真审查,不能有半点疏漏,力求事实清楚,证据确凿,程序合法。对涉及的火灾责任者,按照《刑法》规定提出处理意见,逐级上报。”赵局长布置任务后,征求了大家的意见。他又接着说:

“这次火灾危害严重,令人深思。我们要在调查处理的同时,认真总结教训,不仅要从发生的火灾中查找漏洞,也要在火灾扑救方面进行反思,拿出切实可行的意见向上级汇报。”

又过了一个月,时间到了第二年的初春。虽然到了春季,气候还是极不正常,热几天,冷几天,有时春光明媚,暖融融的太阳照耀着路边、河畔的小草,伴随着涓涓细流,在几只小鸟的叽叽喳喳叫声中好像真的春回大地了;有时又寒气逼人,萧瑟的西北风卷着小雪花在空中飘来舞去,落在刚露出的绿芽或人们的脸上,仿佛又退到残酷的冬天。

那天,陇山县在广场召开县城干部职工大会,公开处理县医院火灾事故的责任者。早上还有一丝阳光,渐渐地天气变得阴沉沉的。到了下午,人们进入会场时,刮起了凛冽的寒风,接着飘起雪花。尽管如此,会场仍井然有序。

大会在非常严肃的气氛中进行,公安局赵局长通报了县医院火灾情况,县法院副院长尤永强宣布了对县医院火灾责任者的刑事判决:

“被告人秦胜利,男,××××年×月×日生,汉族。××省陇山县人,初中文化,陇山县医院电工。××××年×月×日被逮捕，现在押于陇山县看守所。被告人秦胜利失火一案，经审理查明：被告人秦胜利于××××年×月×日晚，违章用铜丝代替保险丝接电，形成接触电阻过大，引发特大火灾。火灾造成十二人死亡，七人受伤，烧毁房屋、设备、药品等财产，直接经济损失七十四万四千元。本院认为，被告人秦胜利忽视公共安全，多次违章操作，基于过于自信，过失引发电气火灾，致使他人伤亡和单位财产遭受重大损失，其行为已触犯刑律，构成失火罪。依照《中华人民共和国刑法》第一百一十五条之规定，判处秦胜利有期徒刑七年……

"被告人王清明，男，××××年×月×日生，汉族。××省陇山县人，中专文化，陇山县医院院长。××××年×月×日被逮捕，现在押于陇山县看守所。被告人王清明玩忽职守一案，经审理查明：被告人王清明身为医院院长，不履行职责，忽视安全工作，对病房乱用电炉、形成过负荷的火灾隐患不督促整改，造成特大火灾负有领导责任，其行为已构成玩忽职守罪，应追究其刑事责任。依照《中华人民共和国刑法》第三百九十七条、第三十七条之规定，判处王清明有期徒刑三年……

"被告人白旺盛，男，××××年×月×日生，汉族。××省陇山县人，高中文化，陇山县医院保卫股长。××××年×月×日被逮捕，现在押于陇山县看守所。被告人白旺盛玩忽职守一案，经审理查明：被告人白旺盛担任医院保卫股长期间，未履行工作职责，单位安全管理混乱，病房乱用电炉，存在严重火灾隐患，造成特大火灾负有一定责任，其行为已构成玩忽职守罪，应追究其刑事责任。依照《中华人民共和国刑法》第三百九十七条、第三十七条之规定，判处白旺盛有期徒刑二年，缓期三年执行……"

雪越来越大，一阵风吹来使人不免打几个寒战。冯县长在会上讲话，他说：

"今天我们召开这个大会，既是对县医院火灾责任者的公开处理会，又是火灾事故的教育会。全县各级干部职工一定要汲取这血的教训，防微杜渐，决不能重蹈覆辙……"

法院的判决和冯县长的讲话，让赵局长的心情更加沉重。回到家里，赵局长想了许多。尽管对火灾的主要责任者追究了刑事责任，昔日的医院院长从此将失去几年的人身自由，即便刑满出狱，他将面临着丢掉职务和工作。也许还有一些相关责任人要受到党纪和政纪处分，或者被免职降职。然而，这一切，能换来十几条惨死的人命吗？能挽回几十万元的财产损失吗？如果那些入狱者都能尽到自己的职责，把安全工作当成大事去抓；如果病房不使用电炉，不过负荷用电；如果县上有消防队，住院楼室内消火栓有水源，会发生这一切的一切吗？

# 第二章 柳暗花明

## 一

赵局长为县医院火灾煎熬了两个多月，可以说把他的主要精力和公安局的主要人员全部投入到这起特大火灾的处理上了。处理完这些事，他本想抓紧办理积压下来的公安业务，可意外的事情又发生了。

晚上十点多，赵局长接到冯县长电话。冯县长在电话里对赵局长说，火灾伤亡人员和一些病人家属在县医院闹事，他和医院领导做了四五个小时的工作也没有说服他们。还有两名副院长在做工作时挨了打，就连已经免职的党支部书记许少华也受到围攻。医院聚集了许多人，几个领头的说如果县上不给个说法，他们明天就集体去地区上访。

赵局长想来想去，这事怎么办？这几年，在县委县政府和一些上级机关上访、请愿、闹事的群众并不少见，公安局已经调解处理了不少。过去的那些都是鸡毛蒜皮的小事，有些更是无理取闹。但这回不同！这次是有目的、有准备，也是有针对性的。眼前已到清明节，他们有可能借祭奠死者把事情闹得更大。赵局长本准备调动民警给县长解围，可仔细一想不行，这样会把事情弄得更糟。

赵局长决定一人去医院。还没到医院门口，就听到了喧闹声。乌压压的人群把冯县长他们围得水泄不通。赵局长感到无所适从，面对这么多的闹事者，面对冯县长他们被围困的尴尬场面，他用什么办法才能解决问题呢？

赵局长挤入人群中，不知是谁第一个发现了，喊了一声：

"公安局长来了！"

"公安局长来了咋的？"有人问。

"就是，县长我们都不怕，还怕个公安局长！"

“公安局长是不是带警察来了！”

“警察来了大不了抓我们进监狱。”

“对，害怕咱们就不来了。”

你一言他一语，大家情绪越来越激动，语言也非常过激，大有对峙闹事之势。赵局长看这架势，再继续下去，局面将不可收拾。他大声说：

“大家静一静，我是公安局长。我来这里一没带警察，二不抓人，我想请冯县长给大家说几句话行吗？”

“别他妈的再费唾沫星，县长的话是哄骗人的。”两三个人参差不齐地说。

“就是呀！到这会儿了说这些废话有什么用？”

……

赵局长不知所措，觉得脑子有些乱了。他当了这么多年公安局长，从来没见过有人敢当着众人面骂县长，也没见过这样难以控制的场面。他仔细地回忆着，刚才说得那些话并没有什么错，既然来上访总是有目的的，县长和医院的领导都在场，他们不让说话是为什么？

“不要嚷！不要吵！谁也不要胡闹！大家先听领导把话说完，有什么意见、什么要求再说也不迟。”

人群前面一个年纪较大的胖男子回过头向人群嚷嚷着，全场渐渐静了下来。

群情鼎沸的呼喊声，使赵局长清醒了许多。他突然明白，现在根本不是冯县长讲话的时候。这么多的人，场面乱糟糟的，七嘴八舌，冯县长怎么说？哪些人又能听得进去？分寸掌握不好弄巧成拙，会激化矛盾。赵局长建议冯县长，让上访人员选出代表，与代表们面谈。

晚上十一点四十分，上访人员选出了对话的代表。应该说，是一个代表群体，正式代表二十四名，十二名火灾死亡者家属各一人，两名死亡病人家属各一人，七名火灾受伤者家属各一人，三名来医院看病的病人家属，还有具有发言权的旁听者十几名。

简陋的医院小会议室被挤得满满的。会议室外，上访人员还围在四周，尽管冯县长叫政府办公室章主任联系县招待所及旅店，安排其他人员休息，可章主任与几个工作人员请了几次，那些不是代表的人员就是不肯离开。虽然快到清明节了，但夜间的天气依然寒冷。医院的暖气早停了，会议室逼人的冷空气使几个上了年纪的人有些咳嗽，即使这样老旱烟锅冒出的烟味四处弥漫着。

过了一会，紧张气氛稍有缓和，对话终于开始了。冯县长先给大家说了几句，他说得很诚恳,对医院发生大火深表痛心。

“大伙畅所欲言,有什么就说什么,既然来了就把想法和意见都讲出来。”冯县长说后,代表们开始发言。

首先发言的是代表中年纪最大的七十多岁的老人。他自我介绍是一名党员,曾担任过农村大队党支部书记。老人家说,他对上访人员今天晚上的这种过激行为是反对的。怎么能这样?上访不是闹事,不是胡嚷嚷,更不是围攻领导。这是解决问题的办法吗?即使今天来了这么多人,选出了几十名代表,可他并不同意胡闹,而是要解决问题。

老人家说到这儿,猛然转变话题,声调也高起来:

“我反对大家这样闹,并不是我没有意见,没有要求。我们来上访也是被逼无奈,实在没有办法。我是上访人员选出的代表,代表着医院火灾中七名受伤者的家属。那些烧伤者转入地区医院后,虽然经过两个多月的治疗伤情有所好转,但并没有痊愈,有的烧伤程度非常严重,可能会终身残疾;有的治疗效果缓慢,还需要大量的费用。尽管县上给每个受伤者给予几千元的救济补助费,可这能解决什么问题呢?这些伤员截至目前,仅在医院的治疗费多的已花去五万多元,最少的也有两三万元。还有生活费,家属陪护的住宿和来来往往坐车的交通费……医院遇到没钱时就对病人停止用药、停止治疗。我们都是普普通通的农民家庭,没有什么经济收入来源,家里值钱的东西都卖了,实在没有办法可想了。如果我们不上访,不靠政府不找领导,难道眼巴巴地看着自己的亲人离开人世或成为残疾人吗?”

说到这里,老人家泪流满面,泣不成声。会议室一片寂静,好些人包括冯县长在内,你一把他一把擦着脸上的泪水。公安局赵局长表面上看起来很镇静,其实他内心比谁都痛苦。

## 二

接着发言的是六十多岁的何正雄,他是火灾死亡者的家属代表。也许是受打击的缘故,他的相貌与实际年龄不相称,似乎更加苍老。头上的白发稀稀拉拉,前额头刻印着深深的皱纹,驼着背,说话声音有些嘶哑。

何正雄说他既代表自己的家庭,也代表十二名火灾中丧生者的家属说话。他儿子在县医院住院时被大火烧死,儿媳因受刺激情绪好两天坏两天,一次外出时因车祸身亡，留下两个不满十岁的孩子，老伴失去儿子后精神失常，这日子叫人怎么过？他说着不住地大哭起来，那声音沙哑细弱，让人非常揪心。他一边哭一边说，这样的灾难不止他一家。那些含恨而死的亡者，家庭一个比一个糟糕，一家比一家日子过得艰难，有的亡者去了，活着的人不知所措，无依无靠，家里人连死的心都有了；有的因失去亲人，一家人茶不思饭不想，好像天塌下来了；有的家庭失去主要劳动力，本来在医院将钱花了个精光，甚至连粮都变卖了，现在几乎是吃了上顿没下顿……

这时，又一名死者家属代表——中等身材的小伙子站起来说："安葬罹难者时，县上只给每个家庭几百元的埋葬费，当时答应说还有救济款，但至今还是一句空话，这不是戏弄老百姓吗？"

何正雄哭着继续说："我们不是胡闹，也没有过高的要求。家里出了人命，活着的人总还得活着。我们就是让家里人有生存的希望，有生活的保障。我是个农民，没有多少文化，尽管大的道理我不懂，但我知道自古以来县上领导就是百姓的父母官。如果政府承诺的事都不兑现，让我们怎么办？受灾的百姓们还能靠谁？"

会议室沉默了一会，一位中年妇女继续发言，她说代表的是死亡病人的家属。她说：

"我丈夫和另外一名病人是县医院大火后第二天去世的。有人说他们的死亡与火灾无关，不是火灾造成的，因而连葬埋费都没人管。虽然我是个农村妇女，可我要将他们是如何离去的告诉大家，让在坐的各位给我们评评理，为什么与火灾无关？他俩因心脏病住进县医院治疗，尽管那天晚上火灾没有直接威胁到他们，但当时医院那种烟熏火烧和灭火救人的恐惧场面，吓得他们病情突然加剧，转到地区医院的第二天就离开人世。如果不是那场火灾的惊吓和折腾，不可能是那样的结果，怎么能说与火灾无关呢？"

接下来发言的是几个住院病人和家属，有的问病人在县医院住不上院，乡下卫生院治不了怎么办？有的说住院病人遇到的不是无正常检查器械，就是没有治疗药品……

上访人员代表的发言基本结束，按照冯县长的意见公安局赵局长和政府办章主任经过梳理归纳，发现问题集中表现在这样几个方面：

第一，受伤人员治疗。火灾后由于县医院不具备重伤人员治疗所需的设备条件和技术力量，卫生部门联系将这些人员转到地区医院，并不是县上推出去不管,而是为了使伤者能够得到更好的治疗。县财政还拨出专款,用于伤员的医疗和其他费用,怎么能出现停止用药甚至停止治疗的情况呢?难道这笔费用被挪用或没有拨付到位?

第二,死者安置费用。对于因火灾丧身人员的安置,县上是重视的,县政府专门召开会议研究,民政局尽最大努力拿出救灾救济款,红十字会向四面八方求援得到了一些资助,县级单位干部职工还积极捐款。这些资金都下拨到各公社,为什么至今还没落实到位?问题出在公社、大队,还是哪一级?

第三,火灾意外死亡。除了火灾直接致死的十二人外,确实还有两名病人死于火灾发生的第二天。公安局赵局长清楚,此事他专门请示过地区公安处卫副处长,是按照上级领导的意见办的。可是问题的关键是,没有算入火灾死亡人数,就没有被列入救灾救济范围,好像成了与火灾无关的死者。

第四,现有病人住院。那场大火的破坏力极强,尽管县医院想尽一切办法恢复医疗秩序,可是毕竟有个过程,况且住院楼还在维修粉刷,药品库房需要重新建造,从外地购买的设备未到位,还有资金短缺等许多困难。这样,新到的病人住院治病就满足不了需要。

面对这么多人员的上访,面对代表们一阵又一阵如泣如诉的发言,冯县长感到这些人不可能都说假话,尽管他还没有去核实这些问题,但可以肯定的是,大火所造成的人员伤亡和医院遭受重创给那些不幸家庭的灾难是存在的。冯县长说:

"大家的心情我们理解,所反映的问题和困难值得深思。对于火灾所造成的这一切,我感到内疚和惭愧,应该说我负有很大责任。大家发言的主要内容和反映的情况我都记下了,我们尽快调查核实,研究解决,争取给大家一个满意的答复。"

第二天,冯县长安排公安局赵局长和信访局、财政局、民政局、卫生局调查上访人员反映的问题,专题汇报政府常务会议。赵局长接受任务后觉得有些为难,火灾调查他责无旁贷,眼下这些问题却不完全属于他的工作范围。他们从县上的相关单位到地区医院,从涉及的公社、大队到生产队,一级一级地查,一件又一件地核实,基本查到水落石出。

一个星期后,冯县长主持召开县政府常务会议。参加会议的除了政府常务会议成员外,还有相关的县级单位和公社主要负责人,赵局长汇报了调查情况,财政局、民政局、卫生局分别作了补充和说明。从调查汇报的情况看,火灾受伤人员治疗费，县财政拨过两笔，一笔是伤员转入地区医院后拨付的，四天后到位，另一笔相隔二十天拨付，因为要通过县医院账户转，县医院暂时垫付了购设备款；死者安置费和救灾救济款，民政部门按规定拨到公社，公社也下划到大队，只是大队没有如数落实到户；关于火灾意外死亡人员和现有病人住院问题，情况是属实的。

会议作出四项决定：

一、伤者治疗费由财政局、卫生局督促县医院尽快想办法，将动用的专款转入地区医院；

二、死者安置费和救灾救济款由信访局配合有关公社，责令涉及的大队迅速落实到户；

三、火灾中意外死亡的人员，民政局再拿出资金按火灾死亡人员标准给予补助救济；

四、县医院抓紧维修住院楼和购置设备，上报药品库房重建计划，财政局拨出专款，及早恢复正常医疗秩序。

最后，冯县长要求各级各单位立即落实，结果上报政府办公室。

一月后，政府办公室章主任收到有关方面的报告，县政府常务会议决定的事项全部落实到位。

## 三

一场春雨后，早上太阳照耀下的空气格外清新。公安局赵局长从家里出来，步行去单位上班。路旁柳树的枝条挂满了嫩绿的新叶，倒弯下垂，微风下轻轻的摇曳，像仙女散花；迎春花、兰花、芍药神态各异，有的争先绽放，露出笑脸，有的含苞欲放，花蕾上顶着晶莹剔透的水珠；水渠小溪涓涓流淌，发出微弱的哗啦声。这一切让赵局长心旷神怡，使他在大火和上访群众的困扰后第一次感到轻松。

赵局长到办公室处理了手头的事情，准备喝一口茶。他刚端起茶杯时电话响了，是冯县长叫他去办公室。他想又发生什么事情了，心里有些发慌，便放下茶杯急急忙忙赶去。

“你紧张什么？”冯县长问。

“县长，是不是哪里又出事了？”赵局长气喘吁吁地反问。

“没有，怎么能总发生事。”

“哦,我以为又有什么事情。”

冯县长给赵局长倒上茶,其实冯县长一般不亲自给来办公室的人倒茶,要么干脆不倒,要么由通信员料理。也许是冯县长今天情绪好的缘故,对赵局长也更加亲切。

“我叫你来就是考虑如何汲取县医院火灾教训,加强消防工作,提高火灾预防和灭火能力。这场火给我们敲响了警钟,暴露出我们工作中的不少问题,尽管有些是历史遗留的,但我们不想办法解决,如果再发生火灾怎么办?我们凭什么灭火,靠谁救人?有可能造成更加惨重的人员伤亡和财产损失,会有更多的上访群众,到那时我们如何向老百姓交待?”冯县长说得既真心诚意,又语重心长。

“是呀,我最近也一直在考虑这个问题。对于火灾,我们既无防的力量也没有灭的队伍。你打电话后我之所以紧张,是我怕。我当公安局长,杀人、诈骗、抢劫和打架闹事的我不怕,但火灾我确实有些怕,因为我们没有办法降服它。”赵局长说出了心里话。

“你认为我们应该从哪些方面想办法?”冯县长问。

“我想最关键的是消防人员。从预防说,公安局与此相关的治保股只有三个人,担负着刑事案件侦破、治安秩序维护、户口管理、车辆事故和非正常死亡事件查处等繁杂任务,没有精力也不会从事消防工作。从灭火上看,我们不仅没有消防队,就连会救火的人员都很少。县医院火灾正因为缺少专业灭火力量,才发展蔓延成特大火灾。”赵局长说。

“你有什么想法?”

“我建议从两个方面解决。一方面,在公安局治保股增加编制,增设专职防火人员。另一方面,建立消防队,培养专业灭火力量。”

赵局长接着说:“需要解决的第二个问题是消防水源。目前县城水资源缺乏,平时供居民和县级机关用的自来水压力很低,达不到消防用水的要求。医院住院楼室内消火栓如果有水,那场火我们就会救得容易些,不至于烧得那么惨。所以说,必须解决消防水源。”

“还有什么?”冯县长又问。

“再就是消防装备设施。县级机关单位除了灭火器,几乎再无任何装备设施,县城连一座市政消火栓也没有。一旦发生火灾,只能望而兴叹,医院救火的教训太沉痛了!灭火制胜离不开消防车等装备设施,更需要在县城按规定修建市政消火栓。”

冯县长对赵局长的这些意见非常满意，他让赵局长回去后专题写个报告，县政府要上会研究。赵局长回来后派人进行了一些调查，向县政府上报了关于加强消防工作的意见。

十天后，县政府召开了公安、财政、城建、计划等部门负责人列席的常务会议。赵局长汇报消防工作的现状、面临的形势和需要解决的问题，冯县长重点进行了提问。

“建立消防队需要多少资金？”

“我们作过调查，一个消防队最少两台消防车，得二十多万元，营房修建三四十万元，还有器材装备总共需要七十多万。”赵局长回答。

“消防队员的工资每人每月多少？”分管财政的吕副县长问。

“如果能申报批准为现役制消防队，就不需要县上考虑消防队员工资。”赵局长说。

“消防水源和市政消火栓怎么解决？”冯县长又问。

赵局长看了一下城建局何局长，何局长说：

“要解决消防水源必须要从外引进水源，因为现有的储水量无法满足消防用水，至于市政消火栓，只有把消防水源解决了才能建设，否则无水源的市政消火栓不能发挥作用。”

参加会议的部分人员发了言，他们认为消防工作存在的问题确实迫在眉睫，非解决不可。但也有人感到区区穷县，仅建消防队就得近百万元，还有解决消防水源和修建消火栓的费用，这么大的投资县财政能拿得出来吗？

“这样吧，大家都谈了各自意见。今天先到这里，下去后再做些工作。公安局赵局长搞清楚现役消防队怎样报批，并将建立消防队的费用拿个详细预算。城建局何局长安排自来水公司认真调查论证如何引进外来水源，包括建设市政消火栓的具体费用。总之，消防方面的事情一定要高度重视，尽最大努力解决一些实际问题。”冯县长最后说。

会议后，赵局长立即安排人员核算建立消防队的详细费用，并与地区消防科褚科长联系如何申报现役消防队。可是从消防科褚科长那里反馈来的信息是，上级已有规定，县一级尤其是偏远农业县不再批建现役消防队，当地根据实际情况可建立多种形式的地方消防队。这无疑不是一个好消息，这样一来，预算出的修建营房、购置消防车和装备费用七十七万四千元还要加上消防队员每年的工资，遇到的困难就更多了。

赵局长陷入深深的惆怅之中。

## 四

赵局长将建立消防队费用的详细预算送去，并当面向冯县长汇报上级关于不批现役消防队的最新规定。冯县长沉思了一阵，问：

“这么说咱们建立现役消防队没有什么希望？”

“就是。”

“那怎么办？”

“只能建立地方消防队。”

“建立地方消防队面临的问题就多了，除了将近八十万元的费用，消防队员从哪里来，队员的工资又是一大笔开支。城建局上报解决消防水源和市政消火栓的费用，预算了一百多万。咱们这个县是有名的贫困县，一下子拿出这么多钱，不要说是谁同意不同意，关键是无能为力。”冯县长难为情地说。

赵局长看到冯县长左右为难的神态，心想如果不马上拿出个万全之策，建立消防队的一线希望就会成泡影。

“冯县长，咱们想点办法，利用现有资源，建立联合消防队行吗？”赵局长试探性的问。

“利用什么资源，如何建立联合消防队？”冯县长问。

“县石油公司有八个人的专职消防队，他们准备买一台消防车。县化工厂有六个治安人员，既承担治安保卫又是兼职消防队员。这两个单位相距较近，如果把石油公司的专职消防队和化工厂的治安队整合起来，石油公司和化工厂各买一台消防车，这样联合消防队基本就能建立起来了。”赵局长提出了具体建议。

“哦，这是个好想法，可是石油公司是地直单位。”冯县长有些疑虑。

“石油公司工作我们做，就是化工厂能不能购买消防车？”

冯县长接上话：“化工厂不成问题，即使他们有困难，县政府给他们买！”

……

两个月后，陇山县举行联合消防队成立仪式。那天，县城广场一片欢乐，县级单位干部职工列队参加，地区公安处、石油公司和县上领导出席。两台红光闪闪的消防车停放在舞台下左右前侧，十四名身着统一服装的消防队员显得格外精神。一阵鸣炮声后，冯县长宣布县联合消防队成立。此时，全场欢欣鼓舞。

从此，陇山县结束了没有消防队的历史。

就在筹备建立联合消防队的同时，县城引水工程全面启动。资金方面县政府筹措了一部分，自来水公司从银行贷了几十万，县级单位干部职工还积极捐款。由于县城所在的川区水资源有限，只能从十几公里以外的原区引水，因而工程量大，耗费资金多。为了节省财力，各单位都承担一定的人工挖管沟和其他土建任务。尤其到了星期天，从县城街道向山坡通至水源原区的引水工程线上布满了千军万马，到处人山人海，场面堪比当年河南的“红旗渠”工程。

经过三个月艰苦卓绝的奋战，完成了浩大的引水工程，不仅解决了消防给水，还提升了县城机关单位和居民的生产生活用水供给能力。紧接着，在县城主要街道按规定要求修建了十几个室外地下消火栓。

联合消防队建立后面对的主要问题是，如何适应灭火工作需要，尽快提高业务能力。公安局赵局长考虑到这个因素，将新增编调入的治保股施明星送去省消防培训班学习。事实上，施明星既是公安局治保股消防民警，又是县联合消防队兼职队长。

施明星接连参加了两个培训班，一个是防火监督学习，另一个是战训灭火学习，本来要分别去两个人，因为防火和灭火有着截然不同的业务性质，但由于人员紧张，他只有一人代劳了。他参加的这两个学习都不轻松，按部队的要求管理，每天早操、上课、训练，不管干什么都要站队统一行动，既严格又紧张，他这个未当过兵的人几乎有点招架不住。防火监督学习涉及数学、物理、化学、燃烧学……门类繁杂，颇为深奥。战训灭火学习不仅要学习理论，更重要的是业务训练，一个项目或一个动作都得下大功夫才能掌握，最后还要通过考试。

无论多么艰巨，施明星总算完成了学习任务。回到单位的第二天，施明星向赵局长汇报了学习情况。赵局长听后说：

“小施，去学习这些知识机会难得，要把学到的东西争取运用到工作实践中。你肩上的担子可不轻呀！消防工作首先是防，怎么防，采取哪些预防措施，你得想明白。灭火更不可忽视。联合消防队既然成立起来就要发挥作用，不要辜负上级组织和人民群众的期望。工作上有什么困难你尽管说，我帮你想办法。”

赵局长的一番话，让施明星压力更大。面对实际问题，施明星毫不迟疑的开口：

“局长，眼下工作确实有些困难，火灾预防一个人不能开展检查，联合消防队业务训练人员各行其是，还有场地和车辆器材都存在问题，不利于开展工作。”

"防火检查我给治保股说,叫他们派人配合你。最近几天,咱们召开一次石油公司、化工厂领导和消防队员参加的协调会,解决统一训练和灭火作战问题。"赵局长说。

施明星从赵局长办公室出来,像吃了定心丸似的信心百倍。他先起草了防火检查、宣传教育、消防重点单位管理和火灾事故调查处理等规章制度,送领导修改审定。接着,他借协调会的"东风",组织联合消防队开展业务训练。每天利用半天时间,从队列军事动作到灭火业务单个项目训练,他都一点一滴严格要求,持续搞了二十多天。

## 五

联合消防队集中训练结束的第三天晚上,陇山县城居民住宅区发生了火灾。晚上十一点三十分,县公安局接到火警电话,赵局长立即通知施明星命令消防队出动。到达火场时,居民区北部砖木结构房屋烟火腾空而起,相邻居民们高喊着,呼救着……

那片居民区虽然都是平房,但居住人员稠密,房屋前后左右几乎连为一体。当时正吹西北风,着火的那排,七间房子已陷于一片火海之中,如果不迅速控制,有可能形成火烧连营。赵局长命令施明星指挥消防队主攻,调动公安民警和武警官兵配合,迅速展开了紧张有序的灭火战斗。施明星指挥消防队一班出两支水枪,从东西两侧夹击;二班出两支水枪从南向北扫射,控制火势向南蔓延。

经过一阵激烈的战斗,大火被基本控制,可是二班消防车的两吨半水三下五除二就用完了。施明星命令就近找市政消火栓加水,果然在不到五百米的街道打开井盖找到水源。当二班消防车加水返回时,火灾又猛烈燃烧起来,并且在风的助威下引燃南面一排的几间房子。施明星建议赵局长从公安民警和武警官兵中抽人,组建两个疏散救援组,一组破拆相邻的房屋,设置燃烧隔离带,防止火势发展蔓延;另一组组织疏散着火部位邻近居民和财物,以免造成更大的人员伤亡和财产损失。

灭火救援力量调整后,施明星从二班抽出四个人与一班集中兵力打歼灭战,其他三人拉水供水。灭火、破拆、救援、疏散有条不紊地进行着,大火很快被遏制扑灭,破拆的隔离带阻止了火灾蔓延,火场供水多亏新建的市政消火栓保证了水源,燃烧部位周围的居民和主要财物也已被疏散出来。

这场火灾扑救得很成功，应该说把火灾的损失降到了最低程度。冯县长及县上领导非常满意，群众更是赞不绝口，赵局长也很欣慰。

从联合消防队建立后，火灾接连不断地发生。接到的火灾报警有城区的，公社集镇的，也有农村的；有机关单位的公共建筑，有居民私人住宅，还有农村的房屋、麦场和柴草。起初，凡接到报警不管是哪里的，无论火灾大小都出动扑救，一年下来，出警了六七十次。可后来时间长了，各种矛盾日益凸显，给执勤灭火带来困难。

那天，施明星向赵局长汇报消防工作后，请示了几个问题。

“赵局长，现在火灾越来越多，接警出动究竟按什么原则处理？”

赵局长知道施明星问的是什么意思，便说：“按规定消防队接到火灾报警就要出动。”

“可是全部出动油料费越来越没有保障，县上给予的补贴费远远不够，石油公司和化工厂都不愿意再承担。”施明星情绪低落地说。

“那咋办？咱们总不能论火灾大小或区分发生在城里还是乡里来决定哪个该去哪个不该去。况且从报警也难分清火情是大是小，有时报的是小火，由于复杂因素发展成大火，有时农村乡下的柴草火灾也会毁掉半个村庄。”赵局长接着问：“还有什么问题？”

“虽然是县联合消防队，但队员仍是单位职工，他们各自既要值班又要完成其他任务，频繁的出动灭火，两个单位的领导都有意见，已经出现过接警后队员们不愿出动或延迟出警的问题。还有，消防队员待遇低，按规定他们除享受单位职工同等工资、奖金、保险等福利待遇外，还应有夜班费、加班费和灭火训练补贴。由于这些没有落实，队员感到与职工相比工作时间长，昼夜执勤，训练强度大，灭火救援艰苦，工作积极性不高，有的存在不愿干的思想……”施明星摆出了消防队面临的许多问题。

赵局长听后感到更加为难了。这些问题有些他清楚，多次向冯县长汇报过，得到了力所能及的解决，有些以前还没意识到。这样看来，消防队面临的困难比较多，既棘手又难以解决，怎么办？联合消防队的出路究竟在哪里？

时间一晃就是几年，很快到了 1983 年。武警部队组建，消防划入武警序列。赵局长得知消防扩编建立现役消防队有转机的消息后，认为这是个千载难逢的最佳机遇。他第一时间将这个好消息告知原来的冯县长，也就是现在的县委冯书记。冯书记当然是高兴极了，尽管党政分工很明确，可建立现役消防队是他任县长时的愿望。他把接任的张县长叫到办公室，说：

“消防上现在组建扩编，县上有建立现役消防队的希望了。几年前由于没有这个政策，咱们县建立了联合消防队，虽然发挥了一定作用，但是在人员体制、指挥管理、执勤灭火和经费保障方面存在不少问题。现役消防队是我们梦寐以求的，有了它许多问题会迎刃而解。我意见公安局尽快写个报告，由县政府上报，逐级审批。”

“我同意，就按冯书记意见抓紧办理。”张县长说。

“上报消防队的新营房地址在哪里？”赵局长问。

“目前县上财政仍然困难，新建营房这几年估计不是几十万元的事情，要一下拿出这些钱有问题，还是先利用联合消防队现有房屋，增加些车辆装备，再逐步解决营房设施。”冯书记说。

张县长点头表示同意，赵局长提前离开冯书记办公室。

半年后，陇山县公安消防可谓是双喜临门。一个是公安局增设现役消防专干，隶属于治保股。一个是建立现役消防队，正连职编制，二十七人，三名干部，二十四名战士……

施明星从此转为现役消防干部，本来上报时拟任消防中队长，但因为他年龄偏大，只能是公安局副连职消防干事。到了年底，陇山县消防中队官兵全部到位。战士大部分为新兵，干部和几个老兵都是从其他中队调配的。

那天，陇山县举行隆重仪式，庆祝武警陇山县消防中队成立。勤劳朴实的陇山人民伸出热情的双手，欢迎消防官兵进驻这方热土。

# 第三章　踏入红门

## 一

赵局长有个儿子叫赵春生，人长得挺帅气，一米七八的个头，浓眉大眼，大耳朵。赵春生高中毕业后，按理说要参加高考上大学，可他偏偏不愿考学，要去当兵。赵局长老婆孔建芳说什么也不让儿子当兵，非要他考大学不可。离高考时间越来越近，赵春生还是不认真复习，孔建芳万分焦急，三天两头不是唠叨就是训斥，搞得母子俩关系很别扭，像仇人似的互不理睬。赵局长觉得孩子大了，人生道路让他自己选择，当兵也没有什么不好，他自己一辈子没当过兵对军人其实是很羡慕的。

那天正好是个星期天，一家人都在。孔建芳看了看赵局长，气冲冲的开始摊牌了：

"春生不好好复习准备考试，你作为父亲无动于衷是什么意思？"

赵局长正考虑如何回答，还没等他开口，孔建芳又吼了：

"怎么不说话呀，你平时的威风样儿哪里去了？"

"妈，你不要再嚷嚷了，我不愿意参加高考。"赵春生说。

"你给我闭嘴，不考学将来有什么出路！"孔建芳火气更大。

"我不是给你说过嘛，我要当兵。"赵春生犟着脖子说。

母子俩你一言他一语，高喉咙大嗓子地喋喋不休。

"你们不要吵了！春生都二十多岁的人了，应该知道自己的路该怎么走。部队是一个锻炼人的大熔炉，也是出人才的地方，如果春生坚持要去，到那里会学到很多东西，对他将来也有好处，有什么不可以呢？"赵局长从中劝说。

"怪不得你不吭声，原来你是向着儿子说话。部队是刀尖上跳舞的地方，多危险，咱们就这一个儿子，你咋这么狠心，我坚决不同意。"孔建芳丝毫不退让。

“那么多的子弟兵谁不是父母所生养?他们大多数不也是独生子吗?”赵局长说。

“反正我不管，春生不考学我就死给你们看，让你和你的宝贝儿子生活去吧！”孔建芳说着大哭起来,而且还寻死觅活闹得很凶。

赵局长一看情况不妙,怕出个什么事情,赶紧向老婆说了软话,春生也答应参加高考。

赵春生虽然口头上听了母亲的话,心里却并没有完全接受,表面上看在拿着书本复习功课,其实根本就没有那心思,基本上是应付差事。转眼间到了高考跟前,孔建芳以为儿子回心转意,脸上也有了笑容。她每天起早摸黑,给春生精心做好三顿饭,特别注意营养搭配,唯恐儿子吃不好影响考试成绩。正式考试那几天,孔建芳更是精心照料,从起床、洗漱、吃饭、休息,甚至连什么时间离家去考场,路上和考试需要注意些什么都考虑到了,确实是无微不至,真是可怜天下母亲心!

母亲的一番苦心感动了赵春生,本来他想认真对待考试,可是当兵的事一直在他心头萦绕。第一场考语文,最后的作文题是“从锲而不舍的学习精神说起”。赵春生写时不知不觉地把战士的赴汤蹈火写进去,走出考场他感到离题了。回到家里后母亲问他考的怎么样,他没没精打采地说好着哩。

第一场考试出师不利,势必影响到后面的几门,不过赵春生还是尽量克制情绪,用心考完了后面的各科。

孔建芳满怀信心地等待儿子的考试成绩,三天两头托人打听消息。赵春生心里清楚,他早已心灰意冷。

果然不出所料,一月后赵春生以四分之差落榜。孔建芳像丢了魂似的不知所措,先是睡了两天,起来后怨春生考试不用心,怨赵局长不想办法,接着去找她同学寻老师,要给儿子补课。

她同学是学校校长,按她的意见各门课找了得力老师,制订好周密的补课计划。恰好赵局长回家吃饭,饭后她当着父子俩的面说:

“春生高考已经是这个结果,我给他找下老师,从现在开始抓紧补课,明年再考。”

“啊,还要补课！我不想参加高考了。”赵春生先是惊讶后是不愿意地说。

“补也得补,不补也要补,就这么办！”孔建芳气势汹汹地说。

赵局长见老婆发火了,态度和蔼地说:

“你看你,补就补呗,何必发这么大的脾气。”赵局长接着对儿子说:“春生,既然你母亲给你筹划好了,就照她说的去做,再说你现在也是闲待着。”

赵春生勉强答应后，第二天开始补课。每天晚上三个小时，星期六和星期日全天，从不间断。尽管老师们都很认真，在辅导学习上确实是竭尽全力，但是赵春生觉得效果并不理想，主要是自己好像学不进去，加上母亲无止境的加压使人喘不过气，他几乎要崩溃了。

尽管如此，赵春生还是坚持了三个多月。那天，他去补课，路过发现街道搞征兵宣传，当兵的信心更加坚定了。他知道母亲是不会答应的，决定去找父亲。他到公安局，父亲正在开会，一会儿会散了，可还不见父亲出来。又等了半个小时，父亲出会议室见儿子找到单位，以为出了什么事情。

进了办公室，赵局长问："今天怎么没有补课去？"

赵春生低头不语。

"出什么事情了吗？"赵局长又问。

"没有。"赵春生小声回答。

"那怎么磨磨蹭蹭，半天不说一句话。"

"爹，我要报名当兵。"赵春生鼓起勇气说。

"不再补课参加高考了？"

"嗯。"

赵局长没吭声，他想这孩子看来当兵是铁了心。尽管他母亲费尽心机，其实是瞎子点灯白费油。他思考了片刻，啥态也没表，只是说了一句："你先去吧！"

赵春生从父亲办公室出来，心想父亲虽然没表态同意，却也没反对，依他对父亲的了解，应该是默认吧。于是，他去报了名。

## 二

赵春生报名后心里总是七上八下，暂时没敢给母亲说，只能是走一步看一步。他表面上和往常一样，每天三顿饭按时吃，虽然不再去学校补课，但还是按原来时间从家里出来，要不然给母亲不好交代。他去了和他同样名落孙山的同学家里，聊聊过去的学校生活，畅谈他们的未来。当然，他去的那些同学是关系最好的"哥儿们"，绝对不会暴露他的秘密。

过了几天，接到体检的通知。赵春生准备自己先去体检，等到哪一关过不了，再去找父亲想办法。体检的人很多，县医院体检室门前排着长队，休检的人挤满了楼道。赵春生去的早自然排在前面，十几个人过后轮到他。医生们都很认真，一项一项地过，目测、检查、化验……赵春生都非常顺利地通过了。

赵春生又去了父亲办公室，告诉了他报名和体检结果。

“什么时候告诉你母亲？”父亲问。

“我不知道。”春生说。

“该告诉她了，体检后再就是政审，应该不会有多大问题。”父亲说。

“我怕告诉母亲，她又百般阻挠。”

“这你不要怕，我想办法。”

春生走后，赵局长考虑，必须想个万全之策，不然家里又不得安宁。他去找了老婆的同学，也就是县一中曹校长。曹校长和孔建芳上学时关系一直不错，两人成家后来往更加密切，她俩在一起几乎无话不谈。孔建芳非常崇拜曹校长，大一点的事情都去听她的意见。

赵局长到曹校长办公室，向她说了春生最近一段的情况，特意告诉儿子瞒着他母亲报名当兵的事，让曹校长给孔建芳做工作。曹校长说难怪她遇见补课的几个教师，都问赵春生为什么好几天没来补课。

当天晚上，曹校长去了赵局长家里，正好赵局长全家人都在。曹校长和孔建芳聊了一会，便问：

“听老师说春生这几天没去补课？”

“是吗，怎么回事？”孔建芳问春生。

“我不愿补了。”春生说。

“为什么？”孔建芳又问。

春生看了父亲一眼，说：“我要去当兵。”

“怎么又提起当兵的这事？你简直不可理喻！”孔建芳气得脸都青了，正准备大发雷霆时，曹校长接上话：

“好了，老同学。人常说，强扭的瓜不甜。孩子既然一心想当兵，你就不要再固执己见。人生的出路难道就只有读书考学吗？春生身体结实，我看是块当兵的好料，到部队去一定能干出个名堂，说不定还能当上大官呢。让孩子去吧，不要再为难他了。”

“其实，春生早已报了名，体检都过关了。”赵局长说。

孔建芳觉得已经是这个样子，连自己的知心同学都这样说，她还能说什么，即使这样，再坚持又能起什么作用？

从此以后，孔建芳也再没有直接干预春生当兵的事，几天后到了征兵政审阶段。赵春生家庭政治背景很好，父亲又是公安局长，这方面当然不存在什么问题。经过几上几下，赵春生最后被确定为入伍人员。

这一年，陇山县征的只有两个兵种，一个是坦克兵，再一个是消防兵。坦克兵身材限高不限低，赵春生超高不符合条件，可对消防兵来说赵春生是最棒的。赵局长当然是乐意儿子去当消防兵，因为他与消防已经结下不解之缘。

几天后，赵春生穿上新军装。他知道这身军装来之不易，可以说是经过各方面努力得到的，因而从内心里感到它的分量。尽管母亲起初极力反对他当兵，可是临走前还是为他准备了不少东西。母亲没有和他过多地说什么，赵春生也不知道该怎么说。父亲给他说了许多心里话，千叮咛万嘱咐，既然选择了当兵这条路，到部队去一定要好好干。

新兵走时送兵的人很多，本来赵春生不让父母送，可他们还是送到新兵集合地点。父亲又说了许多安慰话，母亲仍然一言未发，心里十分沉重，眼眶里泪水不住地打转。这时，赵春生心里也有些不好受，差点也流出泪来。运送新兵的汽车已经出发，赵春生挥手向父母告别，两代人被车窗玻璃隔得越来越远。

汽车驶出县城，翻山越岭，经过一天的颠簸，赵春生和那些新兵被拉到新兵训练基地。训练基地虽说是在省城，却在很远的郊区，是武警总队的教导大队。这里已经聚集了许多新兵，多数是武警内卫，也有一部分消防。听到集合的口令，新兵立即站成整齐的队列，进行第一次点名。接着，部队首长作入伍动员讲话，讲了许多为什么当兵、怎样当好兵的道理。到了开晚饭的时间，虽然是大灶饭，赵春生却吃得很香。住宿是一个班一个宿舍，每人一张单人床，十几个人睡在一起难免有打呼噜的。呼噜声有高有低，奇声怪调，有的还挺吓人的。漫长的夜晚赵春生有时躺在床上翻来覆去睡不着，他想着放弃学业投笔从戎，如何适应部队生活；想着如何实现从普通老百姓向部队合格士兵的转变……实在是躺不住了，他就悄悄地爬起来在床上坐一坐，天亮时不等别人起来就去打扫卫生。

每天第一件事是出早操，集合号一响，各班整队带入操场，以排为单位进行点名，然后由集训队值班队长带操。早操主要是跑步，刚开始几圈跑下来，赵春生累得上气不接下气，有时还被带操干部进行体罚，后来也就慢慢地适应了。

新兵训练主要是队列和军事动作，看起来简单，实际难度非常大。赵春生以前没有接触过这些，总是做错动作，尽管在学校时参加过军训，但每学期只有几天，凑合着就过了。一次他在首长检查新兵训练时出现了失误，虽然没有人对他做出任何批评，但是他一到训练场上就心虚，班长下向左转的口令，他经常会做成向右转，偶尔做对一次，也要比别人慢上半拍，甚至一拍，这样一来，他在队列里就特别扎眼。再后来，班长下齐步走的口令，他走成了顺拐，迈左脚，他左边的胳膊往前甩，迈右腿右边的胳膊跟着往前走，有的新兵忍不住笑出了声。他看见班长在摇头，心想自己在班长心目中的印象是毁了，新兵们也瞧不起自己了，他也搞不明白自己怎么就这么不争气。不过他反映灵活，做错了马上就能纠正过来，而且训练也非常肯吃苦，不规范的动作他往往在课外或别人休息时悄悄地练。这些带兵干部都是公认的，再加上他严格要求自己，平时起早贪黑，主动打扫卫生，助人为乐，在新兵中也有很高威信，无论周考核还是月评比，先进名单上少不了他。三个月新兵训练结束时，他被评为先进个人。

## 三

新兵下连队时，孔建芳叫赵局长想点办法，看儿子能不能分回来。赵局长虽然没当过兵，但部队上的情况他知道一些，即使找人做工作也无济于事，不管是谁都不可能让你在家门口当兵去，还是顺其自然吧。孔建芳唯恐赵局长不当回事，凭她自己的关系活动了一番，结果不仅没有分到陇山县消防中队，就连本市也没回来。

赵春生被分到相距三百公里的光明市消防支队永新中队，地点在一个县城。分新兵时，赵春生他们三十多人被支队严参谋长接上，到支队后住了一夜，第二天新兵再次分配中，他在内的六个人去了永新消防中队。

到达中队后，战友们非常热情，在大门口站成整齐的两排迎接他们。大门及车库门是红的，四台消防车红光闪闪，就连训练中集合列队欢迎的战友们穿的战斗服和头盔也是红的。进到院子首先映入眼帘的是那高高的训练塔，上面写着“严格要求、严格训练”八个鲜红的大字。赵春生心里想，人常说绿色军营，怎么今天面前的一切都是红色，难道消防队是红色军营吗？后来他才渐渐明白，消防部队不仅有红的颜色，更重要的是有火热的生活，火红的战斗，因而被称为红门。

在中队院子里，赵春生遇见一个人，觉得好面熟，想来想去，此人和他上学时高一级的孙夏成很像，老远的地方不会这么巧吧。如果真是他，在这个人生地不熟的环境里能有个老乡战友，可算是值得庆幸了。赵春生放下行李和背包，准备去看看究竟是不是。他有意识地走近，还没到跟前那人愣了一下，看了看他说：

“我怎么看你好面熟啊！”

“我也觉得咱们在哪里见过。”赵春生说。

“你是不是陇山县人？”对方问。

“是呀，我在陇山一中上的学。”赵春生说。

“我也是。我叫孙夏成。”

“咱俩既是老乡又是同学，我叫赵春生。”

两人聊了一阵，赵春生知道孙夏成比他高一级，平时见过面但没有直接打过交道。孙夏成高中毕业后高考落榜，那年当兵被分到永新消防中队。正聊着，中队干部过来，他们自觉地止住口去宿舍，孙夏成帮他收拾行李，整理床铺。一切收拾完毕，赵春生问：

“你已经是老兵了，中队和新兵连有什么不同？”

“老兵谈不上，不过我早来了一年总比你知道的多一些。中队的生活与新兵连基本一样，所不同的是中队训练加大了消防业务比重。”孙夏成说。

“训练的业务有哪些？”

“主要有撒水带，翻越障碍，上二节拉梯和挂钩梯，攀登高塔……”

“是不是很艰苦？”

“苦是必然的，与学校和家里比要苦得多，不过你不要怕，刚开始有些吃不消，过一段时间就适应了。”

“我在新兵连训练时听武警上的兵说消防兵没有枪，不算兵，是怎么回事？”

“那是胡说，消防兵怎么没有枪？我们的枪是水枪，是灭火救灾的最好武器，水就是我们灭火的‘子弹’。其实我刚来时也觉得消防兵好像低人一等，后来才发现消防队技术岗位多，比其他部队更有用武之地。”

听了孙夏成的这些话，赵春生感到受益匪浅，初步了解和掌握了一些情况，打消了不必要的顾虑。过了一会哨声响了，“院子里集合！”战士们迅速跑出院子，站成三排横队。

“稍息，立正，向右看齐。”连续几遍下来，队伍才整齐有序。

“向右看——齐，向前——看，稍息，下面我们开始点名！”一名少尉说。

他随手打开手中的文件夹，一口气点了三十三名同志名字，然后报告情况。这时，一位中尉过来，少尉和中尉相互敬礼。中尉接受报告后走到队伍的正前方，标准的步伐和良好的精神状态吸引了大家的注意。他向大家敬了一个标准的军礼，然后自我介绍：

“我叫华玉锋，是中队的队长。从现在起新来的同志就是我们的新战友，大家要团结一致，尊老爱新，互相帮助，共同完成生活、学习、训练、执勤各项任务……大家有没有信心！”

“有！”大家异口同声地喊出。

接着，少尉将新兵分到各班，要求各班长把人带回去。回到班里，班长叫大家坐下，他说：

“现在开会，我先介绍一下自己。我叫孙夏成，是中队一班班长。下面大家逐一介绍一下自己，新兵和老兵相互之间都认识一下，毕竟以后都生活在一起。”

从副班长开始，老兵介绍完了轮到新兵，赵春生先开口介绍了自己，其他两名新兵也说了他们的情况。

赵春生兴奋极了。他万万没有想到这么远的地方，在消防中队不仅遇到了老乡和同学，而且孙夏成还是他的班长，他简直是太幸运了！晚上息灯号早响了，可是赵春生翻来覆去睡不着，床板“喀吱——喀吱——”响个不停。

“赵春生，有什么心事吗？”孙夏成问。

“没有，班长。”赵春生说。

“那怎么还不睡，是新环境不适应？”

“也不是。”

“那就抓紧睡，明天早上还要出早操呢。”

“嗯。”

尽管赵春生答应得很痛快，但一时半会还是睡不着。不过他再没有翻身，强制性地想办法入睡，如果到中队的第一次出操迟到了，不仅给自己留下不好的影响，更重要的是给班长丢了脸。他想起了小时候奶奶教给他尽快睡着的办法，躺下闭眼静静地念数，果然念了一会儿就进入梦乡了。

第二天早上不等天亮，赵春生睁开眼睛。几分钟后起床号声响起，赵春生尽快起来整理好床铺，第一个下院子等候出操。队列按大小个顺序，赵春生站在排头。早操跑了几圈后开始队列训练，从步伐到队列动作，赵春生都做得很规范，不仅没有什么漏洞，还被带操干部叫出队列作为新兵代表进行示范。赵春生感到他第一次在中队官兵面前得到了初步肯定，心里更有了争先创优的信心。

## 四

几天后，训练忽然紧张起来，除了训练队列外，还要训练体能，更重要的是加大了消防业务的训练。孙夏成本身是中队的训练尖子，也是个业务能力强的人，对于赵春生这个新兵，既喜欢他的身体素质，又欣赏他的军事技能，所以在他眼里，赵春生是个好兵。当然这并不是因为赵春生是他的老乡和同学，而是由于赵春生训练起来很卖力，能吃苦。

赵春生不仅干好本职工作，还主动给老兵洗衣服打洗脚水，哪儿苦哪儿累他就冲到哪儿。孙夏成由于业务过硬，在他的手下当兵训练不能太懦弱。这方面赵春生不怕，在体能训练方面他完全能跟上进度。不过，赵春生训练十分着急，对自己要求很严格，每天体能训练他做完规定的内容还要多练一阵。训练场上大家展开激烈的竞争，个人与个人、班与班每周一次考试，每月总结评比。孙夏成是个争强的人，要求人人要争当先进个人，班里要争创先进班。

训练场上的口号声阵阵起伏，赵春生的业务训练成绩一直都不是很理想，最为赵春生担心的是孙夏成，也许是孙夏成看赵春生是块好料，对他要求过高。这样，赵春生一连几天压力很大。

那天训练结束后，天已经暗了下来，班里的人都在聊天，赵春生对此丝毫不感兴趣，他需要的是静静地想一想，到底问题出在哪里？他在班里待了一会，出来到后院的石凳跟前。那里比较清静，晚上很少有人会来。他在那里坐了不久，有脚步声慢慢地靠近，他知道是孙夏成来了。

“怎么坐在这里？”孙夏成坐在身边问。

“我想一个人在这里静一静。”

“是不是为成绩上不去发愁？”

赵春生沉默不语，他不知道怎么回答。

“春生，不要太自责了，凡事有个循序渐进的过程，谁也不可能一口吃个大胖子。我到中队第一年也想尽早有个出头之日，其实当时好些方面还不如你现在，后来才慢慢有所长进，人常说功到自然成。”孙夏成好像知道赵春生不会回答，继续往下说着。

“你要振作起来，只要持之以恒地坚持训练，总会有进步有成效的，功夫不负有心人嘛。”

“我觉得自己太没用，为了当兵我没有认真高考，惹得母亲至今还在生气。如果成绩上不去，怎么能当一个好兵，将来还有什么出息，最终如何面对父母？”

孙夏成沉思了一会，说：

“我能理解你的心情，但是不能操之过急。”

孙夏成这些话说得很诚恳,可以说是推心置腹。那晚回去以后,赵春生在床上辗转反侧,把孙夏成的话想了又想,觉得很有道理。他想着下一步的对策,如何克服训练障碍,实现新的突破,想着这想着那不知不觉睡着了。

时间过得真快,转眼间到了秋天。虽然到了初秋,夏日的热气还未全然退去,只是每天早晚有了丝丝缕缕的冷意。早上起来,赵春生想起昨晚梦见他父母,望着那压抑的黑云,他的心在雨中不禁有些凄凉和惆怅。对他来说,雨中的秋天就是一首忧伤和扣人心弦的歌。那点点滴滴的雨水,是他心上的片片思念和绵绵回忆,或者说是淡淡的伤感。

一阵号声打断了他的思绪,他又跟随战友投入到一天的部队生活中。上午还是紧张的训练,下午中队组织开展篮球比赛。来到篮球场上,战士们按照班级顺序在篮球场两侧坐下,接下来的是队员上场。队员都是每个班里打球比较出色的,赵春生论身高当然也是队员。随着一声哨声,篮球场上喊声四起,一班和三班比赛开始。这场比赛最有看头的应该属一班的孙夏成。孙班长那熟练的运球技巧,穿梭自如犹如一条泥鳅,任何防守方式都阻挡不了他的进攻。赵春生凭着身高发挥了篮下抓球和投球的优势,加上其他队员的积极配合,上半场一班成绩遥遥领先。正在休息时,有人喊:

"赵春生,电话!"

赵春生跑进通讯室,拿起电话,"喂!"

"是春生吗?"赵春生听电话里传来的声音像父亲,便急忙回答:

"爹,是我。"

"你怎么很长时间和家里不联系?"父亲问。

"部队上一直很忙。"赵春生说。

"再忙你也应该抽时间给家里打个电话或写封信,你母亲最近不断地念叨着。"

赵春生不知该说什么,嘴里支支吾吾半天吐不出一个字。父亲还说了许多,他放下电话,在返回操场的路上反思着自己。事实上他从当兵离家后,只打过两次电话,一次是到从兵训练基地把电话打到家里,只告诉母亲他到达的消息,并没有过多说话。再一次是分到永新消防中队的第三天,电话打给父亲,简单地说了中队的情况。不是他不愿意和父母联系,主要是打电话部队没有条件,打外地电话只能到县城,外出不便请假,而且电话上给家里尤其是母亲说什么?原打算写封信,可是从新兵训练到中队,一直忙得不可开交,始终未能挤出时间……想到这里,他感到非常愧疚和自责,无论有多少理由也无法原谅自己所欠的“父母债”。

他回到篮球场继续打完了下半场。尽管这场球打赢了,全班战友都很高兴,他却心事重重。晚上,别人都在看电视,他去中队学习室写了一封信。

父亲、母亲:

几次拿起笔想给你们写信,都没有成书。忙是客观事实,但最主要的是无从下笔,也不知道怎样给你们说。本来是想等我在部队干出点成绩再向二位汇报,可是至今还是碌碌无为,惭愧之极!

我知道,母亲对我当兵是有心事的,从不同意到默许是对我的宽容,也是一位母亲对儿子的慈爱。我终于明白,你们和所有父母一样,对儿女唯一的要求就是他们最终有出息。我对不起你们,特别是对不起母亲。我不知道走的当兵路是错是对,但我在部队一定会好好干,将来会给你们一个满意的答复。

儿子:春生

## 五

中队除了紧张的训练,接警出动也接连不断,电铃隔三差五甚至一天几次地响起。起初一般不让赵春生他们这些新兵出火场,除非特别重大或需要人员全部出动时才派他们参与,主要是中队干部考虑新兵不具备火场作战技能和随机应变能力,缺乏灭火救援经验,为了防止盲目蛮干和不必要的自身伤害。后来随着赵春生他们的业务素质不断提高,才逐渐投身到灭火救援中。

那是一个秋末冬初的夜晚,风“飕——飕——”地吹着。凌晨四点,正当官兵们睡得香甜,“119”电铃响起,值班员报告:

“县氧气厂发生火灾!”

“全体人员和车辆紧急出动!”华玉锋队长发出命令。

官兵们从热腾腾的被窝里爬出,迅速着装登车赶往火场。一路上,战士们听说是氧气厂的火灾有些紧张,班长孙夏成劝同车的战友不要怕,赵春生却无所畏惧,因为他在平时的训练中早就养成了敢打硬拼、勇往直前的意志。

到了氧气厂，厂内南侧生活区的平房着火，浓烟与烈火腾空而起，除了火的亮光外，厂区一片漆黑。厂长谢兴汉见消防队来了，急忙告诉华队长：

“起火部位在生活区职工宿舍，发现时已经成大火，我们无法扑救。”

“生产车间和库房在什么位置？”华队长问。

“距着火处十多米的北面是生产车间，相邻六七米的西侧是氧气瓶库房。”谢厂长说。

“厂区怎么没有灯？”

“火灾是职工宿舍电褥子引起，已经断电。”

华队长下达命令：“一班、二班控制消灭火灾，三班打开车灯照明，组织供水。”

孙夏成立即组织一班战斗员与二班密切配合，展开灭火攻势。四支水枪将水打向火灾中心部位，孙夏成手握水枪与赵春生紧抱水带冲在最前面，就在大火即将被控制时，一股势头强劲的东南风将火卷向西侧库房。

“糟糕！”华队长意识到问题的严重性。

“库房有多少氧气瓶？”华队长问。

“四十多瓶。”谢厂长说。

华队长想，如果不马上控制蔓延的火势，库房就会受到威胁，存放四十多个氧气瓶的仓库就相当于一个炸药库，一旦爆炸，不仅会炸毁整个氧气厂，更重要的是危及县城安全。他立即调整兵力，调动二班控制扑救向库房蔓延的火灾，一班与氧气厂职工组织疏散库房氧气瓶，三班扑救职工宿舍余火。孙夏成带领一班战士和六名职工紧张地向外搬运，赵春生身高力气大，一人扛一瓶比别人跑得快。经过紧张战斗，他们已经抢救出三十多瓶。三班扑灭职工宿舍火灾后，也参与疏散库房剩余氧气瓶。

这时，大风将蔓延的火引向墙外的油松树，燃烧的树枝落在库房顶上引燃砖木结构库房，疏散氧气瓶遇到困难。

“一班长，库房氧气瓶疏散完了没有？”华队长问。

“没有，还剩两瓶。”孙夏成回答。

“库房里面情况怎么样？”

“房顶已着火开始下塌。”

“赶快撤离人员，停止搬运！”华队长发出命令。

“是！”孙夏成回答后接着下达口令：

“禁止所有人员进入库房！”

孙夏成口令还没下达完，赵春生跑进去抱出了一瓶。接着，赵春生跑进去，让所有的人目瞪口呆。孙夏成急得不知所措，当他冲向库房门口时，赵春生抱出了最后一个氧气瓶，此时库房房顶全部塌落下来。

几天后，中队召开灭火救援战评会，赵春生满怀信心地准备领奖，可万万没有想到，奖励人员不仅没有他，还让他作检查，并对他在灭火救援中的行为展开讨论。会前，孙夏成找赵春生单独谈话。

“春生，氧气厂救火中你对自己的表现怎么看？”孙夏成问。

“从灭火到疏散氧气瓶，我都竭尽全力，而且还冲在前面。”赵春生说。

“这方面你说的没错，可是奖励没有你的份。”

“为什么？”

“你违反火场纪律。库房猛烈燃烧房顶面临坍塌的危险，指挥员下达命令后你不执行，冒险闯入。”

“我是想把最后的两个氧气瓶抢救出来，无非是没听你的话。”赵春生带着情绪说。

“不是没听我的话，命令是队长下的，作为军人在任何时候都要无条件地服从命令，否则就不是真正合格的军人。”

孙夏成看了看赵春生垂头丧气的样子，接着说：

“我作为你的班长，就给你说掏心窝子的话。你要想得开，不能闹情绪。中队认真研究过，对你在火场冲锋陷阵、不怕牺牲的精神给予充分肯定，但盲目冒险的蛮干行为既害自己更不利于部队。你要有作检查的准备。”

战评会上，华队长对氧气厂灭火救援进行讲评，指导员窦建国宣布了奖励人员。对于赵春生没有受到奖励而作检查的结果，大家各抒己见。有的说赵春生冒着生命危险抢出氧气瓶，避免了更大的危害功不可没，也有人说他不服从命令，盲目逞能……

时隔半月后，永新消防队又接到火灾报警。那天晚上，官兵们正在组织政治学习，值班员接到电话，城关镇敬老院发生火灾。命令下达后，中队出动三台消防车两个班战斗员。到达火场，敬老院三楼浓烟烈火，楼梯口被大火包围。

“快救火！快救楼上的老人！”一名自称是院长的中年男子说。

“楼上有多少人？”华队长问。

“十二名老年人，他们都行动不方便。”院长说。

"一班全力救人,二班实施灭火!"华队长下达命令。

孙夏成带领一班穿越火海,寻找抢救人员。赵春生冲锋在前,比谁都跑得快。他先从火势凶猛的房间寻找,由三楼到二楼,背起老人,救出一个又一个。二班一面控制火势蔓延,一面围攻消灭,很快扑灭了大火。

战斗结束后,华队长现场点评,赵春生救出的人最多。

过了十天,赵春生被提升为永新消防中队三班班长。

# 第四章　苦练硬功

## 一

永新消防中队院内东西两面墙上新增了标语口号，一面写着“打造一把尖刀利剑，磨练一批钢铁战士，铸造一支无敌铁军”，另一面写着“当兵不习武，不算尽义务；武艺练不精，不算合格兵。”这显然是永新消防中队抓训练的新举措，也意味着苦练消防业务基本功拉开序幕。从此各班开展扎扎实实的训练，赵春生作为新任班长更是从严从难要求，不仅抓消防业务，军事和队列动作也不放松。

经过一段时间的训练，中队准备开展军事动作和队列比赛，对成绩好的一个先进班和前六名个人进行奖励。孙夏成是老班长，个人业务素质又好，虎视眈眈地盯着第一名。赵春生初生牛犊不怕虎，表现出不甘示弱的势头。

那天，比赛终于开始。

“报告队长，比赛人员全体集合完毕，是否开始。”苏明辉代理副队长整队完毕后，向华队长请示。

“开始！”

“是！”苏明辉礼毕之后，转身对全队喊到：“队列比赛现在开始！”

这次队列比赛的军事动作主要是立正、稍息、坐下、蹲下、起立、脱帽、戴帽、整理着装、整齐报数、出列、入列、敬礼、礼毕，要求队列中姿态端正、精神振作、警容严整、动作准确。评委由支队司令部章参谋、中队长、指导员、副中队长和司务长组成，他们将根据各班的整体精神风貌、队列动作、排面整齐度进行评分。

第一个项目结束，接着是队列比赛。

“齐步走，一——二——一。”一班长孙夏成带领全班走到评委席前，全班战士迈着整齐的步伐，走入比赛场地，几声嘹亮的口号声响起，队伍精神抖擞，气势磅礴。赛场上,一班的战士们集中全部精神等待着班长的一道道命令,用心来完成每一个动作。

“一班,好样的!”一班完成比赛科目之后,外面观看的几个胆大的战士小声地赞叹着,评委们的脸上也露出了满意的笑容。二班、三班紧张起来,尤其是赵春生,感到压力更大。

二班比赛节奏紧促,已经进行到了最后的一个科目,三班马上就要出场,前段艰苦的努力即将见到成绩,十颗怀着激动的心,等待着拿出自己最好的实力,比出好成绩。

“齐步走,一——二——一。”赵春生的口令像出动信号一样,让每名战士都十分精神。

“向右看齐,向前——看。”赵春生口号嘹亮,十个人同时摆头,所有的动作都是那么整齐划一,从一上场,他们就吸引了所有人的目光。

赵春生发出的每一道口令,全班上下都能出色地完成,这种出色的队列表演,完全压过了前两个参赛班的气势,赢得了所有人员的赞叹。在场的支队司令部章参谋和几个评委感到,上任不久的班长赵春生以何等的努力才能达到今天的成绩,这凝聚着他和他的战友们身上多少的汗水,他们的表现大有摘取桂冠之势。

比赛快要结束,成绩即将见分晓。就在三班完成最后一个动作时,“哎哟!”一声痛苦的叫声惊动所有人,只见三班的一名战士倒在地上,脸上满是痛苦的表情。

“潘玉平,潘玉平!你怎么了?”赵春生急忙问。

“班长,我把脚扭了。”潘玉平痛苦地说。

赵春生揭起潘玉平裤腿,看到他的脚腕已经红肿。现场顿时有些乱,评委席上的领导都站起来,华队长向出事地赶来。这一突然意外让所有人都焦急不已,远处的人担心起这名战士是不是发生了严重事故。

“你下去休息!”赵春生说。

“班长,不行,让我们把最后的科目做完,不能因为我拖了咱班的后腿。”潘玉平说。

“潘玉平,你的脚都肿的那么高,还怎么做?再说即使你忍着伤痛去做动作也不规范,仍然会影响成绩。”赵春生劝他。

“班长,让我做下去。”潘玉平顽强地站起来。

这时,华队长跑过来问:

“怎么了？”

“队长，潘玉平的脚受伤了。”赵春生回答。

“队长，我没事让我坚持做完。”潘玉平咬着牙说，他的脸上溢出了汗。

“扯淡，赶快抬下去找卫生员治疗！”华队长果断回绝。

潘玉平还坚持不走，在那里磨蹭着。

“赵春生。”华队长叫。

“到！”

“你赶快给我把潘玉平扶下去，给他治伤比什么都重要。”华队长严肃地说。

潘玉平总是心不甘，他暗暗地怨自己这只脚，怪自己不小心没能坚持住，出了这样的差错。赵春生心里更是非常难受，他希望这次比赛能有一个圆满的结果，取得优异成绩，与一班决一雌雄。中队领导历来重视安全防事故工作，细雨常绵，安全经常念，无论是出动火场还是业务训练，都要求把安全放在第一位，可是自己带的班却恰恰在比赛时出了问题！

比赛结束后，尽管评委们打分的结果已经出来，三班成绩明显占优势，但还是认真地研究了一番。

“论整体实力，三班训练基础扎实，动作规范，在三个班中是独占鳌头的，如果不是出现意外，第一名非它莫属。”指导员窦建国说。

“单纯从比赛成绩看，三班确实不错，评第一当之无愧。可是发生了不安全事故就另当别论了。现在部队安全工作实行一票否决制，何况是比赛中发生的，必须引起足够重视。”支队司令部章参谋说。

一班的成绩与三班不相上下，其他评委有的说一班是第一，有的说三班是第一。华队长考虑了片刻，说：

“这样吧，虽然我们要通过军事队列比赛，比出成绩，赛出水平，但要从部队的各个方面全面衡量，尤其要包括安全管理。尽管只是一个歪脚事故，却也暴露出隐患苗头。我意见，评一班为第一名，官兵们才会引以为戒。”

最后，经过反复讨论决定一班为集体第一名，赵春生为个人第一名，孙夏成既是集体荣誉获得者，也是个人受奖人员。

## 二

永新消防中队军事和队列训练搞了一段时间后，又展开了体能与基本技能的训练项目。这些本该是新兵连的主要训练科目,之所以重新调整了集训内容,就是为了进一步提高官兵业务基本功,打下坚实基础。

清晨天蒙蒙亮,整个世界仿佛还沉醉在梦乡之中,享受着宁静的幸福。中队尖锐的哨声打破清晨的宁静,官兵们迅速集合到操场上。

"向右——看齐,向前——看。"华玉锋亲自整队后,说:

"同志们,前段时间我们学习了部队的三大条令,进行了队列的训练,我看到了你们所取得的可喜成绩,但这些还远不够。我们消防部队需要的是能打仗、会打仗、打胜仗、熟练掌握多种技能的复合型人才,这就要求我们不断锻炼。体能和技能训练虽然艰苦,但这是消防员最基本的技能,大家还要在实战中不断磨练自己,积累出实战经验。消防部队是一支'养兵千日用兵千日'的部队,我们永远战斗在保卫国家财产和人民生命的一线上,我相信大家每一个人都会成为灭火救援的钢铁战士。大家有没有信心?"

"有!"官兵们回答的响彻云霄。

华队长讲得很激动,他把希望寄托在眼前战友们的身上。赵春生深受鼓舞,他暗暗下决心,不仅自己要练好基本功,更要带好三班。

一天八课时的训练时间,四课时体能训练,两课时业务理论学习,两课时技能训练。在进行体能训练的同时,也相应的开展一些简单的技能训练。上午第一个训练科目是三公里长跑,这需要极大的耐力才能坚持下来。四百米跑道的操场上,三个班围着操场跑着,刚跑过两圈不少人已经开始大口地喘气,显然体力已是捉襟见肘。赵春生对此则充满信心,别说三公里就是六公里他们也能跑完。

"班长,我坚持不住了。"赵春生班里一个身材瘦小名叫葛勇的战士停住了脚步。

"葛勇,'掉皮掉肉不掉队'是我们的钢铁誓言,无论什么情况都不准掉队,必须坚持!"赵春生边跑边气喘吁吁地说。

"是,班长。"葛勇快步向前跑。

赵春生说话时被几个人超过,他加快步伐追了上去。最终赵春生夺得第一名,孙夏成第二……葛勇总算跑到终点,虽然没有垫底,却也在后几名。

体能和技能训练最终的考核来临,每个人都想在考核中取得好成绩。考核科目为:长跑、短跑、单双杠、挂钩梯以及六米拉梯,考核将在一天内完成。赵春生每晚增加训练为的就是这天,从起初的单双杠一个都做不了,到现在的优秀成绩,付出的汗水只有他本人清楚。上午的单双杠与六米拉梯的项目中,赵春生都是优秀,孙夏成拍了拍赵春生的肩膀竖起了大拇指。长跑项目一直是孙夏成的强项,赵春生也不弱,不过赵春生比孙夏成小一岁,体力上也要好一些。在大家不对孙夏成拿第一抱希望的时候,他在最后一圈的突然冲刺中,让所有在场的人为之一惊,居然是第一个到达终点的人。大家没有想到他今天这么厉害,赵春生终于知道生姜还是老的辣。

全部项目进行完毕后,考核成绩在军人大会上宣布,三十三名战士中,赵春生排名第一,孙夏成排名第三……

华队长向大家公布名次后,对这次考核所遇到的情况作出了讲评,对于赵春生的优异成绩给予表扬。他还对“某些老同志”成绩不佳提出批评。很多人都认为“某些老同志”是指孙夏成等几位老班长,孙夏成本人也感觉到是如此。当然华队长之所以这样说,意味着这些同志身上的潜力还没有真正挖掘出来。

会后,赵春生觉得这样对孙夏成有些不公平,便去找了华队长。

“队长,你是不是对孙夏成有偏见?”

“我对他能有什么偏见?”

“你明明是针对他讲的。”赵春生带着气说。

“这不叫偏见,这叫激励。”华队长显然明白他的来意,重复着“激励”二字。

“你不肯定他,难道在大家面前鼓励一下都不行吗?”

华队长深吸了口气,重重地坐在凳子上,点上一根烟吸了起来。

“你知道一个消防兵业务基本功最需要的是什么吗?”华队长问。

“我当然知道,是勇气和意志力!”赵春生坚定地说。

“没错,他也取得了好成绩,但是他缺乏拼搏精神。如果他有你这种精神,成绩肯定超过你。”华队长说着,将烟往烟灰缸里狠狠地按了下去,烟熄灭了。

赵春生看队长有些生气,便说:

“队长,我先走了。”

“你坐下,我话还没说完。”

赵春生再次坐下,华队长语重心长地说:“春生啊,你俩都是我带的兵,又都是班长。我也知道孙夏成比你资历长,作为一个老班长是非常不容易的。可是,必须清醒地认识到,我们不仅要有灭火制胜的硬功夫,更需要争创一流的战斗作风。支队要开展消防业务大比武,六个中队中咱们过去一直排在后几位,如果现在不下功夫苦练过硬的基本功,到那时我们怎么办?我知道你是他带的兵,你俩又是老乡,可感情和工作必须得分开。”说着,他喝了一口水继续说:

“有人说火场如战场,我们不但要明白这个道理,还要清楚训练场、比赛场更是战场。真正的消防兵在火场面对凶猛的浓烟烈火,要英勇顽强地降服它;在训练场对艰难困苦的障碍,要千方百计地克服它;在比赛场对众多的业务高手,要竭尽全力地战胜他……”

听了华队长的话,赵春生好像听了一堂生动的教育课。赵春生回到宿舍已到休息时间,尽管他躺在床上翻来覆去睡不着,却想明白了许多问题。他原来听说华队长是名牌大学的高材生,今天才真正领教了。他深深感到合格的消防兵不是泛泛空谈喊出来,而是要在训练场上练出来,在火场上战出来。于是,他悄悄给自己立下誓言:“争当钢铁战士,带出一流班级,争创比赛佳绩! ”

## 三

距支队消防业务大比武越来越近,永新中队的训练更是马不停蹄。中队抽出八名人员集中训练,赵春生、孙夏成既是训练的骨干,又是准备为中队夺得好成绩的尖子。华队长除了安排苏明辉副队长主抓训练外,还经常到场指导督促。参赛人员每人主攻一个项目,赵春生承担的项目最多,有挂钩梯、两盘水带连接、百米障碍板和二节拉梯。孙夏成也承担着三个项目,其中二节拉梯是与赵春生合作。

赵春生的挂钩梯和百米障碍板成绩还不错,唯有两盘水带连接不是速度上不去,就是水带撤出去跑偏压线。他每天反复练习,有时晚上八九点或黎明时分训练场还有他的身影。二节拉梯是他与孙夏成的合作项目,他们都有扎实的基本功,两人配合默契。赵春生身高腿长,上梯速度快于孙夏成,因而孙夏成扶梯拉梯,赵春生向上攀登。孙夏成动作熟练,很少出现失误,为赵春生爬梯赢得了时间。

一个月后,华队长带队参加支队消防业务比赛。比赛开始那天,赛场上六个中队代表队个个精神抖擞,气宇轩昂。尽管永新中队代表队站在纵队的倒数第三列,队员们却表现出不甘示弱的架势。

支队比武开幕式结束后,比赛正式开始。这次业务比赛的项目是挂钩梯、两盘水带连接、跨越百米障碍板、二节拉梯、水枪打靶,要求每个项目按规定实施,动作要准确规范。参赛顺序由抽签决定,每个中队在各个项目中抽到比赛次序都不尽相同。

第一个比赛项目是挂钩梯。赵春生排在四十六号，第一个上场的队员已经做好准备。

裁判员发令："各就位，预备——"

"啪——"发令枪响了。

那队员扛起挂钩梯跑到训练塔跟前，一层又一层的攀登到顶层。

"18秒4！"记时员报告。

接着，比赛依次进行，记时员一一报出"18秒3！17秒6！16秒4！"……当报出"15秒8！"时，不仅华队长紧张，赵春生更是心里一惊，因为最后这个时间已超过他们队平时训练的成绩，也快接近赵春生以往的最好记录了。

一会儿，轮到赵春生上场。赵春生做好充分准备，调整了紧张心情，随着"啪——"的一声枪响，他扛梯如离弦的箭一样飞到训练塔前，一层、二层、三层……猴子般地上到顶层。

"14秒6！"

"四十六号队员成绩是'14秒6！'"记时员特意重复了一次赵春生的成绩。

这个成绩轰动了全场，也出现了一些议论：

"四十六号，好样的！"

"赵春生，太棒了！"

"这成绩打破了光明消防支队的记录！"

"它在全省也算好成绩！"

……

赵春生感到他今天确实超常发挥了，虽然对成绩很满意，但他心里没有底，因为后面的队员还多着哩，平时与他成绩不差上下的孙夏成还没上场，说不定还有人要比他的成绩好。

所有队员比赛完，没有人超过赵春生的成绩，孙夏成也比赵春生多了0.2秒。虽然没有正式宣布，但大家都知道赵春生是挂钩梯的第一名。

第二个比赛项目是二节拉梯。赵春生和孙夏成排在第四位，前面的最好成绩是10秒7，而他俩取得了8秒1，至于名次如何，因为大部分队员在后面，一时难见分晓，何况他们各自还要准备参加两盘水带连接和翻越百米障碍板的比赛。

赵春生在两盘水带连接中吸取以往的教训，成功的铺设水带并连接，取得了6秒3的好成绩；百米障碍板翻越得干净利落，快速到达终点时，记时员报出了"19秒2！"

华队长非常关注他们的比赛,从所掌握的情况看,队员们的成绩超出预想的结果。经过两天的紧张角逐,比赛落下了帷幕。

那天下午,举行比赛总结大会。支队范参谋长宣布比赛结果,永新消防中队总分获得第一名。赵春生夺得了两项第一,一项第二,一项第三,个人排名第一。孙夏成获得了一项第一,一项第二,一项第三,个人排名第二。这个结果让其他中队有些呆若木鸡,以往比赛永新中队成绩一直在后面,这次怎么了?在场不少人有的议论有的猜疑。

“这个成绩是真的吗?”

“永新中队怎么能是第一?太出乎意料了!”

“凭以往的业务功底,为什么单项前几名多数被他们拿走?”

“他们是不是贿赂了裁判和记时人员?”

不要说下面人的议论和猜测,就连支队首长也刮目相看,不过事实是不容改变的。赵春生、孙夏成无论是个人单项还是合作项目,那精湛的技能和惊人的速度还历历在目。

当队员们从支队比赛返回时,永新中队大门口举行了隆重的迎接仪式。面对华队长领回的集体奖牌、赵春生和孙夏成拿到的证书及奖金,中队锣鼓齐奏为之庆贺,噼里啪啦的鞭炮声在祝福,就连路两旁的柳树也摇曳致意。

永新消防中队沸腾了!

永新消防中队甩掉了消防业务落后的帽子!

中队军政主官心里有说不出的高兴,专门召开了总结表彰大会,分别给赵春生和孙夏成各记三等功一次。

两个月后的一天,正在训练时华队长通知赵春生和孙夏成到支队范参谋长那里报到。他俩不知道是什么事,收拾好东西第二天去支队。到参谋长办公室门口,赵春生报告后两人进去。

他俩向参谋长敬礼后,范参谋长对他们说:

“全省要开展消防业务大比武,支队抽组人员集中训练一段时间后参加省上的比赛。你俩在支队比赛中成绩不错,希望再继续刻苦训练,力争使原来的成绩有新的突破,为支队取得好名次。”

他俩认真地听着,心里却有些紧张,也感到有一定的压力,怕取得不了好成绩无法向首长交待。

参谋长看出了他俩的心思,问:

“有什么困难吗？”

赵春生看了孙夏成一眼，说：“没有困难，就是怕辜负首长的希望。”

“不要怕，要有信心。孙夏成是老兵了，训练、比赛有一定的经验。”参谋长说。

“可是我的成绩上不去。”孙夏成畏难地说。

“只要继续下功夫训练，克服心理障碍，我相信你们会不负众望的。”参谋长鼓励道。

支队抽取十名业务尖子，经过一月多时间集中训练，在全省消防业务比赛中取得了集体第六名，赵春生夺得了一项第二，一项第三，孙夏成夺得了两项第三，为支队挤入前六名居功至伟。

## 四

赵春生在钻研业务上发扬雷锋的“钉子精神”，坚持勤奋学习，利用早操、开饭、睡觉前后和课间休息时间学习业务理论知识。中队因执勤灭火工作忙，业务训练强度大，为了确保官兵们休息，规定晚九点所有的人必须上床睡觉。可是几次中队干部查铺查哨时，都发现赵春生床上无人，不是在库房就是在学习室看书。他从杂志上看到一篇题为“多学可医愚”的文章，文中“知识改变命运，知识创造奇迹”的绝妙佳句吸引了他。

他深深地感到，当今时代日新月异，尤其消防是一个复杂的系统工程，与诸多学科相互交叉，与不同领域的知识体系有着密切联系。如果不刻苦学习，不认真实践，没有一点本领，就跟不上时代发展的步伐，就不能成为一名合格的消防兵。他从一年多的执勤训练和部队建设工作中，意识到自己现有知识水平的局限性，后悔当初没有听母亲的话而终止学业。

他多次被孙夏成利用业余时间复习报考军校的精神所感动，于是也有了进一步深造的想法。他给孙夏成谈了他的打算，孙夏成很支持他。快到摸底报名的时候，他去找了窦指导员。

他打报告进去，窦指导员问：

“赵春生，你有什么事吗？”

“指导员，我想报考部队院校，不知行不行？”赵春生试探性地问。

“行呀，怎么不行。这方面部队是积极鼓励并大力支持的。不过既然有这个想法，仅凭热情可不够，要及早动手复习，不要像孙夏成去年那样未能如愿。”指导员说。

“只要部队同意我报名参加考试，我会下功夫复习，决不辜负组织的希望。”赵春生说。

“从现在开始在不影响工作的情况下抓紧文化课学习。”

“是！”

赵春生从指导员办公室出来，心里乐滋滋的。他想和孙夏成好好聊一聊，尽管孙夏成去年没有考上，可他毕竟有一定的基础和经验。

那天晚上，班里的战士都在看电视。赵春生约孙夏成又来到后院的石凳那里坐下。

“老班长，报考部队院校需要从哪些方面复习？”赵春生问。

“目前部队院校考试课程主要有政治、语文、物理、化学、英语，除了全面复习外要根据你自己的情况，抓住强项，突击弱项。”孙夏成说。

“我上高中时擅长数理化，语文和英语不行。”

“春生，数理化好是个优势，这些课程最容易得分也容易失分，不过语文你要认真复习，毕竟是基础课，英语也不能轻视，它极易拉开考分的差距。”

“需要不需要请辅导老师？”

“辅导老师怎么请？这么多课程即使专门辅导你的弱项也不是一门课的事，况且中队执勤灭火任务繁忙，时间难以保障。”

“那咋办？”

“还是以自己复习为主。”

“有没有复习资料？”

“我去年购买过一套，你如果需要我给你联系订购。”

从孙夏成的交谈中，赵春生了解到许多情况，孙夏成也帮他订购了复习资料。从此，他每天除了训练和参与灭火救援，利用一切时间抓紧复习文化课程。指导员对孙夏成和赵春生复习考试很支持，怕他俩晚间复习影响战士们休息，把中队学习室作为他们看书复习的场所。

经过一段复习，支队对报考人员进行预选，孙夏成取得第一名，赵春生取得第五名，都在预选人员之内。对于预选上的十七名人员，支队组织集中辅导复习。赵春生因复习时间短，预选考试成绩与孙夏成有一定差距，所以更是如饥如渴，每天早起晚睡，分秒必争地投入学习。

这一年，光明市消防支队战士考学取得了大丰收。考入本科的四人，孙夏成、赵春生和其他中队的两人，一个名叫李秋丰，一个是周冬杰，另外还有专科三人。通知书下发后，赵春生、孙夏成、李秋丰和周冬杰都被武警学院录取。

离学院开学还有几天时间，考上学的有的准备去看望父母，有的与中队与战友告别。赵春生决定回家看望父母。他入伍后从新兵连到中队一直忙于训练和灭火救援，直到报名复习都没顾上探亲，也很少给家里打电话，仅仅给父母写过一封信，感到欠父母的太多。

赵春生请好假，乘车经过多半天的颠簸才到县城。他没有提前告诉父母，回到家里父母也刚下班回来，父母见到他不禁喜上眉梢。他从来没有见到母亲这样高兴过，无意间他发现母亲两鬓不仅有了白发，眼角的皱纹也更深了。父母嘘寒问暖，从生活问到工作，从训练问到灭火，赵春生回答的当然是父母爱听的，也就是部队上好的方面，这样打消了父母的不少疑虑。

儿子回来了，赵春生母亲觉得家里没有什么好吃的，提议到外面吃饭。他们去了一家饭馆，赵春生父亲点了几个菜，他们边吃边聊。

“春生，回家怎么不先说一声？”父亲问。

“我有很长时间没给你们打电话，不好说。”春生回答。

“这次回来在家里能多待些日子吗？”母亲问。

“待不了多少时间，就几天。”春生说。

“你一年多了没回来，怎么才几天？”父亲疑虑地问。

“儿子，是部队不给你请假吗？”母亲问。

“不是的。”

“那为什么？”母亲又问。

“爹、妈，我已经考上武警学院，过几天要去学院报到。”

“啊！”母亲吃了一惊。

“是真的吗？”父亲问。

“真的。”春生毫不含糊地回答。

这时，赵春生母亲脸庞上落下泪珠。按理说儿子考上学可喜可贺，何况是部队院校，是多少家庭梦寐以求的事情，而且她为了让儿子考学几乎是绞尽脑汁，曾经闹得矛盾重重。如今她万万没有想到自己的夙愿终于实现了，这一切来得太突然，太意外。

那天晚上，赵春生父母高兴得一夜没有合眼。赵春生也想了许多，真正领悟到父母渴望儿女们成才的心情。

## 五

几天后，赵春生从家里返回部队，准备去高等学府深造。他和孙夏成、李秋丰、周冬杰到支队政治处办理了手续，一同去武警学院报到。他们先乘汽车再到火车站，这是赵春生有生第一次看见铁路列车。登上火车的那一刻，赵春生兴奋极了，有一种用语言难以表达的心情。一路上，随着火车"铿噔——铿噔——"的声音，使赵春生想起了他上小学时的那首歌，还情不自禁地哼唱起来：

太阳当空照，
花儿对我笑。
小鸟说早早早，
你为什么背上小书包？
我去上学校，
天天不迟到。
爱学习，爱劳动，
长大要为人民立功劳。

这首歌尽管是孩儿时的《上学歌》，赵春生却感到，它在这简单而质朴的歌词中饱含着无数老去的孩子们对知识的渴望，也是他对过去的美好记忆……

赵春生虽然还在火车上颠簸，但他的心此时仿佛已经飞向了武警学院。第二天下午，赵春生他们到达了目的地。报名后，四人恰好都分在消防指挥系。他们过去是一个支队的战友，现在又是相同专业的同学，从此相依为伴，和睦相处，学习上相互勉励，取长补短。

从进入学院的那天起，赵春生十分珍惜这千载难逢的机会，学习更为刻苦用功，晚间常常学到深夜，星期天也从不上街闲逛。除了学院的统一课程学习外，他还制订了周密的课外时间学习表，几乎不错过一分钟的学习时间。赵春生在学院的几年中，有两位教授在学习上对他有很大帮助。这两位教授，一位是喻炳文，另一位叫窦明华。

喻炳文教授是北京人，说着一口流利的普通话。他既是教研室主任，又是赵春生学习部队管理课的老师。喻教授文化知识渊博，消防理论精通，涉及与消防有关的物理、化学、数学、法律、管理、教育、灾害学和心理学等他都知道很多，加上他还有出国进修的经历，讲课时深入浅出，旁征博引，娓娓道来，讲得既深刻又生动。赵春生除了上课专心听讲外，还经常利用课余时间向喻教授请教，他渐渐地将科学文化知识与消防业务有机地结合了起来。

还有窦明华教授，他是灭火救援专家。窦教授不仅理论研究造诣深，而且在业务训练、预案制定和实战演练方面具有一定的实践经验。赵春生为了学到更多的知识，经常在课堂提问，有时在院子遇见或专门去办公室，都要讨教一番，甚至为解决各种特殊环境下消防业务训练和灭火救援的难题，还以书面形式求教。窦教授人很随和，平易近人，无论赵春生在什么情况下提出问题，他都耐心细致地解答，有些问题还与赵春生共同商讨。这样，赵春生不仅学到了难能可贵的消防理论知识，更是知道了如何将理论变为实践，有了质的提高。

四年的大学生活，赵春生由于把大量的时间和精力放在了学习上，尽管有了机会就与孙夏成切磋学习，但在生活上与他一起入校三个战友来往的并不多。转眼间很快到了毕业时间，学业也基本完成。那天，他们四人相聚在一个小饭馆，点了几个菜，要了几瓶啤酒，围绕毕业后的去向边吃边聊。

孙夏成毕竟是老大哥，先开了口：

“学院生活即将结束，大家毕业后有什么打算？”

“听说有的同学托关系想留学院，不知有没有希望？”李秋丰试探性地问。

“那要看什么关系，如果关系不硬邦不一定能实现。不过据我所知不少同学找人想办法分配到大城市或条件好的地方。”周冬杰说。

赵春生其实对这个问题考虑了很长时间，凭他的学习成绩和在学院的表现，留学院或分配到大都市只要稍作努力是问题不大的。可是赵春生觉得，为了他的理想，亏欠了父母许多，如果去大城市离父母更远，难以照顾，更何况他是在光明市消防支队成长起来的，是那里培养了他。他拿定了主意，说：

“我哪里也不考虑，准备回原支队。”

“我也想回光明支队，毕竟是第二故乡，咱不能忘本。”孙夏成坚定地说。

李秋丰和周冬杰一看赵春生和孙夏成要回去，再也没有说什么。不过，他俩有去大都市或南方好地方的想法，也曾经做过不少工作。

一月后，赵春生和孙夏成顺利回到光明市消防支队，李秋丰和周冬杰去其他地方的愿望没有实现。赵春生被任命为特勤中队代理副队长，孙夏成、李秋丰、周冬杰分别分配到一、二、三中队。

赵春生去了特勤中队。

特勤中队和支队是一个院子，在支队综合办公楼的一至三层，从营房设施、车辆装备和官兵生活条件,与赵春生过去所在的永新消防中队根本无法相比,简直是天壤之别。特勤队队长空缺,方指导员给赵春生介绍了一些基本情况。方指导员了解赵春生的情况,见他来了非常高兴,便一往情深地说:

“你曾经是咱们支队的业务标兵,又经过专业深造,能和你一起工作我更有信心了。”

“我是个新兵,有您的带领我一定虚心学习。”赵春生说。

“特勤队的业务就全靠你了。”

“我会竭尽全力的。”

赵春生从上任的第一天起始终不忘自己的职责,除了执勤灭火和抢险救援,把主要精力放在抓官兵的业务技能提高上。他将课堂上学到的知识尽量运用到实践中,从官兵业务素质的提高到灭火救援预案的制定,从抢险救援器材的熟练操作到现场实地运用,都能理论联系实际。每次训练中他都既有理论讲解,也有操作示范,使大家感到一次训练就有一次的收获。他的奋斗目标是,不仅要练就自身的业务硬功,更要将特勤中队打造成攻无不克、战无不胜的消防铁军。

# 第五章　酸甜苦辣

## 一

那是一个风雨交加的晚上，一阵雷鸣电闪之后，特勤队接到了居民住宅火灾报警。赵春生带队前去扑救。火灾发生在城郊区，夜色漆黑一团。消防车的灯光被大雨打得有些模糊，只有偶尔出现的闪电与灯光融合才能把道路与田间绿油油的庄稼看得清楚一些。火灾是由雷电引起的平房着火，火势并不大，也没有被困人员。赵春生指挥战斗员很快扑灭了火灾，返回队上时已经是凌晨两点多。官兵们洗去身上的泥污，晾上衣服后上床休息。

赵春生不知不觉地进入了梦乡，一觉醒来已到天亮。他回想起昨晚做的梦：大雨下塌了农村他老家住宅的院墙，将绿嫩的白菜、韭菜压在下面。他小时候常听奶奶讲故事，奶奶是个有文化的人，讲得好多事都有一定的道理。记得有一次奶奶说，夜间梦见墙倒房塌是不好的兆头。奶奶还说绿颜色和亲人有关，绿就是青，“青”与“亲”是同音字。赵春生不清楚这个梦是不是灵验，也不知道奶奶说得是否可信。不过，他感到心里闷得慌，于是想给家里打个电话。

天亮了，他拨通了电话。

“喂！”听对方好像是母亲的声音，不过很脆弱。

“妈，我是春生。”

“哦，春生。你……”一句话还没问出来，母亲咳嗽起来。

“妈，你怎么了？”赵春生问。

“没有什么，就是有点咳嗽。”母亲正说着又咳嗽起来，而且咳嗽的非常厉害，说话也有气无力。

“我爹在家吗？”

“不在，他上班去了。”

赵春生给父亲打电话，问了母亲的情况。

“你母亲已经病了很长时间，她不让告诉你，怕影响你的工作。”父亲在电话里说。

“病情怎么样？”

“经常咳嗽，胸闷、哮喘、气促，医院检查了几次都说是肺气肿。”

“采取什么措施治疗的？”

“药吃得不少，也打过吊针，但效果不明显。”父亲说得很沉重。

听了父亲的话，赵春生意识到母亲的病非同一般，决定回家看望。

赵春生事先没有告诉回家的事，怕父母不乐意。他请好假，回到家里时已是第三天的下午，父亲上班还没回来，母亲一个人在家。母亲见他突然到家有些茫然，便问：

“你怎么回来了？”

“我想回来看看你。”

“有什么看的，不就是个咳嗽嘛，你们工作那么忙。”母亲正说着又咳嗽不止。

赵春生急忙上前扶母亲坐下，手在她后背轻轻地拍打着。他发现母亲不仅比以前更苍老，眼眶凹陷了许多，从脸面到身材明显消瘦。他给母亲倒了杯水，与她进行了一些简单的交谈。母亲是个好强的人，以前说话干脆利落，心直口快，可如今唯唯诺诺，有气无力，简直像变了一个人似的。不一会儿，父亲下班回家。父亲并不觉得儿子回来的意外，其实他很想和儿子当面商量春生母亲病的事情。

晚上，母亲因身体原因先去休息，父子俩谈起了春生母亲的病情。

“你母亲的身体越来越不好，白天稍微轻一些，晚上有时非常严重，咳嗽起来一时半会儿不停，好几次吐出的痰还带有血，而且人渐渐消瘦……”父亲无可奈何地说。

“我打电话时听得出她有病，回来一见面令我伤心。”赵春生伤感地说。

“唉，这咋办呢？”父亲叹了一口气。

“爹，我想带母亲到我那里的市医院检查一下，把病情确诊清楚，咱本县医院条件毕竟有限，不要耽误了治病。”

“也好，大医院医术总归比较高明，要不我也陪同一块去。”

“你还要上班，再说不需要人多。”

第二天，家里做了些准备。起初春生母亲不愿去，说就这么个小病，没必要到远处去,经过春生和他父亲再三劝说才勉强同意。

赵春生和母亲去了光明市,他给母亲在距特勤队较近的地方登记了宾馆。本来队上有接待室,母亲可以住在里面,可是他不愿让官兵知道母亲来看病,况且母亲也不想给中队增添麻烦。不过,他把情况告诉给指导员,并且请了假。

第二天,他带母亲去光明市人民医院。医院他并不陌生,之前几次在那里搞过灭火演练,门诊部、住院部甚至主要科室他都清楚。他没有找熟人,按正常看病挂号后和母亲进了外科诊断室。医生询问母亲病情后进行检查,并一一查看了陇山县医院的诊断病历,接着又开了化验、透视、拍片等检查单。赵春生交完费用,带母亲一项一项地检查,有些项目当场拿上结果,有些需要等待,还有的要到第二天检查单子才能出来。整个检查跑了多半天,情况如何只有全部检查结果出来后才能作出结论。

第二天,母亲经过前一天检查的反复折腾有些疲劳,赵春生叫母亲在宾馆休息,他去医院取结果。他把所有的检查单交给医生,医生仔细地查看对比,神情越来越严肃。医生很不高兴地看了赵春生一眼,然后写起病情诊断证明。在交诊断证明之前,医生问:

“病人是你什么人?”

“她是我母亲。”赵春生回答。

“你也太没责任心了,病情到了这个程度才来检查。”医生很生气。

“刚开始在县医院检查治疗。”赵春生说。

“县上检查的结果是误诊。”医生说话口气很重。

医生把写好的东西交给赵春生,诊断证明上写着:“肺癌中期”。

赵春生看到这个结果脑袋像要爆炸了似的,眼前一片漆黑。怎么会是这样的结果?过了一会,他虽然有些清醒,却还是忘记了周围所熟悉的一切,是怎么从诊断室出来的也不清楚。他接受不了这个事实,也不相信这是真的。

他从医院出来,在一个拐角处的大树下哭了。尽管人常说男儿有泪不轻弹,可他到了最伤心时。怎么办?这情况一不能让母亲知道,她知道后会痛不欲生;二不能告诉父亲,父亲如果得知母亲的真实病情,他的高血压发作会有更大的危险。最关键的是,母亲的病如何治疗?

他痛苦极了。

## 二

赵春生唯恐母亲知道病情的诊断结论，他把医院检查的所有资料拿到队部，锁在办公桌抽屉里。母亲几次问起情况，他说医院结论还没出来。尽管赵春生清楚医生对母亲病情的诊断是明摆着的事实，可他还是有些不相信。他去医院找到熟悉的彭副院长，交给检查资料，并告诉了他母亲的病症。彭副院长是这方面的专家，他反复斟酌研究后说：

"诊断结论没错，是肺癌中期。"

"有什么治疗办法吗？"赵春生问。

"肺癌的治疗方法，主要有外科手术疗法、放射疗法和药物疗法。"彭副院长说。

"像我母亲这种情况应采取哪种治疗方法？"

"最好是手术疗法，彻底切除肺部原发癌肿病灶和局部及纵隔淋巴结，并尽可能保留健康的肺组织。"

"咱们医院能做这样的手术吗？"

"手术倒是可以做，不过我作为副院长不应该这样说，建议你到省级医院去。大医院无论是人员技术还是医疗设备都占优势，可以将病情进一步复查确诊，即使做手术效果要好一些。"彭副院长说得非常诚恳。

听了彭副院长的话，赵春生觉得很有道理。可是，怎么向父母亲说呢？他把情况告诉了孙夏成、李秋丰、周冬杰，四个战友一起商量办法。

"阿姨病情的检查结果绝对不能告诉本人，否则不仅病人承受不了这种打击，更重要的是不利于治疗。"孙夏成说。

"我父亲已经问了几次结果，再也不好隐瞒了。"赵春生说。

"我意见，先按县医院检查的结果告诉春生父母，就说市医院建议到省级医院复查。"李秋丰说。

"联系省上医院的任务交给我，正好我表哥在省医院工作。"周冬杰说。

他们合计好后，孙夏成说：

"我提议咱们几个请春生母亲吃个饭。"

"算了吧，没有这个必要。"赵春生说。

"怎么没必要，阿姨来了我们起码得见个面。"李秋丰反驳了赵春生的话。

"就是，一起吃个饭有何不可。我们几个还可以给她做点思想工作，就说是为阿姨去省上查病送行。"周冬杰说。

下午，他们在附近订了一家餐馆，去宾馆叫上赵春生母亲。餐馆虽小但比较清静，孙夏成让赵春生根据母亲喜欢或能吃的点菜，赵春生叫他们随便点，只要不是过辣的或刺激性大的都可以。由于情况特殊，他们以茶代酒一一敬春生母亲，祝愿她早日康复。春生母亲非常激动，虽然话不多却表达了她的谢意。

考虑到赵春生母亲有病，吃饭很快就结束了。他们将春生母亲送回宾馆后，孙夏成和李秋丰陪同在房间说话，周冬杰与他表哥联系赵春生母亲检查的事，赵春生在外面给父亲打电话，说他母亲的病还需要到省城复查。父亲有些紧张，感觉到春生母亲病的严重性，非要坚持陪同去省上检查不可，赵春生也只好答应。

他父亲赶到时，赵春生已经做好了准备。当天晚上，他们就上了火车。到省医院后，赵春生给周冬杰他表哥打电话。也许是周冬杰的特别交待，周冬杰他表哥格外重视，从检查到办理住院一直陪同。赵春生母亲的病最终还是确诊为肺癌中期，需要尽快做手术。

第三天，主治医生叫赵春生父子俩谈话，医生说：

“病人做手术前给家属谈话是必要的程序，手术的目的是完整切除肺肿瘤及胸腔内邻近的淋巴结，你们要有思想准备。”

“切除肺的多少？”赵春生问。

“这要根据具体情况确定，肺叶切除是非小细胞肺癌最有效的手术切除方式，如果无法进行肺叶切除，或者肿瘤与胸腔中部靠的太近，手术可能需要全肺切除。”医生说。

“手术后病人需要多少时间恢复？”赵春生父亲问。

“术后恢复的时间取决于切除肺组织的大小及病人术前的健康状况。当然，还需要辅助治疗包括放疗和化疗，目的是尽可能地消灭体内可能残存的癌细胞。”医生说得很具体。

谈话后的第二天，赵春生母亲进了手术室。父子俩在家属等候区等待，父亲焦躁不安，时坐时站，赵春生也望眼欲穿。四个小时后，手术结束。医生告诉赵春生：

“手术做得很成功，切除肺部三分之二。”

母亲送回病房时，尽管脸色非常难看，但神志清楚，问话完全可以回答。医生说要间断性地和病人说话，不能让一直睡着。按医院规定，只允许一个人陪护，当天晚上父亲执意由他陪伴。赵春生虽然回到宾馆，心思却还在医院母亲病床旁边。他思绪万千，几乎是彻夜未眠。

第二天没等天亮，赵春生就到医院。可是，医院规定下午二点后才能探视，他只能在院子转悠等待,好不容易等到病区门打开。他进病房母亲已经清醒了,脸上气色也好了许多,还和他说了几句话。倒是父亲有些反常,脸色青紫,眼眶发黑,哈欠不断,起身时几乎跌倒。赵春生意识到父亲昨晚没休息,这是高血压发作的兆头。他劝父亲赶快去吃些饭,到宾馆休息。

从此以后,赵春生再没让父亲陪夜,他怕母亲刚做了手术,父亲的高血压发作了,他是顾母亲还是管父亲。在医院陪护是辛苦的事,不要说没有睡觉的条件,就连坐下打盹也不行,否则病人挂液体会出问题。赵春生一直坐在母床边,看着、守着。第二天晚上,也许是麻药散了,母亲痛得不停叫喊,即便打了止痛针也只是暂时的缓解。他不知道怎样才能解除母亲的痛苦,何尝不想替她分担一些,可没有办法。他看到母亲如此可怜,后悔小时候不该要性子,让她生气;不该只顾自己,不管父母;不该为自己的前途随心所欲,曾与母亲闹别扭。这时,他才真正理解市医院医生说他太没有责任心的那句话。

母亲手术后的第七天,医院由于床位紧张就叫出院了。回到家里赵春生想,母亲的伤口虽然长得比较好,但身体恢复得非常慢,饮食未转入正常,行动还不方便,而且还需要做后期治疗;父亲身体状况不好,他又在外地的消防特勤队,工作任务十分特殊,长时间请假肯定不行,照料母亲咋办?

那天晚上,赵春生把他的想法告诉了父母:

“爹,妈,我想打报告转业。”

“啊!你说什么?”父亲问。

“我准备从消防部队转业。”赵春生又重复了一遍。

“为什么?”母亲问。

“你和我爸身体都这样,我离得远照顾不上。”春生说。

“你如果有这样的想法,我手术后的其他治疗就不做了,你回来天天守在我身边!”母亲生气地说。

“儿子,自古以来忠孝不能两全。你作为军人,更应该以国家利益为重。”父亲说。

## 三

赵春生还未返回部队,他的高中同学任凤莲来家里看望母亲。他俩一起上学时关系就好,赵春生父母也很喜欢任凤莲。尽管赵春生自当兵后很少和任凤莲来往，但她有时间也会去赵春生家里。当地人说赵春生和任凤莲在谈对象，其实他们俩当初的同学关系虽然不错，但是并没有谈情说爱。

赵春生父亲和任凤莲父亲是老朋友，一个是公安局长，一个是法院院长。平时他俩除了业务工作，私人也来往密切。那天，任凤莲父母去看望赵春生母亲，赵春生父亲忙碌了一阵后，他们说起春生母亲病情和目前身体状况。

“哎，听说春生回来了，怎么不见人？”任凤莲父亲问。

“出去买些东西，马上就要回部队。”赵春生父亲说。

“春生走了后，他母亲病情还没好，谁照顾？”任凤莲母亲问。

“现在好多了，我已经能自理。”赵春生母亲说。

“这怎么行？我看这样，凤莲你们也不生疏，让她有时间多来帮帮你。”任凤莲母亲说。

“算了，孩子还有工作，挺累的。”春生父亲说。

“她除了上班，我们家务活有她母亲干，就这样定了。”任凤莲父亲说得很坚决。

赵春生本想多陪母亲几天，可在母亲严厉的督促下，第二天就返回部队。任凤莲工作之余，把照顾赵春生母亲当作主要任务，隔三差五往赵春生家里跑。

一个偶然的机会，县上公检法三长开会后，他们在袁检察长办公室喝茶时，袁检察长问：

“任院长的姑娘经常去赵局长家，你俩是不是成了两亲家？”

“没有，哪有这事。”赵春生父亲说。

“不可能吧，我听外面人都这样说。”袁检察长说。

“凤莲和春生是同学，以前关系比较好，这次赵局长爱人做了那么大的手术，儿子不在身边，凤莲有空了去给帮点忙。”任凤莲父亲说。

“春生找下对象了没有？”袁检察长又问。

“没有。”春生父亲说。

“据我所知，凤莲也还没对象，我给你们说这门亲事如何？”袁检察长主动提出做媒。

赵局长和任院长相互看了一下对方，都没表态。事实上，任院长和赵局长以前嘴上虽然没说，但心里都有这个意思。这次春生回来本想提这事，可是春生母亲做手术不久，给孩子说婚事似乎不妥。

赵局长和任院长回家后，把袁检察长的话分别给爱人说了，两家的大人都很满意,尤其是春生母亲更是希望凤莲做她的儿媳妇,就是不知道孩子们的意见如何。

赵春生回特勤队不久,收到家里一封信,他打开一看是父亲写的:

春生:

你回去一切好吗?收到这封信,你可能感到意外。有件事情想告诉你,本来给你打电话,考虑不好说。我和你母亲再三商议决定给你写这封信。

你从家里走后,县检察院袁检察长提起你和凤莲的婚事,你们既是同学又相互了解。我与你母亲觉得可以考虑。眼下你母亲这样的身体状况身边需要有人照料,我听说凤莲她父母也同意,不知你意见如何?

此事希望你慎重考虑,毕竟是终身大事,盼望回音。

父亲

赵春生看了信后,愣了好一阵。他没有想到父亲在他离家不到十天来这封信,更没有想到会提出他与任凤莲的婚姻。从内心讲,他和任凤莲自上学至今有一定的感情基础,双方相互理解,彼此尊重。没有离开陇山县以前,他有这个念头,但并没有吐露过。然而如今两人各奔东西,尽管任凤莲在县建设局下属的设计院有份正式工作,可相距这么远,今后生活中会遇到难以预料的困难,更何况有人在光明市区内给他介绍过一个姑娘,是市民政局的干部。他们已经见过面,但没有更深入的交往。

怎么办?赵春生来到了婚姻上的十字路口。如果选择任凤莲,对家庭有利,父母都身体不好,她可以照顾一切。如果在部队的驻地成家,自己今后在工作、生活、家庭方面显然方便。

他一时难以抉择,也无法给父亲回信。

特勤队的工作几乎没有一点消闲时间,执勤、训练、灭火、救援,一晃过去了一月多。那天,赵春生正带领战士训练,父亲来电话问信收到了没有,考虑的怎么样了。赵春生举棋不定,只能给父亲说他还没考虑好。父亲又督促了他,说他母亲身体越来越不好。

晚上,他在中队电视室看电视。新闻节目播放"百善孝为先"先进事迹报告会,节目里一个个尊老敬老的模范人物,一件件伺候老人的孝顺故事深深地感动了他。他边看电视边想,如今社会老年人并不是缺吃少穿,而是需要人的关爱和孝敬。作为子女们对父母长辈的孝顺既不是喊在嘴上，也不是用财物所能换取的，而是要实实在在地付诸实施。

第二天，他给父亲回了电话。他同意父母亲的意见，也愿意和任凤莲成亲。在这之前，任凤莲全家已经同意这门亲事。从此，赵春生主动和任凤莲联系，有时间打电话嘘寒问暖，其实就是加深感情。至于婚事的其他方面，包括婚礼的筹办是家里人操办的。

过了两个月，双方家里一切准备就绪。赵春生接到父亲电话，叫回去办理婚事。他处理完队上的事情后，请假回了家。

婚礼是在县上最好的一家宾馆举行的，毕竟赵春生父亲和任凤莲的父亲都是县上有身份有地位的人，更何况还是袁检察长做的媒人。所有事情都办得体面大方，场面宏大，气氛热烈，宾客众多，在县城算是高规格的。尽管赵春生并不喜欢这样隆重的婚礼，但这都是长辈们的心愿，况且也是为了给他们撑门面。事实上，不仅仅是那天的婚礼场面，对赵春生来说他和任凤莲的结婚，也包含着为父母考虑的因素。

不过，赵春生毕竟收获了一份甜蜜的爱情。

## 四

自从被分配到特勤队后，赵春生因家里的几件特殊事情占用了不少时间。他清楚组织安排他去特勤队的用意，自己也打算把队上的业务好好抓一下，不巧的是母亲得了那么大的病，他不能坐视不管，还有婚姻大事也无法推托。处理完这些事，他觉得自己家庭生活的担子减轻了，头脑也清醒了许多。经过反复思考，他深深感到特勤队是消防部队的重要组成部分，在履行“有警必接，有求必应，有险必救，有难必帮”的承诺时，也在无形中将职责范围扩大。不仅局限于出警灭火，而是由以灭火为主业逐渐向多职能化方向发展，已经成为消防部队的“尖刀”和“拳头”。如果不在业务训练上下苦功夫，就难以提高处置各种灾害和突发事件的整体战斗能力。

赵春生正在考虑如何强化特勤队业务训练，高标准提高官兵战斗力的时候，他接到支队苗参谋长的电话，叫中队拿出一个如何提高特勤队整体战斗能力的实施方案，支队党委要上会研究。他想既然支队这样重视，这个方案就得用点心。他查阅了大量的资料，反复构思，与方指导员交换了意见后，动手完成了一份方案。

一个星期后，赵春生和方指导员去支队汇报。他俩先去支队党委会议室，接着党委成员一一到齐。会议由支队柳政委主持，因为他是党委书记。

“今天咱们召开党委会，议题就是如何提高特勤队的战斗力。”柳政委说着，又侧身问：“看支队长有什么讲的吗？”

“先让特勤队说说想法。”薛支队长说。

赵春生开始汇报，讲解实施方案时他并没有照本宣科，而是把重点放在提高战斗力的措施上。他说：

“提高特勤队的战斗力，必须从五方面做好工作：

一、重视科技练兵，提高处置各类事故的能力。从‘科学技术是第一生产力’的英明论述，可以推断出科学技术也是战斗力。只有通过科技练兵，充分利用现有器材装备开展特勤业务训练，随时做好“打大仗、打恶仗”的准备，全员额、满负荷地开展贴近抢险救援实战需要的适应性和实用性训练，才能更好地提高处置各类事故的综合能力。”

“这方面有什么具体措施吗？”薛支队长问。

“主要措施有四点：第一，有针对性地开展救助、洗消、侦检等多种科目的特勤业务训练。立足实战的需要重点抓好责任区情况熟悉、特殊火灾扑救和化学事故的处置知识、防护常识学习和灭火战术技术的运用及装备基本操作技能训练。第二，强化官兵参加战斗的技战术训练，在单兵与单兵、班与班之间，从火灾、泄漏、爆炸、洗消等处置突发事故为主要内容的联合作战的整体作战能力训练抓起。第三，通过对业务理论的系统学习和实地演练，增强特勤队各类人员参与社会抢险救援的组织指挥和快速反应能力。第四，开展应用性灭火救援联合训练。针对有可能发生的大型灾害事故，组织相关部门进行综合演练，提高部队的协同作战能力。”赵春生说得条理分明。

“继续接着讲。”薛支队长说。

“前面汇报的是措施的第一点，我继续汇报。

“二、强化特勤专业训练，全面提升特勤队员综合素质。特殊灾害事故的处置、救援与常规灭火救援不同，其技术性强，危害性大，涉及范围广，参战人员需要掌握更多的科学知识和专业技能，加强有针对性和应用性的训练，如高层建筑、地下室火灾的扑救和抢险救援、化学危险品火灾的扑救与抢险救援、生化恐怖袭击核辐射等突发性灾害事故的处置和抢险救援等有针对性的训练。在训练内容上,要选择难度最大的科目,训练中要设想最不利的环境和气象,充分考虑可能出现的危险进行高难度训练,以适应各种复杂环境下抢险救援的需要。针对官兵的实际情况,区分层次,因人施训,从根本上提高官兵的整体素质。

“三、加强特勤装备建设,提高后勤保障能力。装备决定着抢险救援的战术和技术,同时也决定着部队的整体作战能力。现阶段生化恐怖灾害事故的处置和救援要求消防特勤人员必须具有一批技术、战术性能优良、科技含量高的防化新装备,因此应不断加强特勤新装备建设。

“四、制定周密的处置预案,提高部队作战能力。处置预案的制定,对于有效地实施特种灾害救援行动和提高指挥员的组织指挥水平至关重要。在处置各类事故中,需要一个指挥系统明确、职责分工细致、处置程序完整、勤务保障落实的综合性预案。预案应包括情况设定、力量调派、指挥系统、通信联络与组网、处置程序、勤务保障、注意事项、预案的实施等方面的主要内容,并相互衔接。

“五、协调各方面力量,提高联合作战能力。许多灾害事故包括恐怖袭击具有多样性和不可预见性的特点,造成处置的复杂性。在处中需要诸多部门和各专业分队参战,涉及力量部署、侦察检测、救助疏散人员、灾害处置、灭火作战、洗消处理等一系列环节。为了充分调动社会各方面的力量,应逐步建立和完善处置灾害事故的联动机制,在政府统一领导和指挥下,联合驻地防化部队、医疗救护、防疫、交通等部门,形成相互配合、协同作战的有机协调的整体。”

赵春生汇报结束后,柳政委问:

“方指导员有什么需要补充的吗?”

“没有,这个方案是中队党支部讨论过的。”方指导员说。

“大家看有什么意见。”柳政委说。

“从理论上看,这个方案无可挑剔,关键是如何落实到实际行动中去。”苗参谋长说。

参加会议的其他人员再也没有发表什么意见,最后薛支队长说:

“特勤队的实施方案想法不错,有创意。但是,部队的战斗力能不能提高,不是喊在嘴上,写在纸上,而是要从一点一滴、一举一动中去落实,一项训练、一次实战都要真抓实干。对于这个方案,今天我先不说好不好,希望你们下去与中队的现状对比一下,看有没有出入,差距究竟有多大,下一步该怎么办?”

赵春生原以为他这个汇报会受到领导的表扬,没想到是这个结果。为了这个实施方案,他几个晚上没睡好觉,苦思冥想,费尽心机。他有说不出的委屈,内心的滋味正像《苦咖啡》中的歌词一样：

夜色有点灰像一杯咖啡，
多了苦的滋味留著是是非非。
开始总是最美，
放了感情你却任它枯萎。
舍得我独自憔悴，
整夜不能睡只等你依偎。
你却唤也唤不回，
难道注定无路可退。
……

## 五

柳政委看出赵春生的心事，知道他有苦难言。党委会议后，他把赵春生和方指导员叫到办公室谈心。

“赵队长，是不是有心事？”柳政委问。

“没，没有。”赵春生低调地说。

“我清楚你有些想不通，要正确对待。其实，问题不是出在今天的汇报上，而是与平时工作有关。安排你们制订提高特勤队战斗力实施方案，是有目的、有针对性的。前一段时间，支队感觉到你们中队在几次较大的灭火救援和灾害事故处置中战斗力不强，甚至有时还不如普通中队，知道是什么原因吗？”柳政委说。

“是因为我家里有事，请假多，没有把业务训练抓上去。”赵春生说。

“不完全是这样，队长不在还有指导员嘛。消防部队尤其是特勤队，执勤灭火和抢险救援是主业，要把主要精力放在这方面。”柳政委瞅了一下方指导员继续说：“指导员不能单纯考虑思想政治工作，要围绕中心抓教育、抓管理、抓战斗力。”

方指导员明白柳政委在批评他，一直低头不语。赵春生也觉得很难受，感到愧疚，因为抓业务工作是他的职责。

“你俩个下去把今天汇报的方案认真研究一下，再完善，再细化，要具有切实可行的操作性，特别是在落实上要下功夫。”柳政委说得非常诚恳。

赵春生和指导员回到中队,连夜晚开展工作,不仅修改了实施方案,还制订了具体工作细则和日程表,任务明确,分工具体,责任到人。在科技练兵方面,先从责任区情况熟悉、特殊火灾扑救和化学事故的处置知识、防护常识学习和灭火战术技术的运用、装备基本操作技能训练着手,白天开展各种技能训练,晚间组织业务理论学习。

训练了两个月后,特勤队开展了一次技战术训练比赛。在现有的条件下,赵春生设置了出警灭火、化危品泄漏堵塞、人员被困救援等项目,既是业务比赛又是实地演练。比赛结束后,赵春生全面进行战评总结,中队对成绩突出的班和个人给予奖励,对末尾落伍者不仅通报批评,还要求加大训练强度,迎头赶上。

赵春生一直在琢磨特殊环境灾害事故处置的训练,他反复分析了中队官兵在这方面所掌握的科学知识和专业技能的局限性,除了组织他们深化理论知识学习,还有针对性地进行训练。他不仅对不同类型的高层建筑、地下工程、人员密集场所的灭火救援和化学危险品灾害事故抢险处置制订了训练计划,还把设想到最不利的大风、暴雨、冰雪、高温等恶劣气候和爆炸、塌陷、毒害等特殊环境与实际结合起来,充分考虑可能出现的危险,进行高难度训练,有些项目他身先士卒,带头进行示范性的训练。

经过一段时间的训练,装备器材上存在不少问题,不是缺东西就是破损不能使用。那天晚上,中队召开队务会议,一个是讨论特种灾害救援处置预案,另一个是研究特勤装备建设。救援处置预案大家没有多少意见,只是个别地方提了些修改建议。

“关于装备器材建设,司务长先谈些意见。”赵春生说。

“咱们特勤队现有的装备器材,还是几年前建队时配备的。按现在的配备标准,不但数量不足,品种不全,而且有些器材损坏,有些不适应现在的需要。”雷司务长说。

“为什么再没有配备新器材?”赵春生问。

“器材装备由支队统一配发,不让中队自行购买。”雷司务长回答。

“那些损坏的器材怎么不维修?”赵春生又问。

雷司务长一时半会不好回答,方指导员接上了话:

“这事不怪司务长,损坏的器材有的没法维修,能修的需要一定资金,已经向支队上报计划,至今未批下来。”

“那咋办?提高战斗力不是光凭人来实现的,而是由人员素质、器材装备的质量与数量、人与器材装备的融合程度等要素构成。从一定程度说,特勤队的战斗力取决于人与装备的融合程度。如果没有足够数量的器材装备,提高战斗力就落不到实处,最终咱们如何向支队交待?”赵春生说得很激动。

“我看这样,司务长会后对现有器材装备认真清点,根据现有配备标准,需要购置和维修的,详细做个预算,上报支队审批。”方指导员说。

一个月过去了,特勤队上报的器材装备购置报告查无音信。就在这时候,总队下发了特勤队达标验收文件。赵春生一看,距验收不到半年时间,他叫上指导员急急忙忙去了支队。他们先去后勤处罗处长办公室,罗处长说司令部还没有统一拿出器材装备购置的方案。他俩又找到苗参谋长,参谋长告诉他们,有的中队还没报上来。

赵春生急了。他和指导员又分别向支队长、政委汇报了特勤队目前器材装备面临的困难和达标验收时限迫在眉睫的情况。支队两位首长答应尽快解决器材装备的问题,要求从现在开始要争分夺秒地抓达标落实,软件硬件一起上,力争在全省取得好成绩。

回到中队后,赵春生和指导员对照达标验收标准逐条研究,制订措施,并召开军人大会,动员部署。赵春生负责硬件建设,包括器材装备、业务训练、灭火救援,方指导员负责教育管理、制度措施的制订落实等软件方面。官兵们除了吃饭睡觉,马不停蹄地投入到工作中。

一个月后,薛支队长和苗参谋长下队检查。他们没有听取汇报,而是边查边看,在查看中谈了意见。

“工作上目前还有什么困难?”薛支队长问。

“大的困难没有,就是感到时间越来越不够用。”赵春生说。

“从目前看,这一段你们抓得很有成效,各方面比以前大有改观。不过要注意,工作上既要只争朝夕,又要劳逸结合,不然把官兵搞得筋疲力尽,到验收时就发挥不出好水平了。”薛支队长说。

“支队长说得这一点很重要,同时还要注意安全防事故,达标验收安全可是一票否决制。”苗参谋长说。

又经过三个月的苦战,在全省考核验收中,光明支队特勤队夺得了第二名的好成绩。

赵春生荣立三等功不久,又晋升为中队长。

# 第六章 艰 辛

## 一

赵春生父母亲的身体越来越不好，父亲已到退休年龄。听说赵春生父亲快退休的消息，当年任陇山县的冯县长——现在已经是平乐市副市长兼市公安局局长——利用检查工作的机会，与赵春生父亲促膝谈心。

那天，冯副市长检查了一天的工作。晚饭后回到宾馆房间，冯副市长叫来赵春生父亲。他俩已经有好长时间没有见面，尽管赵春生父亲还没退休，由于身体原因，一年多来再没有主持县公安局的工作，本来下午吃饭时冯副市长想把干了二十多年的老公安局局长叫上，可是赵局长说他近几天感冒，加上高血压严重，不便参加。冯副市长看到眼前的赵局长有些心酸，过去他当县长时，那个机智勇敢、一马当先的公安局长如今怎么会成这样？

"你身体最近怎么样？"冯副市长关切地问。

"还是老毛病，一时半会好不了。"赵局长说。

"你为公安工作奉献了大半生，没想到晚年却是这么个身体状况。"

"唉，没办法，已经到退休年龄了。"

"退休前抓紧把病治一治，如果还有什么困难尽管说。"

"我的病是一方面，关键老伴孔建芳是个问题。她自做了手术后，身体一年不如一年，现在好些方面需要人照顾。春生在外地消防部队上，媳妇还有个一岁多的孩子，真是顾了这头顾不了那头。"赵局长说得有些难为情。

"你有什么想法吗？"冯副市长又问。

"我想能不能把春生调回来，或许能减轻一些家里的负担。"赵局长说。

"你为公安工作做了不少贡献，退休前提这个要求不过分。"冯副市长深思了一会接着说:“这事我给你想办法,咱们安市长和省消防总队常总队长是老乡,上次常总队长在省城请安市长吃饭,我和消防支队孟支队长也参加了。”

“不知这事能不能办成?”赵局长犹豫地问。

“难度一定有,不过你放心,无论结果如何,我会竭尽全力的。”冯副市长说。

冯副市长检查结束后,回去向安市长汇报工作的同时,把赵局长的情况也说了。

“陇山县公安局赵建国同志,任公安局长期间,几十年如一日,尽职尽责,为当地社会稳定做出了卓著成绩。尤其是在消防队和消防设施建设方面,成绩更为突出,还把自己的儿子送到消防部队,现在在外地当干部。按赵建国的工作政绩,当时是可以提拔为副县级的,但是由于他的年龄偏大没有实现。现在他马上要退休,不仅本人身体不好,老伴还做过肺癌手术,他想将儿子调回当地,帮助家里解决一些困难。”

“既然如此,就想办法往回调嘛。”安市长说。

“他儿子赵春生在光明市消防支队, 跨地区调动要经过省消防总队同意,我想请你给常总队长做点工作。”冯副市长说。

“那好。”安市长答应的很痛快。

两月后,安市长给冯副市长说了常总队长的回话,赵春生的调动总队已经同意,近期可以办理手续。冯副市长听后非常高兴,他答应赵局长的事如愿以偿了。他想毕竟赵局长当初是他的下属,在他任县长时为县里立过汗马功劳。可是,赵春生回来安排到哪里,他打电话把消防支队孟支队长和黄政委叫到办公室。

“把你们叫来,是因为给你支队调来一名干部,考虑具体工作岗位的事情。”冯副市长说。

“我们也是刚得到这个消息,但还没有见他本人。”孟支队长说。

“这个干部是陇山县公安局长赵建国的儿子, 在光明市消防支队任特勤队长。赵建国和老伴身体都不好,家里有实际困难,是组织帮助调回来的……”冯副市长说。

“冯市长,你看安排在哪里合适?”黄政委问。

“赵局长需要儿子在身边,安排在他们本县工作吧。”冯副市长说。

“陇山县消防队干部刚调整过,现在没有岗位。”黄政委说。

冯副市长没吭声,瞅了孟支队长一眼。

“安排到消防大队如何?”孟支队长问。

“可以,只要到他们县上,哪里都行。”冯副市长说。

赵春生事先根本不知道调动的事,当听到他要调走的消息时,揣测是工作上有什么失误或得罪了谁,搞不清楚具体是什么原因。

他去支队政治处尹主任办公室,尹主任以为赵春生是来办理调动手续的。

“尹主任,我不知道调动的原因是什么?”赵春生问。

“什么原因难道说你不清楚?”尹主任对赵春生的提问不仅出乎意料,而且有些生气。他接着说:

“支队也不清楚你为什么要调走,如果不是你们私下做的工作,怎么会出现这种情况。还问我为什么,我还准备要问你哩。”尹主任说。

“主任,你不要生气,我真的不知道。”赵春生满怀歉意地说。

“算了,不说这些,你也是要走的人了。”尹主任态度缓和了些。

赵春生在支队政治处办完手续,回到中队有些纳闷。他想难道支队真的不知道?不过从尹主任激动的情绪看,应该不会骗他,他的调动好像不是支队上报的。他不愿过多地猜想,反正马上要走了。

他给父亲打了电话。父亲刚接上电话就问:

“调动手续办好了没有?”

“你怎么知道我调动的事?”赵春生莫明其妙地反问。

“我咋能不知道。这事还多亏市政府领导,是通过你们消防总队常总队长办成的,咱们还得感谢人家。”父亲说。

“你应该事先告诉我。”

“当时冯副市长,也就是原来陇山县冯县长,他来县上当面问我有什么需要帮助解决的困难,我说我和你母亲都身体不好,你在外地消防部队上,如果能把你调回来,家里就有人照顾。谁知就随便一说,冯副市长还真想方设法办成了。”

“哦,原来是这样。”赵春生恍然大悟。他其实并不是怨父亲,母亲做手术后的瘦弱身影时时在他的脑海中萦绕,他甚至不止一次地梦见这种情境。那年他曾有过转业回原籍的念头,更何况还有妻子和孩子,调回去确实有利于家庭。

## 二

赵春生回到亲人身边,全家人高兴极了。尽管生活方便多了,但是工作上遇到极大困难。赵春生万万没有想到他会脱离中队,更没想到他被分配到了防火岗位上。他的特长是战训灭火，而且在武警学院学得是灭火指挥专业。现在搞防火监督，对他来说是隔行如隔山。不少人认为，防火与灭火同属于消防范畴，但从消防角度看，两者有很大的差别。

先不要说如何工作，就从知识层面上，赵春生也感到一时难以适应，他简直是个门外汉。赵春生的主要任务不仅是熟悉情况，更重要是是尽快适应工作。他知道从执勤灭火到防火监督是一个转折，许多东西他以前无论是在学院课堂还是工作实践中都没有遇到过。他去时消防大队只有两个人，一个是宋大队长，资历比较老；另一个是杜参谋，年龄比赵春生小，刚从学校分来不到一年时间。赵春生上班期间跟宋大队长适应工作环境，开展防火检查，工作之余查阅大队有关文件资料，掌握基本情况，再就是抓紧学习。他在学院学得是灭火指挥专业，与现在从事的防火监督业务截然不同，况且书本理论知识还不完全是实践所需要的。他从大队长那里借了不少消防法律法规和防火监督书籍，又从大队文件柜找了些业务资料，再加上他原有的消防基础知识课本，制定了八小时以外的学习计划，从此持之以恒地坚持学习，并将学到的理论知识尽量运用到工作实践中。遇到不懂的问题，他除了向大队长请教，还常常问杜参谋，很快也就进入了防火监督的行当。

赵春生到消防大队的那年年底，宋大队长由于年龄关系转业了。欢送大队长时，平乐市消防支队政治处闵主任前来参加。之后，闵主任单独给赵春生谈话。

“赵春生，到这里工作情况怎么样？”闵主任问。

“正在逐步熟悉，比刚来时适应多了。”赵春生回答。

“要尽快进入角色，挑起工作重担。”闵主任说。

“我会竭尽全力的。”赵春生说。

“宋大队长转业后，经支队党委研究决定，由你负责大队工作。”闵主任说得严肃认真。

“啊！再不来大队长？”赵春生意外地问。

“暂时没有大队长合适人选。”

“可我对大队有些业务还不熟悉。”

“不熟悉就抓紧学习，现在提倡培养复合型消防人才。你原来在执勤灭火岗位上干得很出色，相信你会不负众望。”

赵春生听了闵主任的话，感到肩上的担子非常沉重。他虽然到大队时间不算长，可从各方面得知了一些情况。宋大队长早知道他已经是“船到码头车到站”的人,工作扑不下身子,应付着过一天算一天,许多事情一推二拖,消防工作目前处于被动局面。

大队眼下面临的最大困难是,消防经费没有保障。陇山县财政极为困难,这几年给大队的经费廖廖无几。消防支队要求大队由生产经营解决经费,像陇山这样的偏远县没有什么生产经营项目,只能靠卖灭火器或推销消防产品。如果不这么做,连正常的工作都难以维持,尽管这显然与消防监督管理相矛盾,但没有办法。如果考虑挣钱势必影响工作,比如哪个单位存在消防违法行为或火灾隐患,如果大队恰好给他们卖过灭火器或有过什么业务往来,就不好意思给予对方消防行政处罚。

最令人头痛也是最难办的事还有消防报刊杂志征订任务。大队每年被分配的消防报刊杂志征订任务之大,就是全县所消防安全重点单位和乡镇都订上也还完不成任务,而且消防支队把这个任务作为年终考核的硬性指标,完不成者不仅经济利益受到损失,而且还影响干部的政治前途。这样,无论是大队长还是防火监督人员,都把消防报刊杂志征订当作"首要任务",为了完成任务,有的在征订时给单位说是订一份,实际按两份的价钱开票;有的托亲朋好友帮忙,甚至请单位领导吃饭;有的遇到困难单位,虽然征订发票开了,钱收不来时监督人员还要用自己的工资垫交。

又是通过多种渠道寻找经费来源,又是千方百计地征订消防报刊杂志,由此产生了许多负面效应。社会上流传着一句话:"消防大队到各单位不是为了防火检查,而是为了捞钱。"

这话越传越广,传到县上领导耳边。那天,县政府分管消防的汪副县长把公安局主管的狄副局长和赵春生叫到办公室谈话。

"最近社会上关于消防大队的传言比较多,有些单位意见也不少,主要是涉及推销消防器材,是怎么回事?"汪副县长问。

"消防大队这几年经费越来越紧张,县财政基本没拨多少钱,大队要完成消防支队定的指标,只能这么办。"狄副局长忙解释说。

"怎么不向上级争取消防经费?"汪副县长又问。

"消防部队只负责人员工资,其他经费地方财政解决。"狄副局长说。

"经费再紧张也不能这样,如此下去消防工作怎么搞?"汪副县长说。

"消防大队如果没有经费来源,工作就难以开展。"狄副局长说。

"经费问题大队拿个预算,我与财政局协调,若还有困难再找庞县长解决。"

汪副县长说后,接着又问:

“那又为什么到处推销消防刊物?”

“消防支队每年下达的征订量非常大,把所有单位都跑到还是完不成任务。”赵春生无可奈何地说。

“你们要给支队提出建议,”汪副县长说,“这样下去会出问题的。”

“大队哪里敢反映,部队上对上级只能服从。”狄副局长替赵春生说话。

“狄局长,你们公安局出面,把基层的呼声传上去,一定要反映。”汪副县长再三叮咛。

过了一个月,消防业务费经汪副县长的努力从县财政上得到解决,可是消防刊物征订问题,尽管意见反映给消防支队,由于是省消防总队下达的任务,下级一时还无能为力。

## 三

赵春生意识到,打造良好的消防工作基础不容易,而要从不利环境的阴影中走出去更难。从他负责大队工作以来,一直为了摆脱经济困境,完成支队分配的任务而努力,没想到给正常的防火监督检查带来这么大影响。大队本来只有他和杜参谋两个人,到单位检查不是领导避而不见,就是不愿意配合工作,至于检查出的火灾隐患,也根本得不到重视,更谈不上积极整改。

正当赵春生一筹莫展时, 从县城到农村、从机关到学校接二连三地发生火灾,不到一月时间发生三十多起,有时一天发生两三起。这些火灾搅得大队不得安宁,且不说火灾原因能不能查清,光是火灾现场也勘查不过来。尤其是一些农村室外火灾,无论是麦场粮草还是柴草堆垛,一把火烧得什么都没留下,很难找到痕迹物证,不少火灾原因悬而不明。

那天,赵春生去公安局向狄副局长汇报火灾调查情况。狄副局长听后说:

“近一段时间火灾接连发生,社会各方面反映比较大,县上领导也很着急。陇兴乡三河村一个星期内连续发生火灾,有故意放火的嫌疑,汪副县长要求我们尽快查个水落石出。”

“我也为这事犯愁,好些火灾查不清原因。”赵春生说。

“公安局抽出专门人员,你们赶紧把手头事情处理一下,准备参加县局组织的陇兴乡三河村连续火灾侦破专案组。”

“专案组都有哪些人员？”

“有刑侦、治安、消防和当地派出所。”

尽管赵春生觉得放火案不完全是消防大队的事，可毕竟与火有关，况且是狄副局长安排的任务，许多工作还要靠公安局支持。

侦破专案组在狄副局长的带领下赶到当地，随即展开了紧张有序的工作。狄副局长将人员分为现场勘查、调查询问和损失统计及善后处理三个组，赵春生、杜参谋和公安局一名刑侦技术人员主要是现场勘查。其实现场已经不是原始火灾现场，有的已被清理，只有火烧烟熏的残存；有的由于灭火现场一片狼藉，没有多少勘查价值；有的尽管还保留着现场，但柴草燃烧后找不到一点证据。所以勘查只能是对火灾发生的原始或变动现场做些记录，也并没有取得实质性进展，不过从几起火灾的起火点判断，可以排除用火不慎、小孩玩火、电气和吸烟等原因。

从调查询问组获得的情况看，陇兴乡三河村连续发生的火灾属故意放火的可能性极大，摸排到的线索是村里几户人家经常闹邻里纠纷，矛盾重重。然而，并没有什么证据。为了摆脱火灾调查的困境，狄副局长决定把侦破专案组撤回县城，造成放弃调查的假象，实则人员换成便装，晚上神不知鬼不觉地潜入三河村，分头守候在村庄的几个地方。

寒冬腊月，西北风吹得干树枝“呜——呜——”直叫，遮挡或隐蔽的旮旯处还有未消完的积雪，尽管天晴但还不到月亮露脸的时候，稍远一点什么也看不清。赵春生这一组在距曾发生火灾不远的破土墙背后，监视有放火嫌疑的那户人家。土墙高不过一米，墙跟下堆积着厚厚的一层雪。守候人员只能蹲下，稍起身抬头就会暴露目标，脚下到处是冰雪，西北风不时向他们吹来。赵春生从来没有遇到过这样的恶劣环境，尽管他以前在中队从战士到中队长，经历过各种特殊环境下的灭火救援，但那至少是火一半水一半，热一阵冷一阵，可眼下只有寒冷、黑夜和天空寥寥无几的星星。

难熬的时光极为漫长，守候人员度时如度日。赵春生他们连伸腿展腰的机会都没有，狄副局长要求绝对不能露出马角，因而腿蹲麻了就地坐下，一会儿起身时裤子就被冰雪粘住了。一个小时、两个小时、三个小时……大半夜过去了，虽然没有什么结果可还得守候下去。

连续守候了三个晚上，还是一无所获。狄副局长既怕被村里人发现，又怕专案组人员产生疲劳厌战情绪。他带领人员每日天黑出发，不等天亮便返回单位。第四天下午，狄副局长召集专案组人员开会，会上尽管有些同志有怨言、发牢骚，可狄副局长仍然要求持之以恒地坚持下去。会后,大家又一如继往地投入战斗。

当天晚上,夜还是那么黑,也还是那么冷。赵春生他们仍然坚守在那里,一直等到凌晨1点40分,被监视的那个人家灯亮了,接着从大门出来一名男子的身影,鬼鬼祟祟,东张西望,向邻居家麦草垛走去。杜参谋急于动身,却被赵春生一把拉住,并小声说:"别急!再等会儿。"

那人到麦草垛跟前蹲下,用打火机点燃麦草,亮光徐徐升起,当他幸灾乐祸地准备离开时,被早已做好准备的赵春生他们围上去按倒在地,此时狄副局长和其他几个组人员也赶来,将人抓回县公安局。

经过突击讯问,那人叫熊三虎,长得虎背熊腰,与他的名字倒很相符。

"你为什么放火?"狄副局长问。

"我家与邻居纪福元家过去因地界发生纠纷,吵闹过几次。前几天半夜,我家房后的麦草垛突然着火,幸亏乡亲们救得及时,不然我家的房屋也难保住。从纪福元家人的种种迹象,我怀疑火灾与纪福元有关,于是就来了个以牙还牙,干脆把他们家麦草垛点着,以解心头之恨。"

"你凭什么说你家麦草垛着火是纪福元点的?"狄副局长又问。

"村里人救火时他家没有一个人参加。"熊三虎说。

纪福元是不是放火嫌疑人?前面发生的火灾与他有没有关系?狄副局长安排人很快查明了真相,讯问中纪福元交代了他放火的理由和详细经过。不仅如此,还拔出萝卜带出泥,放火者不只熊三虎和纪福元,还有几家人出于相互报复的心理,你点他家的,他烧你家的,按他们的话说,没有别的目的,就是想出一口气。

## 四

陇兴乡三河村几起放火案的侦破,让赵春生深深感到,这都是村民缺之基本的法律知识造成的,法盲是多么可悲!不仅仅在农村,就是在机关单位、企业、学校,公民的消防法制和消防安全意识都极为淡薄。不少人甚至是一些领导干部,不清楚消防法律法规,不懂得防火灭火知识,因而也就不知道哪些火灾隐患会导致火灾发生。于是,赵春生产生了一个想法——消防宣传教育迫在眉睫!要想打开消防工作新局面,必须从提高全民消防安全意识抓起。

赵春生经过精心策划,制定了全县消防宣传实施方案。

那天,赵春生去狄副局长办公室汇报,提出消防宣传教育的打算。狄副局长说：

“抓消防宣传教育势在必行，近几年这方面基本是个薄弱环节，导致各级各单位对消防工作的不重视和缺乏理解，更谈不上支持。现在需要营造氛围，调动全社会力量，这样才能扭转消防工作的被动局面。”

“局长，快到‘119’消防宣传日了，能不能在县城召开一个动员大会？”赵春生问。

“这是一个可以利用的好机会。你们下去尽快拿一个方案，咱们向汪副县长汇报。”狄副局长说。

赵春生经过充分准备，那天与狄副局长一同去向汪副县长汇报。汪副县长听了后，说：

“在县城召开‘119’消防宣传动员会，并以此推动消防宣传教育很有必要，必须做得有声有色，达到预期的效果。”

“大会哪些人员参加？”狄副局长问。

“县级单位、各乡镇分管消防工作的负责人必须参加，县城消防安全重点单位选派干部、职工、学生代表。”汪副县长说。

转眼间就到了秋末冬初的十一月九日。那日，天高气爽，县城充满着节日的氛围。陇山县城广场举行隆重的“119”消防宣传日活动，“全民消防，生命至上”；“火灾是安全大敌，防火是社会大事”，“积极预防火灾发生，保护生命和财产安全”，这些标语飘扬在会场上空。

大会在鸣炮声和欢乐的气氛中进行，县公安局董局长宣布了全县消防安全宣传教育实施方案，狄副局长通报了近期发生的火灾和陇兴乡三河村放火案的侦破情况，汪副县长在讲话中说：

“今天我们召开‘119’消防宣传大会，目的就是提高全县干部、职工和群众的消防安全意识。刚才，公安局狄副局长通报的前段时间所发生的火灾，尤其是陇兴乡三河村几起放火案给我们敲响了警钟，不仅暴露出我们工作上的漏洞，更说明群众消防法治意识和安全意识极为淡薄。希望各级各单位以此为契机，从宣传教育着手，把消防安全持之以恒地抓下去……”

几天后，陇山县消防宣传拉开序幕。从县城到农村、从机关到基层，相继展开了声势浩大的宣传活动。大街小巷、村庄院落，消防宣传标语到处可见。消防大队组织的消防宣传车装载着展版、音响、资料、图册和消防器材，走乡串户地开展宣传教育。每到一处，机关、单位、乡镇、学校召集人员，消防大队与派出所发放资料,播放火灾案例,宣讲消防知识……县城的宣传告一段落后,又深入到基层,一个乡镇接着一个乡镇地宣传,有些还进入到重点村社,宣传工作持续了整整一个月。

赵春生当时不知道搞这个宣传有没有作用,可是后来在进行防火检查时发现,各单位和乡镇普遍对消防工作重视起来,各级组织和群众预防火灾的自觉性明显增强,火灾事故得到有效遏制。

陇山县消防工作有了好的势头,赵春生因势利导,把以前发生的火灾逐一清查,对没有查明原因的火灾按先大后小、先易后难,循序渐进地进行进一步的调查。尽管这些火灾已经没有条件再勘查现场,可是从调查访问和其他方面还是能获得一些新的线索。经过两个多月的艰苦工作,多数火灾查明了原因。通过调查这些火灾原因,赵春生发现,人为用火不慎、小孩玩火、吸烟的因素占多数,尽管电气方面大多是电线和设施引起的,但究其原因,还是由于对存在的火灾隐患未整改。赵春生反复想,查明火灾原因不仅仅是为了处理火灾责任者,更重要的是为了让职工、群众受到教育,落实防范措施。他选择了三个典型火灾案例,准备开一场火灾现场会。

这三个火灾案例,一个是县城集贸市场,因电气线路老化裸露引起火灾,烧毁市场商贸大棚三千多平方米,经济损失十三万多元;另一个是宏星沙发加工厂工人吸烟,烟头引燃可燃物,烧毁生产车间及财物,价值二十一万元;还有一个是县职中学生宿舍使用电褥子起火,造成四名学生受伤。这三个单位相距不远,参会人员可以亲自到现场考查。

赵春生把准备的情况和打算汇报给狄副局长,狄副局长说:

“召开火灾现场会的想法不错,应该让相关单位负责人现场受到教育。”

“局长,还需要做哪些准备?”赵春生问。

“你们准备在哪里召开现场会?”狄副局长反过来问。

“主会场选在县城集贸市场,还可以到发生火灾的宏星沙发加工厂和职中学生宿舍现场观看。”赵春生说。

“会场做些准备,不要太复杂,”狄副局长说,“集贸市场、宏星沙发厂和职中要有代表发言,其目的是吸取教训,引以为戒,做好今后的防火工作。”

一个星期后,在县城集贸市场召开火灾现场会,县级消防安全重点单位负责人在狄副局长的带领下分别看了三个火灾现场,赵春生通报了火灾事故及调查情况,火灾单位作了表态发言,狄副局长要求各单位引起高度重视,把火灾预防工作当成头等大事抓紧抓好。

赵春生从负责大队工作后，可以说是想了不少办法，大队的工作逐步由被动变为主动，消防支队领导也越来越满意，县上的反响很好。

火灾现场会召开不久，赵春生被任命为陇山县消防大队副大队长。

## 五

正当陇山县消防宣传扎实有效地进行，并以此推动消防工作顺利开展时，全国消防宣传工作“进社区、进学校、进企业、进农村、进家庭”活动拉开帷幕，要求社会公民“知道所属行业或部位火灾危险性、基本消防常识、会报警、会扑救初起火灾、会组织人员疏散……”赵春生想，如果把消防宣传与防火监督有机地结合起来，或许能取得事半功倍的效果。他研究制订了陇山县消防工作“五进”实施方案，取得狄副局长同意后去向汪副县长汇报。

汪副县长先看了赵春生制订的实施方案，又把它与上级消防宣传“五进”通知反复进行对比。

“你们拿出的实施方案怎么与省市的贯彻意见不一致？”汪副县长问。

“上级的精神单指消防宣传方面，我是把整体消防安全管理融入到里面。”赵春生说。

“这样不仅与上面的精神有出入，更为重要的是加大了工作量。”汪副县长说。

“汪县长，从眼前看是增加了工作量，扩大了工作范围。不过，我根据咱们县上的实际情况反复琢磨，消防大队人员少，推行消防宣传‘五进’也得耗费一定的人力和财力，不如一并将消防工作纳入岂不是一举两得。况且，从消防工作的发展趋势看，防火监督最终还是要落实到企业、社区、学校、农村和家庭中去的。”赵春生说得头头是道。

“这样能行吗？”汪副县长瞅着狄副局长问。

“我看行。这方面我和春生交换过意见，尽管刚开始工作量大，但只要派出所配合，各方面共同参与，相信会完成任务的。”狄副局长说。

“既然如此，这个实施方案就以市政府办公室文件下发贯彻执行。”汪副县长说。

赵春生和狄副局长从汪副县长办公室出来，回到狄副局长办公室。

“虽然汪副县长同意了咱们的意见，但我觉得全面铺开人力有限，一时也难以取得成效，应先行试点，以点带面，逐步推开。”狄副局长说。

“我也是这么想的，就是还没考虑好试点怎样确定。”赵春生说。

“在企业、社区、学校、农村各确定一个点，至于家庭嘛结合社区和农村试点可以多放些，你看如何？”狄副局长征求赵春生意见。

“这样很好，就按你说的办。”

市政府办公室文件下发后，赵春生他们与辖区派出所密切配合，从确定的试点单位开始工作。在社区依靠街道办事处、居民委员会、物业管理单位，结合社区警务室设立消防宣传活动室，建立志愿消防宣传队伍，健全包括防火公约在内的规章制度，举办消防知识讲座，组织灭火逃生演习；在学校配合教育行政管理部门，督促学校设立校外消防辅导员、向学生上消防知识课和组织自救逃生演习；在企业结合落实消防安全责任制和消防安全标准化管理，开展全员消防宣传教育培训，使职工知道本岗位的火灾危险性和消防常识，会报警、会扑救初起火灾、会组织人员疏散；在农村加强乡镇政府、村民委员会及农村治保组织，建立防火公约和固定消防宣传牌，并根据农村夏收、秋收等农忙季节特点，有重点、有针对性地加强防火宣传教育；在家庭方面依托城乡派出所、居(村)委会、物业管理单位和消防志愿者，通过有效的消防宣传形式和手段，使家庭成员懂家庭火灾危险性、知道基本消防常识。与此同时，还加强对农村留守妇女、儿童和孤寡老人等群体的宣传服务，结成邻里守望的帮扶对子，使弱势群体能得到消防安全保护，提高防范能力。

赵春生带领人员对试点单位在进行消防宣传教育的同时，进行重点业务指导帮扶。在检查消除火灾隐患中，帮助确定防火巡查和检查的形式、内容、方法，指导对查出问题和火灾隐患的整改；帮助制定灭火和应急预案，指导演练中报警和接警处置、扑救初起火灾、事故处理的程序和措施，组织人员安全疏散的方法和应急处置的正确措施；帮助制定宣传教育培训计划，确定消防安全责任人、管理人、消防人员和重点部位专责人培训内容，指导组织开展消防安全活动和消防安全标志、标识的设置。

一个月的试点工作结束后，赵春生紧接着精心准备，召开了全县现场会议。参会人员通过观摩几个现场的工作情景，听取试点单位的经验介绍，在县上领导的号召下拉开了全县消防工作“五进”的序幕。

五个月后，也就是那年的十月底，陇山县消防工作“进社区、进学校、进企业、进农村、进家庭”基础工作结束，一切任务全部完成。市政府消防目标责任书验收时，带队的市政府副秘书长刘春林说：

“陇山县不仅消防宣传‘五进’基础工作扎实，消防安全责任制落到实处，更重要的是把消防宣传社会化与消防工作融为一体，是一个创新举措，走在全市的前列。”陪同验收的市消防支队孟支队长也给予很高评价，而且还提出召开全市现场会的建议，推广陇山县消防工作“五进”工作经验。

又过了两个月，全市消防工作“五进”会议在陇山县召开，市政府及各县区分管消防工作的领导现场参观学习了陇山县的经验。省消防总队防火部尚部长对陇山县的消防工作很感兴趣，明确表示这个经验值得在全省推广。

第二年四月，省政府又在陇山县召开全省现场会，进一步将消防工作“五进”经验推向全省。

从此，赵春生成为远近闻名的红人。

# 第七章　竞　争

## 一

赵春生从光明市消防支队调走后，孙夏成接任特勤中队长。孙夏成有这方面的特长，抓工作并不比赵春生逊色。这几年特勤队从执勤灭火、业务训练到抢险救援，不要说在支队独占鳌头，就是在全省也小有名气。孙夏成任副营职特勤中队长已有三个年头，按理说他的职务早该晋升职务，但由于当时没有岗位，只能原地踏步。他曾主动向组织提出要求到县大队工作，可支队领导觉得这个位置特殊，不能没有他。不过，最近孙夏成有了时来运转的机会，特勤中队已经被批准为正营职特勤大队，不少人说这个大队长非他莫属。

那天，支队政治处钱主任找孙夏成谈话。孙夏成打报告进去，钱主任叫孙夏成坐下，尽管是上下级关系，可毕竟孙夏成资历不浅，而且在干部中很有威望，因而钱主任也比较客气。

"孙大队，叫你来主要是涉及干部的晋职，当然也与你有直接关系。你任副营职好几年了，过去特勤中队只能是这个职务，现在特勤队已升为正营职大队，你有了晋升的机遇。"钱主任说。

"主任，我在特勤中队已经时间不短，而且年龄也不小了，特勤岗位让年轻干部去干，我可以到消防大队任职。"孙夏成说。

"这恐怕不行，你以前也说过，到现在支队还没有考虑下合适的接替人选。"钱主任说。

"那……"孙夏成有些惆怅。

"眼下你最好选择特勤大队岗位，不过根据总队要求从现在开始干部晋升要竞争上岗。除了特勤队大队长，这次竞争上岗还有两个大队长的岗位，特勤大队也增加了一名政治教导员,共四个岗位,都要通过考核和考试竞争。”钱主任既说明了孙夏成的岗位,又提出了干部选用的意图。

“参加竞争上岗的人员有多少?”孙夏成问。

“四个正营职岗位,目前达到任职条件的有十一人。”钱主任说。

孙夏成听了后感到并不乐观,也就是说平均三个人竞争一个岗位。他听说报特勤大队长岗位的有四个人,其中就有李秋丰。

李秋丰从二中队调司令部任副营职参谋已有三年多,部队管理和军事业务都相当不错。他和孙夏成是最好的战友,而且还比孙夏成年轻,如果要考试,占有绝对优势。

支队政治处对营职干部竞争上岗人员经过筛选,决定经过双考公开选拔。报特勤大队长和教导员的人最多,尽管特勤岗位最辛苦、操心多,也有一定的危险性,可毕竟在市区,生活和工作条件要比县大队强得多。周冬杰也在报考之列,不过他知道特勤大队竞争激烈,所以选择了县消防大队长岗位。

支队公开竞选正式启动,从灭火救援和防火监督两方面进行业务技能考核、理论考试、体能测试、竞职演讲答辩和业务实战演练。业务技能考核和理论考试中,孙夏成、李秋丰、周冬杰都遥遥领先。到了竞职演讲答辩,他们都各自做了精心准备。孙夏成从如何当好特勤大队长和特勤大队怎样提高战斗力进行演讲,李秋丰从怎样才能成为合格的特勤大队政治教导员,周冬杰从假如我当上消防大队长方面阐述了自己的观点……

“孙夏成,如果你当上特勤大队长首先要抓什么?”担任评委的尹政委提问。

“假如我当上特勤大队长,最主要的是要抓部队的战斗力。因为战斗力是消防部队赖以生存、履行消防职责、完成工作任务的先决条件,也是特勤大队的根本目的和内在要求……”孙夏成从建立考核、规范管理和创优竞争方面对提高战斗力答得干脆利落,有条不紊。

“李秋丰,如果你竞争不上特勤大队政治教导员怎么办?”政治处钱主任问。

“我决不气馁,一如既往地争取圆满完成本职任务”李秋丰回答。

……

演讲答辩结束后,淘汰了几个人。到了业务实战演练,分灭火救援和防火监督。灭火救援第一个上场的是孙夏成,这是他的强项。按照项目的设定,在支队附近一幢将要被拆除的楼房三层上设置火场,四名人员被困。现场准备了三个班的战斗员、三台消防车和抢险救援器材,要求以最短的时间既扑灭火灾又救出人员。

演练警报拉响后，孙夏成命令一班直接到达三楼控制消灭火灾，从二班抽出四个人与特勤班抢救人员，二班剩余人员组织供水。一班很快控制火势，特勤班和二班破门进入被困人员房间，当人员全部救出时，火灾也被扑灭。从战斗展开到总结讲评，在参加灭火救援实战演练被考评人员中，孙夏成用的时间最短，而且灭火救援最成功。

防火监督环节提出三个实践案例，要求被考评人员通过防火检查、消防设施使用和火灾现场勘查，给出正确答案。第一个案例是某单位在多层建筑的五层设置了量贩KTV，建筑面积六百平方米，一个安全出口，场所内仅设有室内消火栓、灭火器，窗口为固定玻璃，开业前未经消防安全检查擅自营业。对于这种情况，进行监督检查时应该如何处理，并要求指出场所存在的火灾隐患。第二个案例是某宾馆设置火灾自动喷水灭火系统，如何判断系统是否运行正常？第三个案例是某集贸市场发生火灾，起火部位的电气导线绝缘内焦明显，外皮松弛滴落，根据这些情况，判断分析起火原因。

周冬杰经过十分钟的准备，抢在其他人前面回答：

"案例一，对该场所责令停止使用，并处三万元以上三十万元以下罚款的处罚。存在的火灾隐患是安全出口数量不足，未设火灾自动报警、自动喷水灭火和机械排烟系统。

"案例二，判断自动喷水灭火系统是否正常运行，要查看报警阀前后压力表变化情况，水力警铃是否鸣响，消防水泵是否启动，并抽查楼层的末端试水装置，放水时压力是否正常，水流指示器有无动作，消防水泵启、停信号是否反馈到消防控制室。

"案例三，集贸市场火灾原因，从起火部位的电气导线分析可以认定为电气线路超负荷形成……"

全部项目进行完，根据综合成绩双选考评组反复酝酿讨论，经支队党委研究上报批准，孙夏成与李秋丰分别被任命为特勤大队的大队长和教导员，周冬杰和另外一名竞选者被任命为平西县和安和县消防大队长。

## 二

转眼间，赵春生任陇山县消防大队副大队长已有三年时间。虽然大队长岗位空缺,但赵春生同样要竞争上岗。平乐市消防支队包括陇山县在内,只有两个空缺的大队长岗位,够条件晋升职务的却有十多个人,因而竞争十分激烈。除了支队按正常程序进行考核和考试外,竞争者千方百计地通过各种关系到处活动,有的找支队、总队领导,有的托地方公安、财政部门甚至市上领导说情,把营职干部晋升职务搞得比地方上提拔县处级领导还复杂。

赵春生也要竞争上岗,不过他只参加了必不可少的考核和考试,并没有找人或托关系。他没有关系可找,也不愿为自己的事情兴师动众。据他所知,为了陇山县消防大队长这个职务,四五个人在奔忙,几乎到了你争我夺的地步。他不想卷入"争官大战",也没有这个能力去活动,只是干好本职工作,至于能不能晋职,听天由命去吧。

错综复杂的关系网,来自方方面面的说情风,使平乐市消防支队一时难以定夺任职人选。陇山县消防大队长之所以竞争多,是因为相对比另一个大队长岗位要好些。仅一个岗位,几个有关系的人同时在活动,说情的谁都惹不起,哪个人也不能得罪。支队领导发现唯一没有人说情的就是赵春生,于是干脆来个谁的关系也不考虑,就用没有关系的赵春生,况且赵春生论人品和工作能力,也是其他人不能相比的。

支队确定了两个大队长人选之后,由于营职干部审批权在总队,而且总队曾有个别领导为陇山县消防大队长人选打过招呼。于是,支队尤政委和政治处钱主任去向总队政治部专门汇报,协调干部任用的有关事宜。

一个月后,任职命令下达,赵春生任命为陇山县消防大队大队长。

赵春生任大队长不久,工作职责发生了意想不到的变化。大队除了正常的防火监督外,还要管理消防中队,也就是说增加了执勤灭火和抢险救援任务。接管中队后,摆在赵春生面前的是营房设施破烂不堪,十几年前借用县联合消防队的二层楼,每逢雨天到处漏水,两台消防车超期服役……

正当赵春生一筹莫展时,电话响了。

"大队长,高岭乡地毯厂发生火灾!"中队戚队长报告。

"迅速出动!"赵春生下达命令。

"是!"

赵春生放下电话,叫上大队两个参谋往火场赶。高岭乡距县城四十多公里,中间还有一段山坡路。大队小车前面行驶,赵春生着急地不停向后看,督促戚队长在保证安全的情况下加快速度。上坡时,赵春生等了几次不见消防车,用手持台问怎么回事,戚队长回答说载水车力量不足,爬坡速度太慢。

路上行驶了将近一个小时,到达时火势燃烧凶猛。尽管中队立即展开实施灭火,但由于错过战机,虽然没有人员伤亡,可毕竟给乡地毯厂造成重大财产损失。从这次灭火战斗中,赵春生还发现了消防战斗员纪律松懈和战斗力不强等问题。

消防中队成了赵春生最头疼的问题，如果不解决会直接影响执勤训练和灭火救援任务的完成。赵春生经过谋划,起草了解决消防中队营房设施和车辆装备的报告,分别向公安局和消防支队汇报。支队也很重视,没过多久尢政委带领后勤处长来县上,与县政府和公安局主要领导当面协调,初步确定修建消防中队和大队综合楼。支队领导走后,赵春生心急如焚。他知道这是一项硬任务,而且会遇到难以想象的困难。尽管支队和县上领导议过此事,但具体情况都没说个一二,如土地确定在哪里,如何征用？还有工程建设的经费来源……

赵春生去找公安局局长,也就是过去的狄副局长。狄局长了解赵春生,也知道消防中队的事迫在眉睫。他二话没说带赵春生向窦副县长汇报情况。窦副县长听了后,觉得涉及到经费的事得去找水县长,这些大事要县长说了才算。

到水县长办公室,窦副县长先说了情况,狄局长又作了补充。水县长听后说:“消防队营房和车辆装备的问题非解决不可，目前最主要的是土地和资金。土地的事窦县长协调国土局拿个具体意见,资金问题叫财政局报预算,然后由县政府常务会议确定。”

一月后,县政府常务会议通过了消防队综合楼建设项目的决议,解决了用地和资金。从此以后,赵春生马不停蹄地东奔西跑。

手续办理得差不多了,图纸也已设计出来,工程很快开工。县上领导很重视,举行了隆重的开工奠基仪式,水县长、窦副县长、市消防支队和相关部门领导参加。窦副县长在奠基仪式上强调要确保工程进度和质量，以最短的工期交付使用。

工程开工后,赵春生虽然感到轻松了一些,但并没有丝毫的马虎。他除了处理大队重要工作外,大多数时间在综合楼基建工地上催进度,查质量,协调解决疑难问题。经过半年的奋战,工程终于如期完工。

那年元旦,欢度新年之际,县消防大队综合楼举行竣工暨大队搬迁仪式,两台红光闪闪的消防车停在那里。市消防支队、县委和县人大、政府、政协主要领导和县公安局和财政局等相关部门前来祝贺。典礼仪式吉祥隆重,在《今天是个好日子》的歌声中结束。

赵春生意识到营房和车辆装备问题解决了，现在该抓中队管理了。他把戚队长叫到办公室问：

“戚队长，中队目前在执勤灭火和抢险救援方面存在什么问题？”

“营房和车辆装备解决后，眼下就是要抓业务训练，提高官兵的自身素质。”戚队长说。

“加强部队管理，提高官兵战斗力是始终不渝的目标，任何时候都不能忘记这一点。我们只有抓管理、抓训练，才能在灭火救援中打胜仗，也才对得起这崭新的营房和车辆，对得起县政府和相关部门给予的支持，对得起各级领导和全县的父老乡亲……”赵春生说得既严肃又中肯。

## 三

解决了消防中队的问题，赵春生本想歇一口气，可是防火监督业务攒了一大堆事情，而且上级又部署了火灾隐患“大排查、大整治”工作。赵春生一方面处理手头事情，一方面安排人员制定专项治理贯彻意见和实施方案。

赵春生将制定的贯彻意见先向公安局分管消防工作的阮副局长汇报，作了一些修改，又与阮副局长一同去找县政府陆副县长。陆副县长刚接管消防工作不久，先与阮副局长和赵春生谈了一些基本情况，接着认真地看了将要下发的贯彻意见，毫不犹豫地签发了。

县政府文件下发后，赵春生带领两个参谋先从县城消防安全重点单位和较大的人员密集场所排查摸底开始，然后一个接一个地从场所的合法性、消防安全制度和责任的落实、消防设施的运行情况和火灾隐患的自查自改诸方面，进行检查。一个月下来，查出的问题不少。对于这些火灾隐患和存在问题，整改难度不大的，监督立即整改，一时难以整改的，责令限期整改或临时查封。有些单位或场所，由于领导不重视，存在严重火灾隐患和违法行为，对于这种情况，他们立案调查准备给予处罚。也还有些重大火灾隐患，他们汇报阮副局长，以县公安局文件上报政府挂牌督办整改。

一石激起千层浪。检查刚结束，处罚还没有实施，重大火灾隐患单位还没来得及挂牌，说情的、托关系的、走后门的、找领导的蜂拥而来，有的不仅找到公安局、财政局，还找到县上领导那儿，有的甚至寻到消防支队，打电话的，写纸条的，请吃饭的，送礼的……

那天,公安局阮副局长把赵春生叫到他办公室,问:

“最近是不是说情的人很多?”

“就是,各方面的人都有。”赵春生说。

“我这里也不少,不过多数被我顶回去,只是各别情况,我说尽量想办法,其中一个是县政府办公室魏主任,说他亲戚的娱乐场所被查封,求情给予开绿灯。我当面不好拒绝,毕竟是政府办公室主任,好多工作还要靠人家协调。”阮副局长说。

“魏主任说的事咋办?”赵春生问。

阮副局长沉思了一会,说:

“你看有没有什么好办法解决。”

“局长,这个场所自动消防设施损坏停用,一个安全出口堵塞,还采用可燃材料装修,我们多次检查发责令通知书,但至今未改,如果隐患不整改就解除查封,后果不堪设想。”赵春生无可奈何地说。

“这样吧,我知道你们很为难,但我们也不能直截了当地拒绝。魏主任那里我答复,就说消防支队领导知道这件事,要求隐患不整改不能解除查封。”阮副局长喝了一口水,接着又说:

“这次查出的火灾隐患一定要监督整改,该处罚的处罚,该停业整顿的必须停业,要顶住来自各这方面的说情风。”

听了阮副局长的话,赵春生更有信心了。他想只要主管领导态度坚决,其他方面就好说了。

从阮副局长办公室出来,已经是下午六点多。赵春生回到家里,妻子任凤莲已做好饭,在等着他。由于事务缠身,赵春生几天都没顾得上回家,而且平时多数回家晚,每次回去任凤莲都说三道四,表现出不高兴的样子,可今天却表现的非常热情。

吃饭中,任凤莲和颜悦色地问:

“你们最近是不是很忙?”

“是的,火灾隐患排查任务很重。”赵春生说。

“我娘家一个亲戚刚开的酒店,听说你们检查后要给罚款,想点办法就不要罚了,毕竟才开业。”

“是不是县城里前几天开业的那个酒店?”

“就是。”

“咋想办法？他的酒店未办理任何消防手续就开始营业，而且什么消防设施也没有。”

“没办手续叫他补办不就行了吗？”

“他这是消防违法行为。”

“在你的管辖区，违法不违法还不是你说了算！”

“如果照你这么说，我这大队长咋当？”

“那你看着办。”妻子气呼呼地转身而去，不仅下午饭吃得不痛快，就连晚上两个人也一句话都没说。赵春生心里清楚，正因为是亲戚，别人会更盯得紧，假如不严格执法，别人怎么看？他做好了挨妻子训斥的准备，决定坚决不徇私枉法。

第二天刚上班，赵春生接到一个电话，是消防支队后勤处蓝助理员打来的。蓝助理在赵春生修建综合楼时帮了不少忙，而且俩人关系也不错。蓝助理电话里说，他同学开办的家具加工厂，被县上确定挂牌为重大火灾隐患单位，看能不能作其他处理。

“蓝助理，你同学那家具厂的火灾隐患非常严重，县政府已经作出决定，要挂牌限期整改。”赵春生电话里说。

“亲戚求到我这里，请你帮点忙。”蓝助理在电话里求情。

“哎呀，这个忙可能难以给你帮上，因为这是政府行为，实在对不起。”赵春生再三道歉。

尽管如此，从电话的口气上能听得出来，蓝助理不高兴。

接完蓝助理的电话，几个同学约赵春生吃饭，说时间长了同学们聚一聚。赵春生是本县人，县城里同学也不少，同学中目前算他各方面情况最好，所以他不能失约，以免落下个瞧不起人的名声。下班后，赵春生换上便服到约定地方。进了餐厅包间，几个同学在等候，这时一个打过交道的人提着几瓶好酒进来。这人是量贩 KTV 的老板，场所未经验收和开业前检查就擅自营业，大队立案调查已决定给予处罚。

这饭怎么吃？吃了咋办？

赵春生一下子脑子乱了。他没想到当今社会越来越让人难以琢磨，就连过去朝夕相处、坦诚相待的同学也会给自己下套，也许同学是为了利用这种关系，可他们哪知道自己的难处。怎么办？恰在这时，赵春生接了个电话，是家里的一些琐事，他马上意识到如果把饭吃了，却不能随他们的意愿，同学们更会抱怨自己，于是便借故说中队发生了意外事故，他得赶紧回去。

他说明原因，一一向在场的人致歉告别，说他改天摆场宴请大家。

他走了。一场酒席未能如愿进行。

## 四

尽管孙夏成仍在原岗位任职，可他深深感到社会越重视特勤队建设，人们的期望越高，他们担负的责任就更加重大。他与李秋丰都是战训业务干部，两人轮流担任教员，组织官兵对特勤装备器材和车辆装备，从理论到实践深钻细研，熟练掌握。在提高战斗力上，赵春生对官兵执勤战备、灭火救援、业务训练和部队管理等能力，通过考核，定期评比排位，建立争先创优的竞争机制。经过不断学习和反复训练，官兵的业务素质不断提高。

那天，特勤队刚从辖区的农村救火回来，官兵们浑身上下脏得不成样子。孙夏成进澡堂正准备洗澡，一班长进来说：

“大队长，快别洗了，有火警！”孙夏成迅速地穿好衣服跑出澡堂向消防车奔去。

“开车！”孙夏成对着驾驶员说道。

“呜——”警报一拉，车开了。

到达火场，孙夏成侦察后下达命令：

“快！一班直攻正门，二班从后面围剿！战斗员都把空气呼吸器戴好，里面烟很大！”

起火的是一家三层酒店，大火从二楼包厢开始蔓延。根据酒店老板提供的信息，店里没有人员被困。但现场火势很猛，二楼已成火海，透过玻璃窗户能够清晰地看见里面火光四射。

“砰——”二楼玻璃突然掉了下来，一小块正好砸在了孙夏成的身上，幸而被指挥服和头盔挡住了。楼后是一间厨房，此时二楼的玻璃被灼热的火焰烧化了，滚烫的火浆流了下来，滴在了满是油污的抽烟机风筒上，瞬间风筒“轰”地燃烧了起来。

“三班供水！”孙夏成拿着对讲机大声吼道。干瘪的水带立即变得圆润厚实，一股强大的水柱从枪口直射向风筒。此时，二班正在班长的带领下深入灭火。

“立即前往二楼着火点，垂直铺设水带！”孙夏成隔着呼吸器大喊道。接着，他又对着对讲机喊：

“各班注意！各班注意！从外围掩护二班内攻！”

在强势的水流冲击下，火光渐渐暗淡下来，酒店在大火的肆虐下面目全非。

“三班长，你带人进去查看一下情况。”孙夏成摘下头盔和面罩说。

“是！”三班长向楼上奔去。

孙夏成有些不放心，随后也跟了上去。

在二楼，三班长并未搜寻到任何情况，正待准备返回时好像发现了什么。三班长突然喊道：

“大队长！这里有情况！”

在一张已经焦黑的酒桌底下，有一个漆黑的看似人形的东西。孙夏成缓缓地掀开了那张桌子，顿时一股极其恶心的味道扑面而来。仔细一看，这是一具被烧焦了的尸体。孙夏成看到尸体，顿时火气就上来了。他叫来酒店老板问道：

“你不是说没有人被困吗！那楼上的尸体是怎么回事！”

“当时……太乱了……没……没注……意……”老板战战兢兢地说。

战斗结束后，孙夏成下令清理收拾器材归队。返回的路上，战士们想着这下回去可以休息了。孙夏成看到战友们疲惫不堪的样子，猜出大家的心思，其实他也是这么想的。

回到队上，战士们有的冲洗水带收放器材，有的换洗衣服，也有的准备进澡堂，不料意外的情况又发生了。

“报告！城外油库罐区发生火灾！”通信员神色紧张地说。

孙夏成感到更大的事来了。他调动特勤队紧急出动的同时，报告支队请求增援。

孙夏成和李秋丰同时带领特勤队赶往火场。他俩都有些紧张，因为这不是一般的火场。孙夏成清楚，油库位于城外五公里处，设有八个储罐，储存量三万多立方，分别为浮顶罐、内浮顶罐和地上卧式罐。从远处看，油库上空黑烟滚滚，路口处油库闽主任在等候。

“现场情况怎么样？”孙夏成问。

“罐区西北角一个三十立方的卧式油罐火势很大。”闽主任说。

“着火油罐储存的是什么油？”

“汽油。”

消防支队接到报警后，季支队长和路参谋长调动两个中队纷纷赶到。季支队长听了油库闽主任和孙夏成的简要情况汇报后，问：

"油库周围还有没有居民住宅？"

"油库北面有居民居住。"闽主任回答。

"孙夏成,有最佳的扑救战术了吗？"季支队长问。

"着火油罐储存的是汽油,在罐区的西北角,正是今天的上风向。现在卧式油罐火势凶猛,如果不迅速扑灭会引起立式罐区大燃烧大爆炸,必须快速制胜,速战速决！"孙夏成说得很急。

"具体怎么部署？"季支队长追问。

"特勤中队出泡沫车和水罐车,用泡沫管枪、直流水枪和开花水枪靠近卧式油罐近攻,覆盖火势,冷却罐壁,消灭油罐火灾。另一个中队与油库开启立式罐水冷却系统,冷却相邻的罐体,防止油罐爆炸。再派一个中队到罐区北部,负责堵截油库蔓延的火势,保护北侧居民住宅。"孙夏成又讲了许多建议。

"好,就按你布置的战术展开战斗！"

路参谋长下达了命令,灭火战斗展开,消防车冲入火海。三个中队各司其职,孙夏成和李秋丰分别指挥特勤大队的灭火和冷却。孙夏成指挥的泡沫液喷射出去,以窒息控制了大火。李秋丰一边用直流水枪冷却卧式油罐壁,一边从上方喷射泡沫液,配合开花水枪。他俩密切合作,很快将火势压下去。

烟雾仍然弥漫在火场上空,远距离难以看清这边的情况。

"孙夏成,你那里情况怎么样？"季支队长用对讲机焦急地问。

"大火已经控制。"孙夏成报告。

"需要增援吗？"

"不需要。"

"你们要敢打硬拼,一定要把大火消灭掉。"

"请首长放心,我们坚决完成任务！"

不一会儿,对讲机传来孙夏成的声音：

"报告支队长,卧式油罐火灾已被扑灭。"

"太好了！"季支队长高兴地叫了一声。

## 五

卧式油罐的火灾暂时扑灭,灭火战斗却仍在进行。就在这时,李秋丰负责冷却的水枪不见出水,追问时班长说消防车水用完了。

"立即寻找油库室外消火栓加水！"孙夏成命令。

孙夏成下达命令后，对讲机传来声音："报告大队长，油库消火栓没有水。"

"参谋长，立式油罐冷却系统停水。"负责罐区冷却供水的中队长用对讲机报告。

"什么原因？"路参谋长问。

"油库停电了。"中队长回答。

"联系油库用发电机发电！"路参谋长紧急下达命令后，又向季支队长报告了情况。

"简直是乱弹琴！"季支队长非常恼火。

"参谋长，发电机坏了，发不着。"中队长报告。

"孙夏成，你那里还需要不需要水？"路参谋长问。

"参谋长，火虽然扑灭，着火的油罐温度仍然很高，必须防止复燃，还需要大量的水冷却，而且立式罐冷却系统已停水，如果不加快冷，却很可能发生爆炸。"孙夏成着急地说。

路参谋长请示支队长，又调了三个中队六台消防车从附近取水拉水。正当一辆又一辆消防车将水拉来时，"轰——"的一声，火光升起，浓烟旋绕。

"卧式油罐复燃了！"孙夏成报告支队首长的同时又下达了第二次进攻命令。

"出三支直流水枪冷却，两支泡沫管枪控制火势！"

特勤大队攻势比第一次更猛烈，其他中队加大冷却和控制火势的强度，灭火、冷却、供水处于紧急状态……

季支队长、路参谋长靠前指挥。路参谋长问孙夏成：

"现在情况怎么样？"

"卧式罐复燃后，阀门破裂泄漏的油品加大了火势，靠近的四号立式罐温度升高，要防止爆炸……"没等孙夏成说完，卧式油罐发出"吱吱喳喳"的声音。

"快速撤离，卧式油罐随时有爆炸的可能！"孙夏成高声呼喊。

靠前灭火的战斗员大部分向后撤，有两个战士好像没反应过来是怎么回事，还在原地站着。

孙夏成本应撤出的，当他发现还有两名战友时，便迅速向他们跑去。

"怎么还不撤？"孙夏成边喊着将他们向外推。

就在这时，"轰——"的爆炸声使人震耳欲聋。

从卧式油罐飞出的不知是油，是热气，还是火焰，具体说应当是汽油形成的爆炸冲击波，将孙夏成三人抛到九霄云外。爆炸现场像经过袭击似的，一滩火海，一片废墟……

“孙夏成在哪里？”

“两名战士在哪里？”

“还有没有人员受到威胁？”

季支队长、路参谋长、李秋丰，还有战友们都在焦急地呼叫、询问……

油库哭了。

大地哭了。

战友们哭得更惨。

赵春生得知这个消息是李秋丰打电话告诉他的。他起初半信半疑，李秋丰没有过多的话，只说孙夏成战友不见了。他想进一步询问时电话挂了，再打也打不通。当天晚上，光明消防支队尹政委，也就是当初的政治处尹主任给赵春生打电话，说第二天要一起去孙夏成老家。赵春生验证了李秋丰的话，确定是出了大事。

孙夏成老家在陇山县的一个农村，家里比较贫困。赵春生以前跟随孙夏成去过，后来还单独去看望过孙夏成父母。

第二天下午三点，尹政委来了，一同来的还有政治处钱主任。本来赵春生想招待老首长吃个饭，可尹政委他们说饭已经吃了，他便随同一并前去。

一路上，谁都没有过多地说话，赵春生清楚有事，也未多问什么。车行驶了一段路程，尹政委问赵春生：

“孙夏成的事你知道吗？”

“知道。”

“怎么知道的？”

“李秋丰电话告诉我的。”

“到了孙夏成家，我们先给他父母说孙夏成病危在医院，请家里人去看望，至于事情原委回去后再告诉。”

赵春生想，孙夏成的父母比自己的父母年龄还大，他父亲有病多年，无论什么时候告诉，不知他们如何承受得了这个残酷的现实。

到了孙夏成家门口，赵春生叫开门。孙夏成母亲开门一看是赵春生他们，高兴地忙迎进去。赵春生介绍了孙夏成部队的领导，孙夏成父亲还在炕上躺着，急忙起身，钱主任拦住并说明他们的来意。孙夏成家人商议，因孙夏成父亲有病不能动身，只能由孙夏成母亲和哥哥前往。

赵春生决定去光明市。他请了假,向任凤莲说明情况,与尹政委他们和孙夏成家人一路同行。

几个小时后,到了光明消防支队。钱主任安排在支队招待所先吃饭,尹政委陪同。孙夏成母亲急于看儿子,吃饭很快结束了。

孙夏成和两名战士的尸体停放在市医院太平间。本来他们没必要去医院,当时医院根本不接收,考虑到没处存放和难以给死者家里交代,经过协商才这样做的。

孙夏成穿着一身橄榄绿警服,身上用白布盖着。

太阳从东边转到西边,还没等到完全落山,一片黑云突然出现,将红红的太阳吃掉,于是夜幕过早地降临了。孙夏成母亲到太平间看到此情景,一下子扑过去哭喊:

"儿子,我的儿子!你怎么就这样绝情地离开我们?"

"你难道要叫我们白发人送你不成?"

"为什么?为什么会这样?"

孙夏成的母亲哭得死去活来,两手抓住衣服,几乎要把床板拉翻,旁边的人怎么也拉不住。还有孙夏成的妻子娄玉兰和十二岁的女儿小芳,更是哭得凄惨。她们要看丈夫、父亲,可这怎么让她们看呢,死者的尸体并不全,有些肢体无法找到。

一阵撕心裂肺的哭喊、闹腾后,周围稍平静了一点。大家好像产生了幻觉,仿佛听到了孙夏成的声音。

"爸爸、妈妈、玉兰,我去了,永远地去了。我走得这样匆忙,是你们没有想到,更是我不愿意的。也许你们认为我走得太突然、太早,其实人的生命不是用时间长短来衡量的,而要看究竟是为了什么。军人从进入部队那天起,就有了随时牺牲一切的准备。你们看,还有两名战友也和我一起走了,他们比我还年轻。

"哥哥,不要流泪,你还有赡养父母亲的重担。

"亲爱的玉兰,我这样走了对不起你,不过你不会孤单,你还有小芳在身旁,一定要把她抚养成人……"

赵春生几乎要放声大哭,咬紧牙关控制着自己的情绪。他知道,会给孙夏成开一个隆重的追悼大会,孙夏成也会成为烈士,可这对他的家长、战友来说,又有什么意义呢!

# 第八章　换　岗

## 一

天空像大海一样蔚蓝，几朵白云在上空飘来飘去，微风吹拂着树叶“哗啦——哗啦——”地响，地里的庄稼逐渐成熟，到处呈现一片丰收景象。红艳艳的苹果，紫莹莹的葡萄，黄橙橙的梨，黑油油的向日葵，把秋天打扮得五彩缤纷。

赵春生被提拔为支队参谋长，按照团职干部交流的规定，他要到新泉市消防支队任职。新泉市距陇山县二百多公里，论路程不算远，可毕竟是平乐市之外的地方。不过，现在赵春生去外地工作已不像以前家庭拖累那么重。两年前，父母亲相继去世，妻子任凤莲工作比较稳定，儿子赵雷在初中上学。

对赵春生来说，去新泉市消防支队任参谋长有喜也有忧。喜则是他提前晋职，在同年龄同批兵中，他是提副团最早的。忧的是新泉支队虽然自然条件比平乐支队好，但部队管理和战训技能基础相当薄弱，连续发生了儿起事故，在两次全省消防部队业务比武中几乎垫底，前任参谋长就是因为这些原因被转业的。

还没正式上任工作，总队参谋长给赵春生谈话，把新泉支队安全防事故和提高部队战斗力的希望寄托在他身上。

到新泉支队的第二天，支队政委贾占伟和赵春生交谈，既是通报情况又是交代任务。

“参谋长，你刚到咱们支队，工作情况还不完全清楚。支队长调走半年多至今空缺，你来之前也没参谋长，司令部工作出了一些问题。”贾政委说。

“我听说发生了不安全事故？”赵春生问。

“是的，部队内部接连发生了三起事故。一起是特勤中队灭火中发生车辆事故，人员死一伤二，车辆损失也不小。另一起是四中队战士外出和社会人员打架，

双方各有伤情,造成极坏影响。还有一起是工业园区中队训练中发生事故,致一名战士身亡。”贾政委点了一支烟接着说:

“至于事故的具体情况,你可以到下面详细了解掌握,一方面对事故处理做到心中有数,更重要的是从中汲取教训,采取措施从根本上杜绝类似问题的发生。”

“政委,尽管以前安全方面发生了事故,但我有信心抓好这方面的工作。”赵春生说。

“除此而外,业务训练也要好好抓一抓。”贾政委特别强调了这一点。

听了贾政委的谈话,赵春生心里沉甸甸的。他感到肩上的担子更重,责任更大了。晚上,不知是换了地方还是工作上压力大的原因,他翻来覆去睡不着。不过,他最后想明白了,要想抓好工作必须知己知彼,要从调查研究着手。

三天后,赵春生带上娄参谋深入基层中队。他们先从发生事故的中队开始,在特勤中队,除了全面了解情况外,重点询问了车辆事故。

“车辆事故是怎么发生的?”赵春生问。

“一个月前的一次灭火中,消防车返回途中与一辆小轿车相撞。”特勤中队童队长回答。

“车辆事故主要责任在哪里?”

“交警队对事故做出认定,认为消防车速度过快,负有一定责任。”

“既然是灭火返回途中,为什么还要快速行驶?”

童队长和几个中队干部无话可答。赵春生接着问:

“那天灭火是谁带队的?”

“是副中队长。”童队长说。

“带队干部责任性不强,驾驶员安全意识淡薄,酿成这样的祸事……”赵春生说得有些生气。

离开特勤中队,赵春生他们又先后去四中队、工业园区中队和其他几个中队,对战士外出打架和训练事故掌握了更详细的情况。

调研结束后,赵春生按照支队首长要求既提出了对发生事故的处理意见,又制定了安全防事故的实施措施。

那天,支队召开党委会议。赵春生汇报了对事故的处理意见,重点提出安全防事故的措施,他说:

“实现安全防事故重在制度落实,依据条令条例和规章制度加强对部队的管理，从抓好养成、提高官兵的整体素质入手，具体应采取以下措施：

“一、坚持预防为主，用安全制度推动防患未然。预防中以条令条例和规章制度为依据，用各种管理和制约措施，采取以有效手段堵塞安全工作中存在的漏洞。各级要层层签定安全责任书，确保安全责任定到位，安全工作做到人。严抓工作秩序规范，规范每个季节段安全工作的内容、方法和目标，严格落实值班、交接班、点名、请销假、查铺查哨等一日生活制度内容，规范执勤、训练、工作、生活“四个秩序”，落实安全分析、安全教育、安全检查制度。严抓官兵行为，加强外出人员的管理，严格规范官兵日常行为。

“二、坚持常抓不懈，用有效措施落实安全制度。以单位内部的安全管理为重点，切实把人管好，对各类人员必须要求一致，标准统一，不搞特殊化。坚持定期学习条令条例、安全工作规定、典型案例，不断提高官兵遵纪守法意识。落实安全形势分析制度，在季节交换、重大任务等时机，定期不定期地分析本单位人员思想、车辆器材装备管理等情况，查找存在的问题和原因，及时制定整改措施。落实安全检查制度，定期或不定期地组织安全检查，及时堵塞漏洞。

“三、坚持齐抓共管，用铁的纪律约束官兵行为。坚持从严治警，以铁的纪律约束官兵的言行举止。认真解决好在纪律作风方面存在的突出问题，着力抓好警令不通问题的整改，对屡教不改的采取严厉措施，进行严肃处理。

“四、坚持奖罚严明，用考核评比完善工作机制。坚持定期考评，赏罚分明，奖惩有度。考评中要把安全防事故同官兵的德、能、勤、绩用量化的形式与目标管理考评相结合，明确安全管理考评的目的和要求，规定考评对象、考评内容和考评结果，以此作为衡量个人功过、评比先进、晋升职务、入党、培养专业技术、推荐选改士官的重要依据，切实建立长效的工作机制。”

赵春生汇报后，会议通过了对事故责任者的处理意见。对于今后安全防事故的措施，贾政委说：

“赵参谋长汇报的安全防事故的意见很不错，几项措施切实可行。在今后落实中要注意切忌思想麻痹、放松警惕，克服部队平稳安定时高枕无忧、盲目乐观、忽视潜在危险和缺乏持之以恒、长抓不懈的韧劲；切忌弄虚作假、避重就轻，认真汲取安全事故的经验教训，对照安全工作中现实状况寻找差距，发现事故苗头及时排除；切忌“眉毛胡子一把抓”、孤军作战，要把安全防事故与其他各项工作紧密结合起来，树立全局一盘棋的思想。”

## 二

赵春生为安全防事故工作谋划了一段时间，活动前准备召开动员大会，可是会议怎么开考虑了几个方案也没定下。那天，他去向贾政委汇报：

“政委，安全防事故工作准备就绪，只是动员大会以什么形式开还没确定。”

“你有什么想法？”贾政委问。

“我有三种打算，一个是将全支队官兵放在一起进行，但全支队人员分散不便集中。”赵春生说。

“这当然不行，除了你考虑到的这个因素外，还有各中队的值班执勤问题也不允许这样。”贾政委接着问：

“再呢？”

“另一个是以中队为单位实施。”

“这么多中队分头开会要耗费多少时间？”

“还有呢？”

“再一个是各中队干部参加支队动员会。”

“部队的安全防事故工作涉及到每一个人，需要全员参与。只有全体官兵心目中树立起‘人人抓安全、安全为人人’的思想，才能消除不良思想，从而达到预期的目的。”

“要不这样，信息化建设基本完成，咱们可以利用电视电话会议进行，全体消防官兵都可以参加。”赵春生建议。

“这个想法好，不过以前还没有这样进行过，不知是否能行。”贾政委有些犹豫。

“应该可以！”赵春生说得很有信心。

“那你下去抓紧准备。”

“是！”

几天后，会议确定在一个晚上进行。因为白天除了训练执勤和灭火救援外，还有炊事员等其他人员缺席，晚上相对干扰少些。

夜幕渐渐降临，街道上行人越来越少。新泉市消防支队及所属各中队会议室灯光明亮，官兵们精神抖擞地坐在里面准备参加支队举行的安全防事故电话视频会议。这样的会议形式还是第一次，尤其是当官兵们得知是电视视频会议，更感到新鲜。

主会场随着“起立——”的口令，支队机关和特勤中队官兵们以良好的精神面貌迎接支队首长。尽管各分会场在不同地方，可官兵们觉得如临其境。

会上，发生事故的责任者作检查，三个中队干部一一表态发言，其实这既是检讨又是表明预防事故的决心。支队政治处梅主任宣布了对事故责任者的处理意见。接着，赵春生在分析部队管理存在的问题和发生事故给部队造成的危害的同时，提出了安全防事故的具体措施。最后，贾政委语重心长地说：

“刚才，会上宣布对事故责任者的处理，表明了支队党委从严治警、抓安全防事故的决心。从现在开始，各中队军政主官和全体消防官兵一定要把安全防事故落实到实际行动中……”

新泉市消防支队安全防事故拉帷幕后，赵春生推波助澜，隔三差五深入基层抓落实。

那天早晨，正当赵春生又一次到中队检查督促时接到报警，一辆装载着黄磷的货车在行驶至市区附近路段时自燃起火，情况危急，请求救援。

接到报警后，赵春生果断下达命令，调动特勤中队和一中队出动。

赶到现场时，只见黄磷自燃引发的大火已经笼罩住整个车体，腾起数丈高的火焰，灰白色的浓烟发了疯似的急剧翻滚，空气中充斥着令人作呕的异味。赵春生意识到，黄磷和空气发生着剧烈的氧化反应，黄磷火灾的恶魔岂是轻易能够降服？更为严重的是，黄磷是一种剧毒物质，微溶于水，长时间喷水施救必将造成附近的水上公园和万泉河水体污染，河下游水库的水生物将遭遇空前浩劫，几百万人的饮用水源安全势必受到严重威胁。而且满车自燃的黄磷随时都可能发生爆炸，周围两公里内人民生命财产的安全面临着严峻考验。

在这千钧一发之际，赵春生当机立断下达两道命令：

“战斗员着灭火防护服，佩带空气呼吸器！”

“一中队控制火势，特勤中队转移未燃烧的黄磷！”

着火车所载黄磷为桶装分为两层，起火点位于车厢中部下层，火势较为猛烈并有白色浓烟。一中队立即组织部分官兵用两支喷雾水枪对黄磷桶进行冷却，其他官兵负责疏散现场周围群众、实行现场警戒。特勤中队官兵及时转移隔离未燃的黄磷桶，一桶又一桶地排除险情。当转移到最后几桶时，一个已经严重变形的黄磷桶突然爆炸，燃烧的黄磷犹如炽热的岩浆喷射而出。

黄磷沾到人的哪里，哪里就皮焦肉烂。特勤中队队长林志方和几个战士顿时被烈焰浓烟包裹，犹如一支奇异的火炬，赵春生见状不顾一切地冲上去靠前指挥,不料自己身上也被烧伤……

大火被扑灭,多数黄磷桶疏散到安全地方。可是,特勤中队林队长和四名战士,还有赵春生都被送进了医院。经市医院诊断,林队长烧伤创面达 42.5%,三度创面达 21%,加上严重的黄磷中毒,对肝、肾、心及其它器官都有严重损害。赵春生和战士们虽然没有林队长伤势那样严重,但也必须住院治疗。

林队长病情危急,市医院没有能力救治,但要转外地医院病人身体状况客观上不允许。因此,市医院特邀而至的省医院烧伤医疗专家亲自为林队长进行了手术,对全身被烧伤及黄磷中毒的皮肉大面积切除。赵春生和四名战士也需要进行程度不同的手术。

消息传出后,自发前往医院探望、慰问的市民和伤者的亲属一起静默地守候在手术室外,挤满了走廊。当护士带出手术成功的消息后,在场的人们无不悚然动容,继而热泪横流。

在住院那一段难忘的日子里,赵春生有病在身,心情难免郁闷。尽管他在灭火前下达了战斗员着灭火防护服的命令,可是不知是防护服的质量有问题,还是凶猛的火势穿透了保护层。此时此刻,赵春生才愈发觉得健康弥足珍贵。看着那些时时被烧伤折磨的可怜的战友,他心里有多么难受。不过,他又想火场如战场,浓烟烈火有时甚至比战场更危险更残酷,消防兵常常面临着一半火神、一半死神的考验,有时会付出伤残、牺牲的代价。他想着想着,想起了南唐著名诗人李煜的《病中感怀》:

憔悴年来甚,萧条益自伤。
风威侵病骨,雨气咽愁肠。
夜鼎唯煎药,朝髭半染霜。
前缘竟何似,谁与问空王。

## 三

赵春生伤情稍有好转就出院了。本来医院还叫再住一段时间,可赵春生坚决不肯。他比谁都着急,面对突如其来的灾害事故和肆意横行的熊熊大火,消防官兵靠什么将它降服?事实告诉他,只有依靠平时刻苦的日常训练,铸造一支“拉得出、冲得上、打得赢"的消防铁军,这样战时才能在冲锋的道路上爆发出强大的铁军力量,攻无不克,战无不胜。

他从战士到干部、从中队长到参谋长,悟出一个道理:一支部队的高素质战斗力与领导者有着直接的关系,指挥员敢于亮剑,带出的必然是"嗷嗷叫"的部队。于是,他经过深思熟虑,有了强化执勤岗位练兵的想法。

刚调来上任不久的徐支队长,也是参谋长出身,对战训工作很在行。赵春生把他的想法汇报后,徐支队长很感兴趣。他说:

"开展执勤岗位练兵活动既是打牢业务基础、苦练基本功、提高部队战斗力的重要举措,又是提升消防部队整体素质的必然途径。当然,这不是一句空话,必须拿出具体措施。"

"支队长,我想岗位练兵活动要得到各级的重视和支持,最好组织成立领导机构,从领导干部抓起。"赵春生说。

"这很有必要。你拿个方案,提交支队党委会议确定。另外,还要考虑先进行试点,然后全面推开。"

支队党委会议后,赵春生与三个参谋立马深入基层,指导中队开展练兵活动。在全面部署指导的同时,赵春生还在特勤中队开展执勤岗位练兵试点和在一中队开展了部队正规化管理试点。司令部组织试点中队开展专项训练,安排具体训练内容,使执勤训练工作更加标准化。

赵春生几乎每天奔波于两个试点上,有时甚至到深夜。在特勤队,他经过充分调研,组织官兵讨论,针对依法执勤中出现的问题制定出台了一套切实可行的规章制度,全面细化了装备、预案、水源、通讯、演练等经常性战备工作,并从实战中落实人员、车辆、器材和保障。

试点结束后,赵春生及时总结经验,在全支队开展岗位练兵活动。在坚持全员参与的同时,赵春生根据不同的岗位特点,确定了各层次的训练内容和标准,从支队机关、大队到中队,从干部到战士都有不同要求,把业务理论学习与比武竞赛相结合。

岗位练兵活动紧张有序地进行了一个月。那天,赵春生召集各大中队主官和机关各部门领导开会。

"今天召集大家,主要是征求对岗位练兵活动的意见和建议,请大家畅所欲言。"赵春生说。

"在加强学习和训练的同时,应采取'走出去,请进来'的方式,参观学习驻地其他部队好的经验,邀请势力雄厚的武警部队训练基地教员,对体能训练技巧开展培训,这样会取得更好的效果。"一中队高队长说。

"中队需要建立个人训练档案,定期对训练数据进行统计分析,提出针对性的训练改进意见。只有时刻掌握参训官兵的训练情况,准确把握训练进度和训练强度,才能使训练更科学合理。"特勤队夏指导员说。

"除了抓训练场上外，应将消防重点单位固定消防设施的操作使用列入训练,使官兵对建筑固定消防设施熟悉原理,会操作使用。"渭滨区蔡大队长说。

"操场施训与实地演练相结合,是提高官兵战斗力的有效途径。我建议,选择高层建筑、地下工程、石油化工单位等进行灭火救援演练。"三中队田队长说。

……

会后,赵春生组织司令部参谋反复修改训练计划,把会上提出的好建议分别纳入计划。

赵春生不仅是部队管理的内行,更是是灭火救援的能手。他从当战士时就对消防器材装备了如指掌,尽管装备设施在不断更新,可他善于时时钻研和学习,可以说没有什么能难住他的。

那天,他去四中队检查时,中队正在进行装备训练。他发现干部对几种器材的性能和原理不熟悉,有些还讲错了。他当场以教员身份,按照器材介绍、操作示范、分解操作、连贯操作、中间纠正、收操讲评的程序,对救援破拆、远程供水、核生化侦检、压缩空气泡沫、细水雾灭火和各种特殊情况下灭火救援,给官兵们上了一堂生动的业务课。

现场学习还没结束,四中队接到报警,辖区内的市制药厂发生大火。赵春生除当场下达四中队出动的命令外,又紧急调动特勤队和三中队。

赵春生与四中队官兵一同前往,不一会儿就赶到事发现场。当时厂区的一个溶剂汽油罐熊熊的大火在燃烧,火光映红了大片上空,滚滚黑烟肆意弥漫。据现场的制药厂樊厂长说,着火油罐的东侧还有一个汽油罐,北侧是制药车间。面对严峻的火灾形势,经验丰富的赵春生临危不乱,沉着指挥。此时,特勤队和三中队也纷纷赶到。

"特勤中队出泡沫车和水罐车,用泡沫管枪、直流水枪控制火势,乘机消灭油罐火灾!"

"四中队出水罐车,全力冷却东侧罐体,防止油罐爆炸!"

“三中队迅速到罐区北部,保护制药车间！”

赵春生连续下达命令。

徐支队长闻讯赶到,市上的化工专家也来了。

特勤中队遏制了火势的进一步扩大和蔓延,但油罐爆炸随时都可能发生。在场的化工专家出于安全考虑,建议救援人员立即撤离现场。

怎么办,是撤离还是战斗?

徐支队长毕竟是内行,他发现两个油罐距制药车间很近,而且邻近的居民住宅也不少。如果撤出战斗,油罐爆炸的冲击力不仅足以摧毁整个制药厂,许多居民也要遭殃。

“参谋长,你意见如何?”徐支队长问。

赵春生早就看出支队长的心事,他与支队长的想法不谋而合。他说:

“支队长,撤离战斗后果不堪设想,必须想办法灭火。”

“这样是要冒生命危险的。”徐支队长说。

“从油罐的燃烧情况看,它还不到爆炸的状态。”赵春生接着又提出灭火的想法。在他的建议下组织三名有经验的战斗员把全身淋湿,顶着湿棉被冲进火场堵油罐火口。灼人的热浪,肆虐的火舌不断向消防战斗员袭击。尽管如此,在水枪的掩护下,冲进油罐的战斗员果然堵住油罐火口,大火很快被扑灭。

## 四

北方的秋天,踏着夏日馥郁的花香,卷着轻寒急匆匆地袭来。一场冷雨浣蓝了天空,洗白了云朵,也敲碎了平日里清雅宁静的幽窗。赵春生儿子赵雷去上晚自习,家里空荡荡的。妻子任凤莲或许骨子里就是多愁善感的人吧,每逢这个时节,凄柔的伤感总是像穿着长线的针,时时刺扎揪绕着她。

任凤莲面对眼前这个家,有说不出的苦衷。儿子赵雷学习成绩越来越不好,不说还罢,一说就和她顶嘴,甚至闹起更大的矛盾。丈夫赵春生和她结婚不到十天离家去了部队,尽管后来调回来几年,那是为了他的父母。他去新泉市两年多,回家的日子屈指可数,每次回来待不了几天就说忙拍屁股走了。

她算什么?她在赵春生心里有没有位置?想当初她一个姑娘家冲破习俗,不顾别人闲言碎语,在赵春生不在家的那些日子里,三天两头去照顾他有病的父母,有时甚至连自己的父母也顾不上。她图什么,不就是为了和赵春生一起幸福地生活吗?

可是现在怎样?赵春生在哪里?也许在别人眼里她嫁给了一名军官,而且现在还是一个团职干部。然而,对她来说只是名义上的虚无缥缈的东西,并没有实际意义。她心里的苦处想对赵春生倾诉,几次话到嘴边又咽了下去。

她想给赵春生打电话,可是电话里又说什么呢。不过,她还是拨通了赵春生手机。

赵春生手机响了。他一看是妻子的电话,忙回话:

“喂,是凤莲吗?”

对方不吭声,只能听到呼吸的声音。

“喂,说话呀!”赵春生有些着急,接着又问:

“凤莲,你怎么啦?”

她还是不说话,此时心里有些酸,悄悄地哭起来。赵春生听到微弱的哭声更慌了。他接连追问:

“凤莲,发生了什么事情?”

“凤莲,你好吗?”

“凤莲,……”

无论赵春生怎样呼喊,她还是不说话,只是哭。于是,赵春生决定请假赶回去。

第二天,赵春生回到家已经到了晚上。儿子仍去学校上晚自习,家里只有妻子一人。

任凤莲见赵春生回来,脸上突然变得阴沉可怖,所有的温柔一下子消失殆尽,几乎变成了另一个人。赵春生作为她的丈夫,与她共同生活了十几年,从来没有看到过她这样的面孔。他为妻子的反常神态大吃一惊,原来她还有这样令人害怕的一面!

“怎么回事?”赵春生问。

“还问怎么回事,你知道还有个家吗?你想想一年能回几次家,每次在家能待多少天?就算不管我,难道把你儿子也忘了吗?你看你儿子那个学习成绩,你对得起这个家吗?”任凤莲一连问了几个为什么。

赵春生被问得张口结舌,不知道该如何回答。他感到很内疚,从他和任凤莲成家后,把主要精力放在工作上,多数时间在外地工作,即使回本县的那几年,也很少顾家,把照顾父母和抚养孩子全抛给她。

"凤莲,你不要生气。我知道对不起你,让你受苦受委屈了。咱俩成家后我没有给你多少温暖和关爱,我是一个不称职的丈夫,也是一个不合格的父亲。不过,你也要理解我,军人是肩负着神圣职责的……"赵春生说着,感到口干舌噪,央求说:

"给我倒点水吧!"

任凤莲由于情绪反常,心里不知在想什么。倒水时杯子落在地上,"啪嚓——"的一声碎了。

"你干什么?"赵春生发火了。

任凤莲看赵春生这样,转身向卧室里去了。她双手捂着脸痛哭起来,哭得赵春生六神无主。赵春生想不透这到底是什么原因,是她在家里支撑不下去,还是刚才因为打碎杯子受了委屈。他急忙扑上去抓住她的双肩摇晃着,低声在耳边劝说:

"不要这样!不要这样好不好!我求求你!有话慢慢说嘛!"

他干脆把她搂住,一条腿蹲着,另一条腿跪在地上,用脸去揩她的眼泪,想用柔情打动她。不料任凤莲不但不受感动,反而厌恶地把他用力推开。

赵春生被推得坐倒在地,几乎把头撞在桌子上。这一推他开始有点明白,原来所谓爱情全是虚假的东西。当她爱你的时候,厚着脸皮追你的时候,喋喋不休地要为你承担家庭一切的时候,说明你是大有希望的时候。当她对你百依百顺、敬若神明、如胶似漆、形影难分的时候,也不是因为你和她在共同生活中建立了真正的恩爱关系,而是因为你正在一帆风顺,左右逢源。这是爱情脆弱的一面。

他先站起来,随便拉开抽屉,从里面拿出一沓纸张翻着。他蓦然发现了儿子赵雷的几份考试卷,右上角红色标出的数字四五十分,还有英语考试卷是三十七分。

他惊讶地说了一声:"怎么会这样?"

他想起刚回家时任凤莲说"你看你儿子那个学习成绩……"他觉得有些后悔,不该对她发火。

不知什么原因,赵春生突然意识到刚才发生的一切,并不单纯是他和妻子的感情有了裂痕,而是家庭出了问题。由于夫妻分居两地,儿子随着年龄的增生,任凤莲已经管不住他,如此下去怎么得了?

赵春生决定调动任凤莲的工作,尽快把儿子带到身边,不能让他在人生路上掉队。

任凤莲是建筑设计工程师，工作能力强，曾获得过不少设计奖。赵春生回到新泉市后，托人联系了几家设计院。凭借任凤莲的职称和业绩，并没有费多大劲就把她调到新泉市建筑规划设计院。

真正麻烦的是儿子转学，简直让赵春生伤透脑筋。赵雷考入初中时还算中等以上学生，可不知什么原因，近一年多学习成绩不断下降。原学校介绍的赵雷学习成绩很少有超过六十分的，这样的分数成了转学的障碍，加之新学校入学前要进行考试，赵雷考了三个学校都因为成绩太低被拒之门外，即使多交钱也难以如愿。最终通过各种关系赵雷以高价入学，总算暂时圆了赵春生的一个心愿。

## 五

赵春生任新泉支队参谋长的第二年，李秋丰被任命为光明消防支队参谋长。李秋丰任参谋长不久，市化工厂发生氯气大泄漏事故。接到报警后，李秋丰汇报胡支队长调动特勤中队和一中队紧急赶到现场处置。

李秋丰与胡支队长同车，路上胡支队长不时的向李秋丰询问情况。

“参谋长，你对氯气的性质了解吗？”胡支队长问。

“知道，我上学时学过。”李秋丰说。

“氯气泄漏会有什么样的危害？”

“泄漏的氯气是一种剧毒气体，对人体的危害有急性中毒和慢性损害，轻者使人感到疼痛、咳嗽、窒息感和胸部紧束感，重者后果更加严重。”

“能严重到什么程度？”

“氯气在空气中达到0.5%的浓度，一旦吸入就会窒息死亡。”

胡支队长面部表情立即严肃起来。

市化工厂是一家生产液氯的企业，年生产液氯量七百多吨，氢气二百余吨，为市消防重点单位。尽管每年消防部门要进行几次现场检查、侦察检测，组织疏散人员、化学物品稀释降毒、关阀断源、洗消处理的隐患排查和演练，可令人意想不到的情况还是发生了。

到达现场后，液氯贮罐根部阀发生泄漏，液氯大量扩散，当时已有三名附近居民中毒身亡。现场刺鼻的氯气呛得人喉咙发痒，眼睛刺痛，咳嗽不断，情况万分危急！

现场成立了指挥部，确定李秋丰直接指挥。李秋丰建议胡支队长划分警戒区域,组织疏散群众。得到同意后,李秋丰命令一中队一个班警戒,深入泄漏处侦察情况;一个班组织疏散,将泄漏污染区人员撤离至上风向的一千米以外;一个班用喷雾状水枪稀释,溶解氯气,妥善处理漏气容器。

指挥部根据侦察的情况,制定了处置方案。李秋丰命令特勤队将人员分为若干战斗小组,设立几道防线,减小泄漏物侵犯半径,并进入内部接近罐体进行堵漏和用雾状碱水流(小苏打水)稀释氯气成第一道防线;用苏打水喷雾掩护第一小组人员和稀释扩散的氯气并对深入毒区人员进行撤出后的洗消,形成第二道防线,负责供水和器材保障。与此同时,李秋丰下达了三道处置命令:

第一,化工厂用现有两台碱液罐进行碱液喷淋中和。

第二,特勤队用雾化捕消剂来中和。

第三,一中队用雾状消防水压控制扩散氯气。

两个小时后,化工厂氯气泄漏事故处置结束,先后从水沟边、宿舍楼和居民房内营救出三十多名群众。

处置氯气泄漏事故后的第三天,李秋丰去总队参加全省消防部安全防事故工作会议。当然,赵春生也参加了。赵春生见到李秋丰格外激动,毕竟他俩是关系特别好的战友,又在一起战斗多年,况且已有几年没见面。他俩是开会前相见的,抓紧聊了一会便进入会场。也许是缘分,他俩排座位时正好坐在一起。

会场非常严肃,一点干扰声也没有。赵春生和李秋丰专心致志地听着首长们关于安全防事故的通报和预防工作的讲话,当听到总队万参谋长讲到“我们一定要吸取灭火救援中发生事故的教训,尤其是光明支队在扑救油库火灾中所付出的沉重代价……”这番话,他俩都变了脸色。

尽管那件事过去多年,可始终令人难以忘怀。李秋丰最清楚,当初的悲惨场景似乎就在眼前。那是一个什么场面?它是消防官兵与石油大火生死搏斗的场面,是三名战友壮烈牺牲的场面,是他的好搭档孙夏成大队长与他永别的场面!赵春生虽然当时不在火场,但在市医院太平间的那个情景还历历在目。当时孙夏成母亲撕心裂肺的哭喊声,妻子娄玉兰和女儿小芳的绝望表情,还有在场的官兵们痛苦感受,使赵春生至今难忘。

赵春生不知道娄玉兰和孩子现在怎么样,家庭生活如何。会后,赵春生问:

“你什么时候回去?”

“明天。”李秋丰说。

"咱们一起走。"

"你也去光明？"

"是的。"

"就是嘛，应该回去看看，毕竟是你战斗过的地方，好些老战友常念叨你哩。"

"是呀，该去看看。"

"那就好，那就好。"李秋丰忙高兴地说。

其实，赵春生不仅是去看战友，他更想去看看孙夏成的家属。在赵春生看来，孙夏成不仅是他的老乡和老班长，更是他人生的引路人。如果没有孙夏成当初手把手地教业务，心对心的思想教诲，就不会有他今天的成绩。

赵春生同李秋丰到光明后，并没有过多的逛市游街。尽管这几年城市变化不小，但只要留神就会一目了然。至于到消防支队，因人员变化，调走的调走，复员的复员，没有多少认识的了。他会见了几个老战友后，和李秋丰一同去了娄玉兰家。

那是一个不大的家属院，一幢比较陈旧的住宅楼。娄玉兰住在四层，虽然是两室一厅但面积并不大。娄玉兰一看是赵春生和李秋丰来了，真是喜出望外。不过，从娄玉兰的神色中可以看到她喜中有忧。

娄玉兰年龄上比赵春生小一岁，孙夏成却比赵春生大一岁，所以赵春生一直把她叫嫂子。

"嫂子，最近好吗？"赵春生先开了口。

"好，好着哩。"娄玉兰说。

"孩子不在？"李秋丰问。

"上学还没回来。"娄玉兰边倒茶边说。

"现在生活怎么样？"赵春生问。

"还能怎么样，我和小芳凑合着过吧。"娄玉兰回话中带有忧愁。

"这样下去怎么行呢。"赵春生同情地说。

"有什么办法，只能如此。"娄玉兰说。

"哎，夏成走了好几年，你就没有另外的考虑？"赵春生又问。

"唉，考虑什么呢。女人家到了这个年龄，还能有什么考虑。"娄玉兰表现出对生活无可奈何的样子。

"也不至于这样悲观，你贤慧漂亮，聪明能干，如果再走一步还是有条件的。"赵春生安慰地说。

娄玉兰调整了一下情绪，接着说："算了吧，为了不让孩子受委屈，走一步看一步。"娄玉兰正说着，小芳回来了。

"快，看你叔叔都来了。"娄玉兰对说小芳说。

"叔叔好！叔叔好！"小芳边说边向赵春生和李秋丰分别鞠躬。

"哎呀，小芳都长成大姑娘了。"赵春生说。

"小芳越来越漂亮了。"李秋丰说。

孩子回来了，赵春生再也没有过多地说，又能怎么说呢？赵春生示意李秋丰离开，李秋丰叫娄玉兰带上孩子一同去吃饭，娄玉兰说她还要去给病中的父母做饭。赵春生和李秋丰只能放下买的东西和准备的钱，娄玉兰不要钱，在他俩的劝说下才勉强收下。

离开娄玉兰家，快到吃下午饭的时间。赵春生说吃饭不要叫那么多的人，想和周冬杰叙叙旧。李秋丰叫上周冬杰，他们去了一家环境优雅的小餐馆。服务员见他们三个人，便摆上了三套餐具。

"服务员，再摆上一套餐具，还有一个人。"赵春生说。

"你说不叫其他人嘛？"李秋丰疑惑地问。

"是我们最亲密的战友。"赵春生说。

"谁？"周冬杰问。

"孙夏成！他永远是我们的战友，任何时候都不能忘记他。"赵春生含着泪说。

# 第九章　喜　忧

## 一

春意浓浓的早晨，空气格外清新。赵春生一出家门，路边枣树上喜鹊“唧喳——唧喳——”叫个不停。他想人常说,喜鹊叫喜事到。能有什么喜事。

赵春生刚到单位,徐支队长叫去他办公室。

“咱们支队贾政委要高升,听说调外省任总队政治部主任。”徐支队长说。

“噢……有这事,那支队政委从哪里来？”赵春生问。

“你猜。”

“猜不出来。”

“是咱们支队内部人选。”

“内部人选？”赵春生有些疑惑。

“嗯。”徐支队长表现出若无其事的样子。

“谁?”

“听说是你。”

“我？不可能。”

“有什么不可能,你在咱们支队任参谋长期间,把部队管理和业务建设抓得有声有色,从上到下都是有目共睹的。据说总队马上要对你进行考查,你要有所准备。”徐支队长说得很认真。

赵春生回到办公室,对徐支队长给他说的话还是半信半疑。他也不好过多地打探此事,全当什么都不知道。支队送走贾政委没等几天,省公安厅和消防总队果然下来考查,而且考查的对象就是赵春生本人。经过测评和谈话,一个月后下达了任职命令。

本来赵春生一直是军事干部，任政治委员业务不对口，可是上级组织有其他方面的考虑，正如总队政治部郭主任给他谈话时所说的：“现在消防队伍需要全方位的复合型人才，领导干部要在不同岗位上锤炼……”

赵春生被提拔为正团职，支队上上下下都认为是一件大喜事。尽管新泉市消防支队副团职领导也不少，可本支队晋升为支队长或政委的还没有。这样，不同形式的庆贺、道喜接踵而至。不过，赵春生并没有沾沾自喜。他觉得自己是个平凡的人，没有超凡的才华，没有非凡的智慧……他认为人生在世，会有许许多多的期盼、梦想……然而，实现了的时候不要成为令人陶醉的资本。他不仅淡泊地对待自己的职务，而且更重视自己所肩负的责任。

从参谋长到政委，不仅是军事业务变换为政治工作，而且是部门领导向支队首长的转变。赵春生除了处理手头的事情，找了不少政治业务方面的资料，从中熟悉业务工作范围。按部队的规定，政委在部队中负责政治工作，部队长负责军事工作。消防支队历来都是支队长分管部队行政管理和业务，即司令部和防火处工作，政委分管政治思想和后勤保障，即政治处和后勤处工作。这样基本成了贯例，支队长和政委不用分工任务已经很明确，赵春生也不例外。

支队班子调整不久，119 指挥中心接到报警，三星县平阳乡私营塑料厂发生火灾。那时，三星县还没有消防队，只能靠支队直属的中队去扑救。

赵春生还是往日当参谋长的作风，着指挥服准备带队出征。这时，徐支队长也到了院子。

“政委，你也出火场？”徐支队长问。

“听说是塑料厂发生火灾，”赵春生说，“灭火救援会有难度。”

“有什么难度，不就是一个乡下小厂子。”徐支队长说。

“那……”赵春生有些为难。

“你不必去了，业务分工很明确，”徐支队长说，“我和新上任的参谋长去就可以了。”

赵春生考虑既然这样，也不好勉强，更何况支队长又是他的老首长，过分坚持有些不妥。

徐支队长还没出市区，碰见了从外地来而且多年未见的老战友。俩人聊了几句，徐支队长命令白参谋长带领官兵赶赴现场灭火，他和老战友去了一家酒店。

白参谋长是从外地调来的，对当地情况并不熟悉。与白参谋长一同出火场的是代理副中队长，刚从学校毕业，他们还有二十几名消防队员都没去过三星县。

尽管不到一百公里路程，但沿途有好几处岔路口。本来载水消防车行驶速度就不快，还要不时找人问路。到了三星县，离平阳乡还有十几公里，行驶了一段又遇到一个岔口，由于当地人的误导消防队官兵，向着火场的相反方向去了。

白跑了一段路程，白参谋长发现路线错了，便立即调头赶路。两个多小时后，白参谋长才带领官兵赶到。塑料厂发现起火后，急于自己灭火，报警迟，厂房和库房都是三级耐火等级，塑料多为易燃材料。消防官兵面对的火场是猛烈燃烧的后期，也就是说已经失去扑救价值，主要房屋和财产基本被烧完，幸亏没有人员伤亡。他们只是对余火进行了处理，防止死灰复燃，再次殃及周围。

这样的结果谁都不会满意。火场周围一片埋怨声、责备声、怒骂声……

"你们现在来是救火还是看热闹？"塑料厂孔厂长向白参谋长愤怒地发问。

"你们太没有责任心了，"一个年过半百的老工人痛心地说，"这还是个塑料厂吗？"

"消防队简直就是吃干饭的！"

"……还说保护群众的财产和生命安全，多亏厂房工人撤出及时，要等他们来救不是活活烧死在里面！"

"国家不是白花钱，养活消防队兵起什么作用？"

……

你一言，他一语，越说言词越激烈。说话的有塑料厂的工人，有附近村民，也有乡上的领导。

面对眼前的一片废墟，面对人群中的愤怒面孔，面对非常刺耳的责问，白参谋长和消防队官兵不知何是好。无论他们怎样解释，怎样道歉，都无济于事。

## 二

白参谋长带领官兵返回营区时，已到了晚上九点多。他知道带兵去打了一场败仗，无法给支队交待，更不敢向支队首长汇报。不过，他又想纸里包不住火，终究咋办。支队出发时是支队长带着去的，尽管支队长中途没去，即使不叫政委知道，但总不能不告诉支队长。他去支队长门前喊：

"报告！报告！报告……"他连喊了几声，没有应答。他又敲门，房内还是无反应。这时，通信员过来告诉他支队长从出火场再没来过办公室。他想支队长或许还在陪人，或许酒喝多已回了家。

第二天刚上班，白参谋长去了支队长办公室。他进去时，支队长没精打采，好像酒醉未醒的神态。没等白参谋长汇报，徐支队长便问：

“火场情况怎么样？”

“火势很大。”白参谋长说。

“火灾损失如何？”

“损失不小，厂房、库房和大部分产品没剩下多少。”

“那你们是怎么灭火的？”

“我们赶到火场时整个厂区一片火海，主要财物烧得差不多了。”

“什么时间到达火场的？”

“下午六时四十分。”

“接警出动时才二时十分，路上为什么用了那么长时间？”

“路线不熟，几处找人问路，”白参谋长说，“结果别人把路指错，我们在行驶中多跑了路。”

“简直都是饭桶！”徐支队长恼羞成怒，把白参谋长臭骂了一顿。他知道有麻烦了，如果他去火场就不会这样。他控制了情绪，叮咛白参谋长：

“我中途未到火场的事不要告诉别人，尤其是赵政委。”

白参谋长唯恐政委知道此事，给支队首长造成矛盾，因而在政委面前从不提那次灭火的事情，赵春生一直被蒙在鼓里。

两个月后，消防支队收到新泉市北滨行政诉讼状副本，是三星县平阳乡塑料厂状告新泉市消防支队火灾后未能及时到达现场灭火，致使他们财产损失惨重。

公文收发在司令部，白参谋长拿到诉讼状后，先去找支队长。徐支队长把诉状看了一遍又一遍，长长地叹了一口气，没说一句话。他不知在想什么，脸上的神情越来越严肃，沉思了好一阵。

“按照法院要求尽快准备答辩状，”徐支队长说，“打官司咱们不专业，最好找个律师。”

“这事告诉不告诉赵政委？”白参谋长问。

“先不要告诉，最后根据情况再说。”

白参谋长有了思想负担，毕竟是他惹得祸。他很快请了律师，准备好答辩状。

几天后，白参谋长去北滨区法院，坐在了被告席。法厅上原告律师指控消防支队接到火灾报警后，行动迟缓，贻误战机，未能履行法律赋予保护人民群众财产的职责，有效地扑灭大火，造成三星县平阳乡塑料厂二百四十万元的财产损失，应当负经济民事责任。白参谋长请的律师尽管从起火单位报警迟、塑料厂消防设施缺乏、自救能力不强方面进行辩驳，但原告律师举证的证据确凿，法院最终根据有关法律判处消防支队行政不作为。其后又判定，由消防支队承担火灾财产损失百分之六十的经济责任，即一百四十四万元的经济损失。

白参谋长拿到了沉甸甸的法院判决书，应当是一份经济赔偿单。他又去找支队长，徐支队长感到事情越来越麻烦。徐支队长原以为经济赔偿可能是象征性的，数额不会太大，最多是几十万元，没想会这么惊人，必须让赵政委知道，他是支队的党委书记。

支队党委会上，白参谋长汇报了法厅上的情况和法院的判决结果，徐支队长只是含糊其辞的说法院的判决不公平。

赵春生感到非常意外，他没想到三星县平阳乡塑料厂火灾扑救会出问题，更没想到由此而引起的经济责任。一百多万元对消防支队来说不是一个小数目，也不是支队经济权限能解决的。他能说什么，又怎么说。灭火是支队长带领去的，从火场到法厅他一无所知。他只能无可奈何地问：

“法院的判决咱们还能不能上诉？”

“我问过律师说上诉意义不大，”白参谋长说，“即使上诉也不会改变结果。”

他陷入了深深的惆怅之中……

一浪未平一浪又起。正当赵春生为塑料厂火灾赔偿发愁时，民泽县消防大队长出了问题。民泽县长虹歌舞厅发生了一起火灾，烧死一人，财产损失七十四万元。火灾发生后，支队派防火处调查，原因是未穿钢管的电气线路短路，引燃附近纺织物可燃材料酿成大火。

长虹歌舞厅面积不足一千平方米，装修时审批和验收权限都在县消防大队。当初，装修无正式设计图纸，消防手续没有给办，后来韦长青大队长不知为何再三要求手下参谋把手续给办了。验收时歌舞厅大量采用木质和纺织可燃材料，电气线路未穿管敷设，消防设施也不符合要求，消防大队两个参谋去了几次未能验收合格。开业时韦大队长叫未参加验收的另外一个参谋给办理了消防安全合格证。

防火处火灾调查回来，徐支队长去外地学习，刘向荣副处长把火灾发生的原因和长虹歌舞厅装修后消防手续办理情况向赵政委汇报得一清二楚。赵春生觉得民泽县韦长青大队长有问题，对发生的火灾有不可推卸的责任。

赵春生准备徐支队长回来后和他交换意见，派支队纪委去查一查。还没等支队调查，有人举报到民泽县检察院，说韦大队长滥用职权，致使长虹歌舞厅火灾造成财产损失和人员伤亡。检察院经过立案调查，认为韦长青在长虹歌舞厅办理消防手续时不仅犯有渎职罪，还有受贿罪。

民泽县检察院以长虹歌舞厅火灾为突破口，顺藤摸瓜。查实韦长青多起受贿行为，受贿金额四十七万元。

韦长青因渎职罪和受贿罪，被依法逮捕。

## 三

韦长青被追究责任后，社会上议论纷纷，有的说现在权力最大的是消防监督部门，叫谁家停业就停业，想给哪个场所罚款就罚款；有的说区区一个消防大队长受贿那么多的钱，不可思议；有的说……

赵春生感到压力越来越大，尽管防火灭火工作不是他分管，可干部是归他管，更何况他是支队的党委书记。民泽县消防大队长被查出了违法违纪，其他大队长会不会存在问题，还有执法的参谋和工程技术人员。

面对已经发生和潜在的问题，赵春生认为队伍建设到了非抓不可的时候，而且要从廉洁自律警示教育着手。他叫来支队政治处文主任。

“近期咱们支队干部出了一些问题，尤其是韦长青锒铛入狱给我们敲响了警钟，”赵春生说，“现在要着力加强部队惩防腐败体系建设，抓好反腐倡廉教育，增强消防官兵的法纪观念和廉洁自律意识，提高筑牢党员干部拒腐防变的能力。”

“政委，从哪里抓起？”文主任问。

“我有个初步想法，结合支队实际从以下方面着手：

“一、构筑第一防线，夯实思想根基。引导消防官兵牢固树立正确的世界观、权力观、事业观，筑牢党员干部拒腐防变的思想道德防线，集中开展党风廉政建设警示教育活动。以韦长青违法典型案例为反面教材，组织开展讨论，对党风廉政建设进行深入学习和交流探讨，使广大官兵坚决抵制各种‘不正之风’的侵扰和腐蚀，不断增强廉洁自律意识，稳固夯实党员思想基础，做到自重、自省、自警、自励，牢筑思想根基，构筑廉洁自律第一道防线。

“二、延伸第二课堂，提高抵御能力。在学习教育的基础上，积极延伸第二课堂，组织官兵参观警示教育基地，旁听受贿案件审理，观看警示教育片，增强警示教育感染力，不断提高抵御风险的能力和拒腐防变的思想水平。

“三、创建第三平台，增强文化熏陶。努力营造警示教育的浓厚氛围，切实加强消防部队廉政文化建设，促进消防官兵提高思想道德和理论修养。积极创建第三平台，增强官兵反腐倡廉意识和廉政文化熏陶，在耳濡目染中提升官兵防腐拒变的抵抗力，创建和谐的廉政文化警营环境。”

赵春生说完，问文主任有什么打算，文主任一时半会也说不来个一二。

“这样，你们政治处以支队党委名义制定个支队集中警示教育活动实施方案，”赵春生说，“提交党委会议研究后贯彻执行。”

几天后，支队警示教育活动分三个步骤开展工作。集中进行一段时间的学习教育后，组织官兵在剖析排查方面下功夫，逐人、逐岗、逐单位深入查找廉政风险，制定防控措施；围绕部队在选人用人、执法犯法、以权谋私方面存在的突出问题，采取有力措施，坚决排查整治；认真组织开展“大走访”开门评警活动，采取召开警民座谈会、发放征求意见表，深入走访群众，广泛征求意见，主动接受监督和评议，对部队廉政建设方面存在的突出问题和薄弱环节，剖析深层次原因，采取有效措施，堵塞工作漏洞。

警示教育活动还没完全结束，省公安厅和消防总队纪委来了人。赵春生猜测是不是他们的警示教育活动引起上级的重视，但来的人员是省公安厅纪委副书记和消防总队纪委书记，如果是了解警示教育活动的经验不可能来这么大的领导，而且从领导的严肃面孔看，好像不是为此事而来。

公安厅纪委耿副书记和消防总队纪委高书记把徐支队长和赵春生叫在一起谈了话。

谈话在支队党委会议室里进行，气氛严肃而紧张。徐支队长和赵春生坐在领导对面，消防总队高书记开门见山地说：

“这次公安厅和总队纪委来，是调查你们支队的违纪案件。”

“厅纪委接到几份举报信，反映你们支队防火处海玉成处长以权谋私，收受贿赂，”耿书记说，“公安厅领导指示要认真查处。”

一同来调查的还有两个工作人员，他俩主要负责记录。徐支队长一言未发，抬头瞅了瞅赵春生。赵春生听了上级首长的话后本身有些胆怯，徐支队长看他的那一眼大概意味着你是党委书记你看怎么办。他不知所措，只是问：

“我们支队需要做什么？”

“你们要积极配合。”高书记说。

之后，开始分别谈话，除了支队党委成员，机关的参谋、干事、助理员都一一问过。

赵春生是最后谈话的。他进去后仍然坐在领导桌对面的凳子上。

“海玉成的违纪问题你知道吗？”高书记问。

“不知道。”赵春生说。

“难道就没有听到什么反映？”高书记又问。

“没有，”赵春生说，“如果你们不来，我真不清楚他的事情。”

“海玉成是支队党委成员，”耿书记说，“你作为党委书记就没有察觉？”

“支队党委班子调整时间不长，”赵春生说，“我以前是支队参谋长，海玉成是防火处长，我们各管一个部门，司令部对防火处工作不太了解。”

耿书记和高书记对赵春生的回答好像不满意，其实赵春生确实不清楚海玉成的问题。赵春生任参谋长时，只是听外界传言海处长有人请吃请喝，有人送烟送酒，但那仅仅是道听途说，后来他虽然当了政委，但毕竟时间不长，总不能刚上任就去兴师问罪。

与机关干部谈完，耿书记和高书记还向部分消防大队长了解情况，最后和市公安局领导交换意见，至于具体内容谁也不清楚。

一个星期后，总队高书记通知赵春生，叫海玉成去省上核实具体问题。

海玉成去了再也没有回来。

# 第十章 处 分

## 一

三个多月过去了,海玉成还没有消息。赵春生通过各种渠道打探,听说问题严重,移交司法部门审理,海玉成被检察院批准逮捕。

又过了两个月,支队收到消防总队关于海玉成受贿案的通报:

“××××年×月×日,××市××区人民法院对海玉成涉嫌受贿一案进行了宣判,判处海玉成有期徒刑十四年,并处没收财产三十四万元。总队党委报请省公安厅党委,给予海玉成开除党籍、开除军籍、取消其武警中校警衔的处分。

“经××市××区人民法院审理查明:海玉成在新泉市消防支队任防火监督处处长期间,利用职务之便为多家公司及个人谋取利益,收受他人财物共计一百四十四万元。”

……

赵春生接到这个通报,大脑快要炸了似的。他感到海玉成的案件捅了个天大的娄子,不要说在新泉市消防支队前所未有,就是在整个消防部队也不多见。他有了思想准备,海玉成受到了应有的处理,他这个党委书记估计也脱不了干系。

省公安厅和消防总队纪委又来了调查组。这次来的人比上次多,除了耿书记和高书记,还有总队党委书记、政委佟振华。支队上上下下都认为,又是为海玉成的事而来。

调查组一到立马开展工作,没有像上次那样说明来意。调查组分为两个组,一个组由省公安厅耿书记负责,另一个组由消防总队佟政委负责。赵春生把支队、大队干部和部分士官集中到一起,排成两个组,负责给调查组叫人。调查谈话顺序也和以前不一样,先基层后机关,自下而上。

机关和大队人员包括支队部门领导谈完后，最后与徐支队长和赵春生谈话。

徐支队长去了耿书记那一组。他进去后总队高书记也在，因上次调查海玉成的案件时他们谈过话，所以都不生疏。徐支队长想海玉成的事他知道的全说了，还要问什么。

“徐支队，你把支队扑救三星县平阳乡塑料厂火灾的情况谈一下。”总队高书记说。

“哦……”高书记的提问把徐支队长给懵住了。徐支队长准备回答海玉成事情的问话，没想到谈的却是这起火灾扑救的事，他马上反应过来。

“三星县平阳乡塑料厂火灾报警后，”徐支队长说，“我和参谋长带领官兵及时出动……”

“扑救结果怎么样？”高书记问。

“这……”徐支队长难以回答，不知怎么说。

“你到现场去了没有？”耿书记问。

“前往火场途中有急事，”徐支队长说，“我叫参谋长带领去的。”

“有什么急事?”耿书记又问。

“有……有接待。”徐支队长战战兢兢地说。

“接待什么人比灭火救援重要？”耿书记发火了。

其实调查组已经知道徐支队长中途为什么没有去火场，到哪里和谁干什么都一清二楚。正因为徐支队长没去火场，白参谋长人地生疏，导致行驶路线错误，贻误灭火救援战机，造成塑料厂不应有的严重损失。

“你作为支队长应该知道自己的职责是什么，”耿书记生气地说，“这就是失职！”

徐支队长低头不语。从塑料厂火灾后，他清楚迟早会有挨骂的这一天。

过了一会，高书记和耿书记小声交换了意见，意思是这事先到此为止，可以进行下一项调查。

“民泽县歌舞厅火灾是怎么回事？”高书记问。

“民泽县长虹歌舞厅火灾是由县消防队扑救的，”徐支队长说，“后来我派防火处去调查火灾原因。”

“既然本县消防队去灭火，为什么会死人，经济损失还如此之大？”耿书记问。

“火灾发生后大队未报警，支队没有参与灭火，”徐支队长说，“火灾调查中才得知，歌舞厅装修时大量采用可燃材料，电气线路未穿管敷设，导致火灾燃烧速度快，一名顾客被烟毒气熏倒在沙发背后，灭火救援时未被发现。”

“歌舞厅装修时消防手续是如何办理的？”高书记又问。

“按管理权限全部在县消防大队办的。”徐支队长说。

“大队办理手续中有没有问题？”耿书记又问。

“大队没有严格执法，”徐支队长说，“按规定该歌舞厅的装修审核、验收和消防安全合格证都不能办理。”

“你为什么不管？”高书记问。

“当时不知道，发现时已经生米煮成熟饭，酿成了大火。”徐支队长低声说。

“你平时没有检查过？”耿书记问。

“没有，以往下去除了检查大队工作，”徐支队长说，“社会单位一般检查大型的，像这样的小场所由大队检查。”

“县消防大队长韦长青被追究刑事责任前表现怎么样？”高书记问。

“平时没有发现什么，就是他对自己要求不严，”徐支队长说，“爱交朋友，社会关系复杂。”

“支队防火工作谁分管？”耿书记问。

“是我。”

“防火处长海玉成这么严重的问题没有前兆吗？”高书记问。

“没有发现。”

“海玉成在你眼皮底下，”耿书记说，“业务你又分管，有些问题你应该能觉察到。”

耿书记和高书记还问了许多问题，讲了不少大道理。徐支队长也无法回答，只是默默地听着，心里忏悔着。

## 二

法院判处消防支队一百万元的经济赔偿，快到执行的最后期限。赵春生急得团团转，尽管祸不是他惹的，但钱要后勤处解决，后勤工作他分管。问题的难处在于支队拿不出这么多钱，而且按财务管理制度这种非正常开支必须经总队同意。赵春生和徐支队长去找总队领导，尽管几经周折，也受过多方面的批评，但最终决定由总队拿出八十万元，支队自筹六十四万元解决。

在徐支队长被叫去谈话的同时，赵春生去了另外一个调查组。这一组有佟政委和总队政治部郭主任,还有两个干事,一个是公安厅纪委的,一个是总队纪委的。

赵春生进去刚坐下,佟政委问:

“法院判决的经济赔偿款交清了没有?”

“交清了。”赵春生说。

“发生这样的事情,不但塑料厂受到经济损失,在当地造成不好的影响,”佟政委说,“而且给消防部队的经济损失也不少,更重要的是还有政治损失。”

“政治损失?”赵春生暗暗想佟政委的这话的含义,是给部队荣誉带来的负面效应?哪一个领导政治前途受到影响?

“三星县平阳乡塑料厂火灾发生后你为何没去扑救?”郭主任问。

“接到报警后,我随即到院子准备去火场,”赵春生说,“可徐支队长不让去,说他和参谋长就足够了……”

“徐支队长途中未去火场你知道吗?”郭主任又问。

“不知道。”

“是知道还是装不知道?”佟政委高声问。

“我当时确实不知道,后来接到法院判决时我问白参谋长,他也没有告诉实情。”赵春生边说边看佟政委的脸色。

“身为支队政治主官,又是党委书记,”佟政委气愤地说,“连个灭火救援的基本情况都搞不清楚,这能算称职吗?”

赵春生觉得怎么回答也说不清楚,只好听从首长的批评、训斥。

佟政委说完,郭主任又问起民泽县消防大队长的事:“韦长青违法乱纪的行为你们以前查处过没有?”

“没有。”

“为什么?”佟政委追问。

“大队业务支队长管的多,平时不太掌握,”赵春生说,“到发现时司法部门已经调查。”

“部队的思想政治工作和管理教育要贯穿于业务工作的全过程,”佟政委说,“从基层大队的韦长青到支队机关的海玉成,这么严重的违法犯罪问题,支队竟然一无所知,无人过问,你们一天都在干些什么?”

……

调查组返回后,于第三天在消防总队党委会议室召开会议,研究新泉市支队几起违法违纪案件。消防总队除总队长外出培训，其他党委成员都到会。

“今天召开党委会议，对新泉市支队扑救三星县平阳乡塑料厂火灾导致的行政诉讼、海玉成受贿和韦长青渎职受贿案件进行研究，”佟政委说，“尽管海玉成和韦长青已被追究刑事责任，但相关责任人还没有处理，希望大家谈一谈各自的意见。”

纪委高书记汇报了案件的调查情况后，说：

“从几次下去调查的情况看，新泉市支队在防火灭火和部队建设方面存在不少问题，官兵对徐支队长有一定反映，工作不尽职尽责，对防火监督干部不重视管理……”

高书记说完，年参谋长发言：

“新泉支队不仅未成功扑救火灾，支队长玩忽职守不亲临现场指挥，更重要的是未按照公安消防部队事故案件报告规定及时报告情况，对当事人应追究责任。”

“海玉成和韦长青之所以发展成犯罪，成为害群之马，与支队平时缺乏教育管理是分不开的，”政治部郭主任说，“支队党委尤其是军政主官有不可推卸的责任。”

“法院的判决给新泉支队和总队都造成了不应有的经济损失，应当追究火灾扑救主要领导人的责任。”后勤部岳部长说。

“新泉支队防火处长和一名大队长出了问题令人痛心，他们虽然已经被绳之以法，但我们对遗留的问题不能置若罔闻。”防火部汝部长说，“应当从领导干部抓起，加强队伍管理，防止重蹈覆辙。”

会上，还有几个总队领导都一一发了言，最后对造成这些事故的相关责任人提出处理意见。佟政委综合各方面的意见，要求纪委将会议决定立即上报公安厅纪委。

半月后，省公安厅作出决定，依法依纪严肃追究了新泉市消防支队有关人员的失职责任，向全省公安现役部队发出通报：

“新泉市消防支队支队长徐守仁，未认真履行职责，不重视部队管理，对防火监督工作和人员失察，发生严重火灾事故，监督岗位构成职务犯罪。特别是三星县平阳乡塑料厂火灾发生后，在带队出火场途中私自离队会友，导致未能有效扑灭火灾，造成不应有的经济损失和极坏的影响，负有重要的领导责任。公安厅党委决定给予徐守仁留党察看一年、正团职降为副团职、上校警衔降为中校警衔、退出现役的处分。

“新泉市消防支队政治委员赵春生履行职责不到位，对部队建设和党委工作领导不力，干部管理教育不严，官兵的思想动态掌握不实，思想政治工作落实不到位，灭火救援中出现的问题不及时过问，多次发生干部职务犯罪和防火灭火中的失误，给部队造成经济损失和不良影响，负有重要的领导责任。公安厅党委决定给予赵春生党内严重警告、正团职降为副团职(警衔原为中校)、免去新泉市消防支队党委书记的处分。

“新泉市消防支队参谋长白波，任职期间不重视灭火救援业务训练，部队对辖区内的情况不熟悉。对三星县平阳乡塑料厂火灾扑救中出现的问题欺上瞒下，不及时向支队党委报告，导致事态恶性循环，给部队带来不应有的损失，负有一定责任。公安厅党委决定给予白波行政记大过处分。”

## 三

黄昏时分，路上车马人行所扬起的风尘全部飘散在灰蒙蒙的空气中。人置身其中，会感到喉咙发干难受，似乎马上就要窒息。支队池塘边的杨柳枝条笔直而无力地垂向水面，昏昏欲睡似的，毫无飘飞之意。池塘水面平静得如一块蒙尘的大镜子，没有一丝皱纹。水面散发着蒸汽，好像是池塘要将一天吸入的热气全部吐出来。

天空“轰隆轰隆”的，像是天神们的宏大浩荡的车辇队伍行驶在无边的厚厚的灰色云层之上，从一方滚到另一方。灰重的云似乎承受不了这许多车辇的重荷，被压得直往下坠，颜色也逐渐转为乌黑。突然间，“啪”的一声巨响，好像是空中天神们的车夫挥了一记响鞭，重重的抽在乌云身上。天际迅速裂开了一道蛇形的缝隙，天外的光随即很快地闪了一下便消失了。一时间，天昏地暗，电闪雷鸣。

赵春生参加完会议，从支队办公楼下来，绕着池塘转了一圈。眼前风云变幻的情境他似乎全然不知，只听到“呼！呼！”的声音，随之看见原先那垂头丧气的杨柳枝条急速地飘飞起来，有的几乎翘上了天；平静的池塘水也霎时涌起一阵阵波浪，向着一边的池岸直冲过去。接着，又是“呼呼！呼呼！”的几声后，天外之风直灌进来，越刮越猛；地上飞沙走石，先前的情景瞬时迷糊得看不见了。就在风刚刚停息，昏暗的空中掉下些许很大的雨点，在渐趋平静的池水水面砸出了几个大窟窿，水面顿时荡开一圈圈的涟漪；雨点砸打在地上，地面上也溅起一抹抹灰尘，他被包围在雨水中……

他不知在在雨水中淋了多长时间，也不知什么时候回到宿舍。他全然没有感觉到被湿透的衣服，一屁股坐在沙发上，神经好像麻木了。他想起了刚才会上的那一幕幕场景：

“给予赵春生党内严重警告、正团职降为副团职、免去新泉市消防支队党委书记的处分。

“任命赵春生为新泉市消防支队副政治委员。

……

消防总队纪委给他宣布的处分是他预料之中的事，他并没有什么怨言，能想的通是他失职的结果。可让他万万没有想到也想不通的是，总队政治部郭主任给他任命了支队副政委，真是哭笑不得。他不知道以后在这个支队怎么工作，如何扮演好由政委变为副政委这个角色。

他想着想着在彷徨中入睡了。

突然，不知什么声音将他吵醒。他发现湿衣服差不多全粘在身上，坐过的沙发周围湿了一大圈，用手能捏出不少泥水。

他清醒了许多，脱掉湿衣服，洗了澡，上床入睡。尽管还没过午夜，可是他翻来覆去睡不着，想这想那……

他想清楚了一点，就是明天找总队政治部郭主任，趁领导还没离开新泉谈谈自己的想法，不然的话还要去省上找人多不方便。

第二天，他得知郭主任还在宾馆。他去宾馆，郭主任和高书记正好在一起，没等他开口，郭主任便问：

“还想不通吗？”

“组织给我的处分没有什么想不通的，”赵春生说，“我完全接受。”

“这就对了，”郭主任说，“要总结经验教训，克服灰心丧气的情绪，树立必胜的信念。人常说，‘失败乃成功之母’，人一生的道路上会遇到许多挫折，需要更多的磨砺和奋斗。”

“我既然被降职，请组织调我去其他地方工作。”赵春生恳求地说。

“其他地方，为什么？”郭主任问。

“在这里我不好继续工作，”赵春生心事重重地说，“除了新泉支队叫我到哪里干什么都行。”

“你是不是想去平乐支队？”高书记问。

“不是,并不是我想回家门口,只要离开新泉支队。”赵春生认真地说。

“这可不行,”郭主任说,“你的问题是公安厅和总队党委经过认真考虑才研究决定的。要知道‘从哪里跌倒就从哪里爬起来’,这则珍贵的名言不知成就了多少人。它是强者的座右铭,能给人重新振作的力量。你需要顽强的意志和坚强的品格,只有在新泉支队这个地方重新爬起来,你在人生道路上才不会再次跌倒。你要勇敢地面对困难和挫折,如果因为这些就失去信心,以后不就寸步难行了。”

郭主任说后,高书记又苦口婆心地给他做了一番思想工作。两位领导的话,或多或少触及了他的灵魂。

回到办公室,他又想了许多。他承认自己不够勇敢,不够坚强,一直都循规蹈矩,墨守成规,工作不够大胆,谨小慎微。面对支队这突如其来的意外,当真如当头棒喝,醍醐灌顶。说是意外,再意外也是有迹可循的,如果当初及早预防,严于管理,问题也许不至于这么严重。现在怨谁?怨天?怨地?怨徐支队长?怨海玉成、韦长青?谁也不怨,还是咎由自取吧。

他也想,说自己是不幸却也言过其实。他尽管降了职,可毕竟还在消防部队,比之那些离开现役的人,这又算得了什么。此时此刻,再自责也于事无补,时钟不会因任何人而仁慈地回到在意外发生前的那一刻。有些事情的发生由不得你说不,何时发生也容不得你来选,唯一能做的,便是想好事后的应对之策。

他自知没有审时度势的头脑,身为支队党委书记没有运筹帷幄的智慧,结果成了眼前这样的局面。然而,有些事总是要去面对现实,即使没有万全之策,至少需要有迎难而上的勇气。

# 第十一章　复　职

## 一

新泉支队新任命的晋支队长，是原来总队的副参谋长。赵春生在支队任参谋长时就和晋支队长很熟悉，除了上下级间的工作来往，两个人私下关系也不错。晋支队长上任后抓紧处理了一些急事，然后去看望赵春生。他很同情赵春生的遭遇，是谁都难过这个坎儿。其实他清楚，赵春生任政委不久，支队就接二连三地发生问题，许多问题早有隐患，并不完全是赵春生的责任。

晋支队长进赵春生办公室，赵春生立即站起。赵春生起立的举动不仅仅是一个军人的礼节，也是一个支队老参谋长向总队副参谋长的敬意，是一个支队副政委向新任支队长的尊重。

“坐下……坐下！”晋支队长手边示意边说。赵春生忙让晋支队长坐下，给他沏上茶。

赵春生有些憔悴，一时不知说些什么。晋支队长看出了他的难为情，先开口问：

“家属还在平乐市？”

“嗯，还在那里。”

“一直分居两地太不方便了。”

“唉，有什么办法。”

“好长时间没回家？”

“从支队出事至今忙得没顾上，”赵春生说，“我想等新政委到位交接手续后回去。”

“新政委？”晋支队长一怔，马上又说：

“你不要等什么新政委,我听说暂时不再来政委。”

“啊……怎么会这样?”赵春生惊讶地说,“我惹了这么大的祸,想等新政委来了,我当个配角。”

“你呀,千万别跟自己过不去,要懂得善待自己,只有这样才能获得精神的解脱,从容地走自己选择的路,做自己喜欢做的事,”晋支队长说,“有许多的事情是我们难以预料的,我们不能控制际遇,却可以掌握自己;我们无法预知未来,却可以把握现在。人生舞台上,每个人都必然会被卷入五彩缤纷的人间戏剧,扮演不同的角色。有的人常常扮演主角,有的人常常扮演配角,有的人从主角跌落到配角,有的人从配角上升为主角。但是,不论扮演什么样的角色,不能忘记自己人生的原始起点。”

晋支队长喝了一口茶,继续说:

“你现在不要考虑什么主角或配角,从上级角度考虑,不可能在一个支队同时换两个军政主官。在这里你毕竟熟悉情况,即使组织上这样决定,也没有人把你按副职对待,至少我不会这样。这几天,你回家处理一下家务,回来安心工作。”

与晋支队长谈话后,赵春生感到轻松了许多,也解开了一些思想疙瘩。不过,晋支队长说再不来政委让赵春生精神上又沉重起来。赵春生原以为新政委一来,他的担子轻了,责任也小了,可事与愿违。不管三七二十一,赵春生还是决定先回家。

从新泉到平乐,从平乐到陇山,赵春生一直坐汽车。玻璃窗外的景致映入眼帘,赵春生看到路两边的植物已失去了青春的活力,柳树仍在风中摇曳,但不再美丽;花儿仍然绽放,但不再芳香;叶子仍然青绿,但却有了一层灰尘;这个世界不再像记忆中那样美丽了,变的灰暗了……夕阳之下,天空只留下一道长长的影子,是孤独的。汽车驶过,总是掀起一阵灰尘,然后慢慢地落下来,落在那些野草上,灰灰的。

汽车到了陇山县城,“哗啦啦,哗啦啦……”外面下起了大雨。赵春生下车后,雨仍哗哗地下着,他便急急忙忙地步行赶着路。道路上几乎到处有积水,有车辆过去时会有水溅在他身上。回到家里,妻子任凤莲看到丈夫湿湿的衣服、鞋子和满脸的泥水,心酸极了。

“怎么下雨天回来了?”任凤莲问。

“从新泉走时不下,”赵春生说,“半路上天才下的。”

“提前也不打个电话,我给你送把伞,”任凤莲怜惜地说,“你看全身上下都湿透了！”

“不要紧，不要紧……”赵春生边换衣服边说。

任凤莲不知怎么了，对丈夫表现的比以往任何一次都热情、体贴。赵春生换好衣服，洗了脸，不一会儿饭菜端上来，这时儿子也回来了。赵雷在父亲面前显得更懂事，更有礼貌，问长问短。任凤莲考虑丈夫淋了雨，拿出一瓶酒为他驱赶寒气。她把酒斟上，端起酒杯，说：

“来，为你接风洗尘！”

“你平时不是不喝酒吗？”赵春生疑惑地问。

“今天破个例，”任凤莲说，“我陪你！”

赵春生劝妻子不要多喝，他不停地给自己斟酒，儿子也敬了几次。也许心里不痛快，赵春生好像喝得有些多，任凤莲劝多吃菜少喝酒……

晚上，任凤莲发现赵春生虽然酒喝得有些多，却唉声叹气，久久不能入睡。

“这次回来总能在家里多待一段吧？”任凤莲问。

“时间长不了，就几天。”赵春生说。

“你如今都这个情况了，”任凤莲说，“还急得干什么去？”

“什么情况？”赵春生问出口，马上意识到家里是不是啥都知道了。他的事除了部队，家里怎么会得到消息，真是好事不出门，坏事千里行。难怪他这次回家妻子如此温柔，儿子如此听话孝顺。

赵春生再也没有说什么，只是默默地躺在床上。任凤莲见他沉默寡言，便开导起来。

“还是想开点，”任凤莲说，“压力再大，回家也要把负担放下，家里是你避风的港湾；心里再苦，也不要闷闷不乐，亲人们会理解你的苦衷；事情再大不要硬撑着，总会想出全解决办法。”

任凤莲说了那么多，赵春生仍不吭声。

“人的活法有各种各样，”任凤莲说，“如果在部队实在不行，就转业回当地工作，不要在那里受委屈。”

“还不至于到离开部队的那一步，边走边看。”赵春生应付地说。

几天来，赵春生深深感到妻子为他解烦解忧，用爱心关怀他，照顾他，在一旁送来暖暖的爱意。家里散发着盈盈的馨香，成了他“风平浪静”的避风港。如果说外面的世界是冬天，是冰霜雪地，家却是充满希望的春天，犹如万物复苏，绿色生姿，一片生机盎然，使他的灵魂复活了。

# 二

赵春生探亲假没满，就提前两天返回部队。他上班的第二天，晋支队长和他对支队工作进行了认真分析，共同认为部队目前除了抓教育、抓管理、抓训练，后勤工作不可忽视。按照业务分工，后勤保障理所当然是赵春生的事情。

消防部队后勤保障的出路在哪里？赵春生经过一番思考，又进行调查，发现由于消防部队设立在群众身边的特殊性，注定了必须不断去适应周边的环境。改革开放后的社会主义市场经济，既给部队后勤保障工作注入了生机和活力，也对后勤工作不可避免地会产生了一些影响。一方面，消防部队的物资供应采取的是绝大部分依靠市场，除了米面等粮食的供应是国家调控外，其他物资、用品的供求主导权是在市场手里。另一方面，偏低的经费标准与市场物价的上涨不相适应，部队执行的许多经费标准偏低，供需矛盾越来越突出。还有现行的财务管理以计划为主，上发下用，单一的经费计划管理制度往往难以适应市场情况变化，经费难以获得最大的使用效益。

面对当时肉价和菜价及其他副食品价格飞涨的形势，赵春生组织后勤处调整采购方案，放弃到集市贸易市场采购肉类、蔬菜，与肉食厂签订供应合同，到种菜基地直接购买，减少中间环节，降低了伙食成本。

那天，赵春生把后勤处权处长专门叫到办公室，说：

“随着社会的不断改革发展，我们消防部队的伙食管理也要改革。”

“怎么个改法？”权处长问。

“肉食和蔬菜采购的改革先走了一步，”赵春生说，“下一步就是要制定伙食费和食物定量标准，建立官兵食谱系统，从经费标准和实物构成两个方面来确保植物蛋白、矿物质和维生素的供给，利用食谱系统对食物进行科学搭配和调剂，以满足消防官兵高强度业务训练、灭火救援的营养需求。”

“现在我们部队的伙食改善面临着一个困难。”权处长说。

“什么困难？”赵春生问。

“炊事员技术不过硬，”权处长说，“也就是他们烹饪手艺不高。”

“这确实是个问题。”赵春生考虑片刻后，说：

“从每个中队挑选一至两名有基础、热爱炊事的战士，分期分批地进行炊事员培训。”

“送哪里去培训？”权处长又问。

“与总队后勤部联系，参加本系统组织的培训，”赵春生说，“也可到社会单位如宾馆饭店那里去学。”

从此以后，权处长多方面联系协调，将人员分三批送总队培训基地培训炊事员。经过系统培训，炊事员不仅学会小炒，还能娴熟使用炊事机械设备。由于部队对炊事员培训的局限性，赵春生出面又将部分培训人员送往知名度高的宾馆饭店继续学习，使支队后勤炊事技术水平整体提高。

赵春生虽然没干过后勤，但他善于学习，勤奋钻研。他把信息化运用到部队伙食管理中，研发成伙食管理系统。厨师长只需在电脑中输入伙食费标准、训练强度、季节和其他因素，“营养师”系统就会自动生成若干套营养搭配合理的食谱。

如果说“小米加步枪”形象地概括了革命战争时期人民解放军饮食和装备情况，那么“斤半加四两”（每人每天一斤半粮菜、一两油、一两肉、一两豆制品、一两禽鱼蛋）就是当今消防部队的饮食结构。面对新形势下消防官兵的伙食改善，赵春生觉得在管理上还是有些无从下手，应当走出去学习外地经验。他和晋支队长交换意见后，派权处长带领后勤人员外出考察学习。

权处长他们根据掌握的情况，先到本省的两个支队，从中队到大队，包括支队机关，现场参观和查看资料后，确实大开眼界。随后，他们又去外省取经，更是受益匪浅，毕竟天外有天，人上有人，外地伙食管理的经验又上一个层次。

从外地考察回来，权处长系统地整理了学习到的经验。赵春生准备召开支队后勤工作会议，组织学习外地先进经验，落实后勤伙食管理的措施。就在这时，支队 119 指挥中心接到报警，市区附近国道上三辆汽车装载的金属钠发生燃烧爆炸。

赵春生马上意识到，金属钠是危险化学品，遇水剧烈反应，生成氢氧化钠和氢气并产生大量热量而自燃或爆炸。当时，晋支队长正在外地开会。赵春生决定亲临现场指挥，一定要汲取三星县平阳乡塑料厂火灾扑救的教训，他要求白参谋长立即调动特勤大队和三个中队前往扑救。

到达现场后，白参谋长派人经过侦察每辆货车装载十几吨金属钠，都程度不同的燃烧冒出黄色火焰。赵春生立即作出判断：金属钠燃烧爆炸具有连续性，燃烧中爆炸，边爆炸边燃烧；对人体皮肤和上呼吸道粘膜容易造成严重的腐蚀性烧伤，直接影响火场人员灭火救援行动。

赵春生与白参谋长很快研究好作战方案，白参谋长下达命令：

“特勤大队分三个班,用干冰、黄沙、干粉对燃烧车辆实施灭火!”

“一中队、二中队、三中队各负责一辆车,组织疏散金属钠!”

“全体作战人员着防火隔热服和防毒面具!”

……

命令下达后,特勤大队三个班靠近作战,短期内控制了火势。可是,三个中队疏散燃烧物却遇到困难。金属钠为小块钠锭,用塑料袋包装,着火后塑料袋多数被烧,钠锭满车箱散堆,而且有的正在燃烧,即使未燃烧的,温度也很高。如果不尽快疏散转移,势必危及周围安全。

紧急情况,赵春生直接下达命令:

“特勤大队控制火势掩护,一中队、二中队、三中队全力以赴保护车辆轮胎,把着火车开到安全地点!”

这个命令下达的真及时,三车辆很快离开国道,开到没有建筑物和人员的空旷闲地。接着,赵春生又命令官兵彻底消灭余火,清除危险源。

三个多小时的激战,官兵无一人伤亡,成功地扑灭处置了三十多吨燃烧爆炸的金属钠。这起火灾扑救,不仅被列为全省成功火灾战例,还被消防队总队通报嘉奖。

## 三

金属钠火灾扑救后,赵春生召集各基层单位和机关相关部门负责人会议。会上,权处长汇报外地先进经验,有针对性地提出支队伙食管理的具体措施。

“没有规矩不成方圆,”权处长说,“根据外地经验,我们要建立健全伙食管理五项制度,并落到实处。”

“哪五项制度?”赵春生问。

权处长说:

“制订食谱制度,增强伙食管理的计划性,使炊事人员工作有计划,调剂有标准;使大家心中有数,吃的明白,心情舒畅。在实际制定食谱的过程中,由司务长、给养员、炊事班长研究提出方案,征求大家意见,经中队主官批准后公布实施。

“公布伙食帐目制度,坚持帐目公开,防止贪污浪费和侵占士兵利益。基层单位按规定建立帐目,收支有据,手续健全,做到日清月结,并按时填写结算表。月终结算后按期公布,上报上级后勤部门。

“建立给养逐日消耗登记制度，掌握就餐人员的饮食规律，防止给养外流和浪费。厨房值班员会同炊事人员对食堂领取和采购的给养、每日消耗的主副食品、燃（配）料等验数并填入给养逐日消耗登记表。每日合计一次，记入帐内，月终盘点库存，核对帐目。

“完善厨房值班和帮厨制度，坚持经济民主，实行群众管理伙食。厨房值班员验收购买的食物，监督按就餐人数做饭做菜，检查并协助炊事人员搞好食堂卫生。在节假日，应组织帮厨，干部应尽可能亲自帮厨，让炊事员得到适当休息。

“健全饮食卫生制度，炊事人员严格执行食品卫生的有关规定。厨房、食堂要经常保持清洁，食物的采购、制作、存放要符合卫生要求，防止疾病传染和食物中毒。炊事人员必须搞好个人卫生，每季度要进行一次健康检查，发现传染病立即调离诊治。”

权处长说完，部分参加会议人员先后发言，集思广益，提出了合理化的建议。赵春生综合大家意见后，着重强调在伙食管理上要充分发挥经济民主，他说：

“各单位要经常征求大家对伙食管理的意见，定期研究改善伙食的建议和措施，参与食谱制定，组织士兵帮厨。根据供给标准监督物资和经费开支，审查各项经费开支单据，定期检查帐目，并向支队党委报告检查结果。中队督促落实给养逐日消耗登记、厨房值班与帮厨、饮食卫生等制度，堵塞各种漏洞，防止侵占士兵利益。要按期公布帐目，实行经济公开，使大家了解本单位伙食费收支情况，防止贪污挪用和铺张浪费；发动群众献计献策，共同搞好伙食。”

过了一个月，支队决定对会议精神落实情况进行督促检查。赵春生带领后勤人员深入各基层单位，通过检查发现，各单位在抓伙食管理上确实都行动了起来，而且卓有成效。但是，也从中发现后勤财务管理中的许多弊端。最突出的是财务预算脱离实际，财务管理人员编制出来的预算具有较大的随意性，缺乏科学性和可操作性。有的单位用项目支出来平衡基本支出的不足，严重混淆了基本支出和项目支出的概念，使专款专用无法落到实处。这种行为和风气不仅会给地方财政部门的工作带来不必要的麻烦，还会影响部队财务管理的科学性。由于后勤财务管理人员很多都是由非专业学校毕业或是非专业人员担任，缺乏专业系统的财务管理知识培训，缺乏专业经验和过硬素质。还有，后勤财务管理和监督工作不到位。

改革开放以来，消防部队制定了一系列新的规章制度，但是在具体实施过程中缺少严格的监督，导致这些制度流于形式，一些基层单位往往只重视对钱的管理,而忽视了对上级配发或地方财政出资购买的物品的管理,使这些物资被搁置或无法得到正确的使用,这就造成物资的浪费、流失……

从基层检查回来,赵春生想,这些问题在一定程度上制约后勤工作的发展,影响了部队整体的财务管理和保障能力。问题如何解决?赵春生和权处长反复研究,认为必须增强财务管理制度的科学性和执行力。只有通过查漏补缺,寻找建立健全内部管理控制制度的方法,才能使部队财务管理工作的各个方面都有制度可依。赵春生要求支队后勤处重视内部的审计监督,在制度的执行和实践中不断吸取经验,补充和完善相关的财务管理保障制度。

后勤处制定了好几个财务管理制度,权处长拿去向赵春生汇报:

“政委,这几个制度你看有不妥之处我们再修改。”

“你这个称呼不对,”赵春生认真地说,“我目前是副政委。”

“支队没有在你前面的政治主官。”权处长尴尬地说。

“那也不能胡叫,这样会犯政治错误。”赵春生更加严肃起来。

赵春生详细看了这些制度,作了一些修改,对财务预算琢磨好一阵。

“这个制度再下些功夫,”赵春生说,“各单位在进行综合预算的时候,要对上年度的预算执行状况和专项任务的完成进度做出全面的了解和充分考虑。年度预算审批通过后,要建立各项用款计划审批制度,将工作进度与预算经费结合起来,严格把关,按规章制度办事。对于所有与经费开支相关的报告、方案、计划等,必须报后勤处审批。”

新泉支队后勤管理工作正在有条不紊地进行时,全省消防部队后勤工作规范化建设开始了。赵春生因势利导,硬件和软件一起抓,勇于打破旧的思维模式,及时研究与时代进步相适应的新举措、新办法,在思想观念、方式方法和管理手段上下功夫。

又经过半年的苦战,在全省后勤工作规范化建设验收评比中,新泉支队夺得了第一名。也许是拿到这个好名次的原因,赵春生又被任命为新泉市消防支队政治委员。

# 第十二章　鱼水之情

## 一

赵春生第二次任政委时，正逢新泉市创建文明城市。市委精神文明建设办公室和军分区先后几次召开会议，要求驻地部队积极开展拥政爱民活动，加强军政军民团结，在精神文明建设方面做出表率。

那天，政治处骆主任拿来支队精神文明建设实施方案。赵春生看后说：

“作为消防部队，要把密切警政警民关系、开展拥政爱民的双拥工作作为政治工作的主要任务，在抓好自身建设的基础上，根据驻地的实际情况和特点，开展了多种多样的共建活动。”

“政委，具体还应做哪些工作？”骆主任问。

“拥政爱民活动要搞得的有声有色，多办好事、实事。当然，要立足我们的本职岗位，努力创造良好的消防安全环境……”赵春生看了一下台历，接着说：“马上到元旦和春节了，在城区可以搞一些益民活动。”

赵春生说时，骆主任边听边记，记完后骆主任说：

“政委，实施方案我们下去再修改完善，近期益民活动尽快安排。”

“下去落实吧。”

“是！”

几天后，赵春生带领支队机关和城区五个中队官兵为城市“美容”——清除街道垃圾，冲洗沿街护栏和临街主要建筑物墙面。政治处对城区划段分片，按单位实行包干。整个街道遍布消防官兵，擦洗护栏的，用消防车开花水枪冲洗墙面或玻璃的，为街道两旁树木花草浇水的——从上午 8 时直到天黑，整整干了一天。按理说活动在城内，官兵们可以回去吃饭，为了避免来回浪费时间，赵春生要求官兵自带干粮就地解决午餐。就在准备收兵回营时,突然接到报警,某乡下村庄发生大火。赵春生和田参谋长调动两个中队,前往火场扑救。

夜幕已经降临,西北风一阵比一阵紧。着火处在四五十公里以外,而且还要翻山越岭。赵春生叮嘱田参谋长,告诉中队带队干部注意行车安全。

赶到那里时,风助火势,火借风威,几十户人家已被大火团团围住,而且火势非常凶猛。村庄从东到西呈"一"字型,户户连通,家家紧靠,一家与一家基本没有什么间距,最多是能走人或能过架子车那么宽的便道。面对部分村民土木结构瓦房已烧透屋顶、大火在西北风助威下继续向东蔓延的场面,赵春生下达命令:

"二中队控制火势,消灭火灾!

"三中队在着火部位东侧破拆防火隔离带,组织疏散村民和重要财物!"

二中队在实施灭火中,由于消防车无法靠近作战,只能靠水带连接在外围打远攻战。三中队破拆防火隔离带时涉及两户村民房屋财产,村民死活不让,致使火灾迅速蔓延,影响了灭火救援。虽经消防官兵两个多小时的奋力扑救,保住了部分村民住宅,可还造成十一户人家程度不同的受灾。

这是一个贫困偏远地方,受灾的这十几户恰好是困难户。面对被烧得面目全非的房屋,面对清贫如洗的家境,他们何以生存?老人、小孩、男人、女人痛不欲生,哭声、喊声、埋怨声、求救声,声声催人泪下。

回到单位,尽管已到深夜,可是赵春生还是难以入睡。受灾群众牵动着他的心,他度过痛苦的一夜。

第二天,赵春生征求晋支队长同意,政治处组织全支队官兵开展救灾民、献爱心活动。赵春生带头捐款捐物,官兵们伸出一双双温暖的手,你几十他几百,你几件衣服他一条毛毡,不少新战士将发的津贴全部捐出。有位战士说:

"尽管我领到的钱不多,可我家也在农村,我也有父母,那些乡亲们的困难就是我家的困难。"

从此以后,一种特殊的警民鱼水关系建立起来。春播一开始,官兵们给凑些钱,买上化肥农药送去;夏收大忙季节,消防队在保证执勤灭火力量的同时,组织人员帮助乡亲们收麦。到了冬天,又给拉上几车煤,帮助解决取暖问题。尽管时间在变,消防官兵在变,可消防部队与那些乡亲们的鱼水情义不变。只要乡亲们家里有困难,消防官兵都竭尽全力帮助解决。

## 二

“报告！”支队政治处骆主任在赵春生门外站着。

“进来！”赵春生回话。

骆主任进去后行了一个标准的军礼，还没开口时赵春生说：“坐下！”

骆主任坐在赵春生办公桌前的凳子上，从衣兜里掏出一份材料。

“有什么事情吗？”赵春生问。

“我想把精神文明建设的工作情况向你作以汇报。”骆主任说。

“那就直截了当说，不要受材料束缚。”赵春生和蔼地说。

骆主任简要汇报了前段做的工作和存在问题，赵春生边听边问：

“目前还有什么急需要做的工作？”

“市委给支队确定的扶贫点还落实不够。”

“那个扶贫点具体情况掌握吗？”

“一月前支队给村上拉过两车煤，详细情况不清楚。”

“你下去摸清情况，拿出我们扶贫帮困的具体措施。”

“是！”

过了几天，骆主任带一名干事去扶贫点。扶贫点在光辉县下合乡上沟村，是一个半山区。村里人祖祖辈辈靠种地为生，自然条件非常差。当地人有句顺口溜：

山大沟深土地薄，广种薄收无奈何。
有雨方能吃上饭，天旱不见白面馍。

就是说这里是靠天吃饭的，风调雨顺时农民还能凑合的过去，遇到天旱村民们生活就没保障。骆主任与村干部交谈时，党支部书记马明说：

“今年旱情十分严重，夏粮大面积薄收，秋作物面临减产，好几户人家生活都有问题。”

“能带我们看一看那些困难户吗？”骆主任问。

“唉，不看则罢，看了叫人更加心寒。”村支书说着陪骆主任向村里走去。

他们去到一户名叫胡成涛的人家，简易大门，院墙塌陷了好几处，两孔窑洞和一间破烂不堪的瓦房。胡成涛见来客人，便领进房子。胡成涛老婆有病躺在炕上，炕头上铺的竽席一个角残缺不全。从房到窑几乎没有像样的家具，另一孔窑洞粮囤里装着为数不多的粮食。

从胡成涛家出来,他们又去了另一家。那家是一对五十多岁的夫妇,男的拄着拐杖,走路一跛一跛,女的卧床不起,两个孩子学业终止。

……

村支书陪骆主任走访了六七户,一户比一户困难,一家比一家寒酸。村支书还告诉骆主任,山里人生产生活条件差,经济收入几乎是来一分钱都不容易。人们祖祖辈辈、男女老少都在为养家糊口而奔波,没有心思也没有能力考虑其他方面。尽管恢复高考已几十年,但对他们这里的人而言那是可望而不可及的,多数孩子上学只能上到小学或初中,上高中的寥寥无几,更不要说上大学。即使学习非常好的孩子,也因家庭无经济条件而被迫辍学。

骆主任回来后,把情况向赵春生作了汇报。赵春生陷入了惆怅之中,他并不是因为扶贫点困难户的扶持难度,而是苦恼该从哪里着手。赵春生想,是从温饱问题中缺一口给一口,解决燃眉之急,还是立足长远,从根本上想办法?山里人贫困的原因除了自然环境之外,主要是文化落后,信息闭塞,思想僵化,世世代代面朝黄土背朝天,守着贫瘠的田地,而唯一能改变现状的求学之路始终没有出头之日,形成家庭越贫穷,孩子们越上不起学,越不上学家庭越贫困的恶性循环。

支队决定发动全体官兵捐款,人人积极踊跃,捐款数额比任何一次都高,党委成员每人不少于一千,营职干部不少于五百,连排干部、士官不少于三百,战士有五十的,也有一百的,总计十多万元。可赵春生觉得扶贫的关键不是眼前,而是长远;不在那里的大人,而是那里的孩子。他决定再次去扶贫点,一来是深入当地调研脱贫致富的门路,二来是在骆主任调查贫困户家庭生活现状的基础上,搞清楚孩子们失学的真实情况。

第三天,赵春生和骆主任去上沟村后,召集村干部开了一个"诸葛会"。村干部以为给他们送钱来了,个个眉开眼笑。赵春生会上先没提钱的事,他说:

"咱们上沟村贫穷的原因大家都清楚,条件差,底子薄,靠天吃饭,难道就再没有可利用的优势吗?"

村干部你看看他,他瞧瞧你,没人说话。骆主任提示了几次,会场还是鸦雀无声。

"大家还是说说,各抒己见,有什么说什么。"赵春生说。

"我们这里除了种粮,再就是山里的药材。"马支书先开了口。

"不仅是山沟里生长的药材,其实山地长粮食不行,种药材还可以。"村委会卢主任说。

“那为什么不在药材上想办法呢？”赵春生问。

“有了药材要出山到城里去卖，可是我们好些地方不通车，出不去呀。”卢主任说。

“怎么不修路呢？”赵春生又问。

马支书说：“为修路村上也考虑过，也曾做过经费预算，即使发动村民把路面修好，光铺沙子需要十几万元，假如要硬化路面更就不是小数目了。”

“我看这样，就利用药材优势脱贫致富。常言道，要想富先修路。修路可以分两步走，先由村上发动群众修成沙石路面，这样可以通车，铺沙费用由消防支队解决。至于下一步硬化路面，再另想办法。”赵春生说后，大家都觉得很满意。

这件事确定下后，赵春生接着说：

“还有一个问题，就是咱们村上孩子辍学的问题不能马虎。这不仅是改变落后面貌的关键因素，更是关系到孩子们的前途和命运。对于因家庭困难已经中断学业的孩子，作个详细摸底，咱们共同想办法解决。”

二十天后，上沟村夏收基本结束。村上利用农闲时间发动全村所有劳动力，大张旗鼓地修路。从村到社甚至农户，只要有人居住的地方都划分路段，满山遍野地行动起来，奋战一个多月，路基完工。

赵春生安排骆主任将官兵们的捐款和支队补充的经费送去，与村干部落实路面铺沙。又经过二十多天的大干，上沟村沙石公路全线贯通，当地人把这条路称为“连心路”。

## 三

上沟村提供的学业中断的孩子名单中，因家庭困难被迫辍学的有八个人。支队党委会上，赵春生建议每个班子成员资助一名辍学孩子，大家没有异议。可问题是七个党委成员承担后，还剩一名孩子怎么办？当时有人提出取消一个资助对象，赵春生琢磨，这些孩子一个比一个情况特殊，一个比一个家庭困难，取消谁都觉得不忍心。他想自己作为党委书记，就意味着多一份责任，于是主动承担了两个孩子的资助。

资助贫困学生不是表面上的形式，而是要付诸于实际行动。应当说，这不是一天两天或一年半载能完成的，所承受的经济负担是无法估算的。赵春生妻子任凤莲工作单位体制改革后，收入都是靠设计图纸一张一张地挣，原有设计单位和新增加的私人设计公司竞争激烈,以前设计行业的一碗饭现在变成几家抢着吃,设计单位有时工资也没保障。当任凤莲得知赵春生一人资助两名贫困学生后,大发雷霆。

那天下午,赵春生回家刚一进门,任凤莲给他来了个下马威。

“你还回来干什么?”任凤莲气呼呼地问。

赵春生被问的没莫名其妙,他见任凤莲气势汹汹的样子,便委婉地反问:

“这是咱们的家,我回来有什么不对吗?”

“你不是已经有家了吗?”

“你这话说到哪儿去了,我还有什么家?”

“你供养了两个孩子,他们的家不是你的家?”

“呵,为这事。你有些误解,那是我们资助扶贫点上的孩子。”

“为什么别人都资助一个,你却是两个?”

“八个贫困孩子,只有七个党委成员,还有一个咋办?”

“其他人为什么不承担两个?”

“我是党委书记,怎么能把困难推给别人呢?”

“你简直是个傻子,就你思想觉悟高。”任凤莲说着哭起来。

赵春生忙上前去又是说好话,又是递擦泪的餐巾纸,像哄小孩子似的。尽管任凤莲这样,赵春生也能够理解。其实任凤莲现在的辛苦程度赵春生比谁都清楚,为了完成设计任务挣到那份微薄的工资,常常在家里加班到深夜还不肯休息。正在这时,赵春生手机响了。田参谋长电话说市冶炼厂发生火灾,仓库内着火的砒霜和锌粉犹如一个个炸药包,严重威胁着邻近居民的安全。赵春生感到情况不妙,支队长去外地学习,他必须赶到现场。

这是一起特殊的火灾。火灾的特殊性在于不能用水扑救。化工原料仓库的锌粉着火后,火势迅速向旁边的砒霜、硫酸铜等化工原料蔓延。

赵春生到火场时,田参谋长调动的三个中队也相继赶到。经过火情侦察,发现仓库内储存着数十吨化工原料,部分物品正在猛烈燃烧,一团团橘黄色火焰蹿起十余米高的火苗,周围的空间布满了粉尘和刺鼻的异味。

对于锌粉和砒霜,赵春生知道它们的特性。锌粉在遇水受潮情况下容易发热自燃,其粉尘与空气混合到一定比例时,遇火星会引起燃烧爆炸。砒霜属于剧毒化学品,当遇到高温时会蒸发出剧毒气体。这些原料的化学性质决定了火灾扑救中绝对不能使用水,否则可能导致灾情进一步扩大,甚至发生爆炸。而且,一旦砒霜溶于水,流入河道,将会造成严重的环境污染。

赵春生与田参谋长确定作战方案后,下达命令:

“一、特勤中队进入现场,用干粉消防车灭火!

“二、从附近的消防重点单位调来干粉灭火器,确保灭火不间断!

“三、二中队组织人员转移砒霜!

“四、三中队与冶炼厂职工运送沙子覆盖锌粉!”

消防官兵和灭火参战人员迅速到达岗位,特勤中队出动四支干粉枪,在手提式干粉灭火器和干粉推车灭火器的配合下遏制了火势。二中队官兵不畏烟气和毒气威胁,很快将仓库内储存的砒霜转移到外面。三中队战斗员与冶炼厂职工快速拉运沙子,有效地覆盖了锌粉。

经过三个多小时的拼搏,一场特殊战斗胜利结束。

赵春生灭完火的第二天又去了上沟村。这次他去主要是为了掌握所资助两个孩子的情况,并做通他们家里人的工作,让孩子们重返课堂。他资助的两个孩子,一个男孩名叫樊军,今年十四岁,上初二时辍学;一个女孩名叫胡玉凤,今年十二岁,上小学时终止。据说他俩在校的学习成绩还算可以,就是因为家庭困难被迫辍学了。

到了村上,马支书陪同赵春生走访了这两个学生家庭。樊军父亲身体不太好,全家主要生活重担落在樊军母亲肩上,还有一个卧床不起的老奶奶和一个小弟弟。家里除了三孔窑洞和一些简单的生产生活用具,基本没有什么值钱的东西。樊军是个身材不低的小伙子,人挺机灵。马支书瞅着樊军说:

“唉,难为这小伙子了,不上学实在可惜!”

“有什么办法呢,我这样子干活不行,樊军可以帮他母亲搭把手。”樊军父亲说。

“能不能让樊军继续上学?”赵春生问。

樊军看了看母亲,尽管没说话却能看出他渴望的眼神。

“按理孩子应该上学,可这家境老的老,小的小,病的病,凭我一个女人能种了这么多地?”樊军母亲说。

“再能想其他什么办法吗?”赵春生又问。

“还能有什么办法,地种不好家里人就没饭吃,这日子还怎么过?”樊军母亲无奈地说。

“农活是有时效性的,其实就是种收两个大忙季节。”马支书说。

“家庭有困难咱们共同想办法克服,樊军的学还是要上的。至于家庭干活,农忙季节实在不行出钱叫人,费用我来解决。”赵春生说。

“既然赵政委考虑的这样周到,还有什么可说的,樊军准备继续上学。”马支书说后,其他人都表示非常感激。

从樊军家里出来,赵春生和马支书又去了胡玉凤家。胡玉凤有一个哥哥,父母年纪不大,身体都可以。她当时停止学业主要是兄妹两人同时上学,家庭经济负担太重。父母认为女孩子上学没多大用处,叫她回来帮家里干家务。赵春生不仅做通了胡玉凤父母的工作,还答应由他解决胡玉凤上学的费用。

## 四

赵春生做通了樊军和胡玉凤两个家庭工作后, 又与骆主任去学校协调有关事情。胡玉凤是上小学,没费多大劲一切办妥。樊军在初中二年级停学,按学校规定这种情况要复学难度比较大。刚开始学校怎么也不同意,无奈之下赵春生去找了校长。霍校长是个女的,年龄与赵春生差不多,文雅中带有刚性的气质。她见办公室来了上校军官,不知道是何事。骆主任作了介绍,赵春生说明了来意。

“樊军当时停止学业学校是不同意的,可他说家里困难没法上学,虽经劝说仍是无济于事。”霍校长说。

“他家庭确实困难,当初也属无奈。”赵春生说。

“既然如此,他现在还咋上学?”霍校长问。

“现在情况好了,他有上学的条件。”赵春生说。

霍校长有些疑惑,正准备询问时,骆主任接了话:

“樊军是我们政委扶贫资助的对象,他家里的困难由赵政委帮助解决。”

“哦,是这样。”霍校长接着说:

“初中二年级学生不能停学,如果停了我们不允许恢复。”

“为什么?”赵春生问。

“初二是学生的关键时期,停止学业再重新开始学习跟不上,不仅他本人考高中无望,更是影响学校的总体成绩。”霍校长说明了理由。

“霍校长,你说得不是没有道理。可是樊军这学生如果不继续上学实在太可惜,你就想点办法给他个机会。我一定让他刻苦学习,决不会拖学校的后腿。”赵春生向霍校长求情。

“赵政委,我为你救助贫困家庭孩子上学的精神所感动,那我就破个例吧。”霍校长答应了。

解决了学校的问题,接下来赵春生考虑的是两个孩子的费用,胡玉凤无非是学杂费。关键是樊军,除了学校费用外,更难的是他家里每年农忙季节叫人干活的钱是个不小的数目。赵春生粗略地算了一下,樊军每年学校费用再加上家里劳务工钱,需要自己的两三个月工资。如此的开支不能让妻子知道,以前为此事闹了一场家庭风波,再不能重蹈覆辙。尽管赵春生每月的工资任凤莲知道是多少,但赵春生的岗位津贴和福利补助她并不清楚,所以赵春生平时省吃俭用,利用这些钱资助樊军和胡玉凤。

过了一个学期又是一个学期,熬过一年又是一年。不过,赵春生感到欣慰的是,樊军的学习并没有掉队,不仅顺利地完成初中学业,还考上了高中。胡玉凤聪明伶俐,尽管停了一段学,并没有什么影响,小学以优异成绩毕业,考中学时名列全校第三。赵春生除了操心支队工作外,还时常惦记着樊军和胡玉凤。每学期开学前,他都及时把学习费用送给他们。尤其是农忙季节他更是放心不下,不是给樊军家里打电话询问干农活花费情况,就是托人带钱或抽时间将钱送去。

本来单位上的工作就够多,赵春生毕竟是支队主官,再加上自己家里的事情,还有樊军和胡玉凤的学习,把赵春生的神经弦绷得紧紧的。他只忙于处理眼前的事情,几乎忘记了时间的年轮。

那是一个秋末冬初的上午,赵春生正在办公室处理文件。他接到樊军的电话,说要当面说事。一会儿,通信员领樊军进了办公室。赵春生以为他们家里出了什么大事,便着急地问:

“出了什么事?”

“没有出什么事。”樊军说。

“那你啥事电话不能说?”

“这是大事,必须当面向你汇报。”

“什么大事?”

“现在征兵开始了,我想去当兵。”

“你不好好上学,当什么兵?”

“我高中马上毕业了,依我的学习成绩考大学没有什么希望,所以我想当兵。”

“现在还不到你毕业时间。”

“只剩一个学期了。”

“哦,这么快。”赵春生一算,樊军上学已经到高三了。事实上樊军说的没错,这孩子学习功夫没少下,可成绩一直在中等以下。赵春生曾与老师交谈过,像樊军这样的学生靠读书没有多大前途。他也一直在想资助的学生如果没有好的归宿,不仅他心里不安,更是对不起他的父母和家庭。既然他提出当兵,这倒也是个可以考虑的出路。樊军身材魁梧,倘若没有什么疾病,体检能过关,兴许是个好兵。

赵春生问:

“当兵的事你真的想好了吗?”

“想好了。”

“你要考虑好,当兵是非常辛苦的。”

“只要能当兵,再苦再累我也不怕。”

“那好,你回去在当地先报名。”

“我……我……”樊军结结巴巴还没说出来,赵春生接着问:

“怎么了?”

“我想当消防兵。”

“咱们市上今年不征消防兵怎么办?”

“我就是想当消防兵。”樊军再三坚持。

“好了,先去报名体检,至于消防兵我看能不能想点办法。”

樊军走后,赵春生想这孩子的要求并不过分。樊军能当上消防兵将来各方面的事情都好办,假如到其他部队,人生情况生,遇到问题到哪里去求人。赵春生拨通了他的老战友李秋丰电话:

“喂,李参谋长吗?”

“哦,是赵政委。”李秋丰回话。

两人聊了一会,赵春生问:

“你那里今年征消防兵吗?”

“征兵刚开始,听说有消防兵。”李秋丰说。

“那就好,你想办法给我搞一个消防兵名额。”

“怎么,你儿子今年要当兵?”

“不是我儿子,是我资助的一个贫困户的孩子。”

“这事也要你管？”

“我不管谁管，你可一定给我当回事。”

“放心吧，老战友的事我还敢马虎。”

樊军报名后，顺利地通过体检和政审，前期一切没费多大劲。问题出在调换兵种上，刚开始赵春生想从光明市往新泉市换一个消防兵，可是尽管有李秋丰从中周旋，还是不能如愿以偿。无奈之下，赵春生和李秋丰商议，李秋丰想办法让樊军按部队内部子女条件异地入伍。

樊军终于当上了消防兵。

# 第十三章　遍地开花

## 一

赵春生任政委期间，还分管后勤工作。新泉市消防支队这些年除了经费紧张外，营房设施和车辆装备落后于工作需要。机关办公楼是二十年前的建筑，不仅破破烂烂，办公室数量严重不足。119指挥中心挤在一间小屋，场所设备无法适应工作需要。特勤中队在支队办公楼的一、二层，好些库室二合一或三合一，无法满足正规化达标要求。由于一层车库矮小，云梯等消防车辆停放在院子里，装备器材严重不足，消防员个人防护装备少得可怜，器材库没有什么东西存放。

想办法筹措经费，改善支队营房装备现状是赵春生一直在考虑的问题。原来这方面是行政领导分管，支队长频繁变动，后勤处长虽然想了不少办法，但他毕竟是个部门领导，对内起不到决定作用，对外协调力度不够。赵春生以前很少注意后勤保障工作，因为这不是他的业务，所以对情况并不完全了解。

那天，赵春生把后勤处卢处长叫到办公室，想和他聊一聊。卢处长任职好几年了，赵春生任参谋长时他就是后勤处长，因而赵春生对卢处长很尊重。赵春生先给卢处长泡了一杯好茶，和颜悦色地说：

"卢处长，你在咱们支队部门领导是老资格，委屈你了。"

"委屈谈不上，就是这几年由于种种原因，支队后勤工作落在全省后面，我感到非常揪心。"卢处长说。

"其实这不完全是你个人的责任，目前工作的难处在哪里？"赵春生问。

"最大的困难就是经费短缺，基础设施建设落不到实处。"卢处长畏难地说。

"问题的原因是什么？"

"地方经费这几年越来越难要，没有钱什么事情都难办，车辆装备都没法落实。基础设施建设是个深层次的复杂工程，涉及到立项、土地、规划、建设各个环节……支队与相关的几个部门还没协调通，分管后勤的支队领导又调走了，尽管我路没少跑，可毕竟是个部门负责人，市上领导和相关部门也不当一回事。”

赵春生一边听一边想，确实难为卢处长了。如今社会是相当复杂的，许多问题不是轻而易举就能解决的。作为单位领导有些工作可以放开手脚让部属去干，有些事情却必须亲自出马。赵春生决定去市财政局，打通经费通道。他与卢处长去财政局，先找了预算科莫科长，莫科长说经费的事要找一把手的丁局长。莫科长领他们到丁局长办公室，卢处长向丁局长介绍了支队的赵政委。赵春生汇报了支队经费情况和基础设施建设面临的困难，请求增加经费并解决车辆装备和营房设施建设问题。丁局长虽然没有完全拒绝，却也找了许多借口，主要是市财政多么困难，消防经费每年都在增加……

赵春生料到初次碰面不会有什么结果，他们从丁局长那里出来，去找分管消防的邓副市长。邓副市长听了经费和基础设施建设汇报后说，这些事涉及经费，要财政局拿出具体意见，最终还要上市政府常务会议确定。离开邓副市长办公室，赵春生问卢处长：

“如何突破财政局这个关口？”

“关键是丁局长。”卢处长说。

“需要不需要找市上主要领导给丁局长做工作？”

“丁局长在县处级层次上是个老资格，几次提拔副地级未能如愿，一般情况下他是不买市上领导的账的。”

“那咋办？”

“要搞定丁局长无非是两条：一是钱，二是酒。支队的钱一直不宽裕，而靠小钱是不能解决问题的。”卢处长正为难时，赵春生说：

“定酒席，下午请丁局长吃饭！”

卢处长还没来得及回话，赵春生又说：

“规格一定要高！”

“是！”

下午刚一上班，赵春生又去丁局长办公室。丁局长一见有些不高兴地说：

“上午给你们说过了，怎么你又来了？”

“丁局长，下午我想请你吃饭。”赵春生说。

“吃饭？”丁局长表情有所缓和，但推辞不去。

“局长,我分管上后勤工作还没请过你,咱们坐一起交流一下感情。”赵春生再三真诚邀请。

“现在上级明令禁止请吃请喝,恐怕不太好吧。”

“咱们选择个僻静的地方,不会有事的。”

“那好吧。”

赵春生原准备在在全市最高档的五星级酒店宴请丁局长，后来他改变了想法。他告诉卢处长,定在城区外的农家山庄。虽说是农家山庄,档次并不低,那里清静闲杂也人少。他电话告诉了丁局长地方,提前和卢处长在那里等候。

六时三十分,丁局长到达,赵春生上前迎接。参加宴请的财政局还有一个副局长,预算科两个科长,支队作陪的晋支队长和卢处长。丁局长对这个地方还算满意,情绪也不错。他看了桌子上的高档菜,又特意斜视摆在那里的茅台酒,说:

“支队经费紧张,咋这么高的档次?”

“再紧张也不至于一桌饭。”赵春生说。

入席后,赵春生示意晋支队长提议开始。晋支队长让赵春生唱主角,因为晋支队长是老胃病,见酒会发生危险,因而每次在酒桌上赵春生都是挺身而出。赵春生端酒杯说了几句祝酒词,丁局长手里端着小酒杯凝视许久没反应,赵春生不知道是怎么回事。

“政委,要么咱们换大杯?”卢处长说。

“换大杯!换大杯!”赵春生立马反应过来急忙说。

卢处长要来大杯,除晋支队长每个人一大满杯酒。丁局长见晋支队长面前没有酒,说什么也不同意,最后还是把酒倒上。赵春生说:

“丁局长,我先干为敬!”说罢,他一扬脖。二两一杯的酒一饮而进。

随后,他开言道:“丁局长,请!”

“赵政委好酒量,有干大事的风度。不过现在敬酒都是以碰相敬,我和谁碰呀?”丁局长带有挑战性地说。

“好!给我倒上。”赵春生又端起一杯和丁局长碰杯后先干,丁局长也只好一口清空。

吃了一阵菜,丁局长发现晋支队长门前那杯酒还放着。

“晋支队长那杯咋办?”丁局长有点不高兴。

赵春生知道解释说没用,卢处长要代酒,丁局长说层次不够。

“晋支队长的酒我来代!”赵春生又干了一杯。

然后,相互敬酒。一个多小时后,财政局那位副局长和两个科长已经半醉状态,丁局长也有醉意。

赵春生说:“丁局长,我再敬你一杯,消防支队的工作全靠你支持。”

“你——先——干——了,咱俩——再能——碰一杯,一切——好——说。”丁局长已舌根发硬,说话语句不全。

赵春生干了一杯后,又与丁局长碰杯后,两人都不甘示弱地干了。

## 二

一顿饭让赵春生醉了一天,也睡了一天。他本想早起来,手头还有那么多的事情,可起了几次不能如愿,头晕目眩,身体软弱无力,像得了一场大病似的。通信员给他端了几次饭,他怎么也吃不下,只是想喝水。虽然他平时酒量还算可以,但喝这么多的酒还是第一次。他趟在床上在想,尽管上级都在强调不准请吃请喝,可好多问题还是要通过酒场来解决,更何况消防部队是受部队和地方双重领导,又是依靠地方财政得以发展的单位。

正在这时,敲门声打断了他的思绪,晋支队长他们来了。赵春生急忙起身,晋支队长劝他不要折腾。晋支队长给予了许多安慰,也说了一些政委为了单位的事喝了那么多酒的歉意话。晋支队长说完,卢处长却直截了当地说:

“昨天,市财政局预算科打来电话,说丁局长主持召开会议已研究并报市政府审批,消防业务经费每年在过去的基础上增加百分之三十,解决 119 指挥中心大楼前期筹备专款三百万元,并拨付消防装备款二百万元。”

“哦,那太好了!”赵春生更加精神了。

“这可是个好消息!”晋支队长说。

“支队长,119 指挥中心大楼基建由卢处长具体负责,涉及政府和主管部门的协调工作咱们共同出面。你意见呢?”赵春生说。

“好!按你说的办。”晋支队长回话后又对卢处长说:

“工作一定要抓紧!”

过了半个月,市政府常务会议通过了增加消防经费和 119 指挥中心大楼建设项目的决议。从此以后,赵春生和卢处长马不停蹄地东奔西跑,跑遍了发改、规划、土地、财政、建设、设计……凡与建设工程有关的大小部门,都有他们的身影。本来前期手续办理的还算顺利,可是在征用土地上却出了问题。市国土资源局给消防支队 119 指挥中心大楼的建设用地，包括市上领导在内已经现场看过几次，也基本划定。就在办理土地手续时，市国土局一位副局长说那块地另有用途，其实是有房地产开发商老板准备以高价购买。赵春生听到这个消息着急了。那块地在市新旧城区结合部，四通八达，是未来市区的中心部位，尤其对特勤中队接警出动极为有利。

赵春生和晋支队长既给国土局领导做工作，又找市长汇报，但得到的结果是准备重新划地，先后提供的几块地一处不如一处，不是位置不理想，就是道路不畅通。无奈之下，赵春生和晋支队长请来消防总队领导，经过很大周折才拿下最初的那块地。

基建工程各种手续基本办理完毕，工程很快开工了。不过开工奠基并不隆重，只是分管消防的邓副市长和几个相关部门领导参加。之所以这样，是因为消防基础设施建设还有更艰巨的任务。省政府已下达文件，要求两年内没有公安现役消防队的县要全部建成专职消防队。赵春生考虑支队 119 指挥中心大楼仅仅是个开始，况且还有六个县的专职消防队建设，更难的事、更艰巨的任务还在后面。

面对如此繁重的基础设施建设，支队召开党委会议，明确分工到人。赵春生除了主抓 119 指挥大楼基建外，六个县专职消防队建设由他和晋支队长各分管三个县，负责协调和督促。作为党委书记，赵春生强调工作上分工不分家，如果哪一方面遇到困难和阻力，他们都齐心协力，共同想办法；不管哪个项目都要抢时间，讲效率，保质量。

第二天，赵春生给卢处长交代了抓 119 指挥大楼基建的具体任务后，带领防火处长去县上调研专职消防队建设情况。随后，晋支队长和参谋长也去了另外三个县。经过几天的工作，赵春生和晋支队长掌握的情况是，六个县年内具备建立专职消防队条件的只有三个。这样，支队决定当年建成三个专职消防队，下年再建三个。

过了一个月，建专职消防队还没有什么进展。赵春生又到他负责建立专职消防队的三个县跑了一趟。从表面上看，各县政府领导态度都很积极，相关部门也在努力，但涉及到关键性问题时却总有种种借口，要么资金困难，要么消防队建设没有合适位置……

赵春生从县上回来后，去了晋支队长办公室。他对支队长说：

“从消防大队得到消息，建专职消防队建设之所以进展缓慢，是因为几个县长想借建立消防队之机办些私事。一个县长的内侄今年大学毕业，听说消防上招收现役消防警官，想要将他安排到消防上来。另一个县长的外甥在外地当兵，想调到咱们支队。还有一个县委书记的弟弟在咱们支队的一个中队当消防兵，今年想转士官。”

“现在社会怎么成这样？领导们为什么在任何时候都要不择手段地把权力用足用够？为什么非要借工作之便办私人事情？地方大学生到消防部队来和从外地调兵不是消防支队的权限，也不是支队说了能算的。”晋支队长说。

“这事情怎么办？”赵春生问。

“总得想个办法，不管怎么说他们有这私人事，你不帮助解决他就会把你拖下去。”

“这样吧，为了专职消防队尽快开工，我意见咱们还是答应帮人家办，属于总队权限的想办法做工作，你说呢？”赵春生征求晋支队长意见。

“只能这样。”晋支队长接着说：“不过，告诉对方外地调兵必须是对方部队同意调出；地方大学生入警必须经过考试合格；转士官必须符合条件，如考试、体检、政审等等，而且以他们为主，咱们只能是帮办。”

“我马上给几个大队长打电话，叫转告他们的县长。”赵春生随即掏出手机。

赵春生打完电话，叫来参谋长和政治处主任，分别交代了调兵、转士官和地方大学生入警具体事宜，并叮嘱他们注意掌握信息，需要给总队做工作及时告诉。

又过了一月，三个县专职消防队营房建设相继破土动工！

## 三

几个工程相继开工后，赵春生东奔西跑，整天忙得不可开交。他不是去119指挥大楼基建工地催进度，查质量，就是到县上协调解决疑难问题，许多业务工作都放在晚上处理。他基本住在办公室，很少回家，妻子叫他回去给儿子看作业，他说忙得脱不开身，两人曾争吵过好几次。尽管全力以赴地抓，让赵春生万万没有想到的事还是发生了。

那天早上，赵春生去119指挥大楼工地。现场非常寂静，没有嘈吵声，也没有施工人员。赵春生看表已过八点，以往早上都是七点上工，今天是怎么了？现在是施工的最佳季节，为什么工地上还不见一个人？

赵春生正踌躇不定时，卢处长气喘吁吁地跑过来，说：

“政委，出事了！”

“怎么了？”

“民工罢工了！”

“为什么？”

“因为拖欠民工工资。”

“啊！十天前咱们刚付过一笔款，说是给农民工发工资，怎么还会出现这事？”赵春生生气地问。

“款咱们拨给了建筑公司，洪经理说用这钱购了材料。建筑公司已经几个月没给民工发工资了，好多民工在我跟前都要过……”卢处长正说着，民工们从不同方向一拥而上，个个怒气冲冲，有的手持施工工具，有的紧握拳头，把赵春生和卢处长围得水泄不通，明摆着是闹事的架势。卢处长准备解释劝导，民工们七嘴八舌的声音像机关枪似的。

“半年多了没给工钱，还有什么好说的？”

“公司去年欠的钱到年底也要不下，好些人连年也没法过。”

“眼下到麦黄大忙季节，领不到钱家里人拿什么收麦？”

“为什么不给钱？”

有一个人带头高声吼，其他人也跟着吼起来。

“给不给钱？”

“说！”

“快说！”

“我们的忍耐是有限的。”

“大家静一静！”卢处长喊道，“支队把钱已经拨给建筑公司了。”

“公司说是你们消防支队不给钱。”几个民工接着又嚷起来。

“到底是怎么回事，你们推三靠四的。”

“谁知道卢处长说得是真是假？”

赵春生听着觉得势头不对，赶紧说：

“大家请相信，十天前我们给建筑公司拨了三十万元，是专项给你们的工资。如果大家不相信，咱们可以去查。”

“即使你说得是真的，公司还不给我们工钱怎么办？”一个民工说问。

“请大家放心，我会出面解决的。”赵春生说。

“那我们就等着，什么时间工钱到手什么时间开工。”

“大家先施工，赵政委会尽快解决问题的。”卢处长说。

“不行！”

“绝对不行！”

……

赵春生叫卢处长通知党委会议，建筑公司洪经理必须参加。一个小时后，支队党委会议室专门研究民工罢工问题。卢处长汇报因拖欠工资民工闹事的情况，赵春生简要说明工地罢工闹事的严重性，着重强调想办法解决问题的意见。洪经理把困难讲了一大堆，说什么公司拿不出钱给民工付工钱。会议僵持半个多小时没有进展，无奈之下，晋支队长开口了。

“现在欠民工款多少钱？”

“四十多万元。”洪经理说。

“这么多，哪咋办？”晋支队长感到很为难。

“反正公司拿不出这么多钱。”洪经理气呼呼地说。

“这个问题不解决，民工是不会开工的。我建议支队再想办法拿出二十万，其余的洪经理解决，必须以最短时间尽快恢复施工。”赵春生说。

“我看就按赵政委说的，洪经理你意见哩？”晋支队长说。

参加会议的人员都表示同意，只是洪经理黏黏糊糊，在大家的劝说下最终答应了。

两天后，拖欠民工工资问题得到解决，工地上恢复正常施工。

时间过得真快，转眼间到了十月底。北方的天气虽然逐渐变凉，但还不是很冷。城里人照常上班，农村人还沉浸在喜悦的收获之中。就在这个时候，三个县的专职消防队建设相继竣工。工程经过有关部门验收，县政府都很重视，分别举行了落成典礼。晋支队长、赵春生，还有分管消防的邓副市长都去参加了。

邓副市长对消防基础设施建设很关心，特别是支队119指挥中心大楼，除了听取汇报，还多次到工地上检查，并且协调解决了不少问题。

那天，赵春生去给副市长汇报下年三个专职消防队建设时，还没等开口，邓副市长又关心地问：

“支队指挥大楼工程进展怎么样？”

“按原计划如期进行，主体基本封顶。”赵春生说。

“预计什么时间竣工？”

“力争明年七月底。”

“那就抓紧点，不仅要抓工程进度，更要确保质量。”

“我们一定尽最大努力完成这项工程。”赵春生回答得很有信心。

“专职消防队还有几个县没有建？”邓副市长又问。

“三个。”

“省上要求什么时候建成？”

“最后期限是明年年底。”

“三个县进展情况如何？”

“目前还在等待观望，县上领导说今年已到年底，明年再行动。”

“你们要抓紧督促，等到春节过后，就到明年三月份了，时间已经非常紧张，绝不能拖全省的后腿。”邓副市长又说，“如果有什么困难，我带你们去和县上主要领导协调解决。”

## 四

赵春生从邓副市长那里回来，本来准备很快下去督办专职消防队建设，可手头事情太多，年终上级工作考核组一个接一个，再加上 119 消防指挥中心大楼主体收尾，他忙得难以脱身。处理完这些事情已经到了年末岁初，他想必须尽快下去，否则时不我待。他用一天半时间跑完了三个县，可结果令他大失所望，一个县从分管副县长到县长态度消极，借口重重；一个县分管副县长说话模棱两可，说等县长从外地回来才能确定。只有一个县从部门到县政府引起重视，已经开始行动起来。

他回到支队的第二天，又去给邓副市长汇报情况。

“不重视专职消防队建设的是哪个县？”邓副市长问。

“兰坪县，再就是武泉县县长不在，副县长不拿事。”赵春生说。

“武泉县县长什么时间回来？”

“听说还得十多天。”

“快到春节了，不能拖到春节后。”

“是呀，春节到元宵节期间县上一般不能正常上班。”

“你留点神，武泉县县长回来，咱们立即去县上。”

“是。”

武泉县县长回到县上的当天晚上，大队长向赵春生电话告诉了消息。赵春生当即汇报给邓副市长，邓副市长说第二天去兰坪县和武泉县。

北风啸啸的早晨，雪花在空中飘来飘去，地面上的雪越来越厚。邓副市长的越野轿车在路上行驶着，赵春生没有单独带车，乘坐邓副市长的车，这样两人便于交谈。尽管邓副市长很着急，但他还是再三叮咛驾驶员小王开慢点，注意安全。他们先去武泉县，分管副县长和公安局长半路接上他们后本来要去宾馆，可后来按邓副市长意见，直接到崔县长办公室。崔县长见邓副市长来办公室觉得有些失礼，急忙解释并表示歉意。他知道邓副市长和赵春生的来意，抢先表明了专职消防队建设的积极态度。既然如此，邓副市长和赵春生也无话可说。崔县长叫人去年安排午饭，邓副市长说时间还早要赶到兰坪县。

邓副市长和赵春生向崔县长他们一一告别，到兰坪县已是中午快十二点。县公安局龚局长和消防大队长说，已在宾馆订了饭，县长在那里等着。赵春生有点犹豫，邓副市长说先和县上的领导谈工作。赵春生看出公安局龚局长为难的样子，既然县长在宾馆又怎么先谈工作呢？他建议在宾馆会议室与县长见面，邓副市长同意后，龚局长把人直接领到会议室。一会儿，兰坪县牛县长进来。由于时间关系，邓副市长单刀直入进入主题。

“牛县长，专职消防队建设县上是如何打算的？”邓副市长问。

“我们正在考虑。”牛县长说。

“春节过后马上进入三月份，时间不等人呀。”邓副市长焦虑地说。

“现在关键是找不下地皮，还有建设的一大笔费用也没着落……”牛县长摆了不少困难。

“这可是政府目标责任书的硬任务，考核时是一票否决，到时候不仅你们没法向市政府交待，更重要的是市上会拖全省的后腿。这责任咱们可担不起！”邓副市长说得很严肃。

“我们会想尽一切办法完成任务的。”牛县长说。

……

半年后的一天，赵春生从兰坪县和武泉县看两个开工建设的专职消防队工程进展情况刚回来，接连得到两个好消息。一个是樊军打来电话，说他考上军校。赵春生的心一下子宽慰了许多，其实并不是因为减轻了他资助的负担，而是樊军贫困的家庭有了转机，说明他的心思没白费。另一个是胡玉风来办公室，赵春生以为她学习或生活又遇到什么困难，结果胡玉风说她考上大学了。这让赵春生更是激动万分，尽管他知道上大学的费用还要靠他，可这是值得高兴的事。赵春生给胡玉凤说了许多祝福和鼓励的话，并告诉她回去算一下第一学期的费用，他准备好给送去。

赵春生把资助的两个孩子的事处理完后，一门心思的抓工作。119 消防指挥中心大楼工程即将竣工，最后三个县的专职消防队建设也进入尾声。不过，建设工程越到后期麻烦事情越多，进度、质量、资金，哪一方面都少不了赵春生出面。他几乎忘记了一切，每天不等天亮出门，半夜还忙得不可开交，根本就顾不上回家。

他好不容易熬过那段时间，很快到了收获的季节。那天，消防官兵迎来了自己的光辉节日——八一建军节，消防支队实现了梦寐以求的夙愿——119 消防指挥中心大楼建成！

在一片彩旗招展、鞭炮齐鸣的隆重气氛中，省消防总队、市委、市人大、市政府、市政协主要领导和有关部门前来祝贺。省市领导既参加支队 119 消防指挥中心大楼落成典礼，也分别参观几个县的专职消防队建设。市上主要领导不仅给予充分肯定，就连消防总队邢总队长在大会上也深有感触地说：

"……新泉市在财力紧张和重重困难的情况下，市委、市政府在基础设施建设方面决心大，步伐快，不但高标准、高质量地建成 119 消防指挥中心大楼，还提前完成各县专职消防队建设任务，为全省起到了典型示范作用……"

赵春生听了邢总队长的讲话感到很高兴，但他并不认为是他一个人的功劳，除了各级组织的共同努力和支队班子成员鼎力相助，后勤处卢处长功不可没，付出了辛勤汗水和心血。赵春生清楚卢处长任副团职好多年，既和他并肩战斗过，又是他的得力干将。于是，他不仅给支队班子成员做工作，还积极向上级推荐。

两个月后，赵春生被任命为省会所在城市——新州市消防支队副师职支队长，卢处长接任新泉市消防支队政委。

# 第十四章　烈火雄鹰

## 一

赵春生新的任职命令下达后，他暂时只能孤身一人去省城。妻子任凤莲除了一时半会还调不去以外，关键是儿子赵雷马上高中毕业要考大学。不过，根据赵雷平时的学习成绩，要真正考上大学希望渺茫，赵春生已做好让儿子当兵的准备。

他刚到新的工作岗位，琐碎事一个接一个，毕竟是大支队，人多事多。没过几天的一个下午，赵春生刚上班到办公室，门外通信员喊：

"报告！"

"进来。"

"支出长，有人找你。"通信员说。

随后进来一位妇女和一个姑娘，赵春生有点发愣，仔细一看是他的老战友孙夏成妻子娄玉兰和小芳。

"嫂子，怎么是你们？"赵春生惊讶地问。

"听说你到省城，我领孩子找你来了。"娄玉兰说。

"发生了什么事情？"

"事情倒没发生，就是想叫小芳去当兵。"

"当兵？"

"怎么，不行？"

"不是不行，就是……"

"我知道这事情有一定难度，要么咋会来找你。"娄玉兰话音中带有颤动。她看了一下小芳继续说，"小芳这孩子学习功夫没少费，可考试成绩一直上不去，指望考大学没门，她自己也很自责。如果能当上兵或许有考上军校的希望，否则我也对不住她爹的英灵。”

赵春生发现娄玉兰面色很憔悴，额头的皱纹比以前更深了，两鬓角有了白发，从眼神可以看出她忧伤的内心。她双手抱紧茶杯，不知是冷的缘故还是着急的心理因素，总是显得很拘谨。眼前的她与实际年龄有些不相称，也许是由于她失去了丈夫失去了家庭的主心骨。一个女人无依无靠，把孩子拉扯这么大确实不容易。他知道如今消防兵的名额比较紧张，尽管他已报了一个当兵的内部子女人员，可赵雷也要争取这个名额。更何况小芳当兵要难得多，每年全总队女兵也没有几个。如果让小芳占了内部子女名额，儿子就没有希望当兵，假如考不上学又要复读，这样任凤莲是不会同意的。

怎么办？一个是自己的亲生儿子，一个是兄弟般战友的骨血。忽然，赵春生意识到坐在他面前的不是一般的母女俩，而是情同手足、患难与共、将生命献给消防事业的烈士的妻子和女儿。尽管他已经是一个大校支队长，可与离去的孙夏成战友相比显得那么渺小。假如是孙夏成遇到这样的事，一定会优先考虑战友的孩子。他似乎感到孙夏成的在天之灵在等待着，也乞求着。他觉得自己的脸在发烧发红，无颜面对烈士的妻子和女儿。于是，他毅然作出决定，“必须想尽一切办法让孙小芳当兵！”赵春生自言自语后，说：

“嫂子，你和孩子先喝些茶，这事我一定会想办法。”

赵春生本来安排娄玉兰母女俩住下，晚上请她们吃饭，可娄玉兰说城里还有个亲戚在住院，她要去看望。送走娄玉兰，赵春生多方打听，今年女兵名额确实紧张，而且消防上全总队也没有几个。第二天，赵春生去找总队芮参谋长。芮参谋长说今年消防女兵提前摸过底，几个名额都是有具体对象的。赵春生说他有个女孩子，今年一定要让她去当兵。

“你不是儿子吗，怎么又出来一个女孩？”芮参谋长问。

“她是我一个战友的孩子。”赵春生说。

“省军区给总队的消防兵都是针对内部子女，你怎么管起别人家的孩子？”

“这孩子比我自己的孩子还特殊。”

“噢，怎么特殊？”

“她父亲孙夏成是我的老班长，曾是光明消防支队特勤大队的大队长，在一次油库火灾扑救中英勇牺牲，被评为烈士……”

“这情况是特殊，不过事情并不好办。”

“参谋长，宁可我儿子不当兵也要让她去。”赵春生说。

“你儿子是男兵,要变成女兵不是很容易,恐怕还需总队长同意。”

赵春生知道芮参谋长是从外地调来的,对孙夏成的情况不太清楚,既然他说了,那就去找总队长。他们两个同时去邢总队长办公室,芮参谋长说了情况,还没等赵春生开口,邢总队长对芮参谋长说:

“赵春生是为了孙夏成的孩子,孙夏成在那场石油火灾牺牲时,我当时作为总队参谋长很受感动。现在孙夏成的孩子要当兵,我们要全力以赴。”

“总队长,女兵的名额很少呀。”芮参谋长说。

“那怕只有一个名额,也要让这孩子去!”邢总队长严肃地说。

赵春生听了邢总队长的话,心里轻松了许多。他回到办公室,立即给娄玉兰打了电话,告诉她尽快到当地报名,有什么困难及时来电话。

他刚打完电话,司令部接到报警,侯参谋长说:

“城区兴盛冰厂冰库发生火灾!”

“情况怎么样?”赵春生问。

“冰库内火势蔓延得很快,东边紧靠液化气站!”侯参谋长回答。

“赶快调集力量扑救!”

“是!”

侯参谋长从119指挥中心调度台呼到:“一中队、二中队、三中队立即出动!”

“呜——呜——”警报一响,三个中队的消防车和官兵从不同方向出发。

“各中队注意,各中队注意!兴盛冰厂冰库着火,大家千万佩戴好呼吸器,路上注意行车安全!”

各车辆的对讲机里传来了侯参谋长的声音。赵春生与侯参谋长同坐一辆指挥车,他不免有些奇怪,冰库应该是寒冷无比,为什么会发生火灾,这显然有些匪夷所思了,不仅是他,所有队员都觉得有些不可思议。

当他们赶到现场后,冰厂的宁总经理一脸沮丧立即迎了上来:

“你们可来了!快救救我的仓库吧!”

“宁总,这好好的冰库怎么会着火?”赵春生问。

“我们准备在年底前将冰库修建一下,谁知道工人操作时电焊火星点燃了库内壁上的泡沫材料,所以就酿成祸端。”宁总说着,猛地拍了一下自己的脑袋:“都怪我没有管好!”

“冰库内有没有被困人员?”赵春生又问。

“具体情况不清楚，现在关键是火灾威胁隔壁液化气站！”宁总着急地说。

“你先不要着急，我们不仅要扑灭冰库内的火灾，更要控制火势蔓延，防止发生更大的危险。”赵春生说着，他叫人给了一个头盔让宁总戴上，便拉着他尽量接近这烟雾弥漫的仓库。

仓库呈长方体构造，外观上简单明了，除几个可以外开的小型窗口外就只有两个库门可供进出，另外还有一个小型的输送通道用来输送物资。在火灾蔓延初期，厂内经过消防培训的工人们已经利用库外的消防栓供水实施灭火自救，但是泡沫材料的火势蔓延得太快，大家都撤了出来。

## 二

赵春生立即叫侯参谋长派出人员侦察火情，侯参谋长向一中队全队下达了命令。

库房门没有关闭，因为在进行修建时库门及窗户都敞开，这样便于光线和空气流通，但此时却成为了现在唯一的排烟设施。烟雾不断地从库门和窗户涌了出来，颜色呈现黄绿色。赵春生看了后不免心中一颤：这烟是有毒性的，被人吸入肯定会出问题。烟雾在仓库内肆意扩张，从门外根本就无法看见明火，更谈不上去灭它。侯参谋长组织一中队的战斗员在各仓库门前用散状水喷射，一方面以缓解高温，另一方面缓解烟雾浓度便于观察，并提醒官兵库内情况不明，没有命令绝不能擅自进入库内。

面对浓浓烟雾，侯参谋长立即上前喊道：

“二中队赶快架设排烟机！”

二中队队员立即将排烟机放置在了仓库门口处，随后立刻启动排烟。

“参谋长，这烟太大了，排烟机根本起不了什么大的作用，都不知道这烧的是什么东西。”二中队全队长无奈地望着说道。

侯参谋长命令道：“想尽一切办法排烟！”

“是！”

赵春生向仓库走去，把宁总叫到跟前问：。

“这个冰库里面都是些啥材料搞起来的？”

“全是泡沫材料的隔间，其他东西全部都搬出去了。”宁总紧张地说。

“全队长，现在情况怎么样了？”侯参谋长焦急地问道。

全队长飞快地跑到他跟前说道：

“报告，里面情况暂时还不清楚，被燃烧的材料造成烟雾太大，尚未看见明火，不敢贸然进入。”

“让队员们小心点！”赵春生语重心长地向全队长说。

候参谋长向全队长下达命令：“继续侦察火情！”

全队长立即拿着水枪带着队员冲了进去，队员们顿时陷入了一片黑暗之中，再往前走才发现了火光。此时，全队长的对讲机响了起来：

“全队长！全队长！我是参谋长！立即报告你们的位置！”

“报告参谋长！我们已进入2号库内，仓库内部是一个回形过道，中央是隔间区，有一个十字通道可供出入，在门北边可以灭火，完毕！”

“注意安全！”

“明白！”

侯参谋长把情况报告给赵春生，赵春生叫下达命令，三中队进入火场，与一中队配合灭火。

三中队队员刚到库门，仇队长急忙说道：

“快把导向绳绑好！”

负责2号门指挥的三中队指导员使劲拉了拉导向绳，沉沉地说道：

“大家小心点！”

在1号门里，仇队长领着一个班正摸索着向前缓步行进。

正搜寻着，仇队长突然用头灯照着一个地方没有挪动，他大声喊道：

“前方上面有明火，好象是一个隔间，注意门窗！”

仇队长仔细观察，那是一面泡沫墙，火并不大，但借着光线能够看见从泡沫层里渗透出大量的烟雾。

在仓库门外，二中队指导员指挥着大家一边用雾状水流稀释烟雾，一边用排烟机抽烟。他看了看手表上的时间，六个人进入已有二十多分钟了，呼吸器中的空气只能维持不到一个小时的时间，加上进入前六人一直在门前使用，还有不到十分钟将超过时限。

“里面是什么情况？”侯参谋长从对讲机里向三中队仇队长问道。

“我们这组在库内灭掉了一些明火，在返回的途中又灭掉了一些余火，经勘察冷库墙上的保温材料应该有两层，一层海绵一层泡沫，有些火焰直接烧在了外层海绵，但绝大部分的火在内层泡沫逐渐阴燃，由于烟雾太大无法察觉，如果长时间下去,整个仓库都会被烧光。"仇队长无奈地回答道。

此时,只见1号门刚才还股股向上涌出的烟雾,就像是电影中的回放一般,朝着库门吸了过去。当接到信号的队员们正莫名其妙之时,突然在耳边传来了一阵刺耳的声音,紧接着,似乎有一种强大的吸力将他们眼前的烟雾向库内猛抽进去,所有人都被眼前这一幕惊呆了!

赵春生奋力地将周围的人往后推开大叫一声:

"大家快躲开!库内回火啦!"

突然,一阵烈焰夹杂着刺耳的声音从门内、窗内猛然喷出,就像是从库里蹿出一只火焰巨龙。它巨吼着藐视一切可以燃烧的东西,抽风机在瞬间被烧成一堆黑铁,几盘水带被强大的冲击吹飞了,被火龙一口吞没。仇队长猛地向墙边一跃,所有的人都迅速地趴在了地上。

不一会儿,火龙消失了,烟雾又再次升了起来,一切又恢复了原来的样子。突然,仇队长从地上爬了起来,向着那片黑暗冲了过去。

仇队长从里面冲出来,满身都是火烧后留下的痕迹,黄色的塑胶头盔已经被烧得焦黑,战斗服破烂不堪,被摘下的气瓶整个被火烧得面目全非,已经无法再次使用了。他脸上和脖子的皮肤已经变得绯红,耳朵上已经开始起泡,边缘的头发有着烧过的焦痕,他满脸污黑神情痛苦。赵春生和侯参谋长望着眼前的这副情景,微微地叹着气。

随即,仇队长被抬上了救护车。火场上的形势依然严峻,赵春生不能去医院,侯参谋长更需要在现场具体指挥灭火战斗,只能派三中队指导员护送去医院。尽管如此,赵春生还是放心不下,边组织灭火边从对讲机里询问:

"指导员,仇队长伤情怎么样?"

"经过医生的检查,仇队长并无大碍。"

"医生是咋讲的?"

"医生说虽无生命危险,但还需要输氧恢复,留在医院住院观察治疗。"

"告诉医院要全力以赴治疗,你们也要配合医院全方位护理好。"

"是!"

## 三

"参谋长,冰库内发现氧气瓶和液化气实瓶!"二中队全队长用对讲机报告。

“有几瓶？”侯参谋长问。

“烟雾弥漫一时数不清，反正不是一两瓶。”全队长气粗地说。

全队长与侯参谋长的对话，赵春生从手持台中也听得一清二楚。赵春生叫来宁总问：

“冰库内为什么存放氧气瓶和液化气瓶？”

“可能是用于切割和焊接。”宁总说。

“怎么不早告诉？”

“我也不清楚，是下面人具体负责。”

刹时，室外天空中乌云滚滚，雷鸣电闪，大风刮起来。“糟糕，真是天灾人祸！”赵春生自言自语道。他知道，如果不迅速控制库内火灾，抢救出氧气瓶和液化气瓶，不仅保不住冰库，造成灭火救援人员伤亡，更严重的是火灾或爆炸在西北风的助威下，东侧的液化气站将危在旦夕。

他召回侯参谋长，重新研究了作战方案，增加两个中队的灭火力量，由侯参谋长下达命令。

“三中队迅速控制火势，乘机消灭！”

“二中队全力排烟，确保灭火救援！”

“一中队用一个班灭火掩护，两个班抢救氧气瓶和液化气瓶！”

“四中队、五中队，立即赶往冰库火场，保护东侧液化气站！”

……

室内，三中队采取重点分割、集中消灭的战术，控制了火势蔓延；二中队又增设了排烟机，分段实施排烟，使冰库内烟量迅速减少；一中队用水枪打开通道，一面从冰库内搬运出八瓶氧气罐和四瓶液化气罐，有效地减少了火场中的威胁……

室外，新增援的四中队和五中队分别在液化气站东侧和北侧设置防护屏障。五中队组织力量，用水枪对可能受火灾爆炸辐射威胁的相邻储罐及设备进行冷却降温。四中队消防车进入位置，用强有力的水压做好向可能蔓延来的火焰推进，并做好其将扑灭的准备。同时，还利用干粉灭火车做好从储罐上方喷射，覆盖火焰，将火与气隔离，直至扑灭的准备。

正当室外做好火场东侧液化气站灭火准备时，侯参谋长分别接到室内三个中队灭火救援结束的报告。侯参谋长报告赵春生同意后，喊道：

“各中队注意！各中队注意！尽快清理现场器材装备，收队点评！”

灭火队伍集中后，侯参谋长进行了作战点评，赵春生对火场侦查速度慢和高温、有毒、浓烟环境下灭火作战经验不足，以及个人防护意识不强的问题提出了要求。

随后，赵春生带着参战人员离开现场。赵春生刚回到办公室，正准备洗去火场上带回的灰尘泥巴时，119 指挥中心又接到报警，新时代高层综合楼发生火灾。赵春生来新州市不久，对新时代高层楼情况不太熟悉。他叫来防火处段处长和侯参谋长，他问段处长：

“新时代高层楼建筑是什么情况？”

“新时代高层综合楼是新州市标志性建筑，三十六层，高度一百一十八米，建筑面积十一万多平方米，是全市目前最高的大楼；一至五层为商场，六至十层为宾馆，十一至十四层为娱乐场所，十五层以上为写字楼，多为企业单位办公用房；楼上设置火灾自动报警、自动喷水灭火和防排烟系统，以及室内消火栓、防火卷帘等消防设施……”段处长汇报。

“咱们的登高云梯消防车高度是多少？”赵春生问侯参谋长。

“登高云梯消防车最高的那台能达到五十米，举高喷射消防车能达到六十米。”侯参谋长回答。

赵春生意识到如此高的楼，功能又极为复杂，发生火灾时正是上班期间，十五层以上人员肯定不少。他叫侯参谋长调动人员和车辆装备，立即赶赴火场。当他赶到时，从远处看到一幢高层楼上的火光和浓烟在空中肆意横行。还没到楼跟前，大楼管理单位的史经理在路口等候。史经理自我介绍：

“我是大楼物业经理，请你们快救火！快快救火！”

赵春生让他上车，并在继续行驶中问：

“火灾发生在什么部位？”

“在十四层上，不过几乎全楼都着了，四个楼梯也被火封住，上面人逃不出来。”史经理回答。

“怎么着火的？”

“今天有雷阵雨，一阵闪电后最上几层的电气线路及配电箱起火了。”史经理战战兢兢地说。

赵春生到达着火楼前时，侯参谋长调动的八个消防队中队和包括消防车在内的抢险救援车、照明车、举高喷射消防车、登高云梯车、通讯指挥车、排烟车纷纷赶到。侯参谋长命令一、二、三、四中队各派人从楼梯进入侦察火情。不一会儿，几个中队分别报告楼梯被大火死死封住上不去，越往上火越大，而且被困人员不少。

这时，市政府车副市长到达，火场很快成立了灭火救援指挥部。赵春生召集相关人员拿出作战方案：

一、控制火势，全力救人！

二、立即启动楼内自动消防设施，进行灭火、排烟。

三、利用举高喷射消防车和登高云梯车组织人员疏散。

赵春生下达命令不久，火场前线对讲机传来消息：

“支队长，楼上停电，楼内事故照明应急灯不亮，救援看不清楚。”

“支队长，举高喷射消防车达不到最高着火部位。”

“支队长，登高云梯车只能升高五十米，多数被困者在七八十米以上。”

“支队长，楼内自动消防设施因停电不能启动。”

……

一连串的报告，让赵春生不得不调整战术。他猛然发现对面有一座正在建筑的工程，经询问与着火大楼的高度差不多，而且距离只有十几米。在着火楼不能直接到达高层灭火救人时，如果从对面楼顶穿越过去，会取得最佳的战绩。他提出建议，尽管有人认为这是前所未有的事，存在很大风险，但眼前只有这个办法，最终指挥部同意了他的建议。

赵春生下达命令：

“侯参谋长带领特勤队、一中队、二中队利用登高云梯车将队员送入能达到的高度，进入施工楼从楼梯上到屋顶，利用救生绳到达火场高层灭火救人！”

“甘副支队长组织三中队、四中队、五中队利用举高喷射消防车和现有设备控制消灭楼中层大火，抢救被困人员！”

“防火处段处长组织六中队、七中队控制楼下层火势蔓延，全力保障火场供水！”

车副市长接着强调：“要不惜一切代价，最大限度的抢救人员！”

战斗展开后，侯参谋长带领人员通过登高云梯车先到施工楼的二十层，再从楼梯到达屋顶。侯参谋长判断，这里与着火楼顶层在一个平面。他命令特勤队长用射枪将救生绳打向对面楼女儿墙沿，连续两次没有成功，第三次终于达到目的。特勤队长和两个队员腰系安全绳，小心翼翼地地从救生绳上爬过去，搭起“安全通道”。紧接着，过去的队员从着火楼顶向下展开灭火攻势。

甘副支队长组织几个中队利用举高喷射消防车以十层为突破口，向上或向下开展灭火救人,并接应疏散楼上部抢救的人员。

段处长除组织队员保障火场供水外,还利用排烟机从几个楼梯口排烟,把楼上抢救下来的人员转移到安全地方。

整个火场进行着激烈的战斗,攀登、穿越、灭火、破拆、排烟、疏散、救援,持续了将近三个小时。

战斗结束后,各方经过清点向赵春生反馈情况。

“支队长,二十层以上大火扑灭,疏散人员八十四人,抢救被困人员三十七人！”侯参谋长报告。

“支队长,二十层以下火被扑灭,疏散人员一百三十九人,抢救被困人员二十四人！”甘副支队长报告。

……

这是一场惊心动魄的战斗！这是一次前所未有的灭火救援!

## 四

孙小芳当兵报名后再没有遇到什么困难,从体检、政审到新兵连一切还算顺利,这让赵春生轻松了许多。不过,赵春生儿子赵雷却失去了当兵的机会,况且赵雷高考名落孙山,只能走复读这条路了。赵春生不知如何向妻子交待,也不知道怎样面对儿子。妻子任凤莲已经打过几次电话,说儿子最近情绪不好,不愿意继续复读,和她一直闹矛盾。

赵春生从到省城后一直忙于工作,再加上孙小芳当兵事情的纠缠,还未顾得上回一次家。赵春生想儿子到了人生的十字路口,作为父亲他应该回去看一看。他请了假,把手头的一些主要事情向政委作了交代。

在回家的路上,赵春生做好了挨训受责备的准备,他把当兵这么好的机会让给别的孩子,不仅儿子不如愿,更重要的是妻子放不过他。他回到家里已接近天黑,刚一进门妻子便从卧室里出来问:

“回来了？”

“回来了。”

“还没吃饭吧？”

“吃过了。”赵春生说,“在街上饭馆吃的。”

赵春生回到新泉市已到晚饭时间，他想这次回来不要指望能吃上饭，只要任风莲不破口大骂就不错了，所以回家前就随便吃了一点。他察颜观色，看她怎么样发脾气，可任风莲表现出若无其事的样子，尽管不是很热情却也并没有大发雷霆。正在赵春生纳闷时，儿子赵雷从外面回来了。赵雷看了一下父亲什么也没说进了他的卧室，赵春生知道儿子在生他的气，并没计较。不一会儿，赵雷出来倒水。任风莲问儿子：

"怎么不问你父亲？"

"……"赵雷又看了父亲一眼，还是没吭声。

任风莲有些生气，正要发火时，赵春生接上话，"算了！算了！孩子可能因为没当上兵还在生我的气。"

"有什么可生的气？你知道你父亲把你当兵的名额给谁了吗？你知道吗？知道吗？"任风莲连续逼问。

赵雷一看母亲火了，便唯唯诺诺地说："不知道。"

"不知道就应该好好想一想，你父亲这样决定是为什么？他的一个战友也是他的老班长在一次灭火战斗中壮烈牺牲，留下一个女儿，年龄与你同岁。就在你父亲向上级要了一个名额准备让你当兵时，那女孩的母亲领着她找到你父亲，说孩子无奈之下只有当兵。面对一个烈士的女儿，一个无依无靠的弱女子，你说你父亲该怎么办？"任风莲说得很激动。

赵雷一时无言应答，搔了搔头，没精打采地问：

"那我现在咋办？"

"你还是好好复读，明年继续参加高考。"赵春生说。

"我的考试成绩离分数线还差得远，复读也没有什么希望。"赵雷说。

"你关键是要下苦功夫，如果能有消防兵训练时的那股拼搏精神，相信你会成功的。"任风莲说。

赵春生没有想到他这次回来任风莲态度的转变，对他无丝毫责备的意思；没有想到她在孙夏成女儿当兵的事情上不仅没有计较，思想境界还那么高；没有想到她给儿子说得那些话，甚至连自己也不一定能讲得很透彻的道理。他深深觉得妻子在他心目中的伟大与真爱，也感受到这个贤内助对他的理解与支持。

他在家里没有等几天，处理你了一些事情就返回。他回到支队的第二天凌晨，市光辉地下贸易城发生火灾。赵春生感到形势严重，因为这个地下贸易城前一段时间他参与检查过，情况他有所了解。

地下贸易城地处市中心街心花园的下面，由原来的人防工程改建而成。这个地下工程上下三层，面积三万多平方米。上层租赁给集体或个人办商店，大约有一百余家，经营百货、五金、家具、针织品等门类的上万种花色品种；中下层开设有游乐场、舞厅、饭店。可以说，是一个功能复杂、人物密集的公众聚集场所。

接到报警后，赵春生迅速调出六个中队赶赴火场。从值班人员那里得知，凌晨四时二十分，发现地下商城劳动服务公司咖啡店附近电线闪跃出电火花，值班人员随即拿来灭火器进行扑救，但未能扑灭以致火灾迅速蔓延。

赵春生和灭火队员们面临的火场十分险恶，着火温度高，烟雾大，能见度低。地下火场及灭火进攻部位照明灯少，整个通道内浓烟滚滚，致使地下空间漆黑一团，根本看不见行进的道路，烟热熏呛，容易使人迷失方向；库房面积大，火源隐蔽，燃烧部位寻找困难；安全出入口只有一个尚未关闭，其余出入口都上了锁；消防通道狭长，内部结构不清楚，货架的阻挡、火源隐蔽等因素给火情侦查造成困难；还存在有毒气体，威胁消防人员的生命安全，灭火难度大。

在这种情况下，赵春生命令特勤大队破门进入地道侦察火情。洞内能见度几乎等于零，即使消防队员佩戴防毒面具，进洞后在浓烟中前进也十分困难。迫于无奈，消防队员只好利用楼梯与通道联接处拐角作掩护，强行向洞内射水，掩护人员用草袋、被絮冲进洞内堵烟，截断燃烧蔓延。

火场情况摸清后，赵春生提出了强攻方案，将强攻人员分为两批：第一批由特勤大队、一中队、二中队从南入口处打入洞内，第二批由三中队、四中队、五中队在中段入口处接应，待第一批强攻打到中段时，第二批接替往下打。强攻开始后，特勤大队和一中队担任强攻任务，二中队负责供水，每三人组成一个小组，轮流替换，逐步延伸推进，边排烟边射水。强攻进入中段，第二批力量继续推进，他们把高倍数泡沫发生器用于排风，在强有力的供水保证下进行灭火。

赵春生不愧是灭火内行。他知道地下商城上下三层互相贯通，几个出入口与地面相连，火势在环形上层坑道内燃烧。如果不把火势限制在一定的距离内，不仅高温烟气容易使火势扩大蔓延，就是深入内部攻击火源也往往难以奏效，尤其是灭火剂会大量流失，起不到应有的冷却、窒息或灭火作用。于是，他指挥指战员在火源两侧垒筑土墙以封闭火势，从而控制了火势扩展，为灭火展开提供了有利条件。当灭火战斗进行到关键时刻，赵春生又下达了深入内部、强攻近战的命令。经过两个多小时的奋战，终于控制了整个地下商城的火势，将火全部扑灭。

## 五

赵雷经过一年多的刻苦复读,终于榜上有名。尽管不是什么名牌大学,可毕竟进入了大学门,而且还在本省省城,离父亲也近。赵春生准备让任风莲来新州市,儿子上大学后把她一人抛在新泉,除了寂寞孤独还有生活中的许多不方便。事实上,赵春生单身生活也有好几年,本来早想把家搬到省城,就是因为儿子赵雷上学不能过多地折腾。现在好了,一家三口该到全家团聚的时候了。

任风莲送儿子到省城上学，为自己的工作调动跑了好多单位但都被拒之门外。设计单位随着改革已经属于企业性质,单位靠自己钱维持,多调一个人就多一份开支,也就多一份负担,因而哪个单位都不原意接收。后来,尽管赵春生出面联系仍无结果。

那天晚上,任风莲提出了一个让赵春生万万没有想到的问题。她们对赵春生说:

"我想辞掉工作！"

"什么？辞掉工作！"赵春生惊讶地问。

"嗯。"

"为什么？"

"现在调动工作这么困难,干脆我辞掉工作,到省城后设计单位有招聘的我可以去应聘。"

"那你几十年的工龄就这样白抛了？"

"有什么办法呢,再说设计行业现在还有什么工龄可言,干多少活给多少钱,早都实行按件计酬了。"

"万一找不到应聘岗位怎么办？"

"凭我的能力不会坐等吃闲饭的。"

无奈之下,赵春生只好同意妻子的意见。没过多少时间,他们将家搬到省城。任风莲很快找下一份工作,虽然不是正式调动,月收入还挺不错。那天,赵春生约好下午下班后为任风莲找到工作庆贺一番,不料五点多,市化工厂发生特大爆炸火灾。

接到报警后,赵春生先调出八个公安消防中队向火场赶去。由于情况紧急,赵春生把侯参谋长和战训科甘科长叫到车上,边走边了解情况。

"市化工厂是什么情况？"赵春生问甘科长。

"化工厂位于市郊区东南方向,该厂罐区共有各类储罐三十一个,分别储有甲类防火一级物料乙烯、丁二烯、丙烷、液化气、碳四、碳五和甲类防火二级物料乙二醇、加氢汽油、裂解汽油、轻柴油、石脑油、调质油、裂解燃料油、碳九共计储料两万余吨。罐区北侧为停放两列载有六十四节轻柴油罐车,储油二千七百吨;罐区西侧为生产装置区并有两个五百立方米的环氧乙烷高压球罐;罐区东南侧为乙二醇桶装站。"甘科长一一汇报。

"那里都有什么消防设施?"赵春生又问。

"罐区各储罐顶部安装有泡沫和水喷淋系统,周围设置了固定水炮以及泡沫灭火管线和冷却给水管线。该厂共有室外消火栓、地下储水池及各类消防水泵……"甘科长说。

到达火场后,化工厂武厂长说由于罐区北侧乙烯球罐底部液相管发生泄漏,遇静电突发粉碎性爆炸而引起火灾。摆在赵春生面前的情景是:整个储罐区上空火光冲天,火焰高达上百米,六万多平方米罐区一片火海,强烈的辐射热将火场周围树木烤焦,油罐火、装置火、管道火同时燃烧,形成大面积立体火灾;火场情况复杂,爆炸危险性随时可能发生。

罐区储存的液体和气体物质,化学、物理性质复杂,遇热源、明火或氧化剂多有着火爆炸危险;不少储料罐都在着火区内,与着火油罐仅有几十米距离,辐射热十分高,受到火势严重威胁;由于瞬间的强烈爆炸火灾,将罐区大部分消防设施破坏,带来断电、停水的不利因素……

市政府、市公安局的领导很快赶到火场组织指挥灭火,市环卫、供电、给水、医疗等单位也先后赶到火场协同作战。火场很快成立了灭火总指挥部实施火场总体战略指挥,赵春生与侯参谋长组织实施灭火战斗段战术指挥及各中队实施阵地指挥的灭火指挥体系。根据作战需要,赵春生又调集了十四个公安消防队和六个专职消防队,共调集包括大功率泡沫车、大功率水罐车、高倍泡沫车、照明车在内的一百二十三部消防车和环卫洒水车。

火场总指挥部决定坚决贯彻"先控制,后消灭"的战术原则,要求对火情变化和险情的发生要做出较为准确的判断,果断采取"保球罐,保装置区,防止二次爆炸,不伤人,不死人"的措施,最大限度地减少火灾造成的危害和损失。

火灾发生时由于球罐粉碎性爆炸引起整个罐区立式油罐和几个球型气罐的猛烈燃烧,爆炸碎片飞出在厂区形成以罐区为中心几处火点,罐区火势异常凶猛,外围火场蔓延迅速。赵春生决定先扑救外围火点,解决作战的后顾之忧。他调动情况熟悉的三个中队与该厂专职消防队配合,针对一时无法控制罐区大火的情况，兵分几路首先扑救位于罐区西侧的丙烯酸分厂试装置火。接受命令的指战员从不同方向出动水枪冷却掩护，用泡沫枪保住了分厂装置区和临近的储罐区的丙烯酸储罐区，防止了更大的爆炸和燃烧。紧接着，赵春生调动四个中队对罐区西北侧的管廊火和罐区南侧的高压线几处火点，采取"围追堵截、分片消灭"的办法，及时消灭了外围火点，防止火势向生产装置区及周围单位扩大蔓延。

灭火攻势展开后，燃烧罐区中由于储罐受到猛烈火势强烈辐射热的威胁，随时都有二次爆炸的危险。针对可能引起爆炸的因素，赵春生积极采取有效的战术措施，并下达了作战命令：

"特勤大队组织水枪强攻到球罐下面，实施强攻冷却的战术，控制球罐火势稳定燃烧，同时为球罐冷却降温！"

"一中队、二中队将水枪布置在球罐与着火区之间，形成一条水幕，阻隔强烈的辐射热对球罐的威胁！"

"侯参谋长，组织八个中队的灭火力量兵分三路，从罐区北侧、西侧和南侧边扑灭罐区地面火，并向油罐接近，用水冷却已经燃烧和尚未燃烧的油罐，防止油罐区火势扩大！"

……

随着灭火战斗的进行，赵春生对灭火力量布局进行调整，把火场划分为四个战斗段：北侧战斗段由特勤大队长负责，组织特勤大队和化工厂专职队，扑灭油槽车及油罐火，阻截火势向北侧装置及油罐车蔓延；中部战斗段由侯参谋长负责，组织四个中队，用水枪冷却球罐确保不发生爆炸；南部战斗段由甘副支队长负责，组织五个中队，阻截油罐火势，冷却保护未着油罐和球罐；东南侧战斗段由刘副支队长负责，组织四个中队，阻截并消灭所在方位的油罐火情。

为掌握储罐变化情况，确保不发生伤人死人情况，赵春生还明确要求：一、各战斗段在前沿阵地设观察哨，由指挥员负责观察储罐情况；二、将灭火人员撤退命令权放到各战斗段指挥员，强调如出现储罐发生颤动、安全阀鸣响、火焰突变白色等爆炸前兆时，指挥员应立即命令灭火人员撤退；三、前沿水枪阵地多采用固定水枪，并规定一支水枪阵地上设两名战斗员，以减少前方人员。

## 六

正当各个战斗段灭火激烈进行时，消防水源出现了问题。由于罐区大部分消防设施破坏，面对熊熊燃烧的大火，无法利用固定灭火设施，只能利用消防部队的移动灭火设施进行灭火，难以接近火场，灭火效力难以达到。更为糟糕的是消防水源又严重不足，前线灭火战斗十分艰难。赵春生粗略地估算，为了冷却火场，几十支水枪的用水量每小时达上千立方米，而厂区供电系统遭破坏，停电造成供水中断。尽管靠厂区储水池供水，但由于灭火用水量大，储水池蓄水量迅速减少，无法保证灭火用水。

在人们看来，新州市化工厂的这场爆炸火灾，好像彻底改变了这里。天空不再蔚蓝，黑黑的浓烟罩着一切；太阳虽然快要下山，但那里的温度却像大熔炉一样；几十米之外的田间庄稼和树木失去昔日的青春和活力，卷起叶子偷偷地躲在一旁；空中的鸟儿也格外紧张，加快速度或绕道而行。

大火继续燃烧，指挥部几个指挥人员急得团团转。火场总指挥、市长景双荣焦急地问赵春生：

“支队长，火势仍然不减，灭火又遇到这样的困难，现在该咋办？”

“目前最主要的是解决水和电的问题，水的灭火作用不仅在于降温、窒息、稀释，更重要的是它的冷却效能是其他物质不能取代的，起着决定性作用；电除了供给火场照明，还可以恢复启用罐区消防设施，解决消防水源。”赵春生说。

“如何解决？”景市长又问。

“我建议双管齐下，一方面调用市环卫局洒水车从厂外水源拉水供水，同时前方调整水枪，减少用水；另一方面电力部门迅速抢修供电系统……”

赵春生还没说完，景市长已下达了命令。紧接着环卫部门三十多辆洒水车源源不断地向火场送水，形成强大的运水大军。面对强烈的辐射热，消防员采取水枪掩护电力抢修人员强行维修。经过多方努力，很快泵房供电恢复，水泵启动，罐区部分喷淋设施得以发挥作用，供水状况好转，闯过了供水严重不足的难关，有效地控制了储罐发生爆炸。

又经过一段激烈鏖战，火势逐渐得以控制。火场总指挥部经过现场侦察分析，做出在确保冷却控制的同时组织灭火进攻的决策。赵春生集中部分力量和专职消防队，先后组织了三次灭油罐火和西北侧底下油池火的战斗。前两次战斗效果不佳，最后一次主动积极进攻，对减轻火势对球罐的威胁也起了积极的作用。

赵春生还没来得及喘一口气，火场的另一处传来情况。

“支队长，罐区东北角几个上万立方米油罐同时燃烧，罐壁被烧红，强烈的辐射热使战斗人员不能接近进行冷却！”侯参谋长报告。

“支队长，西南侧两个罐火势凶猛，罐与罐之间火头与火头相连！”甘副支队长报告。

……

赵春生将接到的险情汇报总指挥部，景市长立即调来化工技术专家，经过研究分析认为：即使扑灭了一个油罐火，由于罐内大量余料无法清除，油罐距离很近，强烈的辐射热和火焰易使油罐复燃，造成更严重的燃烧爆炸，危及灭火人员的生命安全。听了化工技术专家的意见，赵春生建议火场总指挥部决定不再向着火油罐进行灭火进攻，采取冷却和阻隔，控制油罐大火蔓延燃烧。

尽管这种战法有些保守，经过实战检验和技术论证，赵春生认为这种处置已燃烧大油罐战术对策既尊重科学，又安全稳妥。在油罐大火基本熄灭，已完全控制火势的情况下，赵春生将主要力量部署于球罐周围，增强扑灭火攻势和冷却降温的强度。与此同时，重点对已着火的丁二烯球罐采取往罐内充氮气，防止罐内产生负压，引起爆炸；另一方面临时接管导气，采取燃烧余料的技术处置措施，防止了油罐回火、余料泄漏及罐内负压等引起二次爆炸，确保了战斗的全胜。

经过二十多个小时的奋力扑救，大火灾终于被扑灭。火场总指挥部及时召开点评总结会，火场总指挥、市长景双荣在会上深有感触地说：

“这场爆炸火灾扑救参与人数之多，战斗时间之长，火场危险性之大，是新州市历史上前所未有的。灭火战斗中使用泡沫四十余吨，消耗水带二百多条，冷却灭火用水量达五万六千吨，成功地保住了储罐区内的多个储罐及生产装置区的安全，防止了更大爆炸燃烧的危害，避免了火势扩大蔓延，使千余名参战的消防指战员和数百名职工在长时间、复杂灭火战斗中无一人伤亡，成功地扑救了全国罕见的特大化工火灾。”

赵春生在总结战果时说：

“在这次火灾扑救战斗中，我们全体参战指战员在火场总指挥部的正确组织指挥下为保卫国家财产和人民生命安全英勇战斗，经受了生与死、血与火的考验，取得了灭火战斗的胜利。总结成功经验主要有四个方面：

“第一，出动调集灭火力量及时。119指挥中心接到报警后，加大了第一出动灭火力量调集，在最短的时间内调出大量的消防中队和专职消防队指战员及车辆装备，为火场实施大规模战斗展开提供了较有力的兵力保障。

“第二，指挥正确有力。火场总指挥部根据火场严峻的态势，及时明确地提出在初期战斗中贯彻“先控制后消灭”的原则，战斗部署稳妥周密，对险情判断准确，正确指挥扑灭外围火点。在中期灭火战斗阶段，贯彻“集中兵力打歼灭战”，采取分片攻击，各个击破的战术，冷却、灭火相结合，为加快灭火进程起到了一定的作用，既达到了灭火效果又避免了不必要的伤亡。

“第三，协同作战密切。这次火灾扑救参战单位多，人员分布广，力量调整大，即使这样各参战单位都能服从灭火大局，坚决贯彻执行指挥部命令，主动协同配合。火场前后方之间，中队之间，消防车之间积极配合，前方灭火交叉掩护，后方供水互相照顾，充分发挥了整体协同作战效能。

“第四，通信和装备保障有力。火场投入使用各种型号电台二百多部，常规通信和主台及时传递火场信息。与此同时，近百部车，几十个小时的连续工作，没有发生大的车辆损坏和严重故障，及时组织向火场不间断地运送消防器材装备、油料和水源，及时保障了火场需要。”

在总结成绩的同时，赵春生接着说：

“尽管这场大火被扑灭了，可它毕竟使国家财产遭受了巨大损失，大火的发生及严重的后果，引起人们的深思。我们从火灾扑救中进行反思，还存在现有移动灭火设施扑救大火战斗力明显不足的问题，在罐区固定灭火设施不能使用时，面对大面积火场猛烈的火势，组织全面出击冷却及灭火显得力量微乎其微，装备严重不足；基层指战员扑救恶性油罐火灾的经验欠缺，自我保护意识不强；火场使用的木桥窄小、质软，根本经不住长时间和大型车辆的压轧，易损坏，起不到保护水带线路的作用，器材装备有待改进等不足之处和不少教训。”

# 第十五章　救援奇兵

## 一

夏末秋初，新州市的天气真有点奇怪，说是夏天，隔三差五阴雨连绵，下起来好几天不停，有秋天的感觉；说是秋天，又时不时雷鸣电闪，暴雨倾泻。按理说下雨对消防是个好事，雨天毕竟火灾少，其实并不是这样，雨多了容易形成灾害，有灾害就要出动救援。赵春生本来睡眠就不好，晚上听到“唰——唰——”的下雨声更是难以入睡。

那天晚上，雷鸣般的闪电一阵接一阵，赵春生几次被惊醒，躺在床上想来想去。大约到凌晨四点，他接到电话说城关区远处的几个村子的农民遭水灾，受灾几十户。他一轱辘翻起来，心里想以往小的抢险救灾可以不去，但这次并非一般灾情，况且支队几个领导有出差的，也有外出学习的，他必须出警。

他命令官兵做好救援准备，水灾与火灾不一样，所需要的救援工具和装备也不同，更何况暴雨不断，道路泥泞，自身安全也不可忽视。他带领官兵冒着倾盆大雨，漆黑的夜晚伴随着雨水使车灯暗淡无光，路面被洪水淹没的无影无踪，车辆只能摸索着行驶。

到达现场时，四个村子陷入一片汪洋，七八十户人家遭灾。由于天黑路不熟，到处是一片水滩，侦察灾情遇到困难。这时，王区长来了。

“受灾情况怎么样？”赵春生问。

“情况非常严重，院里的水几乎淹到门上框；住房的院子积水将近一米深，不少人家房倒墙塌。”王区长说。

“有没有被困人员？”

“大部分村民都被水围在里面，不少是老人和孩子。”

“受灾的村民在一个地方吗？”

“不是，几个村庄都有。”

赵春生叫王区长按受灾人员分布情况，让基层干部分组带路。他下达了救援命令：

“特勤大队将事故照明车选择停在救援的最佳位置，确保救援照明，并做好救援器材准备！

“一、二、三、四中队深入受灾户，实施排水救人！

“五中队联系卫生部门调动救护车，对受伤或受到水侵害的人员进行抢救！”

大雨不停地下着，救援争分夺秒地进行。每个中队在当地干部群众的配合下，根据不同险情一家一户地寻找，一处一处地排水，遇到被困人员不惜一切代价抢救。直到天亮，救援工作基本结束，所有被困人员全部被救出，部分受伤者送往医院治疗。

一夜的折腾让赵春生确实有些困了，回到办公室，他准备洗把脸好好睡一觉。他刚把手伸进洗脸盆，侯参谋长气喘吁吁地进来说：

“市政府办公室紧急通知，永合区管辖的山河县县城被水淹了大半，要求支队立即救援！”

“被围困人员有多少？”

“我问过打电话的人，他说具体不清楚，只是说情况很紧急！”

“立即调动部队前去救援！”

“是！”

雨虽然小了许多，但仍在下着。侯参谋长按辖区范围对救援力量作了调整，抽调了刚抢险救援回来的三个中队，还有包括山河县在内的就近的共六个中队。赵春生先到市政府，与市政府龙副市长一同前往。山河县是个山区县。县城在不大的小川，两座山夹一条河。河流从县城穿过，南北两侧都有建筑物和人群。河北面地势较低，周围一半环河流，一半是高山峡谷。

赵春生与龙副市长抢先到达，县城一片汪洋大海。从远处看，河北的水位并不低，平房几乎看不到屋顶，部分楼房的二、三层也被淹没。县上几位领导在县城的入口处，实际也是在制高点等候。

龙副市长见到叶县长他们几个，生气地问：

“还不组织救灾，在这里等什么？”

“县城到处是水，无法抢救。”叶县长说。

"水灾是什么时间发生的？"龙副市长又问。

"还不到天明，地面水突然上涨，几十分钟水涨到一米以上，而且不断上涨。河北面本来地势就低，山体滑坡堵成一道堤坝，县城水排不出去。"

赵春生心里清楚，这样的情况不要说县长组织救灾，就连抢险救援的专业队伍也会一时不知从何下手。他想救援首先要排水，不然这么深的水，救援人员进入不了灾情现场。他命令侯参谋长带人侦察排水的最佳部位，侯参谋长很快探明情况。

"支队长，从地势最低处挖开山体滑坡形成的堤坝可以排水。"侯参谋长报告。

"龙副市长，打开堤坝工程量大，我建议用挖掘机速度更快。"赵春生说。

"叶县长，调动所有的挖掘机！"龙副市长下命令。

挖掘机只有避开深水区，绕道而行才能到达堤坝跟前。这时，河北面居民住宅区几幢住宅楼困在上面的人员哭喊不断，求救声一阵高过一阵，龙副市长和叶县长急得团团转，都盼着赵春生能想出好办法。赵春生感到人员被困的时间已经不短了，情况紧急，时不我待。眼下住宅区水位深，抢险救援车或登高云梯车都无法靠近，如果等到排水后，不少人将会面临生命危险。他发现被困人员的高楼和对面的山垂直距离不远，高差也不大。从对面山到住宅楼顶，利用救生绳空中救人是惟一的办法。他提出的救援意见经龙副市长同意后，下达命令：

"甘副支队长，带领两个中队从北山到达住宅楼顶，想尽一切办法救人！

"侯参谋长，组织官兵与挖掘机配合，排水救灾！

"叶县长，以专职消防队队员为骨干组建抢险救援队！"

甘副支队长带人迅速到北山，将救生绳用射枪打到最近的住宅楼女儿墙，经过检查，确定安全牢固后派人爬过去，开始空中救人。甘副支队长对两个中队进行分工，一个中队把人从最近的楼顶把人救到北山上，一个中队把人从其他楼转救到最近的楼顶。这两项救援任务都相当困难，不仅是高难度空中作业，关键是安全丝毫马虎不得。

侯参谋长将中队分段包干，与当地干部群众一起，用锨镐从堤坝上部开挖，挖掘机从下部施工，经过一个多小时的奋战，排水通道打开。随着城区水位的下降，整个救援工作有条不紊地进行……

## 二

这一年,新州市不知怎么了,自然灾害一个接一个。市上一部分地方闹水灾,一部分地方出现了百年不遇的干旱。水灾、干旱还没结束,泥石流灾害又来了。

那天晚上,风云突变,狂风暴雨刹那间席卷新州市兴平县。闪电撕开了黑夜厚厚的帷幕,震雷如万炮齐鸣。短短几个小时,河水猛涨,滚滚洪流犹如一头杀红了眼的狂龙,冲出禁锢它的河道,夹带着混浊的泥石和折断的树枝一路咆哮而来,并迅速切断了电力,阻断了交通,袭击县城后冲向宁静的村庄和村庄里那一座座正在酣梦之中的房屋。大地在暴风骤雨中颤栗,村庄在洪流漩涡中摇晃。

支队接到市政府的抢险救援命令后,赵春生深知这又是一场极其凶险的鏖战。他带领四个中队的官兵在漆黑的夜晚和暴风骤雨中,朝着兴平县方向疾驰而去……

兴平县位于新州市东北,距市区四十多公里,兴水河贯穿县城及邻近的村庄。当抢险救援车辆进入兴平县眼看就要抵达县城的时候,意想不到的情况发生了。山洪挟带着大量山体滑坡泥土,并裹着泥沙堵塞了兴水河,淹没了去县城的道路,路基和农田已被滚滚洪水连成一片泽国,就像汪洋大海,让人分不清哪里是道路,哪里是农田。

“支队长,车辆不能再往前开了。”侯参谋长接着说,“车辆再行驶就很危险了!”

“掉头,把车开到山上,然后人员从山上步行翻山过去!”赵春生看了一眼车窗外,思考了片刻后,果断下达了命令。

“是!”

官兵们到达山顶后,原本崎岖狭窄的山路已被山洪冲断,天色漆黑,伸手不见五指,他们只能靠着头盔上那一盏盏小小的强光灯和倏忽而至的闪电来辨识方向。救援人员携带大量的救援装备,面对山洪和暴雨毫不留情辟头盖脸地扑过来,他们艰难地前进着……

突然,走在前面的赵春生身子一歪,被一块石头绊倒在地。侯参谋长赶紧把他扶起,“怎么样,支队长?”

“不要紧,只是脚扭了一下。”赵春生说。

“要么你就不下山了,我带部队去救援。”侯参谋长借闪电光看到赵春生痛苦的表情后说。

“那怎么行呢？这么大的事我能不去？”赵春生执意不肯。

赵春生就这样一跛一跛地带领他的部下，风雨兼程，互相搀扶着前进。虽然每个人都曾多次摔倒，但是摔倒的人很快就会被身后的战友扶起来，并且不吭一声，迅速跟上前进的队伍。当他们翻山越岭赶到时，扑入眼帘的景象令人异常揪心。肆虐的洪魔所向披靡，一路扫荡到县城和村里，到处是汪洋一片；房屋不同程度地进水，几乎看不到一栋完好无损的建筑，水面上四处漂浮着被连根拔起的树木和从群众家中冲出来的各种物品；多个地势低洼处已形成巨大的漩涡，泥浆沙石覆盖着一切；被围困的群众惊慌失措，凄风苦雨声和山洪的咆哮声混杂着，被困者的哭喊声与呼救声此起彼伏；死亡的气息像大雾一样，越来越浓，并且步步逼近。

“情况紧急，迅速进入战斗！”赵春生下达命令，侯参谋长组织一中队和二中队进入县城，四中队和五中队分别深入灾情严重的两个村庄。

“从地势低的地方着手，挨家挨户搜寻解救，发现被困人员立即组织疏散，不管是背还是抬，要确保一个人都不能拉下！同时还要证保自身安全，做到万无一失！”赵春生特意强调。

侯参谋长带领官兵一方面从县城人员多的地方开始，组织被困的居民转移，另一方面沿着安全绳艰难地向洪水中的楼房靠近。

“有人吗？屋里有人没有？”侯参谋长和他的战友边寻边喊。

“我们在这里！”平房里面传出一位老大爷嘶哑的嗓音。

老大爷七十多岁，儿子和儿媳都在外地打工，家中只有他和两个小孙子。骤然而至的洪水把他从睡梦中惊醒，两个小孙子更是被这突如其来的灾难吓得惊慌失措，嚎啕大哭。老大爷醒来时发现房子已被浸泡在水中，水有一米多深，而且水位还在不停地抬高。他想推开房门带领孩子们跑出去，可房门在洪水的重压下却怎么也推不开。

听到房子里面的回应，侯参谋长奋力推开大门，命令战士背上两个孩子走在前面，他背起老大爷跟在后面向外转移。把老大爷祖孙三人放在安全地方后，他们又跳进洪水中，摸索着向下一个目标靠近，一栋房子一栋房子地进行搜救。

赵春生作为指挥者，虽不能亲临战斗一线救人，但他更关切相邻村子的救灾情况。他用对讲机不停呼喊：

“四中队，四中队，情况怎么样？”

“五中队，被困人员有多少？”

……

“支队长，四中队所在区域不仅被洪水淹没，有些地方还被泥石流覆盖，情况相当严重。”四中队王队长报告。

“支队长，我们这里被水淹得房屋不少，被围困人员情况还不清楚。我们正在搜寻，已经找到的人员多数为老人和孩子。”五中队刘指导员报告。

“你们要想尽一切办法排除洪水和泥石流，不惜一切代价救人！”赵春生又用对讲机下命令。

四中队王队长组织一个班排水，一个班清除已经发现覆盖几户村民房屋的泥石流，一个班搜救人员。洪水只要用水泵抽或挖开排洪沟，水位马上下降，而泥石流排除却十分困难，一时半会见不到成效。它所到之处犹如建筑工地的沙石浆一样浇灌得非常到位，几乎不留任何空间，甚至比地震的破坏性还要大。地震造成的倒塌由于某种物体的支撑，也许还有缝隙或空间，而泥石流则严丝合缝不留余地。尽管如此，官兵们仍分秒必争地战斗着。

五中队官兵挨家挨户地寻找，随行的战士王兵看到一束微弱的光线后向刘指导员报告。

“指导员，你看，那里有光！”

“那是求救的信号，快，我们赶过去！”刘指导员说。

刘指导员带领战士及时赶到时，两位老人被困在家里，水把门淹住打不开。他们用消防斧利索地劈开房门，刘指导员和一班长各背起一名老人，在三名战士的护送下沿着墙壁一步一步缓慢地挪移到了安全地带。

## 三

省上对新州市消防支队领导班子进行了部分调整，侯参谋长任副支队长，防火处段处长被转业；李秋丰任参谋长，周冬杰任防火处长。这样的变动出乎许多人的意料，就连赵春生也没有想到李秋丰和周冬杰又与他一起工作了，而且还是防火和灭火这两个主要业务部门的领导。在别人看来，李秋丰和周冬杰到新州市支队任职与赵春生有关，因为他们既是战友又是同学，而且以往私人关系还不错。其实，赵春生事先的确不知道，他俩都是参加正团职干部考核考试竞争上岗的，凭着他们的业绩和能力到这里工作，并不是他的特殊关照。尽管如此，一些不明真相的人还是说三道四，议论纷纷。

赵春生虽然听到了一些闲言碎语，但他还是感到很欣慰，毕竟他们相互了解，知根知底，工作起来也方便。不过，赵春生并没有为他俩的上任接风，而是在一个星期后，三个人在一起认真地面谈了一次。

那天，赵春生把李秋丰和周冬杰叫到办公室。他俩以为支队长要安排新的工作任务，忙拿出笔记本和笔准备记录。赵春生边倒茶边说：

“不需要作笔记，咱们随便聊聊。”他让他们坐下，给每人端了一杯茶接着问，“到这里工作有什么困难吗？”

“没有。”李秋丰说。

“有什么困难就说，不要说我是支队长，就凭我早到这里几年也可以帮助你们解决。”赵春生望着周冬杰说。

“真的没有，只是我俩刚来支队，情况生疏，还需要支队长今后多指教。”周冬杰说。

“工作情况可以逐步熟悉，生活上需要什么尽管说，毕竟咱们是老同学、老战友。正因为如此，我没有给你们接风，以免引起别人不必要的误会。不过，对你们的到来我从内心感到非常高兴，今后工作还要靠你俩支持。”赵春生没有耍官腔，以战友的口气说。

“当前工作上我们急需要做什么？”李秋丰问。

“司令部当前主要抓好执勤备战，部队管理也不可松懈。最近一段时间，灭火救援任务十分繁重，而且还不时发生重特大抢险救援事故。”赵春生又对周冬杰说，“防火工作主要是做好火灾预防，排查整治火灾隐患。今年前几个月，全市火灾不断发生，还有发生人员伤亡较大的火灾，好些都是潜伏的火灾隐患造成的。”

李秋丰和周冬杰分别表示了抓好工作的决心。赵春生特别强调了急需要处理的几件事情，最后说：

“没有什么事了，你们就下去忙吧。”

李秋丰和周冬杰离开了办公室。

赵春生正在看文件时，李秋丰又喊报告进来。赵春生以为他有什么话没有说完，还未开口问，李秋丰说：

“支队长，市政府通知九龙山国家级自然保护区森林着火，咋办？”

“哦，森林着火？”赵春生有些迟疑。

“森林火灾应该属于森林消防管辖。”李秋丰说。

“既然政府通知了，我们就要考虑出警。”赵春生接着说，“九龙山自然保护区是消防重点单位，我们不仅要出动，更有抢险救援的责任。”

李秋丰对九龙山情况不了解，他随即叫来马副参谋长。马副参谋长手里拿着灭火作战档案，李秋丰让他把情况给支队长作一汇报。

“九龙山距市区四十公里，总面积超过十五万公顷，为国家4A级自然保护区。山上有各类植物一千多种，动物三百余种，森林覆盖率达百分之九十以上，是西北著名风景旅游区，每年接待游客十多万人。

“森林区最低海拔二百米，最高一千七百四十米，山体庞大、陡峭，地形复杂。从接警电话得知，火场位于九龙山西北部半山腰……”

马副参谋长还没说完，李秋丰接着说：

“支队长，这么复杂的地形，我们没有扑救森林火灾的设施呀。”

“这次是政府领导下的联合作战命令，参与人数一定不少。我们利用现有设备，调动水罐消防车，带上全部水带，再准备些铁锹和镢头。山林火灾需要大量的水扑灭，消防车很难到达，必须用大量水带连接供水。同时，打通火灾隔离带能用得上铁锹和镢头。”赵春生说。

李秋丰迅速调动部队和装备，在赵春生带领下赶往火场。到达时，火灾逐渐向南面蔓延发展，火势逐渐变猛，火带变宽。火场东、西、北二面全部是当地的松、杉、桦山林，南面连着自然保护区。前期能否及时控制火势蔓延，阻止火势向群林区蔓延是整个灭火救援战斗的重点所在。

此时，市政府白市长到场，武警、公安和干部职工纷纷赶来。

白市长听了九龙山负责人的火场情况介绍后，对赵春生说：

“赵支队长，森林公安既没有专职灭火人员，也无任何设备，而且咱们目前还没有专职森林警察。山上面有国家级地质森林公园和重要文物古迹，扑救火灾要以你们消防部队作为主力军。”

“请市长放心，我们会竭尽全力的。鉴于火灾扑救任务艰巨，我建议成立灭火救援总指挥部。”赵春生说。

随即，火场成立灭火前线总指挥部，白市长任总指挥，党副市长、公安局尚局长、林业局夏局长和赵春生到前线指挥。

总指挥部经过侦察，制定了作战方案，决定兵分三路：一路阻隔北面火线，另外两路分别从东、西面打开阻隔带，包围火场控制火势向东、向西和北面蔓延。战斗打响后，赵春生带领三个消防中队、三十名武警和二百名干部职工进入北面，用水枪控制火势；李秋丰组织三个消防队中队、二十名武警和一百五十名干部职工,在公安局尚局长带领下从东面围追堵截;林业夏局长组织九龙山五十名专职消防队员和山上一百多名职工利用水池、水井、水泵和水枪保护文物古建筑;党副市长调动几个林场的四个专职消防队赶赴火场参加火灾扑救。

经过三个多小时的决战,火势得到控制。总指挥部抓住最有利时机下令:各战斗队采取分段包干、分隔火线、穿插扑打、隔打结合、逐片消灭的战术,在最短的时间内将火扑灭。可是,山林火灾面积达到几十平方公里,一处火被扑灭另一处又燃起。火势越向山上蔓延,用水带水枪灭火就越有困难,最后只能靠人工扑打,隔离,埋压……

到天黑时灭火仍在紧张地进行,尽管多处火势被控制扑灭,但地面土和灰烬温度极高,不少人的鞋被烧得缺帮少底,有的消防兵和灭火人员几乎光着脚丫子,烟气呛得他们喘不过气。即使在这种恶劣环境下,将近二十个小时没吃没喝,饥饿难忍的消防官兵和灭火人员仍不下火线。到整个火灾完全扑灭时,天空东方出现了鱼肚白。

## 四

李秋丰从调到新州支队,一直忙得不可开交。这里毕竟是都市大支队,不像光明支队那样轻松。同样是支队,机构人员上光明支队司令部机关只有三个参谋,所属六个中队,而新州支队司令部下设六个科二十多个参谋,管理十五个中队。工作量上新州支队司令部要比光明支队司令部的灭火救援任务多几倍甚至几十倍,不仅数量多,危险、难度更大,有时发生的事故出乎人的预料。人多了行政管理琐事也多,每天从上班到下班没有一点空闲时间,甚至连一口水也顾不上喝,晚上加班也是家常便饭。

光阴似箭,日月如梭。那天晚上,李秋丰躺在床上回想,他来这里工作不知不觉已经两年多了。他想得不是灭了多少火,救了多少人,干了多少事情,而是在想工作上有哪些失误,需要汲取的教训是什么……突然,他的手机响了。

“参谋长,119 指挥中心接到报警,位于新南高速公路土沟隧道内多辆汽车追尾爆炸燃烧,堵塞交通,情况紧急!”冯副参谋长报告。

“什么类型的汽车?装载什么东西?”李秋丰问。

“有小轿车、大货车,也有重型罐车。罐车有装载天然气的,也有装载溶剂油的……”冯副参谋长说。

“立即调动部队和车辆装备出动！”

“是！”

李秋丰随即拨通电话，报告赵春生：

“支队长，高速公路隧道内车辆追尾发生爆炸燃烧，堵塞交通！”

“赶快出动，咱们前往现场救援！”赵春生说。

“我带领部队去，你就不必出动。”

“我也去。隧道情况复杂，救援难度大，不可大意。”

李秋丰调动特勤大队和四个中队，向新南高速公路土沟隧道出发。为了及时互通情况，尽快研究救援对策，赵春生与李秋丰、冯副参谋长坐在指挥车上就研究起对策。

车辆行驶中，赵春生焦躁不安，不知前方是什么情况。

“冯副参谋长，与交通部门联系，搞清楚隧道情况”赵春生说。

“支队长，我现在就联系。”冯副参谋长电话上向高速公路于副支队长询问并反复核实后说：

“新南高速道路为全封闭高速公路隧道，全长四千七百米，分东西两个隧道。事故现场位于西隧道内，全宽十一米。现场北端距隧道北入口一千二百米，南端距隧道南入口二千四百米，现场路面湿滑并有结冰。”冯副参谋长停了一下接着又说，“据高速公路于副支队长电话说，车辆追尾油罐车爆炸燃烧造成隧道内部严重损伤，部分顶部崩坍，在路面上形成碎石带，道路交通中断。还有，隧道狭窄，出入口少，疏散困难……不利因素比较多。”

“爆炸燃烧的油品是什么？”赵春生问。

“已经爆炸燃烧的重型罐车装载溶剂油，还有未发生问题的罐车装载天然气。”李秋丰说。

“哦，是溶剂油，还有天然气？”赵春生有些疑惑。

他对天然气性质比较了解，主要成分是甲烷，还含有少量乙烷、丁烷、戊烷、二氧化碳、一氧化碳、硫化氢等。它比空气轻是一种多组分的混合气体，具有爆炸性，属于甲类化学危险物品。对于溶剂油他有些茫然，理化性质是什么？危害是什么？危险性有多大？这些问题搞不清楚怎么灭火救援？

赵春生正在反复考虑着，不知不觉已到达土沟隧道。隧道口一片漆黑，隧道内很远处能看到亮光，不知是车灯还是燃烧的火光。赵春生及时下达命令：

“冯副参谋长，立即组织人员，穿戴好个人防护装备进入隧道侦察情况！”

“参谋长，尽快搞清楚溶剂油的理化性质！”

冯副参谋长带领一个中队，组织一个班对现场进行警戒，一个班出动水罐消防车沿隧道缓慢进入现场，一个班携带可燃气体探测仪、救生照明线和测温仪等侦检器材，进入现场进行侦察检测。经初步侦察，事故现场一片狼藉，只见四辆小轿车与三辆长途货车和一辆客车首尾连撞，前方三辆小轿车车窗已经粉碎。第一辆车为卡车，驾驶员死亡；第二辆车为客车，乘客中死亡两人，三十多名乘客被困在车中；第三辆车为小轿车，驾驶员和两名乘车者死亡；第四辆车为重型油罐车，侧翻路边水沟一侧正在燃烧。另一端，距事故现场不到一公里处还有一辆装载天然气的重型罐车被困在那里。

“详细侦察油罐车燃烧情况！”冯副参谋长下达命令。

经过仔细侦察，油罐车罐体成敞开式燃烧，火势处于猛烈燃烧阶段，伴有爆炸声。隧道内部的照明设备遭到损坏，消防设施不能使用；顶部崩落大量的混凝土，形成影响道路通行的碎片带；罐内流出的溶剂油在地面形成很长的流淌火……

冯副参谋长把隧道内侦察的情况稍作梳理，迅速汇报给赵春生和李秋丰。李秋丰从石油部门得知，溶剂油也称工业汽油，无色透明易燃液体，作为医药工业的溶剂及喷灯、打火机的燃料，遇明火或高温引起燃烧爆炸，与氧化剂能发生强烈反应，所产生的蒸气能在较低处扩散到相当远的地方。不仅如此，溶剂油蒸气可引起人的眼部及上呼吸道刺激症状，对人体造成呼吸困难的严重危害。

李秋丰不仅向赵春生汇报了溶剂油的情况，还分析了事故的不利因素。他说：“这次事故现场情况复杂，多种灾害特点集于一体。虽然灾害的起因是由于交通事故，但肇事车辆装载危险化学物品，溶剂油发生泄漏并引发燃烧爆炸。事故发生在隧道内部，照明、监控、通风、通讯和消防设施被毁，路面上形成障碍物，车辆无法驶入靠近，处置难度大，灭火救援困难……”

赵春生综合各方面的情况，与李秋丰研究制定灭火救援方案。与此同时，市政府龙副市长与相关部门的领导相继赶来。现场成立灭火救援指挥部，龙副市长任总指挥，赵春生任第一副总指挥，李秋丰负责一线指挥。

## 五

灭火救援战斗打响后，赵春生命令李秋丰组织特勤大队和一中队出直流、喷雾、屏障水枪,掩护官兵全力以赴抢救客车被困人员;二中队对着火罐体和隧道内部进行冷却降温,防止发生二次爆炸;三中队利用移动照明灯和防爆灯现场照明,设立观察哨,全程监测燃烧罐车情况和可燃气体浓度;四中队出泡沫管枪扑灭地面流淌火,控制火势蔓延;五中队出直流和喷雾水枪,对装载天然气的重型罐车进行冷却降温后向隧道外转移;六中队、七中队用水罐车与高速公路管理处的拉水车,做好现场供水工作。

命令下达后,四中队很快扑灭地面流淌火,二中队控制了罐体火势,五中队转移出天然气罐车。然而,客车被困人员救援遇到困难。李秋丰指挥官兵另辟蹊径,从隧道北入口打开救生通道,紧张有序地救人……

两个多小时的激烈战斗,隧道内的明火全部扑灭,客车被困人员救援也基本结束。总指挥部准备下命令撤出隧道时,李秋丰发现溶剂油车罐体内的残留混合液从罐体尾部阀门处泄漏,溶剂油蒸气不断上升。李秋丰把情况报告给总指挥部,赵春生感到如果不及时处置,随时都有可能发生燃烧爆炸。赵春生又调动增援的泡沫车、水罐车和新州石化公司的涡喷车,与石化专家确定稀释排空、监护清理的措施。

赵春生下达命令:

"特勤大队出喷雾水枪对隧道溶剂油车罐体内的油蒸气进行稀释,降低油蒸气浓度!"

"新州石化公司消防队出动涡喷车,对隧道内残留的油蒸气实施吹扫!"

"一中队出泡沫枪向泄漏的罐体内注入泡沫,二中队、三中队做好现场供水!"

李秋丰继续在隧道内现场指挥,第二次战斗又开始。几分钟后,溶剂油车罐体阀门受到损坏,无法进行堵漏和输转,溶剂油油蒸气浓度不断升高。李秋丰感觉到隧道内有了危险,立即报告了赵春生。赵春生命令迅速撤出隧道,李秋丰边紧急命令边督促查看有无滞留人员。就在李秋丰和最后三战士撤离快到隧道口时,"嘣——"的响声震得人耳聋了似的,刹那间隧道内强漩涡式的泥土冲出……

赵春生知道出事了。

一阵爆炸冲击波后,赵春生带人冲到隧道口,从外向内寻找李秋丰他们,费了好大劲才在隧道内泥土大石块下找到。李秋丰头部及胸腹部血肉横飞,尽管赵春生再三呼喊,可李秋丰连眼睛都没睁一下。还有那几个战士缺胳臂少腿,惨不忍睹……

赵春生站在战友们的身边,看看这个,瞧瞧那个。李秋丰和他在一起战斗过多年,私人关系亲密无间。这个四十多岁的汉子风里来雨里去,刀山敢上,火海敢闯,可以说为部队管理和灭火救援立下汗马功劳。可为什么世界总是这样不公平?为什么这么优秀的战友却是这个结果?冯副参谋告诉他,眼前的这两个班长,本来他们今年就有考军校的机会,还有非常优秀的战士,正准备提拔班长,可现在……,赵春生看到这一切,突然鼻子一酸泪珠大颗大颗地滑了出来。

……

第三天早上,十几辆消防车停在了市医院停车场。赵春生早就到那里,红肿的双眼格外醒目。支队机关和部分中队官兵代表来到了太平间门口,当战士们将李秋丰和三个战士抬出来时,赵春生一声大喊:

“敬礼!”

从医院到火化场有好几公里的距离,人们自发地在马路两边迎接这些英雄的归来。大家有的握着横幅,有的举着标语,上面写着百姓自己所能想到的最能赞美灭火救援英雄的词汇和语句。

追悼会由赵春生主持,总队政治部蔺主任致悼词。蔺主任用极其痛苦的声调,向在场所有人宣读了李秋丰入伍以来的光荣事迹。台下所有人都肃静地听着,似乎有一股莫名的力量驱使着他们目不转睛地听着、听着……

赵春生始终端详着李秋丰的骨灰盒,往事历历在目,光明消防支队、武警学院、新州消防支队……他想起了第一次与李秋丰碰面时的情景,那个你争我夺的业务比武场上,他俩要决一胜负的场面;想起了武警学院时李秋丰对他学习上给予的帮助,生活上无微不至的照顾;想起了在新州支队短短的时光中,他俩多少次赴汤蹈火的战斗岁月……

李秋丰的父母、妻子和儿子是前一天到支队的。他们先是去医院,在医院里他们见到了已是苍白而冰凉的李秋丰。从他们红肿而凹陷的双眼不难想象,在昨晚他们究竟是怎样度过的。

追悼会结束后,赵春生与李秋丰的妻子尚爱英搀扶着李秋丰患病的母亲,走到了李秋丰的骨灰盒前。李母身子一软失声痛哭险些坠地,她撕心裂肺的哭喊声刺痛着所有人全身每一个细胞。尚爱英接着哭了,而且哭得声嘶力竭。

不知不觉,群众已经开始为烈士们吊唁了。他们缓缓走上灵柩,眼圈湿润,有的手捧鲜花,有的手持花圈。他们哀悼后,将自己的哀思送到烈士们的跟前。

在人群中赵春生看见了一个熟悉的身影,一个女人和一个男人。赵春生一惊,那不正是一次他和李秋丰灭火救人中遇到的蛮不讲理的那对情侣吗?女人手捧鲜花泪眼婆娑随着人群缓步挪动向前,男人目视前方表情凝重,紧紧地搀着女人的双肩,贴着她往前挪动。他回想起那次灭火救人的情景,那个女人的摊位影响救人通道,李秋丰怎么说她也不肯让,并且用极其刻薄的伤人语言讽刺着他和李秋丰……

赵春生回头一看,那女人哽咽着将花轻放在骨灰盒前,突然她身子一歪险些跌落在地,此时男人拼命将她扶住,只见她微微颤抖着身了转身准备离开时,恰好撞见了赵春生。那女人不好意思地摇了摇头,用颤动的声音说道:

"对不起,我为我所做的感到抱歉……"说完,她认真地向李秋丰的骨灰盒鞠了三躬。

# 第十六章　筑　墙

## 一

周冬杰在光明消防支队工作时，大部分时间在防火监督岗位上。他无论在平西县当大队长还是任支队防火处长，工作都干得很出色，不仅上级组织和领导满意，社会各界也赞不绝口。正因为如此，他又被提拔为新州市消防支队正团职防火处长。

赵春生参加总队会议的第二天，把周冬杰叫到办公室。他简要传达了会议精神后，说：

“这次会议经过认真分析，认为全省构筑社会消防安全‘防火墙’工程建设虽然搞了一段落，但收效甚微。总队决定先进行试点，然后全面推广。”

“咱们是不是等试点后开展工作？”周冬杰问。

“肯定不行，咱们还要先走一步。”赵春生说。

“为什么？”

“试点就在在咱们支队。”

“啊！咱们支队。”周冬杰有些惊奇。

“怎么，有难处了？”

“没……没有，就是有压力。”

“压力当然是有，但要把压力变为动力。”

“可我不知道这试点从何抓起。”

“构筑社会消防安全‘防火墙’工程建设，要以提高社会单位消防安全‘四个能力’、落实政府部门消防工作‘四项责任’、夯实农村和社区火灾防控‘四个基础’、提高消防监督管理‘四个水平’的四项措施为着力点，经过全社会共同努力，使消防工作社会化水平明显提升，全社会消防安全环境明显改善，使重特大火灾事故得到有效遏制。”赵春生接着说，“当然，四项措施首先要从社会单位‘四个能力’着手。它涉及面广，又是工作的基础。”

“我们应该先怎么做？”

“没有调查就没有发言权。”赵春生说，“咱们市提高社会单位消防安全‘四个能力’进展的情况如何，存在什么问题，需要采取哪些措施，这些情况还都还没有掌握。你们防火处深入基层单位，认真进行一些调查。”

周冬杰接受任务后，抽组人员，分三个组按不同行业开展调查。经过一段时间的工作，周冬杰把各组的情况收集汇总到一起。那天，周冬杰去给赵春生汇报。他说：

“社会单位消防安全‘四个能力’建设，前一阶段一些单位做了一定工作，也取得了阶段性成绩，但与目标还存在不少差距。”

周冬杰将存在问题归纳为这样几个方面：

“一、单位消防检查不到位。从我们掌握的情况看，一些社会单位消防检查存在：组织不到位，单位法人代表、消防安全管理人不重视消防安全，没有制订切实可行的消防检查方案，消防检查责任落实不明，消防检查流于形式；检查部位不到位，对重点部位检查采取“走马观花”，发现锁闭安全出口、占用疏散楼梯堆放杂物等隐患熟视无睹；每日巡查落实不到位，没有组织各级、各岗的员工对照单位消防安全要求，对用火、用电、用气和消防器材完好情况进行逐一检查，更没有发现和整改火灾隐患；火灾隐患整改不到位，对检查发现的火灾隐患整改力度不大，进展缓慢。

“二、自防自救能力不强。不少社会单位自防自救与消防法律法规的要求相距甚远，应急和灭火队伍弱化，不少社会单位的新员工没有接受本级本岗的消防知识技能的培训。有的设有自动消防设施的单位，消防控制室值班人员不会操作消防设施。灭火应急和疏散预案制订和演练流于形式，不重视单位内部灭火应急和疏散预案的制订和演练，许多员工当单位一旦出现火灾险情，不知道该如何应对。

“三、组织人员疏散技能缺乏。一些社会单位疏散设施不完好有效，人员密集场所封闭安全出口，在人员疏散逃生的门窗上加装铁栅栏。有的单位员工对疏散中如何引导顾客采取何种姿势疏散以及如何引导顾客识别疏散指示标志不清楚。

“四、消防安全宣传培训存在误区。一些社会单位错误认为消防教育培训是消防部门的事，与己无关，没有履行对员工消防安全宣传教育和培训职责。在推进消防安全标准化管理中，一些人员密集场所忽视安全标识和图示的宣传教育功能。消防宣传教育培训没有结合本单位的火灾危险性，有针对性地开展员工的消防知识技能教育培训工作。”

“针对存在的问题，你们有什么应对措施？”赵春生问。

“我认为，社会单位消防安全‘四个能力’建设要真正取得成效，必须重点抓好以下工作：第一，加强宣传培训，提高员工消防安全意识。深入组织员工学习国家消防法律法规和消防安全常识，开展警示教育，进一步增强员工的消防安全意识。新员工上岗前要通过消防安全培训，消防控制室值班人员必须经过培训持证上岗。同时，还要定期组织开展员工灭火和应急疏散预案的实施和训练，使全体人员熟知必要的消防知识。第二，规范消防管理水平，落实消防安全责任。建立健全消防安全制度，明确落实逐级岗位消防安全责任制，有效调动各方面积极性。加强消防设施管理，保障疏散通道、安全出口畅通，保持防火门、防火卷帘、消防安全疏散指示标志、应急照明、火灾事故广播等设施处于完好状态。第三，统一单位消防档案，规范消防安全操作规程。单位对消防基础资料、防火巡查检查和消防控制室值班记录要统一，制定并落实火情处置、自动消防设施操作、电气及燃气线路设备安装操作和火灾事故善后处置的消防安全操作规程。第四，……”周冬杰汇报得井井有条。

“总队给我们的试点时间只有半年，任务艰巨，时不我待。你们要尽快拿出试点的实施方案，从提高社会单位‘四个能力’开始，把落实政府部门消防工作责任、加强消防基础设施建设和提高消防监督管理水平带动起来。”赵春生接着说，“按照社会消防安全‘防火墙’工程建设的四项任务，还要分别制定建设标准，以确保这项工作落到实处。”

周冬杰边听边往笔记本上记，有些原话虽然没记上，但基本意思都在里面。最后，赵春生问：

“你还有什么要说的吗？”

“没有了。”

“那就下去抓紧落实。”

“是。”

周冬杰回到防火处立即召开会议，安排工作任务。他将试点实施方案里的各项任务和每一项工作的建设标准具体分配到人，要求在最短时间内起草出来。在这个会上，周冬杰还按行业类型确定了提高社会单位“四个能力”建设的试点单位。

从此，一场紧张的战斗打响。防火处紧锣密鼓地行动起来，试点单位开展自我检查，发现、整改火灾隐患，组织员工进行灭火和疏散逃生演练，消防安全教育、全员培训的氛围不断形成，消防处人员随时深入重点单位帮助指导。

## 二

赵春生拿着构筑社会消防安全“防火墙”工程建设试点方案去龙副市长办公室，除了汇报这项工作准备进行试点的情况，还想请示龙副市长如何落实政府部门消防工作责任。龙副市长听了赵春生汇报后，问：

“落实政府及各部门消防工作责任方面上级有哪些要求？”

“按照省上会议精神和全国构建社会消防安全‘防火墙’工程建设要求，政府及所属相关部门在消防工作方面要落实‘四个责任’。”赵春生说。

“哪‘四个责任’？”龙副市长又问。

“首先，是落实组织领导责任。建立起政府分管领导牵头、有关部门领导参加的消防工作联席会议制度和消防安全委员会，定期研究并协调解决消防工作重大问题，适时组织开展消防安全专项治理，逐级签订消防工作目标责任书，明确政府及各部门消防工作目标。第二个就是，落实监管责任。建立健全消防工作部门联合执法机制，分解量化消防安全责任。政府把消防工作责任分解量化到相关部门，明确各自的消防工作职责，年初明确任务，年终进行验收总结，实行一票否决，层层抓好落实。第三个是，落实消防设施建设责任。政府协调有关部门和单位，编制并实施城乡消防规划，加强公共消防设施建设和管理，建立重特大火灾事故应急救援机制，确保重特大火灾事故的及时有效处置。”

“还有呢？”

“最后一个，就是落实检查考评责任。政府将消防工作纳入社会治安综合治理检查考评的内容，定期组织考评验收。对暴露出的问题由政府督促有关部门定期开展消防安全专项检查，及时发现消除火灾隐患，制订奖惩措施。”

赵春生说完后，龙副市长深思了一会，又问：

“咱们市上落实政府部门消防工作责任应做哪些工作？”

“我们有个工作建议:建立政府考评考核各部门消防工作机制,确保消防安全责任制的有效落实,强化消防工作社会化基础,严格考评;政府组织有关部门实行定期检查、专项检查和综合检查相结合的方式,将消防工作与社会治安综合治理工作结合起来,对政府各部门、各单位落实消防安全责任制情况进行检查考评;各部门、各单位应建立逐级消防工作责任制,明确下级单位的消防安全职责,签订消防工作责任书,实行目标责任管理;建立由政府领导召集相关部门参加的消防工作联席会议制度,分析研究本地的消防工作;各有关行政主管部门要在各自的职责范围内,按照‘一岗双责’原则,对本系统、本行业的消防工作实施监督管理……”

赵春生说着,龙副市长不时地点头,看样子很感兴趣。

“你们把这个建议再修改完善,形成全市落实政府部门消防工作责任的实施意见,经政府常务会议讨论通过后下发执行。”龙副市长最后强调,“要明确各部门的具体责任,防止流于形式。”

听了龙副市长这番话,赵春生心里有了底。其实,构筑社会消防安全“防火墙”工程建设试点工作,赵春生最担心的就是落实政府部门消防工作责任,因为这不是消防本身能解决的问题,必须依靠各级政府及所属相关部门层层抓落实。只要政府重视了,一切事情都好办。

赵春生回到支队,叫周冬杰安排人起草全市落实政府部门消防工作责任的实施意见。第二天,周冬杰拿来初稿。赵春生本来准备修改后马上送给龙副市长,不料几场较大的灭火救援任务一个接一个。

几天后,赵春生把《新州市落实政府部门消防工作责任的实施意见》送到龙副市长手里。龙副市长认真看了一遍,作了些修改,叫来秘书长安排尽快下发。

“文件下发了不等于工作落实,过一段时间要尽快下去督察,对工作差距大的县区要与政府一把手面对面地落实措施。”龙副市长对赵春生说。

“时间非常紧迫,督察可以加快工作步伐。”赵春生说。

过了一个月,赵春生着急了。他本来想当面去催龙副市长或给他打电话,可又觉得市长忙有些不忍心打扰。他正犹豫时,龙副市长打来电话:

“喂,是赵支队长吗?”

“是,我是赵春生。”

“上次咱们说过,要下去督察落实政府部门消防工作责任。”

“噢,市长,我正准备过来当面向你汇报此事。”

“你先不要过来，抓紧作些准备马上行动。”

“什么时间下去？”

“就这几天。”

“哪些人去？”

“如果没有什么特殊事情我也去，其他相关业务部门你们联系通知。”

三天后，龙副市长带领市公安局、财政局、建设局、农牧局、安监局、教育局、卫生局、商务局、文广局、旅游局和消防支队到各县区督察政府消防工作责任落实情况。随同龙副市长督查的部门人员都是副局长，消防支队是赵春生和周冬杰。龙副市长带公安局副局长，是因为消防业务隶属于公安，也有派出所的具体任务；带财政局副局长，是因为消防经费和消防装备的落实靠财政部门解决；带建设局和农牧局副局长，是因为城镇和农村基础设施建设是这两个部门管辖；带安监局副局长，是因为重大火灾隐患整改需要安委会牵头协调；带教育局和卫生局副局长，是因为有学校和医疗卫生单位消防安全工作的任务；带商务局副局长，是因为有商场、市场消防安全工作的监督管理职能；带文广局和旅游局副局长，是因为确定的试点单位中有商场、市场和公共娱乐场所。

龙副市长带队督察，让下面人感到意外。近几年，消防队工作方面督察的比较少，即使督察也是几个部门下去转一转，看一看，最大也就是一个政府副秘书长挂帅。这样一来，各方面对这次督察都很重视，准备的也认真。每到一个县区，除了正常的查阅资料、现场检查、听取汇报，龙副市长和赵春生还特意与几个行动迟缓县的县长共同商议落实措施和期限。十五天的紧张督察，还真起到了重要作用，上上下下都只争朝夕地行动起来。几项落实不到位的重点任务，龙副市长安排市政府办公室下发了督办通知书。

## 三

督查落实政府部门消防工作责任结束后，赵春生参加了周冬杰主持召开的防火处工作会议。会上，周冬杰通报县区落实政府部门消防工作责任的督查情况后说：

“现在我们请支队长作指示。”

“不是什么指示，就是着重说说构筑社会消防安全‘防火墙’工程建设试点工作。”赵春生接着说，“这项工作时间紧，任务重。社会单位消防安全‘四个能力’建设正在马不停蹄地进行，落实政府部门消防工作责任从督察的情况看发展很不平衡，有些差距还很大。现在摆在我们面前最紧迫的是，如何夯实农村和社区火灾防控的基础。这里我先不过多地讲，想听听大家在这方面有什么好的建议。希望同志们畅所欲言，集思广益，多谈谈各自的想法。”

赵春生说后，出现了一阵冷场。大家你看我，我瞧他，谁也不开口。在赵春生的引导下，周冬杰打开了僵局。他说：

“农村地域偏远，生产生活条件较差，又远离消防队，是抗御火灾的‘弱势区域’。农村存在着建筑布局不合理，消防基础设施匮乏；消防组织不健全，火灾防控能力不强；消防管理不到位，村民消防安全意识淡薄诸多问题。在这次试点中，我们要加强农村消防基础设施建设，构筑农村‘防火墙’。”周冬杰还谈了些措施，他继续说：

“一方面，加强农村多种形式消防队伍建设，全面提高火灾防控水平。各级政府应层层签定消防工作责任状，建立考核奖惩机制，将农村消防工作与各级领导的政绩和提拔任用挂钩。县区、乡镇要成立由政府领导，公安、综治、民政、建设、农业、安监等方面负责人员参加的农村消防安全管理组织，切实担负起农村消防工作的领导。村民委员会要成立消防安全工作领导小组，逐步配备专兼职防火人员。经济发展好的地方，逐步建立乡镇专职消防队、志愿消防队，形成以专职消防队为中心，其他乡镇、村消防力量为补充的农村消防队伍网络。另一方面，落实专项资金的使用情况，确保消防保障经费得到落实，建立和完善农村消防工作经费保障机制，将农村消防工作经费列入同级财政预算，切实给予保障。同时结合农村经济社会发展状况，逐年增加经费投入。政府相关部门要把农村消防工作纳入社会主义新农村建设范畴，确保农村消防工作与其他建设保持同步。”

周冬杰的一席话，调动了其他人发言的积极性。监督指导科张科长接着发言，他说：

“落实消防规划，加强公共消防设施建设是不可忽视的方面。只有通过试点，编制和修订乡镇总体规划和中心村建设规划，才能将消防安全布局、消防通道、消防水源、消防通讯等消防相关内容和消防措施纳入各项规划编制中。农村公共消防设施建设要全部纳入新农村建设总体规划，与农村公共基础设施同步建设、同步实施。充分利用江、河、沟、窖等天然水源，设置消防水池、水井，有市政给水管网的乡镇、村要逐步设置消火栓和简易消防车取水点。农村要加快道路建设步伐，提高消防车的通行能力。与此同时，还要不断加强消防车辆、手抬机动泵、水带、灭火器等器材装备和以设置火警电话为主的消防通信设施建设。”

监督管理科杨科长对农村消防安全管理谈了意见，他说：

“加强重点管理，夯实农村群防群治工作基础是这次试点不可缺少的内容。农村点多面广，分布比较分散，必须重点抓好春节、元宵节、红白喜事等时间点的用火用电和燃放烟花爆竹的消防安全工作，严格控制火源，确保用电安全，使燃放烟花爆竹的行为远离柴草和村民集中居住区。北方夏收中要特别强化麦场消防安全管理，严禁带火种入场，杜绝在麦场吸烟，采取措施确保农机、农具等打碾机械的操作安全。这些方面要结合当地实际，制定出台农村消防工作实施意见和建设标准，把农村消防工作纳入政府工作任期目标。抓好监督管理，积极开展防火安全检查，督促落实消防安全责任制，完善各项消防安全措施。”

“在社区建设方面谁还有什么好的想法？”赵春生问。

防火处副处长蒙永红在这方面好像早有准备，他说：

“社区是城市的基本单位，也是城市消防安全的重点部位。抓好社区消防安全试点工作，是筑牢社会‘防火墙’的基本要求。”他认为，在社区试点中要从四个方面抓好工作：

“第一，抓组织，确保社区消防安全责任制落到实处。城市街道办事处应设立消防安全委员会，督促指导物业管理单位和社区居委会定期开展消防安全检查，消除火灾隐患，落实消防安全责任制；社区居委会应设立消防安全工作小组，制定居民防火公约、维护保养消防器材设施；居住小区应设立派出所消防管段民警，负责社区消防安全工作的监督检查和业务指导。第二，抓制度，实现社区消防工作制度化。根据社区的规模、性质和不同社区的特点，分层次制定并落实相应的规章制度。街道办事处应将消防工作纳入计划，把社区消防建设与其他工作同考核、同奖惩，使规章制度落到实处。第三，抓建设，加强社区消防基础设施。确定的单位要加强消防基础设施建设，建立电视监控报警系统，按规定设置和增补市政消火栓，依托警务室安装报警电话，建立消防宣传阵地，配置消防器材箱、小型手推车式灭火救援设备、消防战斗服，在居民住宅楼配置灭火器和灭火救援设施。第四，抓检查，为社区居民生活创造良好的消防安全环境。街道办事处每季度对管理单位的火灾隐患整改、防范措施的落实、消防制度的制定、灭火器材的配备及保养和宣传教育等情况进行检查；社区居委会、物业管理单位每月对辖区消防设施、器材进行检查，每周对居民住宅的楼院通道进行检查，并对检查中发现的问题及时督促解决。”

“你们几个的发言,都说到了点子上了。就按照你们的想法,立即拿出一个构筑农村、社区消防安全‘防火墙’的建设标准。”赵春生接着说,“尽快选择试点对象,确定人员深入一线,按照建设标准抓落实。”

会后,周冬杰一边安排人员起草建设标准,一边带人对确定的试点单位做了些调查。紧接着,从防火处和各大队抽组人员,将任务分配到每个组甚至具体人,开展紧张有序的工作。

## 四

在各项试点工作进行的同时,赵春生考虑着如何提高消防监督管理水平。他深深感到,这些年由于受市场经济的负面影响和社会消极因素的冲击,再加上消防执法基础薄弱,部分消防监督人员素质不高,缺乏自我约束力,监督管理体制不健全,消防监督员存在着以权谋私的问题;工作态度生冷横硬,方法简单粗暴;责任心不强,工作标准不高,只求过得去,不求过得硬,到单位检查走马观花,发现不了隐患和问题;业务技能不高,监督水平偏低,导致工作中出现表错态、办错事而引发的行政复议或诉讼案件的问题。他认为监督执法是消防工作的窗口,代表消防部队的形象。提高消防监督管理水平,既是构筑社会消防安全‘防火墙’的要求,更是消防部队建设的需要。这些问题如此下去,日积月累,恶性循环,怎么得了!

事关重大,非解决不可!

赵春生与支队曾政委统一意见后,专门召开党委会议,研究执法规范化建设。会议决定由支队政治处和防火处对消防监督人员进行大学习大培训,下决心从提高执法人员的业务素质着手,规范消防执法行为。

“提高消防监督管理水平必须高度重视,不能有丝毫的懈怠。消防监督人员学习培训要有新举措,新收获,不能流于形式;规范执法行为不是写在纸上,喊在嘴上,而要见到实效……”赵春生在会上最后强调。

曾政委也提出不少要求,比如建立执法制度,落实执法责任;比如明确执法标准,规范执法行为;比如强化执法考评,提高执法质量……

会后,支队利用一个月时间,对防火监督人员进行学习培训。十五天时间集中人员培训,集中上课,集中现场练兵。十五天时间人员回到各自工作岗位边工作边学习,理论联系实际,学中干,干中学。最终统一考试,成绩不合格者补课再考。

学习培训一开始,政治处就围绕“立警为公,执法为民,牢固树立执法为民思想”的主题,对消防监督人员开展了执法为民教育、宗旨教育、信念教育和职业道德教育。与此同时,政治处党主任深入引导受教育人员树立执法就是服务的观念,做到权为民所用,解决好“为谁执法,为谁服务”的问题;认真查找消防监督管理人员思想和工作中存在的问题,深刻反思我们心中是否装着群众,是否设身处地地为群众着想,并为他们提供帮助和服务,做到情为民所系;切实履行职责,恪守本职,做到利为民所谋。

周冬杰因势利导,在执法规范化建设和提高消防监督管理水平方面想了好多办法。他先从落实警务公开制度抓起,通过服务窗口设置的警务公示栏、互联网站警务公开平台、电话咨询系统和电子显示屏公布执法依据、执法责权、执法程序、执法结果、办理时限的服务承诺,及时向办事单位公布消防执法和行政许可事项的办理情况。无论是支队防火处还是各消防大队,周冬杰都要求切实落实消防监督执法各项制度,端正执法目的,遵循检查程序,实施行政处罚要明确裁量标准,压缩人为操作“空间”,杜绝“以罚代停”“以罚代改”的现象。

经过一段工作,周冬杰向赵春生汇报防火处执法规范化建设情况。赵春生听了后,对周冬杰说:

“提高消防监督管理水平不仅抓好机关,还要重视基层;不仅要落实执法责任,更要进行执法质量考核。对于基层大队,你有什么打算?”

“准备下去检查督促。”

“仅靠检查是不够的,必须扎扎实实地进行一次执法质量考核评议,从中发现存在的问题和薄弱环节,这样才能有的放矢地抓好工作。”

“支队长,考核你能参加吗?”

“基层大队不一定有时间,我参加防火处的考核评议,大队你带着下去。”

“什么时候进行?”

“你们抓紧准备,尽快开始。”

执法质量考评开始后,赵春生参加了防火处执法质量考核。周冬杰对防火处执法监督人员各种规章制度的落实,从一点一滴、一事一案,甚至一项执法行为、一个法律文书都认真进行执法考评。经过几天工作,防火处召集考试评总结会议。

针对考评中存在的问题,赵春生在会上说:

“支队防火处既是消防监督执法的实施者，又是基层大队业务的指导者。常言道，打铁先要自身硬。我们这次开展的消防队执法规范化建设，不是为了应付全省的试点工作，而是要真正提高消防监督管理水平。这就要求我们必须要开展监督执法例会，经常查找消防行政执法过程中存在的问题和差距，及时采取相应的措施，加强和推动消防行政执法工作向纵深发展。”

赵春生最后还讲了四点具体要求：

“一、实行目标量化，制定消防监督工作量化任务，对重大火灾隐患整治数量、行政处罚量、执法文书数量、消防产品管理进行明确量化，突出重点项目，明确工作目标，落实责任人员，确定完成时限。

“二、严格执法监督，消防执法坚持周通报、月讲评制度，定期抽查执法基础台帐和执法档案情况。防火处每季度、消防大队每月召开一次消防执法工作例会，分析薄弱环节，提出改进措施。

“三、完善考核激励制度，层层签订执法责任状，明确责任人，严格执法过错责任追究制度，将执法质量考评结果与个人的评先评优、晋级晋职和经济利益相挂钩。

“四、完善执法标准，推行双人执法、公开听证、集体讨论、专家论证、法制审核制度，全面规范基层监督执法基础工作，从根本上解决了执法不规范、执法随意性的问题，确保执法公平、公开、公正。”

对支队长讲的，周冬杰要求防火处人员不仅要认真讨论，会后还要逐步落实到实际工作中。之后，周冬杰带领人员对各大队执法质量进行全面的考核评议。每到一个县区都严格按照考核标准，从执法基础、行政许可、监督检查、火灾查处、行政处罚、办理刑事案件到内部执法监督，一项一项地考核，一卷一卷地评查，客观公正地评分。

基层大队执法质量考评结束后，周冬杰把整个情况汇总后去找支队长。正好曾政委也在支队长办公室，周冬杰向两位首长详细汇报了情况。赵春生听了各大队存在的个性问题后问：

“目前消防执法中普遍性的问题是什么？”

“主要是执法中，有的适用法律法规不正确，程序不合法；有的对检查发现的火灾隐患不按规定处罚，即使立案处罚，调查取证也不规范；有的火灾现场勘查不认真，火灾事故认定不准确；有的内部审批、审核不健全，法律文书不规范，案卷内容不齐全，装订不规范……”周冬杰汇报得有理有据。

“对个性问题尽快下发执法监督意见书，要求限期整改；共性问题梳理汇总，拿出解决办法。”赵春生说。

“存在的问题整改后，还要回头再看一看，究竟整改得认真不认真。另外，支队需要出台执法规范手册或资料汇编，没有规矩不成方圆，这也是解决执法存在问题的良策。”曾政委说。

## 五

距省上现场会的时间越来越近，试点工作也基本结束。那天上午刚上班，赵春生和周冬杰去找龙副市长。赵春生汇报了试点工作情况后，说：

“市长，试点工作的各项任务已经完成，我们建议组织验收。”

“验收必不可少，不仅检验工作任务完成的如何，还可以从中发现问题和薄弱环节，以便查漏补缺，推动试点单位更上一层楼。”龙副市长说。

“验收怎么进行？”赵春生问。

“你们与政府办联系发个通知，提出验收内容和要求。”龙副市长还说，“至于验收参加的人员相关部门必不可少，我争取参与，即使有开会或其他干扰，验收落实政府部门消防工作责任时我一定到位。”

回到支队后，赵春生对周冬杰说：

“你们给政府办起草验收通知时，要对政府部门消防工作‘四项责任’、农村社区火灾防控‘四个基础’和社会单位消防安全‘四个能力’建设分别提出验收标准和具体要求。”

“验收什么时间开始？”周冬杰问。

“现在抓紧准备，政府办通知下发后进行。”赵春生说。

过了一个星期，新州市构筑社会消防安全“防火墙”工程建设试点单位验收开始。验收先从社会单位消防安全“四个能力”建设进行，本来龙副市长带队，可是他去外地开会，让市政府申副秘书长带领。申副秘书长说他对业务生疏，全权委托赵春生负责。

验收组对开展试点工作的宾馆、饭店、商场、市场、公共娱乐场所、学校、医院，按照社会单位消防安全“四个能力”建设标准，通过现场查看、对员工进行提问、随机设定起火点组织灭火应急疏散演练和查阅档案资料，逐项进行验收。

新城大酒店是新州市最大的宾馆饭店，因而被确定为试点单位。赵春生组织验收人员从检查和整改火灾隐患能力开始，对落实防火检查制度和火灾隐患整改责任制、组织开展防火检查巡查、发现消除火灾隐患方面不仅详细检查，还询问有关人员。

“落实防火检查和火灾隐患整改责任制你们做了哪些工作？”赵春生问酒店桑总经理。

“酒店消防安全责任人、消防安全管理人对落实消防安全制度和消防安全管理措施情况，每半月至少组织一次防火检查，部门负责人对本部门执行消防安全操作规程情况每周至少开展一次防火检查，员工每天班前、班后进行本岗位防火检查，及时发现火灾隐患。”桑总说。

“防火检查都查哪些内容？”周冬杰问。

“检查灭火器材是否完好、消防设施运行状况、安全出口和疏散通道是否畅通、电气线路有无私拉乱接电线、有无违章用火、消防控制室值班室人员在岗在位情况……”分管安全的牛副总经理说。

“每日防火巡查是怎样开展的？”周冬杰又问。

“酒店在营业期间的防火巡查每两小时一次，营业结束时对现场进行检查，消除遗留火种。”牛副总说，“防火巡查包括用火用电有无违章、安全出口是否堵塞、常闭式防火门是否处于关闭状态、防火卷帘下是否堆放物品、重点部位人员在岗在位情况等内容。”

“桑总，检查发现的火灾隐患谁抓整改？”赵春生问。

“酒店总经理对火灾隐患整改负总责，分管消防安全的副总经理和保卫部具体负责组织火灾隐患整改工作，消防安全管理人和相关员工履行火灾隐患整改责任。”桑总说。

……

新城大酒店验收后，到了工贸商场。验收组除了按正常程序进行外，把扑救初期火灾和组织引导人员疏散逃生能力作为重点。赵春生从消防控制室发出报警：

“商场四层服装区发生火灾！”

接到报警后，商场专职消防队的一个班到达起火楼层，分两组打开室内消火栓，接上并展开水带，准备实施灭火。一个班赶到人员活动部位，与员工抢救被困顾客。宾馆部分管理人员组织员工，开始疏散财物。消防控制室操作人员同时启动自动消防设施，做好实施灭火的准备。

紧张的演练结束后，赵春生进行了讲评。宾馆恢复了原状，那些原以为着火的顾客心里也平静下来。

社会单位消防安全“四个能力”建设验收进行了两天，第三天开始验收农村、社区火灾防控“四个基础”。在东关办事处华荣社区，验收组查看组织建设和各种规章制度，重点验收了公共消防器材配置点。申副秘书长边检查边问：

“社区有哪些火灾预防措施？”

没等社区主任开口，办事处扈主任说：

“居民委员会有消防安全管理人，指导居民住宅区物业管理单位落实消防管理责任，开展防火检查，整改消除火灾隐患。社区内的小场所实行消防安全区域联防制度，开展消防安全互查互督，确保一旦发生火灾能够联合组织扑救。”

“有没有考核奖惩措施？”申副秘书长又问。

“办事处建立了消防工作考评奖惩机制，消防工作纳入社会治安综合治理范畴。对社区每季度或半年组织考核考评，表彰奖励先进。对发生较大以上火灾事故的社区，取消评先创优资格，并给予主要领导行政记过处分。”扈主任说。

龙副市长开会回来，正好是验收落实政府部门消防工作责任的时候。验收的试点是在永乐县及两个乡镇，龙副市长带领验收组先查看县政府及所属各部门落实消防工作责任职责、签订消防安全责任书、建立考评问责机制情况。

“在消防经费投入上你们有什么举措？”龙副市长问永乐县燕县长。

“确保专项消防资金落实到位，逐年增加消防业务经费，鼓励有实力的企业单位和投资商从资金上支持消防工作。”燕县长说，“县政府及相关部门在消防站、消火栓建设和消防装备等城市公共消防设施上加大投入，增加城镇的防护能力。”

“火灾隐患整改政府部门是如何抓的？”龙副市长又问。

“我们县在火灾隐患整改上明确整改督办任务，落实督办责任。重大火灾隐患的整改工作实行属地管理，逐级督办。县长是本级重大火灾隐患督办的第一责任人，分管副县长是具体负责人。对不符合城市消防安全布局要求，需要搬迁或结合技术改造才能消除的重大火灾隐患，组织相关部门负责人和有关方面专家进行论证，制定整改方案；对公众聚集场所存在的重大火灾隐患必须采取挂牌督办的方式督促落实整改任务；对督办不力，不能在限期内整改的追查领导责任。”燕县长说。

整个验收结束后，几个方面的情况经过汇总，验收组及时召开会议。会上，龙副市长要求在总结工作的同时正视存在的问题和薄弱环节，赵春生强调抓紧查漏补缺，做好准备迎接省上验收。

一个月后，省政府对试点工作进行了验收。

又过了一个月，全省构筑社会消防安全“防火墙”工程建设现场会在新州市召开。省政府分管省长、省公安厅和消防总队领导、各市分管市长、公安局长、消防支队长一一到会，浓厚的氛围，宏大的场面，高规格的会议，让整个城市沸腾起来。

# 第十七章　除　患

## 一

赵春生近一段陆续接到了一些火灾隐患的举报,有书面反映的,有电话告诉的,也有听到熟人议论的。他想构筑社会消防安全“防火墙”工程建设正在进行,火灾隐患整改是重要内容之一,可为什么还会出现这样的事情?是火灾隐患没查出?未整改?整改不彻底?

他正准备找周冬杰研究此事,市政府新分管消防工作的冀副市长打电话叫他。

他去冀副市长办公室,也许是分管消防工作不久,冀副市长很热情,忙叫他坐下。他琢磨前几天刚汇报过工作,不知又是什么事。冀副市长看出他的心事,对他说:

“叫你来没有别的,就是涉及火灾隐患的事。”冀副市长接着说,“昨天,市政府常务会议研究安全生产工作,反映出一些县区和单位存在火灾隐患,尚市长在会上过问此事,不知你们是否知道。”

“我曾收到过投诉。”赵春生说。

“投诉哪方面的问题?”

“都是涉及火灾隐患方面的。”

“可能远不止投诉的这些,你们下去查一查,看究竟是哪方面的隐患。”

“好,我安排人员尽快去调查。”

赵春生回到办公室,立即叫来周冬杰和防火处两个副处长。他说:

“最近从各个方面反映还存在火灾隐患,市政府领导要求我们认真查处。”

“还有火灾隐患?”刘副处长有些疑惑。

“可能就是以前那些先天不足又没办法整改的火灾隐患。”温副处长说。

“也不完全是这样，尽管构筑社会消防安全‘防火墙’工程建设中采取了一些整改措施，但不少火灾隐患整改得虎头蛇尾，旧的隐患整改了新的隐患又出现，有些隐患或许未被发现。”周冬杰说。

“对于火灾隐患我们要高度重视，不能用可能来估计。”赵春生说，“你们下去组织认真排查，把情况搞清楚。”

“要不要发个通知？”周冬杰问。

“立即用支队文件下发，要求各大队尽快行动起来，深挖细查。”赵春生说。

从支队长那里出来，周冬杰和两个副处长对火灾隐患的排查详细研究部署。

一个月后，火灾隐患排查基本结束。周冬杰发现排查的火灾隐患不仅数量不少，有些问题还十分严重。他把火灾隐患汇总后去向支队长汇报。赵春生听了总体情况后问：

“火灾隐患有哪些方面？”

“综合分析有的是先天性不足，一些建筑特别是公共建筑耐火等级低，缺乏消防水源和消防设施，消防车通道、防火间距、安全疏散达不到要求；有的消防安全布局不当，一些地方易燃易爆化学物品的工厂、仓库和专用储罐区，未设置在城市的边缘或相对独立的安全地带，建筑、堆场、市场、储罐区未按规定设环形通道或消防车通道被封堵占用；有的建筑消防安全存在隐患，建筑物未按规定划分防火分区，安全出口的数量、宽度和疏散长度达不到要求；有的建筑消防设施存在未按规定设置，或平时疏于维护保养被损坏，消防设施形同虚设；有的单位消防安全管理混乱，责任不清，制度不健全，员工消防意识淡薄，擅自挪用、拆除、停用消防设施、器材，堵塞疏散通道、锁闭安全出口，消防控制室无人值班……”周冬杰认真地汇报。

“对这些火灾隐患你的意见是什么？”

“存在的火灾隐患出乎意料，各县区和一些单位都程度不同地潜伏着。”周冬杰说，“我认为在构筑社会消防安全‘防火墙’工程建设的同时，有必要开展火灾隐患大排查大整治活动。”

“这个想法是对的。防火处拿个火灾隐患排查整治的实施方案，提交支队行政办公会议研究后，我们向市政府汇报。”

几天后，赵春生和周冬杰拿着新州市火灾隐患大排查大整治实施方案去了冀副市长办公室。赵春生先汇报了火灾隐患排查情况，又把整治实施方案递给冀副市长。冀副市长看了方案,在右上角写上:“请秘书长用政府办公室文件下发各县区及市直有关单位。”

新州市政府办公室印发的方案,对火灾隐患大排查大整治进行具体部署,要求落实行业自查自改;对火灾隐患突出的县区和单位,要求消防机构实施重点监督检查;对于重大火灾隐患要求实行政府挂牌督办,责令限期整改。

那天,周冬杰把市政府办公室印发方案的正式文件送给赵春生。赵春生看后说:

“火灾隐患排查整治是我们消防的专业用语,许多人还不知道是怎么回事,也不清楚什么是火灾隐患,更不懂得火灾隐患的危害。”

“确实是这样。消防工作本身专业性强,排查整治火灾隐患不要说社会公民,就连咱们消防内部有些官兵也不是很明白。”周冬杰说。

“排查整治要取得成效,必须营造良好的治理环境,”赵春生说,“这就需要广泛开展消防宣传教育。”

从此,周冬杰组织人员开展火灾隐患排查整治的宣传教育,从城市到农村、从单位到家庭形成了浓厚的舆论氛围。紧接着,周冬杰又安排专人根据不同行业特点,从消防安全职责、消防管理措施、防火检查巡查、火灾隐患整改、宣传教育培训和应急疏散演练方面制定了大排查大整治标准。

工作开展后,赵春生协调相关部门,除了公安局的治安、巡防、刑侦、经侦参与多警共同整治火灾隐患,还联合住建、工商、文化、安监部门,对人员密集场所、劳动密集型企业、易燃易爆场所加大监督执法力度。与此同时,赵春生向冀副市长提出建议,由市政府组织了几个督察组深入基层进行督察。督察采取暗访方式,对管理部门包括消防队机构在内事先不打招呼,随机抽查社会单位和场所。

## 二

排查出火灾隐患最多的是建设工程,而且不少是在新州市所在的城区。如果是外地人,当你一进入市区,就会感觉到建筑密布,高楼大厦耸立,是一座不小的城市。周冬杰清楚,许多建筑都是近年来拔地而起的。尽管有些工程是他来之前建设成的,但建设工程消防审核和验收,包括建设工程改革后的消防设计和竣工验收备案大多数是支队防火处办理的,县区大队的权限仅是少部分。也就是说,建设工程有问题有隐患防火处有不可推卸的责任。

正人先正己，排查整治火灾隐患从防火处审批的建设工程上找突破口。周冬杰把建设工程存在的火灾隐患梳理出来，向支队长汇报自己的想法。

“建设工程存在的主要问题有哪些？”赵春生听了后详细问道。

“有未经审核擅自施工，未经验收擅自使用和未经备案的违法行为，有不按消防技术标准，擅自降低消防施工质量的，有消防车通道、防火间距、安全疏散达不到要求的，也有消防设施不完好，无法有效或正常运行的，甚至有擅自改变使用功能采用可燃材料装修的……”周冬杰说。

“许多火灾隐患都与建设工程有关，不是先天性的，就是后来人为造成的，而且反映最多、问题最突出的也是这方面。”赵春生说，“把建设工程的火灾隐患作为排查整治的重点，采取切实可行的措施监督整改。对于重大火灾隐患，如果在限期内整改不了，上报政府挂牌督办。”

“有些火灾隐患可能涉及到消防行政处罚。”

“该立案的尽快立案调查，需要处罚的提交支队会议研究。”赵春生态度很坚决。

周冬杰回到办公室，对建设工程存在违法行为和火灾隐患的单位进行筛选，召集处务会议确定立案查处对象。属于县区权限的由大队查处，对于支队管辖的防火处人员分头开展工作，有的询问谈话，有的现场取证，也有的调查其他方面的情况，查完一案又查另一案。三十多天下来，查清了十几起行政处罚案件。剩下两起规模大、违法行为和火灾隐患性质严重，而且对准备给予从重罚的，周冬杰觉得还需要做一定的工作。

一起是新州金华集团公司建设的金华花园小区。它位于开发区东南角，六幢二十三层，八幢多层，建筑面积二十多万平方米。工程虽然多层主体已经竣工，高层已修到一半以上，但未经消防审核擅自施工。经现场检查，有三幢高层楼防火间距达不到要求，一幢多层公共建筑擅自去掉一部疏散楼梯。工程建设单位在市上建筑行业算得上龙头老大，柴大勇总经理社会关系比较复杂，说话办事有一股霸气。这些建设工程永宁区大队之前已经查过，曾发过责令改正通知书，处罚时罚不下去。这次调查中柴大勇根本没有出面，只委托他的一个部门经理，说话又算不了数。金华小区存在的这些问题已形成违法事实，并且已经埋下火灾隐患。按照消防法律法规，不仅要责令停止施工，罚款就得二十多万元，是一个大数额。

另一起是东方商贸集团公司建设的兴都宾馆。宾馆在市区中心，集住宿、餐饮、娱乐于一体的十一层综合楼，未经消防验收，半年前擅自投入使用，自动喷水灭火系统没有水源,其中一个全出口被封堵。总经理牛永平和周冬杰打过交道,周冬杰在光明支队任防火处长时对他的娱乐场所处罚过。此人财大气粗,什么事都要靠钱解决问题,而且有事到处找领导说情。兴都宾馆不仅仅是罚款的问题,按规定必须给予停止使用的处罚。

那天大雪刚停,北风却呼呼地吹着,早上的室外空气好像被冻得凝固了似的。周冬杰进办公室不久,新州市金华集团房地产开发公司庄经理和一个身材魁梧的人进来。庄经理给周冬杰介绍说这人是他们的总经理柴大勇,握手问好中柴大勇斜视了周冬杰一眼,周冬杰意识到这人是不会与他和颜悦色地交谈的。

"周处长,我们金华花园小区建设工程你们消防上三天两头查,这是为什么?"柴大勇质问。

"哦,你问这个。那是因为你们的建设工程未经消防审核擅自施工,违反消防法的规定。"周冬杰说。

"这个我知道,永宁区大队发过通知书。"

"那你们为什么到现在还不办理审核手续,也不整改火灾隐患?"

"手续我们正在办理中,主要是因为开工许可证还没办下来。"

"没有开工许可证和消防审核手续是不能施工的,金华花园小区工程多数已接近尾声,并且还存在火灾隐患,我们怎么能不查?"周冬杰反问。

"这个小区是市政府常务会议通过的,也是市上的形象工程,政府领导叫边设计边施工边办手续。"柴大勇辩解。

房产开发公司庄经理接上柴大勇的话又说了一大摊理由,有些话简直是强词夺理。

"现在已经是这个现状,你们准备咋处理?"柴大勇问。

"按照消防法规定,责令你们停止施工,并处罚款,整改火灾隐患。"周冬杰说。

"是什么火灾隐患?"柴大勇又问。

"三幢高层楼之间防火间距不够,多层公共建筑缺少一部疏散楼梯。"

"这些问题已经没法改了。"

"那你们得想办法。"

"不罚款行吗?"

"不行,这是法律规定的。"

"得罚多少?"

“根据工程规模和建筑面积，大约在二十万以上。”

“啊！你们也太狠了吧。”柴大勇感到惊诧。

“这不是狠不狠的问题，消防行政处罚幅度是有具体规定的。”周冬杰严肃地说。

柴大勇一看来硬的还不行，有意叫庄经理去外面看车来了没有。庄经理出去后，柴大勇乘机心平气和地说：

“周处长，罚多少都是公家的。我给你准备了几万元，你给我们象征性地罚点，把事情处理好。”

“住嘴，你不要胡说。这不是开玩笑的事情，我可不能徇情枉法。”周冬杰义正词严地说。

柴大勇感到周冬杰没给面子，气呼呼地说：

“那你看着办！”

他气急败坏地走了。

## 三

柴大勇走后，东方商贸集团公司总经理牛永平又来了。牛永平和周冬杰是熟人，两人见面并不拘束，说话也开门见山。

“周处长，我是来办理兴都宾馆综合楼工程消防验收的手续。”牛永平说。

“你怎么现在才来办理？”周冬杰问。

“以前有些后续工程还没有结束，总体未验收。”牛永平支支吾吾地说。

“没有验收怎么开业使用了？”

“目前是试营业。”

“哪有什么试营业的说法，已经开业我们就视为投入使用。”

牛永平被周冬杰说得张口结舌，坐在那里一言不语，不知道该说什么才好。

等了一会，周冬杰又问：

“综合楼消防工程完工了没有？”

“基本完工。”牛永平说。

“自动喷水灭火系统怎么没有水源？”

“是因为没有消防水池。”

“为什么？”

“原设计消防水池在院子设置,现在院内确实没有地方修了。”

“你们准备咋办?”

“不做消防水池行吗?”

“绝对不行。你尽快想办法修建水池,完善消防设施,未取得消防验收合格手续前不得营业。”周冬杰说得非常严肃认真。

牛永平看形势不妙,从包里掏出一张卡往周冬杰手里塞:“处长,表示点心意,卡里有两万块钱。”

周冬杰声色俱厉地说:“东西收起来,不要胡来!”

牛永平再三执意要放下,周冬杰恼火了:“牛总,你再要这样,这东西我就上交组织了。”

牛永平无可奈何,只好灰溜溜地走了。

接待完这两个人,周冬杰准备将消防处罚的案件提交支队行政办公会议研究。不过,他想上会前应该先把情况汇报给支队长,尤其是金华花园小区和兴都宾馆两起较大数额罚款、责令停业的处罚情况比较复杂。周冬杰去给支队长汇报时,正好曾政委也在支队长办公室,他一并向两位首长简要汇报了要上会研究的事项。

“金华花园小区和兴都宾馆你们准备怎么处罚?”赵春生问。

“金华花园给予责令停止施工并处罚款的处罚。”周冬杰说。

“给予多少罚款处罚?”

“按处罚量裁标准应罚二十六万元。”

“那兴都宾馆怎么处罚?”赵春生又问。

“给予责令停止使用并处三万元的罚款。”周冬杰说。

“其他处罚的案件按你们意见上会研究,金华花园小区和兴都宾馆的处罚你们再慎重一些。这两个单位的老板关系比较复杂,到处活动,说话的领导不少。他曾找过我,从说话的口气上好像处罚的过重将来不好执行。”赵春生说,“咱们这次行动的目的是为了整治消除火灾隐患,处罚只是个手段……”

“就是,这两个单位比较麻烦,一定要谨慎。”曾政委说。

过了几天,消防支队召开行政办公会议。周冬杰先汇报了火灾隐患大排查大整治工作中查出的违法行为和火灾隐患,对消防行政处罚的单位、违法事实和处罚依据提出了处罚意见。会议研究通过了对大多数单位的处罚,关于金华花园小区和兴都宾馆的处罚,多数参会人员认为要把排查火灾隐患与消防行政处罚结合起来，既要严格执法，又要达到整改火灾隐患的目的。如果处置的过重，被处罚单位带着抵触情绪不利于火灾隐患整改。尽管消防法律和处罚标准有规定，应在法律规定允许的幅度内对这两个单位的罚款适当少些。会议最后决定给予金华花园小区责令停止施工并处十三万元罚款，给予兴都宾馆责令停止使用并处一万元罚款的处罚。

“还有什么需要研究的？”赵春生问。

“金华花园和兴都宾馆的处罚前还要举行听证。”周冬杰说。

“听证哪些人员参加？”赵春生又问。

“除案件调查人员，还应有听证主持人、记录人、当事人或代理人、证人……”周冬杰一一说着。

“听证由谁主持？”曾政委问。

“案件调查人员不能担任听证主持人和记录人。”周冬杰说。

“你们防火处按程序先告知当事人，做好听证准备。”赵春生接着说，“考虑到防火处人员全部参与案件调查，我主持听证，司令部选派人员记录。”

第三天，消防支队听证室举行听证。这天上午举行听证的有两个，第一个是金华花园小区。参加人员到齐后，赵春生宣布听证案由，告知权利和义务。周冬杰既指控被处罚单位的违法事实，又列举调查获得的证据，也提出处罚意见。新州市金华集团公司柴大勇总经理表现出不满情绪，好像对周冬杰的处罚意见有异议。

赵春生看出了这些，便问：

“金华集团公司有什么意见？”

“我对金华花园小区的违法事实不同意。这个小区是市上领导督办工程，还没办理土地和规划许可证时就叫开工，怎么能算我们擅自施工？”柴大勇质问。

“消防法第五十八条明确规定，建设工程未经消防审核擅自施工的就是违法行为。”周冬杰辩驳。

柴大勇一时不吭声，等了一会他说：

“既然如此，应该考虑实际情况少罚些，罚十三万我们难以接受。”

“按规定应罚二十六万多，消防支队已经考虑到实际情况，按减半处罚。”周冬杰说。

“能不能再少？”柴大勇试探性地问。

“不能改变，这是消防支队会议研究决定的。”赵春生解释。

……

辩论唇枪舌剑,听证气氛紧张。

经过反复辩论,听证到了尾声,其他人在笔录上都签了名,柴大勇却拒绝签字。尽管如此,赵春生还是宣读了听证笔录。

第二个听证的是兴都宾馆。听证按照程序进行,辩论中东方商贸集团公司总经理牛永平提出对兴都宾馆处罚的不同意见。他说钱可以多罚些,不要给予停止使用的处罚。牛永平的这个申辩,参与听证的人员都认为是不能成立的理由,最终未能同意他的意见。

两个听证结束后，赵春生审批了包括这两个处罚在内的所有消防行政处罚决定书。处罚决定书下发后,绝大多数被处罚单位不仅在处罚执行上配合的比较好,还积极整改存在的火灾隐患,唯独金华花园小区和兴都宾馆不接受处罚。

六天后，消防支队收到永宁区人民法院关于兴都宾馆行政处罚诉讼状的副本。

八天后，消防支队收到市公安局关于金华花园行政处罚申请行政复议的副本。

## 四

周冬杰对兴都宾馆的行政诉讼和金华花园的行政复议并不感到奇怪，这是他预料之中的事。他面临着要打两个官司,一个是行政诉讼,另一个是行政复议。他知道行政诉讼是要上法庭的,这方面有许多法律专业知识他还不是很熟悉,为防止法庭辩护出问题导致败诉,他专门请了辩护律师。至于行政复议的,他写了行政复议书面答复，并请专业人士修改把关后与行政处罚卷一并交市公安局法制部门。

那天,周冬杰准备去永宁区法院应诉时,收到市公安局行政复议决定书,决定书的结论是:

“新州市消防支队对新州市金华集团公司建设的金华花园小区的消防行政处罚,具体行政行为认定事实清楚,证据确凿,适用法律依据正确,程序合法,决定维持原决定。”

“太好了！”周冬杰接到决定书后常高兴地说。他安排人员尽快落实处罚执行,自己和律师去了法庭。

法庭庄严肃穆，令人肃然起敬。审判台墙上嵌着红光闪闪的国徽，两边“公平、公正”的四个字非常醒目。台上坐着审判长、审判员、书记员，台下有原告、被告、辩护律师、陪审员，也有旁听者。周冬杰第一次坐在被告席上，不过并不紧张，因为他相信不会败诉，何况还有辩护律师。

审判长宣布开庭后，审判员宣读东方商贸集团公司对消防支队关于兴都宾馆行政处罚不服的诉讼状。接着是法庭辩论，消防支队代理律师滔滔不绝地辩护赢得了在场人员的赞同，周冬杰举证了兴都宾馆的违法事实和存在的火灾隐患。尽管原告也一再申辩，但法庭最后的判决还是维持了消防支队的处罚决定。

从法庭回来，周冬杰向支队长汇报了这两起官司的最终结果。赵春生听了后说：

“既然法院和公安局维持了我们的处罚决定，就抓紧执行。”

“这两起处罚不好执行。”周冬杰说。

“如果确实有困难，就申请法院强制执行。”赵春生还说，“除了落实处罚执行，还要监督整改火灾隐患。”

“还有一件棘手事情咋办？”周冬杰问。

“什么事？”

“就是城南五星液化气站的火灾隐患。”

“主要隐患是什么？”

“液化气站南侧与居民住宅防火间距严重不足，北侧原有的环形通道被封堵占用……”

“采取过什么措施没有？”

“以前曾发过责令限期改正和重大火灾隐患限期整改通知书，也处罚过，但在限定期限内未整改，后来又由市政府挂牌督办，至今问题仍然没有解决。”

“哦，是这样。”赵春生说，“既然如此，这事我们需要向市政府汇报。”

说完，赵春生和周冬杰随即去了冀副市长办公室。他们进去时，冀副市长正在接电话。冀副市长打手势示意叫他们坐下，他接完电话正要问时，赵春生看市长如此之忙，便抓紧时间说：

“冀市长，排查整治火灾隐患中有件事情要给你汇报。”

“什么事？”

“市区城南五星液化气站的火灾隐患一直得不到整改。”

“啥原因？”

“十年前,城南五星液化气站建设时,周围还是一片空地。近几年,附近先后建起了几幢居民住宅楼,造成南侧防火间距严重不足,北侧环形通道不畅通。”周冬杰说,“尽管我们多次发过法律文书,市政府曾挂牌督办,但在限期内都没有得到整改。液化气站认为他们建设在先,居民住宅区建设在后,造成火灾隐患不是他们的责任。”

“这就是长期以来我们无法强制执行的原因。”赵春生说。

“住宅区是哪里建设的?”冀副市长又问。

“南关区丰收村委会修建的。”周冬杰说。

“当时建设时你们消防上是怎么批准的?”冀副市长有些生气。

“住宅区至今没有办理消防审批。”周冬杰说,“虽然我们多次对住宅区建设工程进行检查,但由于建设单位没有任何审批手续,也无从查处。”

冀副市长问赵春生:

“赵支队长是什么意见?”

“这问题极为复杂,之所以给你汇报就是想通过政府协调或几个部门联合执法来解决。”赵春生说。

“那好,这事我还要向市长通个气,有些业务部门我不分管,好些事情不是我这个副市长说了能算的。”冀副市长说。

一个星期后,市政府召开会议,研究城南五星液化气站火灾隐患整改。也许是冀副市长的作用,瞿市长也参加了。参加会议的还有市建设、规划、国土、公安、执法、安监和南关区的一把手,还有五星液化气站站长,丰收村委会主任,消防支队是赵春生和周冬杰参加。

冀副市长主持会议,他先说了开会的目的,赵春生汇报了城南五星液化气站存在的火灾隐患和监督整改经过,五星液化气站阎站长说明了他们整改的困难。

“这个液化气站威胁居民住宅安全,存在重大火灾隐患,我们必须引起高度重视。既然居民住宅楼建设在液化气站之后,那么相关部门是怎么审批的,各部门谈谈意见?”瞿市长说。

在场的人你看我,我瞅你,没有人发言。

过了一会,冀副市长催问:“怎么没人说话呢?”许久,仍没人开口。

“规划局说,你们是怎么批准的?”瞿市长点了名。

“这个居住小区没有办过规划手续。”规划局王局长说。

“国土局呢?”瞿市长问。

“国土局没有办理过土地审批。我们曾经查过，丰收村负责人说地是他们自己的，由于情况复杂也没有处理。”国土局吕局长说。

冀副市长让大家说说问题如何解决，几个部门都认为尽管居住楼是违法建筑，可毕竟住着几百户人，负面效应大。相比之下，搬迁液化气站比较容易。

瞿市长最后讲了三点意见：一、国土局选择液化气站搬迁土地；二、建成的居住楼由南关区负责办理相关手续；三、液化气站搬迁由安监局和消防支队监督落实到位。

# 第十八章　真　相

## 一

周冬杰又当了一次被告，不过这次他吃了败官司。

他从法庭出来晕头转向，感到太阳失去了光泽，黑夜即将到来，眼前模模糊糊，连脚下的路甚至也看不清。回到办公室，他垂头丧气，情绪糟糕得不是一般。他倒了一杯水，坐在办公桌前思前想后，他还从来没有像今天这样丢脸，从未遇到如此奇耻大辱。不知不觉中，天色越来越暗。他走出办公室，发现其他人早都下班了。

家里妻子早给他准备好几个菜，可他坐在餐桌前没有一点胃口。妻子见他没精打采，忙问：

"怎么了？"

"没有什么。"

"我看你今天好像有心事？"

"没……没有。"

"不对，是不是出了什么事？"

"真的没有。"

"是我哪里做错了，惹你生气？"

"不是，跟家里没有关系，是工作上的事。"

周冬杰被问得有些不耐烦，妻子怕他发脾气也没有再问。他拿起筷子夹了几口菜，打开一瓶白酒一盅又一盅喝起来。妻子劝他多吃点饭菜少喝些酒，可他似乎没有听进去。一会儿，一斤酒喝了一大半，他似醉非醉地进了卧室。他睡了多长时间自己并不清楚，可他在梦中把因火灾被认定败诉的前前后后又展现了一遍。

那是两个月前,防火处收到一份火灾原因认定的复查申请。川北县县城居民区发生火灾，烧毁十四户居民砖木结构平房及财产。县消防大队认定火灾原因时,确定为一名叫柳万才的居民因电气起火蔓延成灾。柳万才对认定不服,到支队防火处要求复核。

周冬杰对这起火灾原因认定的复查很重视,处理完手头事,就带领人员到川北县开展调查。他到消防大队后,先调来这起火灾原来的调查案卷仔细查看,从现场勘查、调查询问、损失统计到事故认定反复斟酌,感到没有什么疑点,不仅有最早发现火灾的见证人的证词,而且还有国家权威机构的鉴定报告。消防大队从火灾现场提取柳万才家电气线路物证,鉴定结论为电气线路短路造成起火。

周冬杰他们还进行了一些调查,也没有发现新的漏洞。本来准备详细勘查火灾现场,但现场已被清理得一干二净,没有再勘查的价值了。调查回来后,支队维持了大队的原认定结论。受灾的十几户人家要求柳万才赔偿他们的经济损失,柳万才仍不服火灾原因认定,从此,受灾户和柳万才家风波四起,矛盾激化,从吵吵嚷嚷发展到打打闹闹。没过多久,柳万才儿子柳明宇一气之下服毒身亡,柳万才将消防支队告到法院。

在法庭上,柳万才的辩护律师提出,消防机构认定的火灾原因不能成立。周冬杰和马大华大队长虽然举证了火灾原因鉴定报告,但被彻底推翻。律师认为这个鉴定报告所鉴定的物证是假的，他不仅在法庭上举证了柳万才家使用的电线与消防大队送去鉴定的电线不是同一种材料，而且还提供了从火灾现场获取的柳万才家当时处于断开的电器闸刀,也就是说,着火时柳万才家根本没有通电。

根据柳万才的要求和他的律师的辩护，法院判决消防机构火灾原因认定书无效,并判处消防支队赔偿三十万元。当审判长宣布判决结果后,法庭一片哗然,不少人把目光投向周冬杰和马大队长。那种鄙视、憎恶的表情,让人无地自容。周冬杰当时的感受简直难以用语言形容,愧疚？自责？委屈？

“我要上诉！我要上诉！我要……”周冬杰不停地喊着,妻子惊醒后发现他在说梦话,边推边喊才把他叫醒。

“你怎么了？”妻子问。

“嗯？”周冬杰愣头愣脑,半会不说一句话。

“到底怎么了？”

“没有什么,就是做了个梦。”

“究竟发生了什么事,你白天心事重重,晚上噩梦不断,问你又不愿说。”

周冬杰看妻子生气了，就把白天法庭上败诉的事给她说了。妻子安慰了一番，劝他好好睡觉，天大的事明天再说。周冬杰翻来覆去再也睡不着，尽管不愿再想那些烦人的事，却也无睡意。三折腾两折腾到了天亮，周冬杰起来洗了脸准备出门，妻子说吃了早餐再走，但也没劝住。其实，他根本没有心思也没有胃口吃早餐。不知是喝酒的缘故还是晚上没休息好，他仍然觉得头晕目眩。

他到支队还不到上班时间，哨兵觉得奇怪，周处长今天怎么来得这么早。进了办公室，他打开饮水机，泡了一杯茶，喝了几口，还是提不起精神。他靠在坐椅上不知不觉地睡着了。

"报告！报告！"连续两声报告把他惊醒。他拉开门，马大华大队长在门外站着。

马大华知道他惹了祸，进了处长办公室，站在桌前一动不动。周冬杰本想发火，可一想还是先问明情况再说。

"送去鉴定的电线是怎么回事？"周冬杰问。

"处长，我也不清楚，这事是连参谋经办的。"马大华说，"昨天晚上，我反复追查时连参谋说他搞错了，当时鉴定时他将另外一起火灾提取的电线送去了。"

"你作为大队长，责任心哪里去了？"

马大华站在那里不敢吱声，两腿直发抖。

"马大华……马大华……你简直就是个马大哈。"周冬杰一阵苦笑。

马大华走后，周冬杰反复琢磨，现在说什么也悔之晚矣。他自责自己工作不细致，酿成这样的后果，支队要拿出三十万元赔偿金，相关防火人员将受到处理，给消防工作造成的负面影响是不可挽回的。不管咋说，事情得尽快汇报支队长。

他作好挨批评的准备，进了支队长办公室，还没开口，赵春生就问：

"败诉了？"

"败诉了。"周冬杰没精打采地说。

他预计支队长要狠狠地训斥他，等了半天支队长并没有说啥。他没有详细说败诉的经过，说得多是自己工作不认真、不扎实、粗枝大叶而导致恶果的检讨，并请求组织给他处分。

"你也不要太自责了。当然，发生这样的事情作为领导者有不可推卸的责任。"赵春生说，"现在不是追究是谁的责任的问题，关键是要从中吸取教训。近年来下面基层对火灾调查不重视，相当一部分火灾原因查不清，社会有关方面意见比较大。从平时的工作情况看，在火灾调查上确实存在不少问题。一些防火监督干部觉得火灾事故调查劳累受苦，费时麻烦，出力不讨好，遇到火灾大事化小，小事化了，在火灾现场勘查、调查访问和原因认定上草率从事。这次败诉给我们敲响了警钟，今后一定要引以为戒，谨慎从事。”

## 二

那次败诉虽然让周冬杰有了很强的挫败感，但他并没有放弃对这起火灾的调查。尽管法院否定了原火灾原因的认定，但究竟是什么原因引起的呢？周冬杰除了安排防火处人员开展调查，还要求大队继续工作。一月后，马大队长电话里说，县公安局在破案中抓获一名嫌疑人。嫌疑人交待他与某人有仇，县城居民区那火是他为了报复故意放的。

周冬杰得到这个消息不是欣慰，而是内疚。他去了川北县，会见了县公安局局长和分管消防的副局长。经过详细了解，他不仅掌握了这起火灾的事实真相，还听取了公安局对火灾事故的看法。公安局领导认为，这起火灾事故当时消防上认定比较草率盲目，现在证明是一起典型的放火案件。

返回支队的路上，周冬杰靠在车后排的背垫上，开车的士官小刘打开了轻音乐，可他哪有心思听这些。他暗暗地告诫自己："再不能草率从事了！"

第三天晚上，新州市胜利商场发生大火。凌晨四点多，119 指挥中心接到报警，支队调动了五个中队二十多台消防队车扑救。周冬杰虽然没值班，但由于是大火，他也参与了救援。

火灾烧毁了胜利商场七十多户个体经营者的服装鞋帽摊位，初步看经济损失不小。周冬杰感到这起火灾非同一般，受灾的几十家个体户将来面临着经济纠纷，必须认真调查。第二天，他调集防火处和西关区消防大队主要力量共同开展工作。一到火灾现场，他组织人员根据火灾现场的具体情况划定保护范围，确定保护措施，不准其他人员随便进入。对于室内现场保护确定专人看守，重点部位看守加封。

保护好现场后，周冬杰把火灾调查人员分为现场勘查、调查询问和损失核定三个组。他参与现场实地勘查，因为他清楚这是火灾调查的首要环节，也是关键。他们从外围环境开始，勘验商场周围有无引起可燃物起火的用火点、电气线路和燃气燃油管线及燃烧范围，从中发现商场四层外墙烧烤烟熏严重。进入现场内部，周冬杰告诉大家除按正常程序对相关部位勘验，要把四层作为重点，搞清楚重要物品的烧损程度、燃烧痕迹和电气线路的故障点。尽管发现四层东南角的部分墙壁烧损严重，但由于有些隔墙倒塌未能获取有价值的东西。

现场勘验整整进行了一个上午，十二点半才结束。勘验人员做了现场拍照和记录，周冬杰还要求提取相关的痕迹物证。

到了下午，周冬杰想从调查询问方面找点线索。他到调查询问组问话处，西关大队茹教导员和几个调查人员刚问完人，便问茹教导员：

“调查询问情况怎么样？”

“与火灾有关的人员都询问了。”茹教导员说。

“有什么新的发现吗？”

“最早发现火情的值班保安说，他在院子看见四楼东南角有亮光，一会儿两个窗口往出冒烟火。”茹教导员说，“据四楼的值班员反映，他听人喊着火了，开门出来楼道东头电表箱那里已经是一片火海……”

“商场的电工问了没有？”周冬杰又问。

“还没有。”茹教导员说。

“为什么？”

“电工一直没有找见。”

“赶快找电工。”

过了一阵，电工来了。周冬杰亲自询问：

“你叫什么名字？”

“我叫习建德。”

“什么职业？”

“胜利商场电工。”

“在商场当电工多少时间？”

“三年半。”

“商场内的电气设施和线路设置你是否熟悉？”

“一切情况我全知道。”

“你谈谈商场电气设施和线路的设置情况。”周冬杰说，“着重说一下四层的情况。”

“商场有总配电室，线路在墙内暗设置，每层有一个配电箱控制，四层更不例外。”

“最近商场电气发生过故障没有？”

“没……没有。”

“是不是？”

“有过断电。”

“什么时间？”

“近几天偶尔发生，最后一次是昨天晚上。”电工战战兢兢地说，“晚上十二点多，四楼发生断电。我去打开配电箱，保险丝烧断了，我给换上恢复通电……”

“四楼的配电箱在什么位置？”

“东南角。”

周冬杰想，这与最早发现起火人员的说法一致，足以说明起火就在四层东南部位。可是他们现场勘查时，那里没有与电气有关的痕迹物证。

他决定进行第二次现场勘查。四层的现场一片狼藉，也许是当时四层燃烧的凶猛，扑救时水枪强力冲击过的缘故，几处隔墙只剩下断垣残壁。周冬杰叫勘查人员认真细致，一处一处地翻刨寻找。果然他们在东南角倒塌墙体的下面刨出了配电箱，但如果没有其他痕迹，这说明不了什么问题。周冬杰并不甘心，让商场经理找来铁筛，安排人员围绕配电箱向四周扩大，先搬去砼土块，再将泥土用筛子一点一点的过筛，结果找到了保险丝和邻近的电线，而且还带有短路熔珠。

在场的勘查人员兴高采烈，负责现场勘查的西关大队于大队长兴奋地说：

“处长，这下我们可以认定火灾原因了。”

“不行，这样有些草率。”周冬杰说。

“为什么？”于大队长问。

“需要送消防科研机构鉴定。”周冬杰毫不犹豫地说。

“保险丝和电线上的短路熔珠特征明显，不像是火烧熔珠。”于大队长有不愿送鉴定的意思。

“要靠权威机构的鉴定结论说话，”周冬杰说，“送去的鉴定材料一定要核对清楚，不要像川北大队将提取的东西张冠李戴，留下后患。”

于大队长亲手把火灾现场提取的痕迹物证收集密封好，安排专人送去鉴定。一月后，鉴定报告出来了，结论为电气线路断路。尽管如此，周冬杰还认真地进行科学分析，既重视现场中的各种现象，又抓住火灾本质性问题，一一排除了火灾的其他原因，将起火特征、起火时间、起火部位和起火原因确定好，最后才让西关大队出具了火灾原因认定书。

## 三

新州市消防支队任命了新的支队长，赵春生调任省消防总队任副总队长。这几天，赵春生忙于处理手头遗留的事情，准备移交手续。支队上上下下张罗着欢送在这里浴血奋战了四年多的支队长，许多官兵觉得恋恋不舍。

那天，周冬杰去赵春生办公室，准备按约定时间为他送行。当时赵春生正在收拾东西，桌子、书柜、沙发上到处摆满了文件和书籍。周冬杰说明来意，赵春生说就不必了，这几天事情太多，有些场合不去实在推不过去，咱们之间就不要过于客套。赵春生和周冬杰谈了许多事情，有工作上的也有生活方面的，有过去的工作经验也有应该吸取的教训。

“支队长，过去在光明支队咱们是战友，后来到新州支队你又是我的直接首长。”周冬杰说，“这几年，我工作上有不少失误，请你给我多指点。”

“不要说什么首长，咱们自始至终是战友，只不过是在不同的岗位上工作罢了。古人言，金无足赤，人无完人。谁也不可能没有缺陷，只要善于发现和纠正就已经是难能可贵的了。”赵春生继续说，“你这个岗位很特殊，在别人看来是权大位重，更何况任务如此艰巨，能干到这样已经不错了。今后不可忽视的，就是火灾事故的调查处理。这方面也许你已经有不少感触，凡是火灾受害者，多数为弱势群体。我们的一言一行或作出的每项判断，都要实事求是，客观公正，能经得起各种考验……”

赵春生这番话，既不是领导者的官腔，也不是平民的闲言碎语，而是一起出生入死、患难与共的战友的肺腑之言。

送走赵春生后，周冬杰得知又一起火灾原因认定出现异议。他正准备过问此事时，防火处艾副处长将一份火灾调查复核申请书送到面前：

### 申　请

市消防支队领导：

我叫鱼建锋，是华兴县县城综合批发市场个体经营户。七天前的一个晚上，我们市场发生大火，烧毁二十四家个体户的百货、蔬菜、水果，我家也是受灾户之一。县消防大队调查后，认定是我摊位处的电气线路引起火灾。我们对这个认定不服，因为那天晚上我们摊位没有人，电气线路没通电。最近受灾户不断地找我吵吵闹闹，要求给他们赔偿损失。我感到冤枉，现申请市消防支队对火灾原因认

定进行复核，

请求上级消防部门还我清白！

申请人：鱼建锋

xxxx 年 12 月 14 日

周冬杰反复看了这份申请，他说：

“我们又遇到麻烦事了！”他接着问艾副处长：

“不知现场清理了没有？”

“我电话问过容大队长，他说现场还保留着。”艾副处长说。

“你是什么意见？”周冬杰问。

“最近非常忙，我看先放一下，处理完急办事情后派人去调查。”

“不能放，必须尽快查处！”

“为什么？复核案件我们不是有六十天的时间？”艾副处长有些疑惑。

“火灾原因认定的复核我们介入越早越好，不能说时间宽裕了先放下，等时间紧张了再仓促办理。眼下咱们确实忙，但再忙这个事情也不能耽搁。”周冬杰说，“幸亏这个火灾现场还在，如果去迟了现场遭到破坏，工作上会遇到更多的困难。”

“那我安排人下去复查。”艾副处长转身要走，周冬杰说：

“你等一下，不仅要安排人，你我也要去。”

“什么时间出发？”

“明天。”

周冬杰带领人员到华兴县消防大队后，调来火灾原来调查案卷亲自查看。他从火灾调查卷中看到，火灾事故认定书对起火原因认定为市场蔬菜区第三号大棚电气线路短路起火，引燃塑料布和草帘可燃物蔓延成灾；火灾现场勘验笔录中记载了细项勘验中确定蔬菜区第三号大棚，也就是鱼建锋家摊位电气线路短路起火点，专项勘验描述的电线路短路熔痕和现场提取的电气线路物品清单；调查询问笔录中，发现起火人看见蔬菜区第三号和四号大棚最早冒烟火，以及事故责任者鱼建锋不承认他家摊位通电的证言……

看完案卷，周冬杰与艾副处长及防火处去的人员到火灾现场。大队人员没有再让参加，只是容大队长去领路并介绍情况。虽然火灾发生已经七八天，但现场并未受到大的破坏。蔬菜区大棚顶部是彩钢板搭建,下部各摊位用塑料布和草帘围起,棚内有照明电气线路,冬天设置取暖火炉。周冬杰他们对重点部位进行勘验,大棚三号和四号摊位处烧损严重,四号更是重于三号。在四号摊位西北角,周冬杰发现被倒塌物埋压的火炉,刨出火炉靠炉齿的炉膛有燃烧过的煤炭灰烬。

周冬杰询问了申请复核的鱼建锋，他不仅否认了是他家摊位电气线路引起火灾,还提供了四号摊位着火前使用火炉并引起火灾的嫌疑。从现场回来,周冬杰对容大队长说:

“你把大队从现场提取的电线熔痕物证拿来。”

容大队长取来两根长短不一的电线,说:

“这就是。”

“就这些?”周冬杰问。

“提取的就是这些。”容大队长说。

周冬杰详细查看后,对容大队长说:

“你们现场提取的电线有熔痕没错,但不像短路熔痕。”

周冬杰对短路熔痕和火烧熔痕向容大队长和大队的人员一一进行了分析,他说:

“短路熔痕温度高,短路时间短暂,作用点集中,而火烧熔痕温度相应较低,燃烧时间长,作用区域广泛,因此存在不同的特征。从外观表现看,短路熔痕与本体清楚,烧伤的金属没有退火现象,形成规则的喷溅痕迹,在另一根导线上存在对应点;火烧熔痕与本体有明显的过渡区,金属有相当一部分退火变软,不能形成喷溅,另一根导线上不存在对应点。从内部结构看,短路熔痕的凹坑、熔珠和飞溅的金属颗粒内部有明显的类似蜂窝孔洞;短路熔痕由于金属熔化及凝固较慢,熔痕内没有空洞。还有,短路导线一般只有一个短路点,火烧导线短路可能会连续发生。”周冬杰继续说,“你们看,现场提取的这些导线是不是符合火烧熔痕的特征?”

周冬杰的分析讲解,使大家豁然醒悟。

## 四

种种迹象表明，华兴县综合批发市场火灾认定为电气线路短路的火灾原因不能成立。周冬杰在进一步访问中得知,发生火灾的那天晚上,值班保安人员有另外的发现。那保安叫李建前，五十多岁，在市场当保安好几年了，见钱眼开，市场里人叫他“李见钱”。他是火灾的最早发现人。消防大队调查询问时，他说是三号摊位的鱼建锋那里先着火。后来，李建前又给别人说是四号摊位的古小虎家的火炉引起火灾的。听人说着火后，古小虎怕承担责任，叫李建前担待着，并答应给些钱，李建前干脆来了个偷梁换柱。几天后，古小虎迟迟不兑现当初说的钱，李建前也就改变了说法。

周冬杰叫来李建前，问：

“发生火灾的那天晚上是你值班吗？”

“是。”李建前回答。

“谁先发现的？”

“是我先发现的。那天晚上，我在市场值班室值班。凌晨两点多，蔬菜区大棚有亮光，我起来跑到跟前时那里起火……”

“起火在什么部位？”

“在蔬菜区大棚的三……三号大棚。”李建前吞吞吐吐地说。

“你看清楚是那个位置吗？”

李建前看了一下周冬杰，低头不语。

“你可要想好，作伪证是要负法律责任的。”周冬杰面部表情更加严肃。

“反正就是三号四号摊位那一片。”李建前含糊其辞地说。

“究竟是啥部位，说具体点。”周冬杰严厉地问。

“是四号摊位先着火的。”

“你知道火是怎么着的吗？”

“市场天黑后电闸就拉下来，防止发生意外。各摊点业主也都回家了，很少有人留守。”李建前说，“那天下班前，我检查用火用电情况，检查到四号摊位古小虎正在往火炉加煤炭，我说你炉子火那么旺小心引起火灾，他说不要紧……”

问完李建前，周冬杰又问古小虎：

“你们市场是怎么着火的？”

“我不清楚。”

“你摊位的棚内有火炉吗？”

“有。”

“发生火灾的那天晚上使用火炉没有？”

“白天用过，天黑前我走时将火灭了。”

“火是不是灭了？有人看到你火炉是着的。”

古小虎沉默了好一阵。

“棚内为什么用火炉？”周冬杰又问。

“冬季白天为了取暖，夜间防止蔬菜被冻坏。”古小虎说。

“火炉有烟囱没有？”

“没有，就是平时手提的那种简易炉子。”

“炉子有盖子吗？”

“没有盖子。”

询问情况后，周冬杰带领人员去了火灾现场。尽管火灾发生已经过去了十多天，可现场保护得还算完好。在现场勘查中，周冬杰在古小虎四号摊位的一侧，从灰烬中找到了圆形无盖火炉。火炉内有煤炭灰和未燃尽的炭渣，种种迹象符合火炉引起火灾的特征。

周冬杰搞清楚了火灾真相，回去后汇报支队行政办公会议，决定撤销华兴县消防大队对县城综合批发市场火灾原因认定书，责令重新认定火灾原因。

办理完这起火灾原因复核后的第三天晚上，新州工程技术学院学生公寓发生火灾，失踪了四名学生。火灾是凌晨五点多发现的，报警后消防支队调动五个中队二十多台消防车去扑救。由于高层学生公寓楼自动灭火设施瘫痪，官兵奋战了四个多小时才将大火扑灭。也许是学生公寓楼衣服和被褥可燃物多，火势凶猛，蔓延速度快，扑救中水枪纵横交错，整个火场地面到处是水滩。

火灾扑救结束，因涉及人员伤亡，周冬杰立即带人员进入现场，开展火灾调查工作。

现场是一幢十七层公寓楼，全部住宿学生。火灾发生在七层，然后向上或向下蔓延。尽管火灾后采取了紧急疏散措施，但仍有四名学生失踪。周冬杰他们进入大楼，四层至十一层内部面目全非，每间宿舍除了烧毁的被褥衣物和木床板灰烬渣片，还有钢管床架的残骸，让人感到意外的是，失踪的四名学生活不见人死找不着尸。

周冬杰着急的不是马上勘查火灾现场，而是要尽快找到那四名学生。为了搞清楚火灾前的具体情况，周冬杰叫来学院寇院长问：

“公寓楼学生是怎么住宿的？”

“每层十八间宿舍，每个宿舍放三个架板床住六人。”寇院长说。

“火灾发生在什么部位？”

“最早发现七层起火，后来不断蔓延扩大。”

“什么时间发现少了四名学生？”

“凌晨发生火灾后，公寓楼全乱了，学生到处跑着逃生，学院老师参与灭火和救人，一直到大火扑灭，清点人数时才发现四名学生无下落。”

“那四名学生在几层住宿？”

“在七楼，也就是最早着火的那一层。”

周冬杰想，那四名学生是逃生跑出了楼外？是被困在了哪个角落？是埋压在倒塌物下面？是生？是死？他心存疑虑，一定要找到那四名学生。他将火调人员与学院参与寻人的师生分为三组，从外围到楼内分别寻找。

三个多小时过去了，仍然没有什么结果。不过，从学院门卫保安那里得知，监控录像显示发生火灾后没有学生出过大门。周冬杰分析学生很多可能还在公寓楼内，只要能找到或许有生还的希望。他把情况汇报给支队值班的曾政委，曾政委派司令部人员带生命探测仪和搜救设备赶到现场。

周冬杰重新调整了人员，要求一层一层的寻找，一处一处的搜救。他怕因寻找搜救人员破坏火灾现场，叫摄像照相人员将现场的原始情况先拍照，然后再翻刨寻找。十几分钟后，搜救有了新的消息。

“周处长，五楼泥土下发现有人！”司令部东副参谋长报告。

“人是死还是活？”周冬杰问。

“目前还不清楚，正在往出救。”东副参谋长说。

周冬杰赶到五楼，在一个墙角处消防人员正从倒塌物下抢救。覆盖在人上面的不仅仅是泥土和灰烬，还有墙体倒塌的砼块，先刨出两个脚，为防止伤及人体，只能一点一点的去掉覆盖物。当全部救出后，那人实际早没有生命力，而且头颅已流出脑浆。

抬出尸体后，周冬杰又接到另外一个消息：

“处长，四层楼梯平台埋压着一人。”防火处艾副处长报告。

“赶快救援！”周冬杰话音未落，抬脚向那里跑去。

到了四楼，周冬杰着急地问：

“人怎么样？”

“在塌落的吊顶下，神志昏迷。”艾副处长说。

周冬杰赶到跟前，艾副处长他们已经将人救出，是一名女学生。她看上去外伤并不重，主要是烟气所致。

“立即送往医院！”周冬杰说。

四名学生找见两名，另外两名无影无踪。尽管现场不时地从上方掉落东西，可周冬杰还是和大家一起继续寻找。当他们找到七层楼梯口时，周冬杰发现那里的塌落物比其他地方高出许多。周冬杰叫在此处搜寻，一会儿刨出一个人，接着在不远的地方又找见一个，但这两名学生已经停止呼吸。

正在这时，周冬杰感到头上方渣土“唰——唰——”地往下落，而且发出不寻常的响声。

“闪开——闪开——立即……撤离！”周冬杰边喊边推开站在身旁的一名年轻消防警官和两名学院的老师，此时上方楼顶部塌落，把周冬杰压在下面。

## 五

周冬杰遇到危险后，现场的人员慌了手脚。还在九层的东副参谋长带着几个人赶到，他一边组织救人一边把情况报告给支队曾政委。曾政委到达时周冬杰已被救出来，不过伤势非常严重。楼板的一角砸在周冬杰的胸腹部，很明显几根肋骨被砸断，幸亏头部被撑起的楼板挡住，否则情况更糟糕。

“周冬杰……周冬杰……周冬杰！”曾政委不时地呼叫，可周冬杰始终没有声音。

“赶快送医院！”曾政委放大声喊。

现场人员把周冬杰从七楼一层一层的抬下来，放到车上时东副参谋长问：

“政委，去哪家医院？”

“城内最好的省人民医院。”曾政委说。

车辆行驶离开时，一大群人跟在车后不愿离开，楼顶塌落时被周冬杰推开的两名学院老师也一拐一拐地随在后面……

到了医院，防火处艾副处长已经联系好一切。周冬杰很快被送进急救室。曾政委坐立不安，在走道踱来踱去。他只要看见白衣天使就想过去问情况，其实那些根本就不是抢救周冬杰的医护人员。

赵春生得知这个消息是艾副处长告诉的。他当时正在新州机场候机，准备和妻子回老家看望岳父母。闻讯后，他立即打发妻子回去，自己退了机票赶到医院。他是以个人名义去的医院，并不代表消防总队。到了医院急救室，曾政委还在门外转来转去。曾政委好像要给赵春生说什么，却又张口结舌说不清楚。赵春生看到曾政委极度痛苦的心情全在脸上，他摆手示意什么也别说了。他只是问：

“还没有消息？”

“没有，还在抢救。”曾政委沉重地说。

“进急救室多少时间？”

“四个多小时了。”

“唉……怎么会这样？”赵春生长长叹了一口气。

曾政委又动了一下嘴，还是没有说什么。

过了几分钟，急救室出来了一名护士，曾政委急忙上前问：

“人怎么样？”

那护士好像没听见，什么也没说走了。其实赵春生看出来了，护士不是不愿说，而是无法回答。紧接着，两个医生出来。赵春生抢先问那个年龄大些的医生：

“医生，我们的人怎么样？”

“对不起，我们已尽力了。”医生摇着头说，“伤势太严重，两根肋骨穿过肺部，伤及心脏，尽管采取了急救措施，可是还是……”

赵春生和曾政委不相信这是真的，曾政委还准备追问时，急救室门开了。两个护士推出单架救护车，最上层盖着白布。赵春生意识到这可能是周冬杰，曾政委跑到跟前揭开白布，周冬杰两眼紧紧地闭着，无论曾政委怎样呼喊，却始终没有反应。

曾政委有些失控，几个人不停地拉劝。赵春生心里清楚，面对这无法改变的事实，情绪再激动也无济于事。他并不是对这位老战友、老部下的不幸罹难无动于衷，而是在默默地思考：多少年来，一直都是灭火救援战线上的战友英勇献身或不幸伤残，可防火监督岗位还未发生过如此悲剧。他在那里想来想去，终于明白了一个道理——如今的防火监督人员也面临着生命威胁！

周冬杰的尸体先停放在医院的太平间，处理完其他事情后准备第三天在支队开追悼会。

那天，新州市消防支队院里百米长廊摆满了花圈，挂满了挽联，前来悼念的人们络绎不绝。他们神色肃穆，心情哀戚。有乘车赶到的，也有走路来的，长长的队列里，人们顶着凛冽寒风，冒着鹅毛大雪，在临时搭建的灵堂前向周冬杰作最后的道别。泪水湿润了他们的脸庞，眉毛上结成了白霜……

追悼会上，省公安厅、省消防总队及当地党政领导们来到了追悼会现场，赵春生代表总队参加。许多前来参加追悼会的人们在周冬杰的遗像前忍不住心头的悲伤,失声痛哭。几个月前,被还了清白的华兴县批发市场的鱼建锋老人来到了追悼会现场。鱼建锋老泪纵横,颤巍巍地趴在棺材前,不停地念叨着周冬杰的名字,一遍又一遍抚摸着周冬杰的灵柩。他一边抹着眼泪一边悲痛地说:

"周处长啊,你这么好的人怎么就这么走了呢!"

耿菊芳是周冬杰的妻子。她的眼睛已经又红又肿,喉咙也已经完全嘶哑。她呆呆地站在丈夫的遗像前,身体轻飘飘的,脑海里一片空白。当得知丈夫撒手人寰舍她而去的那一刻,她只感觉到天空塌了下来,身子一软然后就什么也不知道了。她曾经说过,爱人在哪里家就在哪里,现在爱人不在了,她不知道自己的家还在何方?

周冬杰的父亲怔怔地站在儿子遗像面前,强忍着内心的悲痛,努力克制着颤抖的身体。晚年丧子,白发人送黑发人,何其痛哉!从得悉儿子去世的那一刻开始,老人就努力强抑着悲痛,不让自己的精神崩溃。然而,此时此刻,此情此景,面对儿子的灵柩,残酷的事实令这位慈爱的父亲终于忍不住嚎啕大哭起来!还有周冬杰的岳母,她也一直在哀哀啜泣:

"我命苦,儿子死得早,冬杰说他就是我的亲儿子,只要有他吃的,就不会让我饿着,不会让我受苦,可是现在……"

追悼会后,周冬杰的骨灰在警车的护送下前往烈士陵园安放。出发之时,到处都是送别英雄的群众,警车不得不放慢速度,缓缓前行。人们紧跟在灵车后,一路为他抛洒热泪。

三个小时后,新州市烈士陵园迎来了人们敬仰的英雄。周冬杰的儿子周继先泪流满面,手捧父亲的遗像,和身旁泣不成声的母亲耿菊芳一起,抱着用鲜红党旗包裹的骨灰盒,在旁人的搀扶之下,缓步走进陵园。陪同英雄家属的,还有周冬杰的生前好友以及新州市消防支队部分官兵。此时此刻,他们面对的是亲密战友已经永逝不回的事实。

短暂的仪式过后,送别的家属、亲朋、战友一一来到墓冢前三鞠躬,他们努力抑制着自己的悲情,向周冬杰作最后的道别。

# 第十九章　诱　惑

## 一

赵春生调省上两年后，被任命为省消防总队总队长。这是他没有想到的事。他本来到总队当个副职，担负的责任小，工作压力也不大，想尽快把儿子的工作问题解决了。儿子赵雷大学毕业后工作一直没有着落，要么用人单位条件不好，要么赵雷自己不愿意去，为这事妻子任凤莲隔三差五地催着。赵春生把主要精力放在儿子的就业安排上，对于自己其实没有过多地考虑，他觉得再高升是可望而不可及的事，反倒儿子的事是大事。

对于赵春生升任总队长，消防内部和社会上有些谣传。有人说，赵春生为了当总队长到处找关系活动；有人说，赵春生为了自己的事花了几十万……反正众说纷纭，说三道四。赵春生听到后感到滑稽可笑，连他自己都不知道这个总队长是怎么当上的，唯一清楚的是上级来考核过，还不是单独考核他个人，而是考核整个总队领导班子，再后来就是宣布任命。至于托什么关系，找什么人，花了多少钱，他不清楚是谁替他找人，是谁为他花钱。当然有传言并不奇怪，后来他听说当时为了总队长这个位置，别人千方百计活动过，也花过不少钱。

前任总队长宣布退休后，和赵春生交接了手续。尽管赵春生对总队情况并不生疏，但现在和以前当副总队长时显然不一样，过去只分管部分工作，如今全副重担落在他肩上。赵春生到位后，先处理了工作上的一些紧急事情，不知不觉过了好几个月。儿子的工作问题他还没有顾得上考虑，也不知道从何下手。

那天，赵春生刚开完会回到办公室，通信员打报告说有人找他。一会儿，进来一名中年男子。赵春生抬头一看，是他在新泉市消防支队任政委时结识的蔚老板。他以为蔚老板找他要办什么事，两人相互问候后他让那人坐下。蔚老板并没有说啥事,看样子好像也不是来求办事的,于是两人闲聊起来。

“蔚老板,最近在忙什么?”赵春生问。

“不忙,还是生意上的事。你在新泉的时候我搞商贸,后来又增加了房地产开发项目。”蔚老板说。

“哦,你的生意越做越大了。”

“还可以。”蔚老板说,“这次我到省城来就是和一家企业谈一笔大生意,听说你高升为总队长,顺便来看看你。”

“来就好……来就好!”赵春生忙致谢。

“客气什么,咱们又不是生人。”蔚老板谦和地说,接着又问:

“家里情况现在怎么样?”

“唉,在你看来我是高升了,可是妻子从离开新泉就丢了工作,儿子大学毕业后,就业至今还没有着落。”

“你妻子我听说还在搞设计,儿子的事是什么原因?”

“妻子等于给人打工,儿子是因为没有合适单位。”

蔚老板喝了一口茶,说:

“我听说省发改委有进人的名额,那可是个好单位。”

“这样的单位随便能进去?”赵春生问,“即使有机会,不是要找大领导,就是要花大价钱。”

“如果你同意,这事情我给你先问一问。”

“有什么不同意的,不知能不能问上?”

“没问题,我来你这里之前就在省发改委。”

蔚老板走后,赵春生根本没有当一回事。他觉得没戏,这样的部门不是谁都能进得去的。

第二天早上,赵春生一进办公室蔚老板又来了。蔚老板兴致勃勃地对赵春生说:

“昨天说的你儿子的那事大有希望。”

“是不是?”赵春生问。

“那还有假。”

“估计不是件容易事。”

“我来给你办。”

“你能行吗?”赵春生有些疑惑。

“按正常渠道当然不行,但相信我是能办成的。”蔚老板说,“实话告诉你,省发改委主任是我表哥。我已经给他说了,他答应办理。”

“那需要准备什么?”赵春生又问。

“你把你儿子毕业证和相关资料准备好交给我,其他事情你就不要管了。”蔚老板说得很有信心。

送走蔚老板,赵春生慎重考虑了一番。他觉得这事有喜有忧,喜的是儿子的就业有了希望,如果能办成是再好不过了;忧的是蔚老板毕竟是个商人,和商人打交道要慎之又慎,尤其是这么大的事,便使他有些忧虑。尽管以前他和蔚老板有过交往,但现在蔚老板在干什么?这几年他有什么变化?有没有与消防法规和消防安全管理相悖而行的事?这些他全然不知。他蓦然想到必须搞清楚蔚老板的近期情况,不能盲目地陷入泥坑。于是,他给新泉市消防支队巩支队长打了电话:

“喂,是巩支队长吗?”

“是,我是巩兴军。”

“我是赵春生。”

“哦,是赵总。”

……

尽管赵春生是总队长,但他为人和蔼可亲,不摆官架子,加之以前他与巩支队长私人关系也不错,所以也就不显得十分严肃。两人聊了一会,赵春生问:

“你知道不知道新泉市的蔚老板?”

“蔚老板,是不是原来经营商贸,现在搞房地产的那个蔚老板?”

“对,就是他。”赵春生接着问:

“他在你们那里情况怎么样?”

“这个人生意很大,不过经营的一家宾馆存在重大火灾隐患,政府挂牌督办至今未整改。现在他又开发建设一个小区,几幢高层楼即将竣工,未办理消防审核手续,而且楼与楼之间防火间距不符合要求……”巩支队长说。

“哦,是这样。”赵春生迟疑了片刻。

“赵总,找他有什么事吗?”

“没……没有,我想了解一下情况。”

打完电话,赵春生意识到这是一个陷阱。儿子的事绝对不能让蔚老板办,否则后患无穷。过了几天,蔚老板打来电话:

“赵总吗,儿子的资料准备的怎么样?”

“蔚老板，我儿子最近去外地，资料都在他手里。”

“那咋办？”

“只能等他回来再说。”

“什么时间回来？”

“这个不好说，我问时他不告诉。”

“这可要抓紧，过了村就没这个店。”

“好，我知道。”

## 二

正当赵春生为儿子的事一筹莫展时，全国消防部队开始招收地方大学生。赵春生觉得这是个千载难逢的好机会，儿子如果能到消防部队来肯定要比在地方上好得多。他满怀信心地回到家里，把消息告诉给妻子和儿子，妻子非常高兴，没想到儿子并不乐意。没等赵春生开口，妻子任凤莲急了。她冲着儿子吼起来：

“这么好的机会你为什么不愿意？”

“我不想到消防上去。”儿子赵雷没精打采地说。

“消防部队待遇那么好，你究竟想去哪里？”任凤莲气冲冲地问。

“消防部队有什么好的，我父亲黑明昼夜顾不上家，而且你还跟着担惊受怕的……”赵雷说，“消防是个危险行业……”

“你……”任凤莲眼睛瞪得圆圆的，火气更大。

“好了，好了。”赵春生看母子俩说不到一起，劝任凤莲不要再说了。他稍停了一会，对赵雷温和地说：

“儿子，你也不小了。从小学到大学，你不仅学到了不少科学文化知识，也走过了一段人生道路。一个人在社会中要生存，首先要有用武之地，也就是只有社会需要你，你才有施展才华的机会。在社会人才济济的今天，不是你挑选行业，而是职业选择你……”赵春生说，“当然，消防工作有苦有累，也有风险。但作为一个男子汉，做事不能瞻前顾后，畏首畏尾。”

赵春生这番话，缓和了当时的气氛。他看儿子情绪有所好转，继续说：

“现在就业形势如此严峻，你也碰了不少钉子。至于能不能找下更好的工作不好说，愿意不愿意来消防上你自己慎重考虑，可不要坐失良机。”

第二天早上，赵春生刚一起床，儿子来告诉他愿意进消防部队。赵春生到单位后在政治部主任那里给儿子报了名，后来赵雷也就顺理成章地成为一名消防警官。

儿子的事终于让赵春生放下了思想包袱，他感到轻松了许多。社会上的一些朋友有遇见当面祝贺的，也有打电话道喜的。那天，赵春生接了一个电话：

“喂，是赵总吗？”

“是。你是哪位？”

“我是新州宏大集团公司聂永兴。”

“哦，是聂总经理。”

聂永兴是赵春生在新州市任支队长时认识的，多次打过交道。赵春生感觉他虽然是个商人但比其他同行老板素质要高，通情达理，依法经商，人也讲义气，从未有过无理或不符合规定的要求。

“赵总，听说你儿子就业问题解决了？”聂永兴问。

“是啊，消防上招地方大学生时进来的。”赵春生说。

“那多好呀，你们消防部队一般人还进不去。”

“好什么好，又是一个当兵的。”

“不是当兵的，是管兵的。”聂永兴说，“既然儿子的大事有了着落，下午咱们在一起给儿子庆贺庆贺……”

“那就不必了，都是很正常的事。”赵春生推辞。

“怎么又是这样，上次祝贺你升任总队长，被你婉言谢绝。这回咱是为儿子祝福，你又不给面子，况且我不求你帮什么忙，别人不了解我你还不了解，你怕什么？”聂永兴喋喋不休地说。

赵春生被说得难以回答，他觉得再推托就有些不近人情。其实赵春生在新州任支队长时，他们在一起吃过几次饭，也并没有工作和利益关系。自从赵春生到总队后，聂永兴也邀请过赵春生，但由于各种原因未能如愿。这次看来是说不过去，如果再不去会给聂永兴留下他高升后请不动的印象。

“就这样定了，下班后把家里人都叫上！”聂永兴说得很坚决。

“好……好……”赵春生只好答应。

还没到下班，聂永兴又打来电话，告诉了吃饭的具体地点。考虑到是私人活动，赵春生让驾驶员把他送回家就再没有用公车。他叫上妻子和儿子，搭乘出租车去了。

吃饭是在一个比较安静的地方，既不豪华显眼也很有档次。聂永兴是个聪明人。他知道赵春生不愿去最高级的酒店，也没有叫过多的人参加。聂永兴带的是妻子和女儿，再就是驾驶员小晁。他们先到饭店，随后赵春生一家三口来了。因为是家庭式的聚会，就显得不是很拘谨。

凉菜上齐后，聂永兴叫服务员斟酒，赵春生先说不喝酒，聂永兴说无酒不成席，再说今天是为庆贺赵雷成为消防警官，没酒咋成？赵春生不好再推辞，聂永兴端起酒杯说了一些给赵雷的祝酒词，能喝酒的第一杯酒都干了。吃了一阵菜，聂永兴又提议了第二杯，第三杯是赵春生的答谢酒。赵春生干了答谢酒后，提出让赵雷给大家敬个酒，其他人也就不要再相互敬了，这样轻松些。赵雷敬完酒，大家以吃为主，喝酒很随意。

酒桌上的程序基本进行完毕，赵春生提议结束。聂永兴知道赵春生没带车，叫妻子和女儿搭乘出租车回去，他和小晁送赵春生他们。赵春生说不要送，可聂永兴坚持不行。车到赵春生家楼下，赵雷和他母亲先下车，赵春生说：

“聂总，要不上家里坐坐？”

“好！”聂永兴说，“上去认一下门户。”

赵春生住的还是他来新州支队时买的房子，是个多层楼，没有电梯。房子面积也不大，不到一百平方米，两室一厅，家具设施也比较陈旧。

进到家里，赵春生一家忙于寻烟、倒茶、洗水果。聂永兴稍坐了一会，转着看了一下房子。

“赵总住这样的房子与身份太不相称了！”聂永兴说。

“有什么相称不相称的，还是过去买的，能住就行。”赵春生说。

“赵总，你这房子是不是该换了？”聂永兴问。

“准备换个大一点的，正在考虑。”赵春生解释。

聂永兴在赵春生家里没有过多地待，他一看时间不早了就告辞回家。第二天早上刚上班，聂永兴去赵春生办公室。赵春生以为他昨晚遗忘了什么东西，正准备问时聂永兴从包里掏出一串钥匙。

“聂总，你这是什么意思？”赵春生莫明其妙地问。

“以前没发现你住原来那样的房子，我新开发的小区高层上还有空房，抽时间过去给你选一套……”聂永兴说。

“这可不行，你那房子在繁华地段我买不起。”

“还买什么，你能看上就住去。”

“这更不行，我怎么能要你的房子。”

“有什么不行的,我就是盖楼房的,这算不了什么。”聂永兴说着将钥匙放在桌子上,“咱们朋友一场给你帮这个忙不为过。”

“聂总,这绝对不行。朋友归朋友,常言说君子之交淡如水,这我不能接受。”赵春生硬把钥匙硬塞到聂永兴包里。

聂永兴还准备往出掏,赵春生严肃地说:

“你再要这样,咱们以后就停止来往!”

## 三

每年年底,支队级领导班子和团级干部考核是惯例。那一年,总队提前召开党委会议,对考核的具体事宜进行研究。本来这是老生常谈,关键是好几个支队的军政主官到了服役的最高年龄,一批副团职干部将要晋职。赵春生虽然是总队的党委书记,但他考虑政治部是政委分管,于是安排政委和政治部主任与公安厅现役处下去考核。

一个月后,全省考核结束。政治部辛主任把情况作了汇总,上会研究之前他先去给赵春生汇报。辛主任考虑尽管考核时政委参与,但涉及到人的事,情况复杂,各方面的关系难以摆平,既有干部个人的不同情况,也有上级层面包括各位考核领导的不同意见。总队长是党委书记,应当把一些情况提前报告他,一方面让他心中有数,另一方面想听取他的意见,以免党委会上研究确定时出现偏差。

辛主任打报告进去,赵春生正在审批文件。辛主任等总队长忙完后,汇报了考核情况。赵春生听了后,觉得各支队班子考核情况需要上会研究,但涉及干部晋升问题,一时还比较为难。

“今年副团职符合晋升条件的有多少人?”赵春生问。

“六十四人。”辛主任回答。

“现在正团职空缺岗位是多少?”

“包括年龄即将退出现役的,只有十七个岗位。”

“你们考核组对副团晋职人员是什么意见?”

“意见很不一致,公安厅现役处张处长和咱们的王政委各有各的人选,张处长说还有省上几个领导点名要提拔的人……”辛主任为难地说,“目前很难拿出个成熟意见。”

“这么说,符合晋升条件的人员与实际空缺岗位的比例基本上是四比一?”赵春生又问。

“嗯，是这么个情况。”辛主任点头说。

赵春生沉思默想，现在这个社会太复杂，涉及人的事牵一发而动全身。眼下那么多的晋职者，空位又少，提拔谁不提拔谁？哪个领导说的话能不考虑？如果照顾了上层的关系人，那些德才兼备、默默奉献、尽职尽责干工作而又无政治背景的人岂不是吃了亏？这样还能体现“唯才是举，任人唯贤”吗？

“必须有一个万全之策！”赵春生暗暗告诫自己后，问辛主任：

“你考虑有什么好办法吗？”

“没……没有。”辛主任毫无主意。

“哎，现在干部不是提倡竞争上岗吗，”赵春生说，“咱们不妨采取这个办法。”

“这样好，让干部公平竞争，咱们工作压力也小。”辛主任说。

“你下去拿出个团职干部竞争上岗的实施方案，我和王政委交换一下意见。”赵春生说。

“噢，赵总，还有个情况要向你汇报。”辛主任说，“提拔对象有的人要见你。”

“见我干什么？”

“他们说要给你当面汇报情况，有的人已经来了，在外等候。”

赵春生想下面的干部平时他见得少，既然来了就听一听他们的想法。他说：

“好，那就安排到下午。”

辛主任把要见总队长的组织在一起，下午上班后有次序地分别去。几十个人一一与总队长见了面，他们既汇报思想又谈要求进步的想法。赵春生从中了解掌握了一些情况，他觉得副团职干部在一线战斗很不容易，有些任职已经四五年，而且从下去考核的情况看也非常优秀，作为有年龄限制的现役干部，争取早日进步他可以理解。但让赵春生没有想到也感到生气的是，好些干部准备了“红包”，有的一进门就掏出来，有的离开时企图放下。尽管他都严厉地拒绝了，一个人的“面子”也没给，可后来他想如今怎么会变成这个样子呢？难道他们要见面就是为了送礼？不送礼或不收礼事情就办不成？

赵春生叫来辛主任问是怎么回事，辛主任惊慌失措，说他并不知道他们有这样的举动。他虽然批评了辛主任，但他相信不是辛主任的过错。事实上，随着社会经济的发展和不良风气的影响，一些人的人生观、价值观、利益观发生了很大变化，贪污腐化、消极腐败、行贿受贿冲击和渗透到消防部队。他知道提拔选任干部中存在着权钱交易，消防部队也不例外，有时甚至比地方上更严重。他想不管怎么说,这种不良行为不仅不能在他这里发生,而且他还要带头抵制。

当天晚上,赵春生在家里和妻子看电视,忽然有人敲门。任凤莲去开门,她见来人了就进了卧室。赵春生一看是个熟人,便招呼进来坐下。这人是光明市的,叫阚亚平。赵春生在光明消防特勤队当队长时,他在城区搞特种设备维修。那时特勤队的设备坏了官兵还无能无力,依赖生产厂家远水解不了近渴,只能靠他维修。当时由于队上经费特别紧张,阚亚平有时收个材料成本,有时干脆免费。赵春生从心底里感激他,尽管多年来联系少,但当初的那些事至今记忆犹新。他给阚亚平递上烟,倒了一杯茶,两人开始聊起来。

“阚老板这几年做什么生意?”赵春生问。

“嗨,还能做什么。特种设备维修越来越不挣钱,后来我开了一家酒店,刚开始还可以,几年后单位上来吃饭欠账多,加之成本大,利润薄……”阚亚平说,“现在我又改行,经营家用电器。”

“哦,那生意一定不错吧?”

“还行,比前面的几个情况都好。”阚亚平抽了一口烟,说:

“从你离开光明支队,咱们就再没见过面。不过我一直在打听你的情况,每次得到的消息都是你在高升。前几天,听说你现在是总队长,我来一是看看你,二是有个事想求你……”

“什么求不求的,啥事你就说,过去你曾经给了我不少帮助,那情意我还没忘。”赵春生和蔼地说。

“我有个表弟在你们消防上,现在是光明消防支队参谋长,副团职已经四年多了,看你能不能给提升一下。”阚亚平说,“据说他们支队已把他推荐到总队,关键就在你这里。”

“我也不瞒你,最近是要考虑一批团职干部的任用。”赵春生说,“不过,要进行竞争上岗。”

“那还不是你一句话的事,”阚亚平说着从包里掏出一个信封袋放在茶几上,“这事就拜托你了!”

赵春生一瞅,知道信封袋装得是钱。他急忙将那东西拾起,说:

“阚老板,你这是干什么?咱们之间还需要这样?”说着硬将它装到阚亚平包里。

阚亚平还要往出掏,赵春生脸色严肃地说:

“你要把它放下,你那表弟提拔的事就不要抱什么希望了。”

“赵总,他今年提不了明年就到转业年龄。”阚亚平难为情地说。

“回去告诉他,虽然已经考核但要做好考试准备。”赵春生关切地说,“只要他考试进入前十五名,我们会考虑的。”

赵春生把阚亚平送到门口,还特意叮咛:

“记住,一定叫他把考试考好!”

## 四

经过了一个寒冬,又到了植树的季节。总队后勤部李部长向赵春生汇报机关植树任务后,说各单位已经陆续行动,咱们总队分配的信息科学咋办。赵春生同意近几天安排机关人员去植树,要求除过值班的,所有人员全部参加。

那天,赵春生同机关官兵去城外的北山上植树。车辆行驶到山下,他们下车步行上山。也许是办公室待久的缘故,赵春生对大自然有了新鲜感。他仔细观察:山坡的朝阳处雪开始融化,慢慢地露出黄黑色的地皮;雪水滋润着泥土,浸湿了去年的草茬;被雪盖着过了冬的草根苏醒复活了,渐渐地倔强有力地推去陈旧的草茬烂叶,奋力地生长起来;山的背阴处虽然还寒气凛凛,可是寒冷的威力已在渐渐衰弱;朝阳处的温暖雪水顺着斜谷流过来,开始冲开山涧溪水的冰面。山下河中的冰层咔嚓咔嚓裂成碎块,拥挤着向下流去,河面突然变得宽阔了,河水涨高了,水波飞溅。山上新生的绿草,笑眯眯地躺卧在大地上,像是正和低着头的蒲公英的小黄花说着绵绵情话;从渗透了水分的耕地里,可以闻到一种潮湿的,发酵似的气息;无数嫩绿的新芽像针尖似的探出头来,仿佛张着小嘴在那里呼吸,在阳光下闪闪发亮;杨柳开始发芽,在春风中摆动着柔和的枝条;报春的燕子往来穿梭,空中充满了它们呢喃的声音……

正当赵春生瞧得如醉如痴时,后勤部李部长来到跟前。赵春生还不知在看什么想什么,好像没有发现李部长。

“赵总,财政厅预算处刚打来电话,说咱们购置消防车辆装备专题报告批了,款已经拨到账上。”李部长说。

“哦……”赵春生这才反应过来李部长给他汇报,“终于如愿以偿了!”赵春生自言自语地说着,顿时高兴起来。这不是一般的消防车辆装备购置,四十多台登高消防车,几百件特勤装备得来谈何容易!本来这些车辆装备由各支队购置,经费当然是各地财政自己解决,但全省各地经济状况极不平衡,有几个条件不好的市不要说一次购买三台登高消防车，就是一台也无能为力。如今各地高层建筑如雨后春笋，如果登高消防车不到位，灭火救援只能是纸上谈兵。赵春生为此事可以说是绞尽脑汁，总队几次上会研究，他和李部长多次找公安厅、财政厅……也向分管省长和省上主要领导汇报，才有这样的结果。

“你回去后拿出消防车辆装备购置计划，确定专人负责。”赵春生说，“这么大的采购要考虑公开招标。”

“要不要进行价格调查？”李部长问。

“当然要做询价准备，向有关厂家搞清楚价格。”赵春生说。

植树回去的第二天，李部长给赵春生送去了购置计划。赵春生看后说：

“购置计划再作修改完善，明确消防车和特勤装备购置方式，要求厂家报出价格。”赵春生对李部长又说，“尽快把招标公告发出去……”

如此大的统一采购，对生产厂家具有极大的吸引力。凡看到招标公告的单位都争先恐后，积极准备，不想失去这千载难逢的机会。没过多少时间，就有二十多家投标。后勤部对标书经过审查，总队确定了招标时间。

正式招标前的一个星期，好些投标单位到新州市开始活动做工作，有的托关系寻门路，有的找熟人说情，也有的想办法请客送礼……这几天，找赵春生的人络绎不绝。赵春生一听是为招标而来就隔门打发走，不给他们任何机会。

那天，省政府沙副省长给赵春生打来电话，说他有个老乡有事，让他见一下。赵春生猜测到可能是来参与招标的，本来不想见但考虑到沙副省长分管消防，不能不给他面子，只好答应。一会儿，“咚咚咚……”有人敲门。

“进来！”赵春生回答着，仍在思索沙副省长说的事。

来人是个矮个头，瘦身材，着一身西服，手拿一个高档小皮包。那人来到桌前，自我介绍他叫刘四海，接着给赵春生递过一张名片，上面印着：“南方消防车设备集团公司销售经理”。

“赵总，沙副省长叫我来找你……”刘四海说。

“哦，是这样。”赵春生说，“沙副省长打过电话。”

“我是来参与招标的，先来拜访你。”

“拜访不必，具体事情与我们后勤部联系。”

“所有资料已交给后勤部，我也找过李部长，还要你多帮忙。”刘四海说着从包里掏出一个卡放到桌上。

“刘经理，这是什么？”

“是银行卡,里面有五万元。”刘四海说,“给你买东西不好带。”

“这卡你拿走,绝不可以这样。我们实行公开招标,应标单位公平竞争。”

“赵总,这是我们公司的一点心意,你不要推辞。”

“心意我领了,我也知道你是沙副省长介绍的。要把主要心思用在应标上。你如果把这东西放下,你就连应标的资格都没有了。”赵春生严肃地说。

刘四海走后,赵春生觉得现在生意人能耐真大,把关系都找到省级领导那里了。他在想沙副省长那么大的人物不应该插手这事,如今这社会,什么事情都存在权钱交易,要公公正正办事真难。正在想着,他的手机响了。他一看对方号码,是公安系统内部的前十位号,应当是公安厅哪个领导打的。他接上电话:

“喂,赵总吗?”

“是,我是赵春生。”赵春生只是答应着,还不清楚是谁。

“我是马建国。”

“哦……是马厅长。”赵春生立刻反应过来是马副厅长,对方接着说:

“我这儿来了个外地朋友,下午咱们一起吃个饭。”

“哦……”赵春生知道马副厅长是南方人,说是外地朋友,很可能是为消防车辆装备招标的事,生产厂家大部分在南方。马副厅长虽然不管消防,但人家是常务副厅长。怎么办?如果正是应标的事,这饭怎么能去吃?吃了万一中不了标咋交代?但如果直接拒绝有碍于面子,这些领导可惹不起啊!不要看他给你帮什么事并不见得成,但要坏你的事却很容易。赵春生干脆来个金蝉脱壳,他说:

“厅长,我岳父病危,我正准备去看望。”

“哦,是这样……”马副厅长问,“你什么时候回来?”

“这个不好说,假如情况严重恐怕就得好些天……”

赵春生来了个将计就计,岳父有病是真,但不至于病危,准备过几天去看望。既然如此,他把工作交代给总队其他领导,和妻子任凤莲真的看岳父去了。

# 第二十章　救　人

## 一

过了五月，才真正到了夏季，酷热的天气像经受雨露浇淋蓬勃向上的藤条，交错缠绕，蔓延而生。群山葱绿，明灿万里。然而，一会儿又天色晦暗，狂风大作，不得不让赵春生充满烦腻。

那天，赵春生在办公室批阅文件，室内空气沉闷极了，身上不停地出汗。他打开窗户感到轻松了许多，可一会儿窗扇又关上，仔细观察室外这会儿好像没有吹风。他又推开窗扇，耳边传来"咣当——咣当——"的声音，窗扇忽开忽关，吊顶上的灯具摇摇晃晃，人也感到些昏眩。赵春生觉得不对劲，不是窗户被风吹响，而是整个办公室在摇晃！紧接着，119 指挥中心广播系统发出声音：

"地震了，发生地震了！赶快下楼！"

总队机关办公楼走道有人同时发出呼喊声：

"地震了！地震了……"

地震的消息很快得到确认，相邻的外省某市川区发生特大地震。新闻媒体正式报道后，人们奔走相告。总队接到命令，由总队主要领导迅速组建抢险救援队伍，准备救援器材装备，随时待命前往地震灾区救援。

总队立即召紧急集会议，党委成员纷纷主动请战。尽管如此，根据上级要求和工作需要，最后确定由赵春生带队，关参谋长负责组建救援队伍。人员从具有抢险救援经验和战斗力的五个支队选抽，总队准备组建一支四百一十人的救援队伍。正在抽组人员时又接到命令，要求从总队医院抽组二十个人的医疗救护队。

当天下午，关参谋长向赵春生送去参加抢险救援人员的名单。赵春生过目

后,他发现了几个熟悉的名字:“樊军、孙小芳、赵雷……”他脑海里浮现出他们的样子:

樊军从消防指挥学校毕业后,分配到他战斗过的光明消防支队。报到之前,樊军还去看望过他,那时他在新州市任支队长。樊军曾想到新州支队工作,但进省城竞争激烈未能如愿。后来他安慰樊军:“去吧,服从组织分配,光明支队挺不错,我也是从那里出来的……”从此之后,他也再没有见过樊军,只听说在一个中队任队长。

孙小芳当消防兵去了外省,一年后还是他联系给调回来的,曾在新州支队机关 119 指挥中心当通讯员。她自从到部队,进步不小,除了干好本职工作,学习比以前更刻苦认真,人缘也好。到新州支队的第二年,她就考上部队院校,是医疗卫生专业。她上学三年,还没毕业,她母亲娄玉兰找他,唯恐分到外地或条件不好的地方。他对孙小芳的事比儿子赵雷的事还重视,如果有什么闪失怎么对得起她父亲的在天之灵?孙小芳毕业前他就与学校联系,无论如何不能让她去远处。回到本省当然就好办的多了,几乎没费多大劲儿,分配到消防总队医院当医生。

赵雷招收为消防警官后他很少管,尽管妻子任凤莲在儿子分配前喋喋不休,怕分到边远艰苦地区,可他觉得好男儿志在四方,哪里黄土不养人?那时他已经是总队领导,更何况孙小芳的分配组织已经够照顾他了,还怎么能一再提要求呢?也许是总队政治部看了他的面子,赵雷被分配在新州支队任特勤队任副队长。

……

“赵总,抢险救援的组成人员你看行吗?”关参谋长打断了他的思绪。

“哦……行……行……”赵春生意识到关参谋长在问他,“不过……”

“怎么,有什么问题吗?”关参谋长问。

“个别人需要调整。”

关参谋长不知道要调整哪些人,他仔细一想是不是赵总的儿子赵雷。不过赵雷报上来他就想到这一点,他曾打电话问所在支队,支队领导说是赵雷本人坚决要求参加的,而且还说征求过父母意见,难道是赵雷说谎?

“赵总,是不是赵雷……”关参谋长试探性地又问。

“不……不……不是,”赵春生急忙摆手说,“我是说孙小芳……”

“孙小芳,她怎么了?”关参谋长不解其意。

“唉……”赵春生好像心里不痛快,“把她另换一个人。”

“赵总,”关参谋长看了一下总队长的脸色,“医院能抽出来的人本来就不多,有的医院离不开,有的年龄偏大,当时二十个人都难以凑齐,估计没有顶替的人选。”

“你下去再核实,”赵春生说,“如果实在不行医疗救护队宁可少去一个人……”

“啊! ”关参谋长没想到总队长这么说,“这样能行吗? ”

“抢险救援的总人数不变,”赵春生沉思了片刻,“其他方面可以多去一个人。”

关参谋长不清楚总队长为什么不让孙小芳去,更不知道孙小芳的身世。赵春生连自己的儿子都没有不让去的念头,他想年轻干部到特殊环境中去锻炼一下有利于成长进步。之所以这样做,他预计地震灾区的艰难困苦和危险性要远远大于平时的灭火救援,他不希望孙小芳受到任何伤害,更不愿看到一个家庭出现两个烈士!

抢险救援人员确定后,编成四个支队十二个中队。赵春生任命了各支队和中队干部,关参谋长查验了器材装备,可以说一切准备工作就绪。第二天,他们接到抗震救灾的命令。

赵春生回家告诉妻子他要去地震灾区救援的事,任凤莲好像提前知道似的若无其事。

“救援去的还有谁? ”任凤莲问。

“四百一十名消防官兵。”赵春生说。

“是吗? ”任凤莲故意问,“你就不想给我说还有谁吗? ”

“谁? ”赵春生觉得不对劲。

“不要再装了,你瞒我要到什么时候? ”任凤莲生气地说,“儿子电话给我都说了,你为什么要把他带去? ”

“你看这话说的,怎么是我要带去。人家下面把参加救援人员报上来,我咋能不让去? ”

“哪有一家去两个救灾的? ”

“我是全省消防部队地震灾区救援的总指挥,儿子是参战人员。”赵春生耐心细致地给任凤莲说,“更何况赵雷是特勤队长,有什么理由不让他去? ”

“你是总队长,又是总指挥,”任凤莲沉着脸色说,“还不是你说了算。”

“如果我说的有理有据、合情合理,才会有人听;假若胡说八道、信口开河,那说的话还能算数吗?”赵春生委婉地说,“你的心情我理解,怕儿子去出啥事。去那么多的人,不要担心。更何况为孙小芳我已经说话了,还有什么理由提出不让儿子去?”

“又是孙小芳,每次都是她坏事。”任凤莲气呼呼地说。

“你说得这话缺了人情味,孙小芳的家境你不是不清楚,孤女寡母的多不容易,如果你是孙小芳的母亲,你会怎么想?”

## 二

接到抗震救灾命令的第二天,赵春生率领救援队伍前往地震灾区。他们起初准备坐火车去,但考虑火车速度慢,时间就是生命,抢险救援必须分秒必争!于是改乘飞机。整个救援队伍在总队院子集合完毕,关参谋长清点人数后又把器材装备检查了一番。赵春生下达出发命令后,官兵们紧张有序地上车。十一辆大轿车把他们拉到机场,器材装备按规定全部托运。在机场,许多战士感到稀奇,有的人不仅没有坐过飞机,就连飞机是什么样也没见过。

两个小时后,专机在灾区机场上空准备降落。飞机离地面越来越近,从窗口玻璃能瞧见下面的地貌特征。赵春生发现:房屋东倒西歪,失去本来面目;不论是大道还是小路,或塌陷或被掩埋;有的山头滑坡,泥石流落到沟壑水渠,堵成堰塞湖……他预感到抗震救灾的艰巨性和危险性。

从机场出来,官兵们立即乘客车和卡车,在连绵大雨中向灾区中心地带进发。一路上,道路因地震破坏使车辆颠簸不断,山上不时有石头下落,车辆只能缓慢行驶,赵春生心急如焚。

行驶了一段路程,前面的道路被坍塌的巨石和泥石流挡住无法通行。赵春生命令官兵下车,带上器材工具徒步前进。官兵们每人至少背负三十多公斤重的装备与物品,行进中看不到尽头的废墟,接连不断的余震,每前进一步都有危险,甚至与死神相伴。过了一个山头,余震又一次袭来,伴随“砰……砰……”的声响,关参谋长高喊:“撤离!迅速撤离!”话音刚落,几块大石头从山顶上滚下。幸亏救援官兵撤离的速度快,没有伤及人员。

五六个小时的颠簸,他们遭遇十余次危境和余震。天黑前,他们到达地震灾区。赵春生从总指挥部领受了任务,他们被分到灾情最严重的四水县。这个县有大小四条河流穿过,仅县城就有三条河汇合。之所以叫四水县,除了有四条河流的寓意,还有一个说法是这里洪水肆意泛滥,“肆”与“四”同音。不要说遇地震,就是正常情况下该县也时有灾害。凡是地震大都伴有雨水，造成河水上涨，这里因地震，山坡、河床都极为松散，道路在洪水的冲击下更是难以通行……

四水县吴县长介绍了受灾情况，眼下迫在眉睫需要救援的是县城家属区、一中、氧气厂和城关镇。关参谋长给抢险救援的四个支队分配了任务，赵春生作了简短的动员讲话：

“……面对如此险恶的环境，我们必须坚持‘救人第一’的原则，无论在任何情况下都要不惜一切代价抢救人员……”赵春生放开嗓子说，“我们每个官兵要争分夺秒，一秒钟就是一个生命！”

救援一支队进入县城家属区，那里一片狼藉，三幢家属楼倾斜裂缝或是完全倒塌。从外部看没有发现被困人员，一支队马支队长命令用生命探测仪就近展开搜寻，很快三中队在两幢相向倾斜的家属楼中发现生命迹象。一班长牛小平匍匐爬进狭缝中，用携带的切割机割断连接水泥的钢筋，将瓦砾、泥土用手一点一点刨去。这时，牛小平隐隐约约听到低微的呻吟，便欣喜若狂地喊道：

“有人，这里有人！”

“多少人，情况怎么样？”马支队长问。

“还不清楚，”牛小平说，“只能听到声音，看不见人。”

“赶快刨，想办法救人！”马支队长说完，又命令：

“三中队杨队长，再派几个人进去，尽快救人！”

杨队长带着一个班的人一个一个往进爬，缝隙不足四十厘米宽，里面的空间有限，容纳不了几个人。杨队长命令后面的人不要再往进爬了，他和三四个战友刨着寻人。刨着，刨着，牛小平找见了一个孔洞，三角形的墙角里困着人。

“杨队长，这里有几个人。”牛小平报告。

“几个？”杨队长问。

“一个……两个……三个……”牛小平数着说，“还有一个，共四个人，一个老人，一个小孩和两个大人。”

“人能出来吗？”杨队长向前爬了一段，又问：

“人在里面怎么样？”

“暂时没有危险。”

“救援难度大不大？”

“被一块楼板斜挡着，”牛小平端详了一番，“露出的空间人出不来。”

“那咋办？”

杨队长爬到跟前,详细观察发现,想要把人救出来必须移动楼板。可是这是在地下,楼板怎么能轻而易举地移动,他琢磨只要用千斤顶稍微顶起四十厘米,就可以把人救出。他正要报告,马支队长在上面急得团团转。

"杨队长,杨队长,听到了没有请回答!"对讲机传来马支队长的声音。

"听到,支队长……"杨队长说。

"你那里情况怎么样?"马支队长问,"找见被困人员没有?"

"找到四名被困人员,"杨队长说,"不过,人员难以救出。"

"救援人员够吗?"马支队长又问,"需要不需要装备设施?"

"救援人员多了没用,就是需要千斤顶。"

马支队长派人送去三个千斤顶,杨队长与身边的战友将楼板低处顶上两个千斤顶,在楼板高处顶上一个千斤顶,一点一点的把楼板往上顶。没用多少时间,千斤顶还真发挥了作用,里面的人可以出来。杨队长和牛小平先把一个小男孩往出托,"慢着……慢着……不要伤着孩子……"他叮咛牛小平。

孩子很快被救出来,接着是老人。七十多岁的老大爷行动迟缓,腿脚也不灵便,幸亏里面的两个成年人帮助,杨队长和牛小平每人各抓老人的一个胳臂往出拉,里面有人朝外推,好不容易才使老人脱身。至于那两个大人,一男一女,三十多岁,身强力壮,杨队长他们稍微助了点力也就出来了。

三中队在救援的同时,一中队、二中队在家属区展开了全面搜救。马支队长不停地收到救出人的消息,也随时向赵春生报告:

"赵总,一中队在两幢楼的废墟中救出七个人!"

"赵总,二中队在倒塌的楼中先后救出九个人!"

"赵总,困在楼板夹缝中的一家四口人被三中队救出!"

"竭尽全力,继续搜救!"赵春生说。

## 三

赵春生感到一切都来得那样突然,始料未几的灾难就从天而降。他在想还有什么比死亡更沉重的事情吗?还有什么比地震带给人的震撼更大的吗?没有!成千上万个鲜活的生命一刹那间就被埋葬消失,来不及喊叫,来不及控诉。他们的家园,曾经寄托了他们梦想的一切,都在顷刻之间化为乌有。学校在地震中垮塌,学生被埋在了废墟中。他的心在滴血,刀绞般的疼痛,像是被揉碎了,化成一瓣瓣伤残的花儿,在白昼和黑夜无休止地黯然开放。

二支队朱支队长接受任务后,迅速带领官兵前往四水县一中。赵春生放心不下,他知道每个孩子都牵动着几个人、几个家庭的心。他与二支队抢险救援人员一同到达一中校区,还立脚未稳,几个老师和学生家长围了上来。

“部队官兵来了!”四十多岁的男老师满面泪痕地喊着,“孩子有救了!孩子有救了……”

“救救我的孩子! 救救孩子! ”一位老大娘跪在地上说。

一位中年男子自我介绍:“我叫苟向天,是县一中校长……”苟校长带着颤抖的声音苦苦哀求,“快救救学生,一百多名学生被压在下面! ”

苟校长告诉赵春生,他们学校是重灾区,三个班的教室全部坍塌,逃出来的学生没有多少,大部分被压在废墟下。尽管老师、家长、邻近居民和政府工作人员组织施救,救出了一些浅层埋压的师生,可还有不少学生被深深地掩埋在下面。刹那间,不少家长跪在废墟上,有的用嘶哑的嗓音如泣如诉,呼唤着孩子的名字;有的绝望地用手刨挖泥土和石板,渴望尽早见到自己的儿女;有的面对虽然已经获救但受到伤害的骨肉,撕心裂肺地痛哭着……

赵春生心如刀绞,他知道地震救援的黄金时间正在一分一秒地流逝,多少生命正在生死线上挣扎着、等待着。他对朱支队长说:

“立即组织救援! ”

朱支队长下达救人命令:

“每个中队负责一个区域的救援,要不惜一切代价! ”

救援队员先从容易发现便于救出的部位着手,切割机、剪断器、生命探测仪全部用上,一块一块的抬起楼板,一点一点的挖刨,终于找到了三个孩子,遗憾的是两个孩子已经停止呼吸。赵春生觉得如果救援速度能快一些,也许那两个孩子不一定会到另外一个世界去。他告诉朱支队长:

“多争取一秒钟就多一个生命,要想尽一切办法既快速又高效地救援! ”

“各中队严密部署力量,每个班分成两个组,正副班长带领分头搜救! ”朱支队长又一次下命令。

救援现场气氛紧张,官兵们个个心急如焚。一会儿,二中队发现了情况。

“有人,这里有人! ”一班长听到水泥板下有微弱的呼救声。

“小心救人,不要伤着孩子! ”二中队李队长边叮咛边跑过来。

他们将水泥板小心翼翼地搬开,一道夹缝出现在面前。李队长侧身进入夹缝,发现有七名学生困在墙角处,一个个抱着头围在一起。

“不要怕,我们来救你们了。”李队长说,“来,我扶你们上去!”他拉过靠近的一个男生向上扶,并喊:

“一班长,从上面救人!”

“是,队长。”一班长回答。

就这样,他们上下配合将七名学生一一救出。

救援现场的另一处,是一中队官兵利用生命探测仪在废墟上仔细搜救。苟校长说这是一个班的“教室”,下面肯定有学生。

“在这里,就是这一片……”苟校长指着激动地喊。

“快挖!搜寻!”一中队史队长命令队员。

官兵们挖着,刨着,寻着,“快点,再快点!”史队长边刨边喊。

“找到了,看见人的头发!”一班长兴奋地喊着。

史队长喜出望外,督促大家再加一把劲。一班长用生命探测仪来回搜寻,但毫无反应。他觉得情况不妙,再仔细搜寻还无动静。

“队长,生命探测仪已经探测不到生命的迹象了。”一班长无可奈何地说。

“不可能,他们一定活着!”史队长不相信,“是不是探测仪出了毛病,继续搜寻!”

然而,惨不忍睹的事实摆在面前。尽管官兵们反复寻找,刨出来的却是一具具尸体。那些躺的、坐的、爬的,那些血迹斑斑的幼小生灵,无论人们怎样呼叫,不管采取什么措施抢救,却听不到一声回音。

他们停止了呼吸。

朱支队长怀着悲愤的心情,遗憾地说:

“小朋友,我们能救你们出来,可你们怎么就早早地走了……”

“同学们,你们应该再等一下,为什么不等消防队来?”苟校长哭泣着说。

“孩子们,你们咋就这么绝情地去了,剩下我们这些爸爸妈妈、爷爷奶奶……还有那些亲人咋办?”一位家长哭诉着。

……

赵春生望着乌云密布的天空,不知该怎么说。他只是觉得在巨大的自然灾害面前,生命是多么脆弱。这一切难道能怨消防队部队救援的有限能力?

三中队救援现场遇到了难题,已经探测到倒塌的一幢教学楼下有被困学生,但无法救援。

“支队长，这里救援有了困难。”三中队高队长向朱支队长报告。

“什么困难？”朱支队长问。

“生命探测仪发现了学生，”高队长说，“可是沉重的楼板和砼墙体一时难以搬移……”

这一情况赵春生也从对讲机中听到，他知道用人搬动太慢，容易贻误战机，不抓紧时间有可能重蹈覆辙，发生像在一中队救援现场那样的情景一样。他协调地方领导调来吊车，机械挖吊并配合人员搬运，加快了救人速度，被困学生在最短时间内被救出。尽管有个别受伤的，但二十多名学生总算得以生还。

## 四

“赵总，四水县氧气厂生产车间下陷，埋压着不少工人！”救援三支队陈支队长用对讲机报告情况，“储罐和库房的部分氧气瓶因地震受损出现漏气……”

“立即展开战斗，把救人放在第一位！”赵春生接着又说，“在救人的同时组织人员采取抢险措施，防止气体爆炸造成更大灾害。”

赵春生说完，觉得氧气厂的情况非同一般。地震多数造成建筑物、构筑物或山体倒塌，一般人员都被埋压在高出地面的废墟中，而塌陷在地下的情况并不多见。他处理完眼前的事情，和关参谋长去了氧气厂。

陈支队长接到总队长命令后，立即下达：

“一中队、二中队迅速救人！”

“三中队全力排除储气罐和氧气瓶险情！”

……

赵春生和关参谋长到氧气厂，陈支队长现场指挥两个中队救人。生产车间塌陷的深度至少在三米以上，尽管官兵们加快速度向下挖刨，可是越向下光线越暗。陈支队长接连收到地下的消息：

“支队长，下面漆黑一团，看不清情况。”一中队姜队长报告。

“支队长，生命探测仪已探测到生命迹象，但被坚硬的石板压住，仅凭人工难以救援。”二中队周队长报告。

陈支队长接完电话，站在那里一怔。他想，这咋办？消防部队的照明工具主要是事故照明车辆，个人装备还没有配备照明设施，而且消防事故照明车部队根本没有条件运往地震救援现场，而这里早已断电，根本无法利用正常电源照明。

“怎么了？”赵春生打断了陈支队长的思绪。

“地下……地下救援遇到问题。”陈支队长说。

“什么问题？”赵春生瞅着陈支队长说，“讲出来尽快想办法解决。”

“什么困难说吧，怎么吞吞吐吐的。”关参谋长着急地问。

“地下救援没有照明设施，”陈支队长说，“二中队探测到生命迹象，但救援需要机械帮助……”

“需要什么机械？”赵春生问。

“最好是挖掘机。”陈支队长说。

“参谋长，立即与总指挥部联系，调动当地电力事故照明车和挖掘机，加快救人速度。”赵春生作出了果断决策。

关参谋长汇报地震总指挥部，尽管总指挥部及时协调派出车辆，但因大小道路破坏严重，车辆行驶极为困难，好不容易照明车和挖掘机才到达现场。陈支队长命令两个中队充分利用机械，不惜一切代价搜救被困人员。

照明问题解决后，两台挖掘机三下五除二刨开了石板。周队长组织二中队官兵继续搜寻。几分钟后，一班发现了情况。

“周队长，被困人员在这里……在这里……”武班长高兴地喊起来。

“在什么地方？”周队长问。

“就在下面的一个角落。”武班长说。

“有多少人？”周队长很着急，边跑边问。

“有……”武班长观察后说，“有十几个。”

这时，陈支队长赶来，他下达命令：

“迅速救援！”

周队长组织队员开始救人，由于打开的洞口窄小，只能一个人一个人往上救。一个多小时后，十五名被困人员全部救出，三人受伤，但没有生命危险。

“太感谢了……太感谢你们了……”氧气厂夏厂长望着被救出的工人，对消防队官兵激动地说。他又仔细一看，神情紧张起来，向陈支队长战战兢兢地说：

“没完……被埋压的人员没有救完。”

“啊……还有被困人员？”陈支队长没想到救人任务并没有完成，他再次命令：

“周队长，继续组织搜救！”

二中队官兵围绕刚救出人的地方，向四周扩大搜寻，但仍没找到下落。这时，一中队却有了收获。

“支队长，这里有生命迹象！”一中队姜队长报告。

“抓紧探测，抢救人员！”陈支队长下达命令后又说，“一分一秒也不能耽误！”

姜队长盯着探测到的区域，叫队员挖刨搜寻，向下挖了一米多，终于挖开一个孔洞。

“救救我……快救救我……”一个有气无力的男子发出微弱的声音。

“你们几个人？”姜队长问。

“五……五个。”那人说，“还有一个好像早没气了……”

姜队长想，已经到了这个时候，能有生还者已经是奇迹了。如果再不争分夺秒地救援，没气的恐怕不至一个。他立即组织队员，以最快的速度救出五名工人，抬出一具尸体。

三中队面对储气罐裂缝泄漏的险情，李队长组织二班用开花水枪对泄漏的气体稀释，命令一班全力堵漏。一班长吕卫平不仅是抢险救援的标兵，更是化学危险品泄漏堵塞的能手，在多次抢险救援中都出色地完成了任务。他凭着熟练的技术沉着应战，和其他战友一道排除了险情。

在一班和二班排除储气罐裂险情的同时，三班队员正在排险疏散库房氧气瓶。库房在生产车间北面，尽管房屋倒塌但地基没有下沉，氧气瓶被埋在废墟下，有几瓶因罐体受损气体泄漏。

“糟糕！氧气瓶泄漏不仅影响地震救援，更重要的是危害周围的人身安全。”李队长意识到问题的严重性。

“库房原来存放多少氧气瓶？”李队长问身边的氧气厂副厂长孙学仁。

“是……应该是二十多瓶。”孙学仁说。

李队长立即调整兵力，调动一班和二班从两个不同方位挖刨，三班做好疏散库房氧气瓶准备工作。挖了一会，二班王班长用镐一刨，下面非常坚硬的东西把他反弹得向后退了一步，再轻轻刨开周围泥土，他喊起来。

“找到氧气瓶了，这里有氧气瓶！”

“二班、三班立即搬走氧气瓶，”李队长说，“发现泄漏的氧气瓶运到远一点地方深埋处理。”

## 五

救援四支队到达四水县城关镇，废墟、惊魂、鲜血、死亡改变了这里的场景，原本绿树成荫，郁郁葱葱，生机盎然的小镇，顷刻间变得满目疮痍、惨不忍睹。被瓦砾掩埋的人们，还有在大山中不知名的村庄里遭受苦难的乡亲，他们那种刻骨铭心的伤痛和孤独，在每个人的脸上刻满了无助。尽管大自然用无法抗拒的力量作弄着这里的人们，但当他们看到，在最危险的时候冲锋在前的消防官兵，跋山涉水，冒着山体滑坡，在余震不断的险恶环境里与地震这个恶魔做不懈的搏斗的时候，心里有了许多安慰。

小镇房屋倒塌严重埋在废墟下的村民们等待着救援，已经脱离危险的面临着饥饿。魏支队长命令一中队、二中队组织救人，三中队帮助灾民清理倒塌的房屋，抢救被埋的粮食。他一方面叫各中队拿出一些食品，分给老人和孩子，以解燃眉之急；另一方面，与当地政府联系，组织灾民互助自救。

魏支队长接到赵春生命令："总指挥部通知，城关镇河湾村还会发生较大的余震，迅速组织群众疏散撤离！"

河湾村在哪里？路程有多远？魏支队长寻找当地群众咨询，得知河湾村位于深山偏僻地方，赶到那里需要两个多小时，他感到任务艰巨，时间紧迫。他集合队伍，告诫同志们必须抢在余震之前，把山里的群众救出来。然后，他带领官兵向河湾村进发。

山路崎岖不平，而且极为窄小。部队只能单列行走，谁若不留神就会摔倒。他们赶到河湾村时，年过半百的村主任迎上来，一副焦躁不安的样子。

"放心吧，不会有事的。"魏支队长安慰村主任，"我们来了，村民们一个也不会落下！"

"全靠你们了……村民就交给你们了！"村主任老泪纵横地说。

"村子有多少人受灾？"魏支队长问。

"地震发生后，村上有近百人遇难，还有受伤的……"村主任说，"生还者有几十人。"

"立即组织村民疏散！"魏支队长对村主任说后，向部队下达了救援命令。

这时，天下起了大雨，小余震不断，不时有飞石落下。官兵们组织村民翻过两座大山后，一些老人和小孩累得上气不接下气。稍作休息后，官兵们背着老人，抱着孩子，抬上那些受伤人员继续行走。从一座大山下来，在距城关镇不远的山沟，一滩很大的水面出现在眼前。

"啊……怎么会这样？我们来的时候只有小股流水。"魏支队长惊讶地说。

"堰塞湖！"村主任仔细观察地貌后说，"山体滑坡堵住流水，使水积储下来。

这么多的水，很可能是上游遭遇洪水了。”

湖水越涨越高，挡住了出去的路。魏支队长着急地问村主任：

“还有其他办法可以出去吗？”

“没有，这是唯一的路径。”村主任说，“只有解决‘堰塞湖’，才能从这里出去。”

魏支队长觉得问题非常严重，这么大的堰塞湖靠人怎么能解决得了？他立即向总队长报告，建议调动挖掘机排除堰塞湖。

赵春生得知后，在向总指挥部求援的同时，急忙向四支队所在的位置赶。一百多名消防官兵，还有救出的几十名群众被困在那里，随时都会受到生命威胁。他必须到达现场，指挥排险救援。

险情距县城不算太远，而且是在同一个小川，只不过是紧靠小川的北侧山沟。赵春生赶到不久，四台挖掘机也到达。

魏支队长抽出一个班照顾老人、孩子和一些受伤人员，其余官兵分段包干，与部分群众从堰塞湖堤坝上部开挖，挖掘机从下部施工。就在排水通道即将打开时，余震又一次发生了。

“轰隆”一声巨响，半个山头落下来。山角下那些还没反应过来的老人、孩子和已经受伤的人员，还有负责照顾的一个班消防队员被埋在下面。

“赶快救人！”赵春生放开嗓子下命令。

雨越下越大，天渐渐地黑起来，救人紧张地进行着。魏支队长组织三个中队从不同方向挖刨、搜寻，尽管救出了不少人员，可还有十几个人下落不明。赵春生再次下命令，决不能落下一个人！消防官兵顾不得喘一口气，尽最大努力地搜救。

“轰隆……轰隆……”半山腰的坍塌物又塌落下来，几名官兵又被埋在下面。这次塌落的不仅仅是泥土、沙石，还有石块。赵春生被一块石头砸中，失去了知觉。

赵春生被送往灾区医院，经检查诊断头部受伤，四根肋骨和左腿腓骨骨折。他不知道自己的伤势，更不清楚有五名官兵牺牲。他昏迷了一天一夜，醒来后忙问：

“人救得怎么样？有没有人员伤亡？”

他看了周围人员，有关参谋长、魏支队长，还有医生护士。“这是什么地方？”他着急地问：“我怎么会在这里？”

“赵总，你受伤了，在医院治疗。”关参谋长说。

“我不能躺在医院，要去救灾一线！”赵春生动了动身子，试图起来。他说，“救援现场需要人！”

“不要动，你这么严重的伤势，现在需要在医院治疗。”一位中年医生劝说。

“你们看我可以动身，”赵春生活动着手和胳臂，“这不是好好的吗？”

“你的胸腹部、左腿受伤严重，必须在医院接受治疗。”医生果断地说。

“在医院需要多少时间？”赵春生问。

“唉……”医生长长叹了一口气，“不好说，这要看伤势恢复情况。”

赵春生怎能心安理得地躺在医院，救援一线不知怎么样。他是抢救人命的指挥官，总指挥部把一个县的救灾救援任务交给他。他与保尔·柯察金、吴运铎那些强者相比，眼睛能看见，手能活动，即使一条腿受伤，拄上拐杖还可以行走。他多次要求出院去救援一线，但未被同意。后来，考虑到赵春生受伤的原因，总指挥部和上级首长决定送他回总队医院治疗，关参谋长接替四水县救援指挥。

那天，赵春生乘飞机返回时，省委、省政府、省公安厅的领导到机场迎接，还有消防总队的其他领导，任凤莲、樊军的母亲也在场。赵春生以为是由于他的受伤才搞了这样隆重的欢迎仪式，可是当他看到烈士遗像时才恍然大悟。他没有想到牺牲了五名官兵，更没有想到自己的儿子赵雷和自己扶贫救助的樊军也成了烈士。

虽然领导们你一言我一语，对他安慰、开导，可他考虑的并不是自己的思想疙瘩解不开，而是如何向任凤莲和樊军的母亲交代。救灾出发前他带走了儿子，可以说是上阵父子兵，可现在只回来他一个人，儿子呢？樊军是他一手扶持起来的，从上学、入伍、提干到参加抗震救灾他都一清二楚，如同亲生儿子一样……

不过，尽管任凤莲哭哑了嗓子，流干了眼泪，却并没有过多地责备他。任凤莲心里明白，作为军人随时都有为国捐躯的可能。尽管当初她不愿意叫儿子去，那是天下任何一位母亲都具有的爱子之心。她既是军人的妻子，又是军人的母亲，又有什么想不通的呢？

赵春生再三向樊军母亲表示歉意，可樊军母亲并没有怨他。她只是说：

“我虽然是个农村妇女，但做人的道理我懂。樊军如果不是你的培养，他能成为一名军官？尽管他走了，可是为了老百姓你连自己的亲生儿子都舍得，我还有什么说的呢？”

# 第二十一章　信息化

## 一

赵春生从地震救灾前线回来，直接住进了总队医院。那天，窗前出现了难得的阳光，也可能是因为平时的忙碌，他忘却了阳光就在身边；也许是地震灾区阴雨连绵的日子，使得他对太阳的渴望更加强烈了。当一缕一缕的阳光照射在受伤的身体上，被阳光拥抱的感觉像潮水一般涌入他的心头时，冲跨了他忙碌的思绪。回想抗震救灾的日子，生命的罗盘在那一刻被地震的指针选定，逃避不了的震灾像窥视了很久羔羊的豺狼，突然露出锋利的尖牙，把不少人囫囵吞掉，又如夜晚的黑暗，在还有丝丝光明的时刻，拉上黑色的幕帐，天空与大地间成了一片黑色的世界。到了晚上，他透过玻璃窗看见满天的星星，他想起了抗震救灾中牺牲的那些战友，更想起了赵雷、樊军……

他在医院除了接受治疗，就是静静地养伤。尽管他再三拒绝探视，可来得人还是络绎不绝。毕竟是因公负得重伤，部属和地方领导来看望也是人之常情。从进入医院，就再也没有请示、汇报工作之类的事，他也再没有作指示，下命令。也许是组织上考虑不让他分心，集中精力养好病早日返回工作岗位。常言说，伤筋动骨一百天才能康复。一百天，多么漫长的一百天！对于像他这样追求卓越、分秒必争的人，岂能虚度这一百天。

虽然躺在病床上，但他一直在反思：几十年来，消防部队从防火监督到灭火救援一直沿用着传统手段和老式战法，尽管取得了不少成绩和战果，但也有一些失误和教训，有的甚至付出了血的代价。过去原有的经验不可否认，但他认为在改革创新的今天，消防具有一定的科学性和技术性，不能凭老经验、想当然办事，必须要有新的思维，新的举措。他清楚地认识到，正确的思维与科学的理论知识是分不开的，于是，他叫任凤莲去书店给他买些科技创新方面的书籍。

任凤莲到书店看了又看，挑了又挑，最后选了几本买下拿到医院。

“给，这几本不知是不是你所需要的。”任凤莲说着把书放在病床上。

“嗯……”赵春生应了一声，一一浏览了那些书。

“怎么样？”任凤莲问。

“不错……不错……”赵春生说，“看来你还是有创新头脑的。”

“瞧你说的，”任凤莲笑着说，“人家也曾经是正儿八经的本科生，知识方面并不逊色。”

“哦，这么说我真小瞧你了。”

“那当然。”

“好了，好了……”赵春生看任凤莲和他磨嘴皮子，“别逗了，让我赶紧看书。”

放在最上面的一本是周宏仁的《信息化论》，赵春生先看了书的内容介绍，作者的这样一段话引起了他的兴趣：

> 人类文明发展的历程可以用“三化”来概括，即：农业化、工业化、信息化。……信息革命是一场关于人类信息和知识的生产和传播的革命，开始了人类“信息化”的进程。

他如获至宝，打开书如饥似渴地读起来。从这本书上，他对现代信息技术及信息化涉及的各种战略和应用问题有了初步认识。他边看边想，如果把信息化运用到消防工作和部队建设中将会产生强大的战斗力。

看完书，他叫通信员从办公室拿来笔记本电脑。他想从网络上寻找是否有消防信息化方面的文章，果然找到了好几篇。他一篇一篇的下载保存下来，边看边琢磨，终于懂得了消防信息化是利用先进可靠、实用有效的现代计算机、网络或通信技术对消防信息进行采集、储存、处理、分析和挖掘，以实现消防信息资源和基础设施高程度、高效率的共享与共用的过程。

“太好了，太好了！”赵春生高兴地喊起来。

“什么太好了？”任凤莲问。

“信息化对消防太有帮助了！”赵春生兴奋地说，“你想，用信息化监督管理消防重点单位、部位，或用信息化指挥灭火救援，不仅可以及时发现火情，高效率地防灾减灾，而且会大大减少战斗中官兵的伤亡，你说这能不好吗？”

“你说得这些我听不懂。”

"这是消防科学技术,你当然不懂。"

晨光又从窗子照射进来,晒在赵春生的床上,暖烘烘的。也许是赵春生得到这些收获,心情好多了。他想,在他住院期间由于没有工作和其他事情的干扰,一定要把消防信息化搞明白,拿出一些理论研究成果,尽快运用到工作实践中。这方面,他以往重视不够,因而知道的情况并不多。他告诉通信员,通知分管的任副参谋长和通信科长到医院来,他想详细了解掌握第一手资料,听取他们的意见和想法。

任副参谋长和通信科长袁科长接到通知,很快去了赵春生病房。他们去时,护士正在给赵春生换药。结束后赵春生起身坐在床上,并叫他们坐下。

"赵总,好些了吗?"任副参谋长问。

"好多了。"赵春生说,"你们最近工作怎么样?"

"一切正常,就是火灾和抢险救援接警出动次数居高不下。"任副参谋长说。

"有没有大的事故?"赵春生问。

"较大的火灾事故没有,就是各种抢险救援频繁发生。"袁科长说,"从统计的情况看,抢险救援占到接警出动的百分之六十以上。"

"是啊,消防工作不仅仅限于防火灭火。"赵春生说,"我们将面临新的任务和新的挑战,今后抢险救援的重任会更加艰巨,你们要有充分的思想准备。"

任副参谋长看了看袁科长,他意识到总队长向他们交代任务,可不知道该怎么说。袁科长也瞧着任副参谋长,一时不知所措。

赵春生看出了他俩的难处,就直截了当地问:

"通信工作目前有什么困难和存在问题?"

任副参谋长直瞅着袁科长,意思让他回答。袁科长被总队长的突然提问有些紧张,他想困难不能过多地摆,就把存在的问题作一汇报。

"赵总,通信工作尽管不断地向前发展,但随着科学技术的飞速发展,很难适应防火灭火和抢险救援的需要。"袁科长说,"存在的主要问题是,支队级以下单位领导对通信工作的重要性认识不足,没有把通信作为提升消防监督工作效率、改进灭火救援工作水平的重要手段去抓;软件开发应用相对滞后,缺乏适合消防行业特点的网络软件;人才极为匮乏,缺少既熟悉信息技术、又精通消防业务的复合型技术骨干;还有,规章制度不健全……"

赵春生听后,觉得袁科长对存在的问题谈得切合实际,但停留在陈旧的思想观念和技术水平上,对消防信息化只字未提,说明知之甚少。他不愿再让他说下去。

“现在是信息化时代,消防信息化的重要性毋庸质疑。”赵春生说,“消防信息化在迅速下达上级指示、及时传达通知命令、广泛开展业务交流、综合建立消防部队快速反应机制、提高消防部队预防和扑救火灾以及处置其他灾害事故的实战能力具有其他普通书面文件不可替代的重要作用。你们下去要多学习、多研究。”

看着身旁的那些书,赵春生说:

“这些书是信息化方面的,有很高的理论价值,你们回去看看。”

“赵总,还有什么吗?”任副参谋长问。

“这就是我叫你们来的目的,”赵春生说,“抓紧时间拿出一个全省消防部队消防信息化建设的实施方案。”

## 二

两个月后,赵春生出院了。本来还不到出院时间,伤势虽然大有好转,但并没有痊愈,走路时左腿还一跛一跛的。可是,赵春生非要出院,无论大夫怎样劝说也无济于事。他不愿意一天又一天地将时间消磨过去,消防信息化建设牵动着他的心。医院毕竟是治病的地方,不是办公场所。他总不能过多地在医院办公、开会,甚至把人叫到病房商量事情,这样多不方便。出院后,他可以在办公室学习、查资料,即使不能亲临大的灭火救援现场指挥战斗,也可以过问或督促消防信息化建设进度。

他出院时大夫再三叮咛要在家多休息,不能过多地活动。可他哪能在家里待得住,再说与其待在家里,倒不如原封不动地住在医院,何必折腾呢?

他上班的第二天,任副参谋长和袁科长拿来了消防信息化建设实施方案。他认真过目了一遍,慎重考虑后说:

“这个方案大框架还可以,但涉及的业务内容不全面,也不具体。”

“赵总,应该从哪些方面修改完善?”任副参谋长问。

“消防信息化不仅仅是司令部业务范围内的灭火救援,还涉及到部队管理教育、技术装备和防火监督。”赵春生说,“各个方面都应该有详细适用的东西,比如消防指挥中心建设、消防员单兵通信技术要求、利用信息化进行部队思想教育和后勤装备管理,还有防火监督中城市远程监控系统先进技术都要有理论作指导……”

“赵总，各个部门按业务范围分别制定方案，还是一个总的方案把内容包涵在一起？”袁科长问。

“你们征求各部门的意见，听听他们的想法。”赵春生突然觉得有些着急，“下去尽快抓落实，力争早日开会研究。”

从总队长办公室出来，任副参谋长就分头征求了各部门的意见，大家普遍认为由于业务分工不同，最好分别制定建设方案，否则表面上看面面俱到，实际上可操作性不强。

一个星期后，各部门信息化建设方案初步形成。那天，赵春生召集会议，专门研究消防信息化建设。赵春生简要讲了消防信息化的重要性和这次会议的目的，各部门分别汇报信息化建设实施方案。

关参谋长第一个发言，主要汇报消防指挥中心建设和消防员单兵通信技术要求。他说：

“消防指挥系统由火警受理、消防有线或无线通信、火场指挥、消防信息综合管理、训练模拟子系统构成，包括系统的性能要求、软件设计、技术条件方面。指挥中心应用系统能在火警受理、系统日常管理、训练模拟状态下工作，并具有指挥调度、接警处置、出动方案编制、出动命令下达、火场及灾害事故现场增援、灭火作战记录、出动方案编制和信息查询及综合管理功能。”关参谋长说，“消防员单兵通信技术要求是个新技术，主要包括单兵通信平台和通信终端，要求单兵系统具有良好的稳定性和可靠性，满足火场及抢险救援现场消防队员单兵作战的要求。”

接下来轮到政治部，高主任汇报了运用信息化加强消防部队思想管理教育。出乎意料的是，高主任并没有夸夸其谈，而是从信息化的双重性出发，既表明了它给消防部队思想管理带来了新机遇，又分析了对青年官兵身心的冲击和不健康的影响。最后，他有针对性地提出发挥信息化优势，利用信息化资源拓宽消防官兵管理教育的路子，建立起对青年官兵信息化行为的监督机制的措施。

“后勤装备信息化，就是在后勤装备使用和管理中，广泛应用现代信息技术，采取综合集成方式，发展具有数字化、网络化、智能化特征的保障装备的过程。它的主要任务是作战物资可视化——利用物资可视系统，可快速查找、记录和收发器材装备，大大提高后勤保障的时效性和准确性；装备作战智能化——通过智能化的控制系统，使装备具备类似人脑的智力和自动感应能力，增强装备的可操作性和复杂环境的适应性,成倍提高作战能力;后勤保障自动化——后勤保障系统向最小战术单元,直至单车、单兵的广泛延伸,对内实现互联互通,对外与战区保障对象实现数据交换,形成一体化。"后勤部邓部长说。

邓部长刚说完,防火部陈部长接上话。陈部长汇报了信息化条件下,城市消防远程监控系统在建筑消防设施监督管理中的运用。他分析了全省高层建筑、地下工程和大型公共建筑消防设施方面存在的突出问题,认为这些地场所虽然设置了建筑自动消防设施,但正常开通运行率和完好率却一直在百分之三十到四十徘徊。

"如何有效地对建筑消防设施和消防安全重点单位实施全天候、全方位监管,并且在发生火警后及时、有效地进行处置,是消防监管在信息化建设中需要解决的问题。"陈部长兴致勃勃地说,"世界发达国家在城市火灾应急处置上,充分运用先进的信息管理手段和工程技术,确保及时发现事故隐患、控制事故扩展和蔓延并得到及时救援,从而使财产和人员伤亡减少到最低程度。我国目前一些城市已经开始推广或建设城市消防远程监控中心,对辖区内设有自动消防设施的建筑的消防安全状况进行实时监控……"

汇报结束后,赵春生让大家展开讨论,看还有什么需要补充完善和修改的。参加会议的人员大部分发了言,提出了一些很有价值的意见。赵春生根据汇报和讨论的情况,最后说:

"我们开展消防信息化建设的目标,就是培养全体官兵的信息化理念和利用信息化为消防工作服务的意识,促进消防办公、部队管理、灭火救援、防火监督工作的现代化。它的内容是加强信息化建设队伍,扩大信息化建设的覆盖面,提高官兵的信息化水平。"

赵春生针对各部门的不同业务,提出了具体要求:

"司令部以办公自动化系统为载体,抓好部队以执勤灭火为中心的信息化建设。基层单位可以利用计算机建立起执勤灭火档案,将队伍建设、人员、车辆、装备、重大危险源以及日常生活中的执勤训练工作的开展和'六熟悉'情况录入电脑,并利用这些数据为执勤灭火工作发挥作用。在消防训练及管理中利用计算机技术,进行数字化、图象化开展训练,强化实战基础的战斗力。

"政治部发挥网络资源和信息技术优势,延伸政治教育工作触角,拓宽政治工作领域网络资源共享,为政治工作提供大量借鉴材料和教育素材。通过信息化及时了解部队最新的政治工作动态和先进的工作经验,利用从信息中获取的新方法和鲜活事例进行部队思想政治教育。

“后勤部利用配发的各类应用管理软件，加强财务、装备等方面的管理，规范化后勤管理机制。实行数据化管理，使得财务工作更加规范化、透明化。加强对消防部队的车辆装备和营房的管理，将相关数据录入计算机，促进后勤工作的正规化建设。

“防火部通过计算机可以建立统一的信息数据库，简化工作程序，提高办事效率。利用消防监督业务信息系统，实现防火消防行政审批的网络化、重点单位数据化。在加强城市消防远程监控系统防火监督管理的同时，要把信息化运用在火灾现场，力求及时处理和准确地传递各种信息，科学地勘查现场，收集证据，正确开展火灾调查。”

## 三

尽管信息化建设会开了，工作任务也安排到各部门，可是赵春生考虑要想干成一件事，尤其是新生事物，靠开一两次会、发几个文件是不够的，还必须真抓实干。打铁先要本身硬，信息化建设能否见到成效，关键看机关行动如何。一个多月时间过去了，不知情况怎么样。赵春生决定对机关检查一番，一来掌握情况，二来也是个督促。他没有告诉任何人，也没有通知下面。

他先从司令部开始，关参谋长发现总队长到了他办公室门口，以为是找他有事，急忙跑出去。

“赵总，”关参谋长神色紧张，“有什么指示吗？”

“哪有那么多的指示，”赵春生说，“我看一下你们的信息化建设情况。”

“哦……”关参谋长愣住了，总队长要检查自己事前怎么不知道？不过他很快反应过来，“我马上通知他们。”

“不用，不用……”赵春生忙摆手，“我随便看看。”

总队长随便看看，可关参谋长并不觉得随便。信息化建设是司令部工作的重头戏，情况怎么样他心里也没底。关参谋长陪同总队长到通信科，袁科长倏地站起。得知总队长检查信息化，袁科长准备汇报。

“不用汇报，不用……”赵春生平和地说，“最近信息化你们做了哪些新的工作？”

“哦，”袁科长很快拿出了资料，“近一段，我们建立完善了各种规章制度，在专网上收集添置消防素材类光盘、多媒体课件;从各系统的数据采集、录入,统一建库,保证数据完整性和实用性;在现有资源充分利用的基础上,提高信息化系统的使用效能,完善 119 灭火救援指挥调度系统……”

袁科长口头汇报着,总队长边听边看资料,关参谋长站在一旁。

“嗯,不错,有进展。”赵春生说,“抓紧点,消防信息化建设,你们可是关键呀!”

从通信科出来,赵春生又去了几个办公室,主要是看信息化办公情况,一切运行还比较令人满意。

“走,去看消防指挥中心!”赵春生从一个办公室出来说,“那里是消防信息化的心脏!”

消防指挥中心是新成立的机构,指挥系统刚建成不久。指挥中心的邢主任正在调试设备,见总队长他们进来,邢主任站起向首长们敬了礼。

“赵总!”邢主任向总队长打招呼。

“你在忙什么?”赵春生问。

“正在调试系统,”邢主任说,“新设备需要不断的调试。”

“这个系统技术性能怎么样?”赵春生边看边问。

邢主任打开系统。边操作边说:“性能不错,能集中接收火警信号,同时受理不少于两起火警,从接警到消防队出动命令的时间不超过四十五秒。系统的通信网相对独立,可以确保畅通,具备为扑救重大恶性火灾和处置特种灾害事故编制联合作战出动方案和提供辅助决策指挥的能力……” 邢主任调出指挥系统数据库,滔滔不绝地说着。

“指挥系统有哪些数据?”赵春生又问。

“数据库的东西不少,”邢主任说,“常用到的有消防地理信息、气象数据、消防水源、消防实力、灭火救援器材、消防安全重点单位信息、各类火灾与灾害事故特性、化学危险品管理、灭火救援战术技术、灭火救援作战记录、训练模拟数据。”

“好……好……”赵春生点着头。他临走时说,“指挥中心既是消防部队核心战斗力生成的重要环节,也是服务社会、服务群众、服务部队的窗口。你们不仅要钻研业务,熟练掌握技术,还要对它进行客观全面的综合评价,改进薄弱环节,使其发挥更大的作用。”

赵春生说完,准备去政治部。关参谋长送到电梯口,赵春生说:“一块去吧,这也是你的业务。”

到了政治部，关参谋长叫来高主任，他们直接去了组织教育处。处长不在，两个干事忙了起来。赵春生翻了翻文字资料，又看到了看电脑里的工作视频，对高主任说：

“加快推进政治工作信息化建设，要确保发挥政治工作信息化建设效能，让信息化成为做好部队政治工作的重要阵地，积极开展正面教育，大力宣传党的路线方针政策，宣传消防部队的优良传统，切实打牢听党指挥、能打胜仗、作风优良的思想根基；成为加快转变战斗力生成的重要载体，不断增强政治工作的及时性、实效性，发挥服务保证作用，促进防火灭火和抢险救援任务的完成；成为促进官兵全面发展的信息平台，以综合信息平台为依托，开办警营课堂，营造良好氛围，有效激发官兵弘扬传统、争先创优的政治热情，建设成为官兵健康精神文化生活的新空间。”

离开政治部，关参谋长陪同总队长去了后勤部的装备处。后勤部邓部长去外地开会，刚进装备处纪副部长就来了。纪副部长口头简要汇报了器材装备信息化建设，赵春生先过目了信息化系统，又去看器材装备，并边看边对纪副部长和陪同人员说：

“消防部队装备管理信息化建设的目标，就是要构建一个统一的管理信息平台，实现对装备管理过程中的信息、装备和人员的实时动态控制，提高装备管理的信息支持能力、辅助决策能力和快速反应能力。”

赵春生查看器材装备时，防火部陈部长已经知道部属总队长在检查。陈部长跟过去，一同看了一些装备设施。到了防火部，赵春生说去监督管理处，查看重点单位信息化管理情况。

监督管理处王玉贵既是副处长，又是工程师。他打开重点单位信息化管理系统，给首长汇报情况。

“调出重点单位，”赵春生说，“看这个单位的信息档案内容。”

王玉贵调出省人民医院消防安全信息化管理档案，“赵总，”王玉贵说，“你看这个档案有单位基本情况、消防安全责任制度、日常消防安全巡查和检查、火灾隐患整改、‘四个能力’建设、自动消防设施、重点部位监控，各项内容都齐全。”

“再调出一个重点单位，”赵春生看后又说，“看消防安全责任制度落实情况。”

“这是新州市工贸商场信息档案，”王玉贵边操作边说，“他们在落实消防安全责任制度方面，实行消防安全管理人员确立或变更报告制度、消防设施维护保养定期报告制度和‘四个能力’建设定期目标自查评价报告制度……”

## 四

进入四月，春意盎然，到处一派生机勃勃的景象。清明时节的迷蒙烟雨，浸润了苍茫秀丽的山川大地；远处起伏的岗峦，蜿蜒的河岸，铺上了一层碧绿的绒毯；路边挺拔的白杨，婀娜的垂柳，龙钟的槐树，娟秀的银杏，都披上了青翠欲滴的新装；公园里小桥流水，曲径飞花，红桃白李，艳紫的丁香，嫩黄的迎春……犹如美丽的仙境。

赵春生参加完干部任命大会，送走了公安厅领导。他刚进办公室，关参谋长进来了。

关参谋长被任命为副总队长，尽管还是副师职，但由部门领导变为总队首长。而且最为重要的是，参谋长这个角色并不好扮演，操心多，风险大，从部队的人员、车辆、安全管理到灭火救援，哪一方面出了问题，都有连带责任，可以说是在刀尖上跳舞。不管哪种部队，士兵总是占多数。如今的兵大多数都是独生子女，从小在家里就是“小皇帝”，几代人娇惯着这么一个，随心所欲，毫无顾忌，管理的严了，不是闹情绪，就是和你对着干，甚至逃离部队；放得松了，稀稀拉拉，松松垮垮，不成兵的样子。作为消防部队，虽然也要求封闭式管理，但与其他兵种相比，接触面广，与社会打交道多，容易沾染上不良习气，与社会人员发生冲撞或矛盾的概率高；业务训练不仅强度大，也有一定的危险性，许多训练都是高空作业，稍有马虎队员就会受到伤害；接警出动不再是过去单纯的火灾扑救，抢险救援越来越多，而且风险比火场还要大，极易发生事故或人员伤亡……

关参谋长，不，应该是关副总队长终于如愿以偿。他不用再整天提心吊胆，生怕部队出问题；也不用再遇到大一点的灭火救援，就非要亲自出征，战斗在第一线……

“怎么样，职务变动了感觉如何？”赵春生等关副总坐下后问。

“很好，很好！”关副总说，“这还要感谢你哩。”

“感谢我什么？”赵春生说，“没有给你提成正职。”

“哎，话不能这么说。”关副总有知恩图报的意思，“如果不是你的帮助，说不定我还是原封不动。”

“那倒不一定。”赵春生看了一下关副总的表情有些茫然，感到他说得欠妥。

关副总在参谋长岗位上一干就是五六年,大小事情都经历过,风风雨雨,坎坎坷坷,立过功,也受过伤。他找自己谈过,要求换一下岗位。作为总队长,赵春生曾多次建议对他提拔使用,不知是他年龄偏大还是什么原因,一直未能如愿。赵春生换了口气,安慰着关副总:“不过,这样也好。”

“好……好……”关副总应着声,“这下可以轻松了。”

“轻松?”赵春生一问,关副总有些紧张。“不是,我问的不是这个意思。”赵春生缓和了一下气氛,说:“咱们总队的信息化建设你最清楚,已经有了良好的发展势头,目前正处在关键阶段,如果不持之以恒地抓下去,就会半途而废。这个时候你想轻松,难道要坐视不理吗?”

“赵总,不是我袖手旁观。”关副总急忙说,“新的参谋长马上要到位,信息化建设属于人家管的范围。”

“靠新的参谋长?”赵春生有些疑惑,“他即使上任,人生地不熟,怎么去抓?更何况这项工作是技术性非常强的新事物,非同小可。”

“这……”关副总不知该怎么说。

“你不要再犹豫了。”赵春生说,“信息化建设还是由你亲自抓,一定要抓出成效。”

“今后需要做哪些工作?”关副总问。

“现在总队机关有了实质性进展,关键是支队以下基层单位。他们的情况如何,直接关系到信息化建设的结果。”赵春生从文件夹中拿出一份文件说,“尽管已经制定了支队级以下单位消防信息化建设验收标准,但落实的怎么样还不清楚。你带人员下去按这个标准进行检查验收,督促工作进程。”

“什么时间去?”

“做些准备,尽快下去。”

几天后,关副总带队,机关部门各参加一人下基层检查验收。临出发前,关副总给检查验收人员开了一个会,统一口径,提出要求。

“检查验收每到一个支队,无论是机关还是基层的大队、中队都要坚持一把尺子,一个标准……”关副总说,“对完成所有建设内容,技术达到设计要求,符合信息化建设标准,系统运行安全稳定的通过验收;建设内容和技术指标基本达到设计要求,但文件资料不齐全,系统存在故障或缺陷的提出整改意见;未达到设计要求,资料、数据不真实,擅自修改设计目标和建设内容的不通过验收。”

尽管关副总带领人员快马加鞭地进行,有时晚上也加班加点,可是检查仍持

续了二十多天。检查验收结束后,关副总去向总队长汇报情况。赵春生听了后,说:

"对验收中提出的整改意见要以书面形式通知下去,要求整改后进行复查;未通过验收的,限期整改存在问题,符合验收条件后组织重新验收。总之,要一抓到底,不见成效决不罢休!"

赵春生抓消防信息化建设,引起了强烈轰动。国家消防局知道后派出工作组,经过全方位、多层次的调查,认为这是把消防信息技术转换为消防战斗力的突破性新举措,是全国消防部队第一个将信息化运用于防火灭火和抢险救援的典范!

两个月后,消防局在这里召开全国消防部队信息化建设现场会,赵春生向各总队介绍经验。不知是否与这事有关,后来赵春生被任命为国家消防局副局长,晋升为少将警衔。

# 第二十二章　演　习

## 一

一阵秋风吹过，又是一场秋雨。秋天的风，吹熟了稻谷果实，是丰收的前兆；秋天的雨，滋润了万物大地，是仙人手中的七彩棒。秋天，把黄色给了银杏，红色给了枫叶，金色给了田野，橙色给了果树，同时它还带着淡淡的香味儿，有梨味、苹果味、桔子味、香蕉味……被秋雨洗过的天空，没有一点儿杂质，显得更加深邃，站在蓝天白云下，清风拂面，丹桂飘香，菊蕊吐芳，落英曼舞，给人一种置身于世外桃源般的飘渺之感！

然而，秋天是离别的季节，也是最令人思念的岁月。像树上的叶，地上的花草，从葱茏到泛黄，最后零落成护根的泥土，多少的情感浸润在其中。

赵春生任职命令宣布后，令同行业许多人刮目相看。不要说全省，就是在全国，像消防这样的小部队，尽管有十几万官兵，师团职干部也不少，可是当上将军的屈指可数。将军对于团职以下的干部而言，想都不敢想，就是正师职领导，那也是可望而不可及的。这其中既包含着主观内在方面，也有客观外界因素，不是哪一个人都能轻而易举地实现的。

不过，赵春生对自己的职务变化倒是不以为然。他记得父亲临终前对他说，之所以给他起春生这个名字，不单纯是因为他出生在春天，更是希望他像春天的小草一样，生根、发芽，带给人间绿色，做一个对社会有用的普通人。正因为如此，他从当兵后就自始至终尽最大努力干好本职工作，至于个人前途的得失，一直是顺其自然。眼下，在别人认为他是飞黄腾达，可这次上任他又要单枪匹马。到都城工作不比一般的城市，不是想带谁就能随便带上，他又要把任风莲一个人抛到新州城了。

任凤莲自失去儿子后,像变了个人似的,整天沉默寡言,什么也不说,什么也不问,对一切淡然处之,对赵春生的升迁感到无所谓。按年龄说,她才五十多岁的人,看上去却比实际年龄要苍老得多。头发不仅白了不少,还稀疏了许多;眼眶明显凹陷下去,脸颊失去光泽;身板不是太直,走路时没精打采……

尽管如此,她仍然很理智。她知道自己一时半会儿不会随同丈夫去新的大城市生活,将一个人承受孤独的煎熬;她清楚赵春生有难处,还没上任工作就带家属去成何体统;她懂得男人的事业多么重要,不能拖了他的后腿。当赵春生向她做思想工作时,她微笑着说:

“不要安慰了,快去吧,那里有你的事业……”

“这……”赵春生好像要说什么,却又没说出来。

“啥也别说了,”任凤莲说,“踏踏实实地走吧,别挂念我!”

赵春生怀着愧疚离开家,又一次离开与他相濡以沫且遭受严重打击的爱人。到新的单位感觉就是不一样,毕竟是大机关,不论职务高低,人的礼节、修养和业务水平都非同一般。他发现虽然他是副局长,但好些处室的处长年龄比他大,资历比他老,能力也不在他之下,所以他说话处事比较谨慎。

他分管战训和警务业务,这方面尽管不是外行,但对驾驭全国消防部队的能力他还是觉得有些还不从心。于是,他抓住一切机会学习钻研,熟悉情况。那天,他接受到一项新任务。欧联盟消防团访问中国,要观摩灭火救援演习。这项活动不要说消防局非常重视,就是公安部和国家领导人也极为关注。它不是一般的灭火救援演练,所展示的不仅是消防部队高水平的业务技能,更是中国消防官兵的形象!

沉甸甸的担子落在他肩上,他觉得这既是艰巨任务又是重大责任。他叫来战训处李处长,一起研究这次重大灭火救援演练的对策。李处长资历较老,年龄也比他大,是灭火救援的高级工程师,因而他从内心里敬重李处长。李处长进了办公室,他忙让坐下。两人聊了一会,便谈到正题。

“李处长,”赵春生和蔼地说,“你是灭火救援的专家,这次欧盟访问团参观消防观摩演习,我们应该从哪些方面谋划?”

“专家不敢当,”李处长也很谦虚,“不过,这几天我一直在琢磨,既要从大处着想,又要从小处抓起。”

“哦……”赵春生感兴趣地问,“你有什么好的打算?”

“欧盟好些国家的消防起步早,发展快。我们必须从大的方面着手,展现给他们的尽可能是同行业超前性的大行动。”李处长说,“当然,具体工作还要从一点一滴抓起,从方案的制定、场地的选择和实施演练……都要一步一个脚印,真抓实干。”

“你说得很对,”赵春生高兴地说,“我在想,我们就是要搞成全方位、立体式的灭火救援演习。”

“我们先从哪些方面开始工作?”李处长问。

“尽快制定切合实际的实施方案,修改完善后提交会议研究。”

几天后,李处长给赵春生送去了灭火救援综合演习实施方案。“战训处先起草了个文字性东西,”李处长说,“你看哪里不妥当或不完善,我们再修改。”

“好……好……你先坐。”赵春生边答应边认真地看起来,一遍看过又看了一遍。他考虑了一会,说:

“总体不错,符合大型灭火救援演练预案的基本要素。不过,有几个方面我想你们再好好推敲:灾情设定上,突出部队全方位、立体式的灭火救援战斗,虽说不上‘陆、海、空’样样俱全,但也要展示出地面、高空和水上的行动;战斗编程上,除了方案中已经提到的消防车辆装备,还应对举高喷射、登高平台、云梯、排烟、照明、救护的特种消防车辆加强;力量部署上,119 指挥中心接到火灾事故报警后,迅速按类型级别分类处置,调集三个支队分别展开战斗。同时,还要调动社会力量,通知医疗救护、供水、供电、燃气等有关社会联动部门到场协助。”

## 二

李处长按照赵春生的意见,对演习实施方案反复进行了修改,拿到局务会议上研究时再也没有提出过多的修改要求,只是个别细节上作了调整。对于确定的演习场地,赵春生准备去现场看一看究竟情况怎么样。

那天,赵春生和李处长一同出发去选定的江南市。到达时,所在地的总队、支队领导在等候。稍作休息后,贺总队长带他们到了现场。

江南市是祖国南北交界处的一个城市,既有陆地又有湖水,场地分为三部分:第一场地距海边不远,有一幢即将拆除的高层建筑,楼高一百一十米,建筑层数三十四层。东面为停车场,西面为星光大道,南面和北面为小区道路;第二场地是未竣工的地铁会展中心,位于第一场地南端,是一号线和四号线的交汇处,分为三层,共有五个通往地面的安全疏散出入口;第三场地是湖水上的船舶,在第二场地南侧。三个地方相距很近,遥相呼应。

来到第一场地,贺总队长给他们汇报周围环境和高层建筑情况。望着高耸云天的建筑,赵春生仔细端详了许久后问:

“灾情如何设定?”

“这幢楼目前闲置准备拆除,我们把它设定为居民住宅楼,”贺总队长说,“设想二十七层发生火灾,火势向上并向下蔓延,形成大面积立体火灾,伴有大量浓烟,有人员被困,情况十分危急……”

“战斗力量怎么部署?”赵春生又问。

“接到报警后,指挥中心将情况向指挥长报告,由指挥长调动一支队赶到现场采取措施:一是积极抢救遇险人员,使用登高装备器材深入楼层内救人;二是根据高层建筑易发展为立体火灾的特点,采取上截下防,阻止火势向上、向下及水平方向蔓延;三是重视火情侦察、火场供水和火场排烟;四是注意建筑物倒塌和物品坠落伤人。”贺总队长说。

“使用登高装备救人遇到困难怎么办?”李处长问。

“这个问题我们已经有了对策,”贺总队长说,“楼顶上设置了停机坪,可以调动消防直升飞机从楼顶救人。”

“楼顶?”赵春生脑子里打了个问号,“有把握吗?”

“咱们上去看看,”贺总队长对一支队长说,“调动消防直升飞机!”

赵春生他们坐上了飞机。随着直升飞机的渐渐升起,赵春生有一种奇怪的感觉,好像飞机的轰鸣声是随着地面景物的变化而变化着的。眼前的一切令他心潮起伏,当看见黄河经过这里的时候,似乎飞机唱着浑厚延绵的低音合奏曲;当瞧见江南水乡、小桥流水人家时,直觉得到了水阔凭鱼跃的鱼米之乡;当发现山川戈壁、茫茫草原时,给人以壮丽辽阔的雄伟之感。赵春生细细观赏着天空下面这幅丰富多彩的画面,凝神在飞机窗前。他又感到他们乘坐的飞机是一块盾牌,随时保护着人民的生命安全。

飞机在第一场地上空盘旋,那座一百多米的高层楼尽收眼底,楼顶上的停机坪看得一清二楚。赵春生一边看一边询问各种情况,不断地点头。他仔细观察,停机坪起降区场地面积远远大于直升飞机的两倍,具备停机条件。“为了不影响直升飞机的操作,停机坪五米范围内没有高出屋顶的建筑物……”贺总队长介绍着。

“有没有消防设施?”赵春生问。

“停机坪上安装了直升飞机降落标志灯，并在其四周设航空障碍灯，”贺总队长说，“在停机坪附近应设消火栓，泡沫灭火固定炮，以扑救停机坪发生的火灾。”

从飞机下来，赵春生暂时放下了心。接着，他们去看第二场地。本来要乘车去，赵春生听说没有多少路程，就决定步行到地铁会展中心。他们看了几个疏散通道、安全出口、消防水源和内部消防设施，尽管总体工程还未完全竣工，但火灾报警系统和灭火设施已全部到位，完全满足演习条件。

“假设地铁四号线列车运行时发生火灾，火势迅速蔓延，列车司机将载有乘客的着火列车开到会展中心站，站台层、站厅层及各疏散出口浓烟弥漫，如果旅客来不及疏散就会被困于站台层、站厅层，情况万分紧急……”贺总队长汇报灾情设定和灭火救援措施，“根据着火列车和被困人数以及会展中心周围道路水源情况，消防指挥中心接警后调动二支队，采取‘先控制，后消灭，救人与灭火同时进行’的战术原则果断处置。”

“地铁灭火救援不同于地面，情况复杂多变，”赵春生说后，又问，“在消防部队未到达之前怎么办？”

“地铁义务消防队开展自救，利用列车广播安抚乘客不要恐慌，列车人员引导乘客使用车上的灭火器进行灭火自救，组织旅客疏散。”贺总队长说，“调度员接到火情报告后，启动应急处理预案。值班站长指挥义务消防人员灭火救援，并派人员接应消防队。”

……

距离第二场地不远，是一望无际的天然湖，也就是第三场地。湖面上有几艘船艇，起伏不定地荡漾着。赵春生他们登上消防舰艇，启航后贺总队长汇报假设情景：一艘游船在湖水行驶中，因船上人员操作失误，引发机舱大火，数名游客被困。

“救援措施是什么？”赵春生急忙问。

“接到报警后，119指挥中心调动三支队出动消防艇，迅速展开灭火救援……”贺总队长说。

“救援预案要详细周密，”赵春生说，“确保万无一失。”

“是！”贺总队长说，“请首长放心！”

第二天早饭后，赵春生观看了灭火救援演练。实施方案启动后，指挥员、战斗员、车辆装备迅速进入阵地，三个场地按照方案程序从高楼、地下到湖面上依次展开“陆、海、空”演习。赵春生和李处长边看边交换意见，把演练的情况基本装在了心里。

演练进行了将近两个小时，结束后贺总队长集合队伍，李处长从受理报警、出动情况、采取的战术措施、协同作战、战斗作风、完成任务情况、主要经验教训和改进措施方面进行战评总结。赵春生最后讲话时简要肯定了成绩，着重强调了演练的重要性。

“同志们，我们今天演练的目的就是为后面的大型灭火救援演习做准备。到了那一天，我们面对的是前所未有的‘真枪实弹’演习，是接受高技术高水平的灭火救援考验，是迎接国际消防访问团的检阅！这个演习规格之高，责任之重可想而知。全体参战官兵要做好充分准备，高水平、高质量地完成演习！”

赵春生讲了演练中的不足和需要改进的措施，他说：

“整个演习要充分运用消防信息化，从接警出动到具体实战、从高层住宅、地下地铁到湖面水上的灭火救援行动都要从信息化的视频中能反映出来，使国外来宾在一个固定位置就能看到战斗的各个部位。还有，第一场地既然把它设定为居民住宅楼，就要多安排些临时居民住户，体现真实场景；第二场地在救人疏散措施上力争再优化，与地铁部门多演练；第三场地是一个动态作战，要把湖面上的灾情设定和战术措施考虑得更周密一些……”

## 三

转眼间离欧盟消防团访问的时间不远了，一切准备工作就绪。可是，情况有了变化，访问团原来说观摩灭火救援演习，现在不仅如此，还要看基层防火监督管理。消防局经过研究，决定仍选择在同一地方。那里既有中国南方消防监督的创新举措，又有北方防火管理的传统模式。

这样，赵春生的工作任务又增加了新的内容。他刚回到局里，新任务迫在眉睫，开完会又急忙赶到江南市。他一方面督促灭火救援演习的准备，另一方面与当地消防部门确定防火监督看点，抓紧落实工作措施。他唯恐准备得不充分或工作上出现纰漏，干脆驻守在那里现场办公，除了抓好业务上的事，还有接待工作……

几天后，访问团终于来了。飞机直接到不了江南市，消防局主要领导从首都机场接上人后再转机，赵春生和贺总队长到江南机场迎接。访问团成员有英国人、法国人、德国人，还有比利时、卢森堡人，团长是英国消防局副局长，名叫蒙沙·利特。把访问团人员接到宾馆，已经到了下午五点多。赵春生让他们稍微休息一会，然后举行了欢迎宴席。

第二天安排了一天活动，上午观摩灭火救援演习，下午参观防火监督管理。灭火救援演习总指挥由赵春生担任，贺总队长任副总指挥。总指挥部设在第一场地的东北角，隔壁专门设置了观摩室，从视频上可以看到三个场地灭火救援的全部过程。

上午九点钟，演习开始。刹那间，高层住宅楼二十七层窗口浓烟伴随烈火冒出，楼内被困居民不时地发出呼救声。总指挥部接到报警后，赵春生下达命令：

“一支队，立即赶到灭火救援！”

一支队孟支队长迅速调动六个中队一百六十名官兵，出动二十四台灭火救援车辆到达现场。孟支队长命令一中队立即进行火情侦察，准确查明起火部位、火势蔓延方向、被困人员情况。

两台登高云梯车从空中升起，将早已穿好防火隔热服、佩戴好空气呼吸器的一中队十几名消防队员送到起火楼层。经过侦察很快探明了情况。

“支队长，起火部位在住宅楼二十七层，火势凶猛分别向上和向下蔓延，已经发现的被困人员二十多名……”一中队尚队长用对讲机向孟支队长报告。

前线指挥的孟支队长一一下达命令：

“一中队，全力组织救人！

“二中队，组织人员控制消灭向下蔓延火势！

“三中队，采取上下合击、堵截火势的战术，扑灭向上蔓延的大火！

“四中队，到达大火燃烧部位采取有效的排烟措施！

“五中队，保持不间断供水！”

现场南面和北面又分别升起两台登高云梯车，将消防员运送上去，解决了楼层高队员从楼梯攀登费时的困难。各中队密切配合，灭火、救人、排烟、供水紧张地进行。一中队搜救人员中，发现十几名被困者从楼梯向上逃去，大火封住楼梯口。

“支队长……支队长……”尚队长报告情况，“被困者向楼顶逃生，楼梯被大火封锁……”

尚队长向孟支队长报告时，赵春生也听到这个情况。赵春生命令一支队调动直升飞机从楼顶救人，孟支队长命令下达后，原地待命的六中队调动三架消防直升飞机飞到住宅楼顶上空，缓缓地降落在停机坪。登高云梯车和消防直升飞机以及其他途径展开了全方位救人,大火也很快被控制住,五十多分钟结束战斗。

第二场地报警后,赵春生又下达了命令。

此时,地铁四号线载有几百名乘客的着火列车开到会展中心站。站台层、站厅层浓烟弥漫,约有一百多人被困,情况万分紧急。二支队蒋支队长调动二十五台车辆和一百三十名指战员参战,当地交警部门二十几名干警封闭有关道路,指挥疏散车辆并维护"火场"秩序,会展中心义务消防队员迅速扑救初期火灾,疏散被困人员。

二支队三分钟内到达现场,三中队一班奉命进行火场侦察,发现现场被困人员多、烟雾大、温度高,救援难度不小,立即将情况向蒋支队长报告。

蒋支队长立即下达命令:

"一中队从西入口处进入利用站厅层出喷雾水枪,沿自动扶梯往下驱散浓烟及控制火势蔓延,携带担架及个人防护器材掩护疏散列车被困人员!

"二中队从东入口处进入利用室内消火栓出喷雾水枪,驱散浓烟及控制火势蔓延,掩护疏散列车被困人员,将被救的昏迷者及受伤群众送到地面120救护车医治!

"特勤大队从中心出入口到达四号线,全力以赴控制消灭火灾!"

进入战斗后,特勤大队集中优势兵力打歼灭战,一举扑灭列车火灾,一中队和二中队在喷雾水枪的掩护下救出被困人员,120急救车和医务人员对抢救出来的伤者进行现场救护,视伤者情况送医院抢救。

"着火了!着火了!"第三场地又发出报警。

地铁南侧湖面上一艘游船船体后侧突然冒出浓烟,大火迅速蔓延。总指挥部接到报警后下达命令,三支队出动的九艘消防艇和救生船呼啸而至。

危急之下,游客中有七人落水,还有四名游客被烟火熏呛昏迷。吕支队长调动三艘消防救生船靠近着火船,把船上游客救至岸边安全地带;两艘消防艇将落水的游客紧急打捞到船上,运到岸边;四艘消防艇出动水枪喷出的水在空中划出弧线,准确地击打在起火部位,很快将火扑灭。

正当灭火救援结束时,旅游团发现少了一人!吕支队长命令一中队派出人员着潜水服下水搜救。在焦急的目光中,两位消防员在水下找到了那名失踪游客。他俩将那人托出水面,救上岸边后立即实施人工呼吸,使那人脱离了生命危险……

访问团人员在观摩室聚精会神地看着,尽管他们没到作战一线,可所有的演习从视频上看得一清二楚,有的不时伸出大拇指称赞:

“太棒了！太精彩了！”

“中国军人太厉害了！”

“中国消防员太神奇了！”

当天下午，赵春生陪同访问团看了几个大队的防火监督管理。蒙沙·利特与赵春生边看边聊，并邀请赵春生去英国访问。

## 四

欧盟团访问的第二年，蒙沙·利特以英国消防局名义发来函件，正式邀请中国消防局访问英国。从礼尚往来的角度考虑，部消防局里决定由赵春生带领消防访问团赴英国考察学习。赵春生接到这个任务后有喜也有忧，喜的是到国外参观学习可以开阔眼界，增长知识，机会千载难逢；忧的是他从来没有去过国外，也不懂多少外语，尽管有翻译，但作为团长还是有些担忧。

做了些准备，赵春生带着十几个消防团成员赴英国考察。他们从北京上了飞机，渐渐地离地面越来越远，空中除了白云和蓝天什么也看不见了。十几个小时后，空姐说已经到了伦敦的上空。赵春生从机窗玻璃俯视隐隐约约看见一条海峡，播音员介绍说是英吉利海峡，接着滔滔不绝地讲述着英国。

飞机缓缓地降落在伦敦机场。薄薄的晨雾中，雄浑深沉的钟声响了，这里作为世界标准时间的格林威治钟声！伦敦，零度子午线贯穿的地方，世界时间的起点！

来机场接中国消防团的是蒙沙·利特，见到赵春生他们，蒙沙·利特高兴地说：

“欢迎您，赵先生！欢迎中国代表团到来！”

“谢谢……谢谢！”赵春生和蒙沙·利特边握手边说。

蒙沙·利特以极大的热情迎接中国来的客人，一同来迎接的还有三个高鼻梁先生，从相貌上看年龄比蒙沙·利特小些。从机场坐车进入伦敦市区，与中国截然不同的建筑风格通过车窗映入了赵春生的眼帘：人字形坡屋顶，底部砖砌墙，外立面材质为暖色系，体现着英式建筑所特有的庄重、古朴的风格。

到了一家宾馆门口，蒙沙·利特对赵春生说：

“请进吧，中国将军！”

一声“中国将军”，使赵春生心中一震，这样的称呼很少有人叫，他意识到这是西方国家对中国军人高级指挥官的尊敬。

宾馆外形简洁,窗子宽大,窗外墙根窄,几乎只剩下一个壁柱的宽度,外形上仍然保留塔楼、雉堞,体形凸凹起伏;室内用深色木材做护板,板上作成浅浮雕;大厅用华丽的锤式屋架,由两侧向中央排出,逐级升高,每级下有一个弧形的撑托和一个下垂的装饰物。

赵春生他们进入提前安排好的房间,洗漱后去餐厅用早餐。英国人是很讲究早餐的,和晚餐并重,午餐则很随便。

早餐有面包、煎鸡蛋、玉米片加牛奶、新鲜水果,还有咖啡和果汁。早餐后本来参观学习,可蒙沙·利特说到伦敦市区先了解一下市容市貌,赵春生也就只好客随主便了。

蒙沙·利特陪着客人浏览了闻名遐迩的"大伦敦"。白金汉宫、议会大厦、特拉法加广场、皮卡迪里……这些使赵春生他们感到眼前一亮。在王宫门口,御林军戴着水桶似的黑熊皮高帽子,穿着鲜红军服,郑重其事地举行换岗仪式,吸引着各种肤色、不同语言的来自世界各地的游客,仿佛置身于童话之中。大街上的英国女士、男士庄重而彬彬有礼,很少听见有人大声吵闹。

下午,蒙沙·利特陪中国考察团走访了英国的几个企业、体育馆、商场、宾馆和消防中队。赵春生看后感到:公共场所火灾报警设施几乎无所不及,都在联动正常运行中;防火条件虽然先天不足,但疏散设施不仅齐全,还在安全出口采用电子锁,解决了防盗与应急逃生的矛盾;消防队大城市以职业制为主,小城市多为志愿者……

到了晚上,赵春生躺在床上翻来覆去怎么也睡不着,也许白天看得东西太多,打乱了他的大脑正常活动。不过,他受到了一些启发。他想如果我们国家能借鉴英国的经验,探索消防队伍职业化发展新路,提升消防工作社会化水平和现代城市文明程度;提高消防员个人素质,强化部队整体战斗力;建设微型消防站,加强特种消防装备,会对消防工作和部队建设有很大的益处。

第二天早餐后,赵春生在宾馆房间和蒙沙·利特进行了一次交谈。

"蒙沙·利特先生,这次到你们国家我们开阔了眼界,学到不少东西,受益匪浅!"赵春生说,"非常感谢你们!"

蒙沙·利特忙摆手:"赵先生太客气了,我在中国也看到了你们精彩的消防演习!"

"蒙沙·利特先生,你们英国消防起步早,发展快,我想请你对我们中国的消防未来谈点意见。"赵春生说。

"赵先生,我看过你们的灭火救援演习和防火管理,许多方面挺不错,"蒙沙·利特说,"不过,我对你们中国的消防体制不感兴趣。"

"你是指现役制消防部队?"

"是的。"

"你能具体谈谈吗?"

"灭火救援队伍现役制是可以的,但现役制防火管理人员是短期行为,人员流动快,不具备工作的连续性。"

"你认为中国的消防面临的挑战是什么?"

"我想这不仅是中国消防面临的挑战,也是世界消防面临的挑战。第一是人员。人员决定着消防队伍,他们的战斗力能不能胜任所承担的任务至关重要。第二是装备。不能满足于已经研制的装备设施,要在智能机器人方面多探索,在接警出动、灭火救援和事故调查处理中让智能机器人发挥更大的作用。第三是科技。我看你们中国已经把信息化在灭火救援演习中运用得很好,假如从指挥到作战再向更深层次发展多好……"

# 第二十三章　永　生

## 一

赵春生从英国考察回来，一直记着蒙沙·利特“人员决定着消防队伍，他们的战斗力能不能胜任所承担的任务至关重要”那句话。他想国际友人都能认识到这一点，作为中国消防，部队战斗力是赖以履行消防职责、完成防火灭火和抢险救援任务的先决条件。一场灭火战斗、一次抢险救援行动能否圆满完成任务，达到最佳的作战效果，与部队的战斗力息息相关。他回顾自己过去的战斗历程，从班长、队长、参谋长、支队长到总队长，凡是战斗力强的群体或个人，都能召之即来，来之速战，战之则胜，否则不是贻误战机就是打败仗，甚至造成人员伤亡。

当他正考虑这些问题时，公安部和消防局主要领导找他谈话。领导们认为，鉴于消防部队人员严重不足，不能满足防火灭火和抢险救援工作的需要，必须要向现有人员要素质要战斗力。如何提高人员素质和部队战斗力，他想只有找准症结、对症下药，才能见到实效。可是，他原来毕竟在支队和总队工作，知道的只是局部问题，对全国性的情况并不清楚。

那天，他组织召开提高部队战斗力“诸葛亮会”，发挥集体智慧，让相关业务处的同志一起分析存在的问题，寻找解决的良策。对于问题尽管大家发言很不系统，有的你一言他一语，但基本说到了要害，大家共同认为除了警力和装备不足，更多的是对辖区情况不熟悉，盲目作战；指挥能力不强，缺乏科学判断和决策；专业队伍受教育基础不扎实，培养途径不够宽……

赵春生针对与会同志谈到影响提高部队战斗力的不利因素，对大家说：

“对于存在的问题，大家分析得比较透彻。如何提高消防部队的战斗力，这是我们要讨论的关键所在，希望同志们畅所欲言，各抒己见。”

“提高消防部队的战斗力最主要的是人力要素。”战训处李处长说，“从灭火救援角度看，人力要素包括参加灭火战斗人员灭火所需要的基础知识、基本技能和对本职执勤中队战斗力的执勤备战、组织管理、政治思想教育、执勤训练、车辆和器材的战斗状态、物资保障、提高人员素质程度。基础知识是已经知道和能够想到的认识因素，基本技能是能够办到和使用的行为因素。一般来说，认识到的不一定会做，而会做的也不一定就具备了这方面的基本知识。人力的高素质需要将两者有机地结合起来。在提高素质的同时不可忽视组织要素，要使参加灭火战斗的人员组织有序，发挥出更大的战斗力，就要有一定的组织手段和形式。灭火救援战斗是在艰苦的条件下，短时间内的高强度作业，需要明确的分工和统一的指挥。还有，消防装备是灭火战斗力又一重要因素。在火场上，消防装备对于灭火、救人、抢险、抢救物资和保护消防战斗员的安全起着至关重要的作用。”

“专业队伍建设是提高消防战斗力的重要途径，”警务处田处长说，“要全面加强消防部队专业队伍的培养和建设，始终保持专业岗位人员的连续性。对各级、各类‘战斗力’提出明确的量化标准，使灭火救援‘精打细算’，改变当前作战的盲目性。万丈高楼平地起，强化基层指战员的业务培训是当务之急……”

“只有打牢消防监督工作基础，提高消防监督人员业务基本功，使监督执法人员掌握消防法律法规，熟悉业务知识，增强履行消防监督职责的能力，才能提高防火监督战斗力。”防火处狄处长说。

……

大家的一番讨论后，赵春生说：

“消防部队中当前有几种思潮应当给予澄清，以防止引起提高战斗力工作思路上的混淆。第一，防火监督和灭火救援是消防部队的两大不可分的主业，两者是密不可分的。我们现在有一种很不好的现象会造成队伍的不团结和业务上的脱节，就是有的防火监督岗位的同志看不起灭火执勤工作，认为基层中队没有技术含量、干的是粗活，而执勤中队干部有的也看不起防火监督人员，认为他们不懂部队管理和灭火作战。从队伍管理和业务角度看，防火监督岗位学到的是技术规范、执法监督和社会协调；灭火救援岗位学到的既有灭火救援业务，也有管理能力。我们应该明白：两个岗位的优点是非常明显的，需要强调的就是在本职岗位上不断提高战斗力。第二，大学生干部和部队生长干部是消防部队两股必须要融合的人才队伍。两者的成长过程不一样，大学生在校学习理论，缺的是将理论付诸实践，部队干部一直在干工作，但是缺少理论基础的支撑。如果大学生能够沉下心来融入到部队的血脉当中去,实现理论与实践的结合,如果部队生长干部能够静下心来认真做好在职学习的功课,补上先天不足,那么,若干年后我们干部队伍的战斗力就会产生一个质变!第三,关于双岗制的问题。应当看到,防火灭火干部因各种原因无法评专业技术职称,服役时间受到限制,骨干难以保留,在某种程度上是削弱战斗力的不利因素。我们要想方设法积极争取各类政策和采取一些措施,如现在有的省市消防部队提出的双岗制政策,确保专业岗位的连续性。

“关于提高消防部队战斗力,同志们谈了很好的意见,集中到一点就是消防部队只有提高战斗力,才能在各类战斗中成长,立于不败之地。这就要求我们从实战和岗位要求出发,坚持‘全员参与、重在基层、立足岗位、重在实效’的原则,围绕消防基本知识、基础体能、实战技能,干什么,学什么,缺什么,补什么,在全国广泛深入开展岗位大练兵活动,努力提高消防官兵的综合素质,建设服务水平高、业务素质硬、作风纪律严、器材装备精、实战能力强的消防精兵。”

## 二

全国消防部队岗位大练兵活动展开后，赵春生考虑防火监督岗位人员点多面广,基层单位地处偏远,组织实施起来比较困难,很容易出现落实不到位或走过场的问题。于是,他先把主要精力放在防火监督岗位人员岗位大练兵上。按平时业务分工,防火监督不属于他管,可是消防局决定基于岗位大练兵的全局,那么这项工作他责无旁贷了。

那天,赵春生叫来防火处狄处长,想听取他对防火监督人员岗位大练兵的意见。

“狄处长,防火监督人员岗位大练兵怎样搞才能取得最佳效果?”赵春生问。

“防火监督人员由于他们岗位的特殊性,决定了首先必须做好准备,组织有关业务人员编写网上练兵试题，按不同类型设计，上网后供各单位人员练兵使用。各总队应制定消防监督岗位练兵应知应会手册,各支、大队要按照应知应会手册内容结合辖区实际制定本单位的学习题库，包括辖区内的基本情况和存在的重大火灾隐患、辖区范围内易发生火灾的重点地区和重点单位及防范措施;消防重点单位的基本情况、重点部位以及有可能发生火灾的部位和应采取的防范措施;单位建筑消防设施设置及运行情况;消防监督工作程序;有关消防法律法规和国家消防技术规范……对于这些人员的岗位练兵，重点是进行大学习、大培训，根据不同阶段、不同层次、不同岗位的要求，采取集中学习、业余自学、随机考核、统一培训多种形式，全面提高消防监督人员的业务素质。”狄处长说。

“学习培训内容如何考虑？”

“根据不同岗位设置内容，监督检查岗位重点学习消防法律法规、标准规范，掌握燃烧基础知识、消防监督抽查和检查、消防监督管理信息化应用、消防监督技术装备的使用和消防法律文书的制作要求；建审和验收岗位重点学习相关的法律法规、技术规范，掌握建筑防火设计审核的程序和方法、消防设施的设置要求、消防安全评价和性能化防火设计、消防监督管理信息化应用和相关消防监督技术装备技能；火灾事故调查岗位重点学习消防法律法规、规章，掌握燃烧、火灾、爆炸基础知识、火灾原因调查的现场保护、现场勘验、火灾痕迹物证鉴定、火灾事故责任认定方法……”

“你说得很好，”赵春生觉得正合他意，“这方面的练兵试题和学习资料如果能尽快出台该多好，当然还有消防法制、消防产品、防火宣传岗位也要考虑到。”

“我抓紧落实，”狄处长有信心地说，“力争早日下发。”

狄处长知道赵局长很着急，他安排人员加班加点地编制资料和考试题，一个星期就完成了任务。从此，一场轰轰烈烈的岗位练兵活动在全国各地展开。各总队根据防火监督人员岗位的不同，按照消防局下发的岗位练兵资料和题库组织学习，开展培训，适时进行考试，采取每月小考，每季度大考，既有理论笔试又有实践操作。有的地方还进行岗位练兵比赛，决出岗位标兵和能手。

赵春生除了抓局机关岗位练兵，一有时间就和狄处长到基层督察。那天，他从上报的文件中发现海滨总队开展防火监督人员岗位练兵比赛，决定亲临现场看下面究竟怎么搞。

他事先没有通知下面，和狄处长在比赛的前一天到达海滨总队。海滨总队之前由各支队进行考试比赛，从中选拔优胜者参加总队比赛。参赛队员先进行网上理论考试，总队领导陪赵春生和狄处长进入考场视察。赵春生发现他们到场后参赛者有些紧张，便对大家说：

“同志们不要紧张，我们是来随便看看，希望大家能考出好的成绩。”

“部局首长来看望大家，也是来给我们鼓舞士气，”伍总队长陪同首长们边视察边说，“大家要沉着应战……”

室内考试后，海滨总队又设置了现场实践操作。由于参赛人员多，实践操作分几处进行，赵春生去了其中一处。

那是一家停业整顿的宾馆，六层建筑，面积七千六百平方米。宾馆采用可燃材料装修，自动消防设施不能正常运行，要求参赛者通过现场检查和操作自动消防设施查出火灾隐患。赵春生到达时，宾馆大厅整齐地站着十几个参赛人员，对面站着一个中校交待具体要求，伍总队长告诉赵春生这个中校是他们防火部的卫处长。

“现在我们面对的这个宾馆，因存在火灾隐患正停业整顿，”卫处长说，“你们每四个人一组，检查后对存在哪些火灾隐患给出答案。大家听清楚了没有？”

“听清楚了！”十几个人异口同声地说。

“好！”卫处长点名第一组，“高卫平、刘玉龙、王兴武、祁连良，”四个人分别出列后，卫处长说，“现在开始！”

高卫平四人对宾馆从外向内、从下到上先对现状检查了一番，发现虽有自动消防设施但运行不正常，然后对消防设施一一检查。他们进入消防控制室，对火灾报警系统的探测器和控制器进行测试，通过控制器启动消防泵，接着查看消防水池、屋顶消防水箱、楼层末端试水装置、排烟系统……

检查结束，他们梳理后汇报答案。高卫平跑步到卫处长面前，敬礼后报告：

“处长同志，第一组检查完毕！”

“报告答案。”卫处长说。

“是！”

“这个宾馆采用可燃材料装修，遮挡或损坏了部分消防设施；火灾报警系统存在多处故障，排烟系统不能联动控制；消防水池水量不足，消防泵不能正常启动，末端试水装置压力和水流量达不到要求……”高卫平说。

高卫平报告后，卫处长进行点评，认为查出的火灾隐患客观准确，符合答案要求。

接下来，现场实践考试继续进行，在一旁观看的赵春生不时地点头。

## 三

这里，充满整个夏天的是紧张、热烈、急促的旋律。

夏季的天气似火一般，太阳下空气有点着火的感觉，好像炉子上的一锅冷水在逐渐泛泡、冒气而终于沸腾一样。山坡上的纤纤细草渐渐滋成一片密密的厚发，林带上的淡淡绿烟也凝成了一堵黛色的长墙。轻飞曼舞的蜂蝶不见了，却换来烦人蝉儿，潜在树叶间一声声地长鸣。火红的太阳烘烤着金黄的大地，麦浪翻滚着，天上的云扑打着公路上的汽车。热风浮动着，飘过田野，吹送着已熟透了的麦香。

赵春生在办公室批阅文件，感到房子里有些沉闷。他打开窗户，空气新鲜了许多。这时，战训处李处长进来汇报工作。

“赵局长，灭火救援岗位以增强官兵业务基础知识和消防基本技能为重点，在全国掀起了知识大学习、业务大培训、岗位大练兵的热潮。”李处长说。

“具体是怎么开展的？”赵春生问。

“从各地掌握的情况，首先狠抓官兵综合素质的提高。各总队通过集中培训、委托受训、邀请专家及有关技术人员讲课等方式，着重提高一线大、中队官兵的综合素质。各基层消防中队深入到高层建筑、人员密集场所、地下工程、石油化工特殊场所，重点开展火情侦察、破拆进攻、地下作战、强攻排险、高空作业、人员搜救、工具堵漏训练，增强单兵攻坚和协同作战的能力。同时，在器材装备上不仅合理配备，还积极开展装备应用训练，让操作人员从会到精、从精到专，充分发挥装备的最大效能。还有，加强本地区各种灭火应急救援力量的联席和演练，充分整合本地区各种社会救援力量，组织开展协同演练……”李处长一口气汇报了诸多情况。

“大练兵灭火救援岗位是关键，”赵春生说，“尽管目前势头良好，在学习、培训和演练方面有了成效，但是近年来跨区域恶性事故越来越多，突发性强，危害大，消防部队灭火救援工作仅靠辖区执勤力量难以单独完成任务，需要跨地区协同作战。”

“赵局长的意思是……”李处长不解其意。

“在各地开展岗位练兵的基础上，不仅进行本地区灭火应急救援演练，还要开展跨区域大型灾害事故处置演习。”

“哦，跨区域演习？”

“怎么，有困难吗？”

“没有，我是考虑具体咋搞？”

“你们下去周密谋划，不仅跨总队进行，还应要跨支队开展。”

几天后，李处长组织处里经过研究，制定出跨地区灭火救援演习预案。赵春生看后作了修改，在预案右上角批了两条意见：一、演习预案用文件尽快下发；

二、近期组织一次跨区域灭火救援演习。

李处长经过一段筹备，汇报赵春生同意后进行跨区域灭火救援演习，地点选择到海滨、西域、北州三省交汇处的海滨省广安县北郊。这里是国家一级文物保护单位的古城，周围被刚搬迁了的居民住宅团团围住。演习就是利用已搬迁了的居民旧房屋设置火情，通过联合演习保护文物古城。广安县只有一个消防队，文物古城包括原居民住宅区共有一万多平方公里，若遇到火灾，靠辖区的执勤力量难以适应作战需要，必须调动周边的消防力量，而海滨的消防队离的比较远，相对近的就是西域和北州两省相邻的消防队。

演习前，赵春生和李处长去广安县查看了场地。演习开始的那天上午，广安县消防中队接到报警，文物古城北侧旧民房发生火灾，火势凶猛。火乘大风向东南方向蔓延，对文物古城构成严重威胁。火情层层传到高层，联合演习指挥部迅速调集海滨、西域、北州临近的三个支队。广安县消防中队首先到达火场，展开兵力和车辆装备先行控制火势，接着所调动的东营、兰星、长乐支队相继赶到。

此时，火势越来越大，分别向东南和西南方向蔓延。

赵春生立即下达命令：

“东营支队从火场南面展开攻势，切断火源，不惜一切代价保护文物古城！”

“兰星支队进入火场东侧，控制消灭向东蔓延的火灾！”

“长乐支队进入火场东侧，全力以赴控制消灭向西蔓延的火灾！”

命令下达后，东营支队刘支队长命令广安县中队从正南中间出动三支水枪，集中优势兵力打歼灭战；调集来的一中队和二中队在左右两侧用水枪形成“防火隔离墙”，围歼火灾；二中队拉水运水，确保火场不间断供水。

在东营支队展开强大攻势的同时，兰星和长乐支队也分别发起猛烈进攻。尽管部分木结构民房燃烧速度快，一处消灭另一处又复燃，构成大面积火势威胁，但在消防官兵的顽强拼搏下，几十支水枪终于降服了火魔。

联合演习结束，部队集合在一起进行战评。三个支队从不同角度对各自实战演练进行汇报，寻找存在的问题和弥补措施。消防局战训处李处长对演练过程从接警出动、力量调集、战术运用、经验教训进行了全面的分析和总结。赵春生讲话时在肯定成绩的同时，提出了工作要求。他说：

“这次跨区域联合演习开好了头，带好了路。为确保今后联合演习更好地进行，还应继续做好工作：第一，进一步加大全员练兵力度，从‘严’字上下功夫，立足实战开展训练，提高官兵的各项业务水平和处置各类火灾事故的能力；第二，器材装备要加强,不能满足现有装备设施,要有先进的新装备和新设施;第三,发挥科学技术力量,把信息化充分运用到作战指挥和灭火救援行动中;第四,加强部队管理,团结协作,严肃作战纪律,服从统一调动指挥。”

## 四

联合演习举行不久后,还真的发生了一起跨区域火灾。

那是一个电闪雷鸣、大风呼叫的拂晓,一道强光划过天际,仿佛要把天空撕裂开来,随即震人心魄的雷鸣隆隆传来。玻璃窗被震得啪啪作响,风在肆无忌惮地狂吼……

一阵雷声后,偏远的寺沟加油站罐区起火。加油站在延河、新庆、兴都三省的交界处,属于延河省辖区,该省距消防队较远。火势钻入油罐区,很快燃烧爆炸腾空而起,接着分散成两股抛向东西两地酿起更大的火灾。

东面为新庆省最边沿的一个村庄,居住着三十多户村民。飞火落在村西边一户人家的柴草垛上燃烧，接着引燃土木结构瓦房。在大风的助威下火势向东蔓延,危及全村。

西面是兴都省永丰县的林场,上千亩面积,几十种成材树木。一团飞火引起地面干枯树枝着火,由地面向松柏树木燃烧,形成立体火灾……

赵春生从战训处李处长那里得知火情,深感非同小可。他清楚这个加油站火灾使几十户村民生命和几千亩森林将受到严重威胁。这起多处火灾面临着大风的恶劣天气,又同时涉及三个省,凭常规战法或单靠哪一方面都很难单独完成任务。于是,他下达了三条命令:

一、立即启动跨区域灭火救援作战预案!

二、调集延河、新庆、兴都三个消防总队邻近的万江、同化、刘满支队迅速赶往火场!

三、调动最先进的车辆、直升飞机、机器人和装备设施!

命令下达后,赵春生和李处长乘坐直升飞机向火场飞去。他们以最快的速度到达火灾上空,从飞机上能看清地面的熊熊大火。

赵春生下了飞机,调集的力量大部分已到位。当地政府领导也已到现场,还有森林警察部队也相继赶来。火场很快成立了灭火救援指挥部，赵春生任总指挥,当地政府、消防及森警部队领导任副总指挥,消防局战训处李处长为一线指挥。指挥部经过对火灾初步分析,认为加油站火灾已经没有扑救的价值,应该把主要力量放在村庄灭火救人和森林火灾扑救上。作战方案确定后,赵春生下达命令:

“万江消防支队的四个中队迅速进入村庄火场,分片作战,搜救人员,消灭火灾!

“同化消防支队的三个中队与森警部队的两个中队进入林区火场的西北部,划片分割,协同作战,控制火势蔓延,把火灾就地消灭!

“刘满消防支队的三个中队与森警部队的两个中队进入林区火场的西南部,组成‘灭火防护墙’,联合战斗,全力以赴地控制消灭火灾!

“消防局调来的六架直升飞机每三架为一组,在空中安全作业区分别向林区火场的西北部和西南部出水,配合地面作战!

“地方专职消防队和职工群众寻找供给水源,确保空中和地面作战不间断供水!”

火场犹如战场,命令犹如战斗号角。万江消防支队于支队长带领部队进入阵地,村庄西边好几户人家一片火海。于支队长命令一中队、二中队从村子中间进入,截断火源,左右两侧出击水枪,控制消灭火灾,抢救被困人员;三中队从村东头进入,组织救援受灾的村民,疏散转移人员和财物;四中队调动水罐消防车拉水运水,做好后勤保障。

一中队、二中队奉于支队长命令,到达村口时由于路窄不能直接到达,只能将消防车停在那里,先接长水带同时出击水枪,打开“灭火救援通道”,然后循序渐进,步步为营,从两侧围剿大火。幸亏被烧的那几家人员已从家中撤出,灭火战斗进行得比较顺利。

可是,就在大火即将基本扑灭时,一股狂风卷来,最东边那一家又燃起熊熊烈火,而且于支队长还得到了一个不好的消息。

“支队长,转移出来的一家村民说他们家里有油罐!”三中队苟队长报告。

“是哪一家?”

“就是复燃着火的那一家。”

“存放的是什么油罐?”

“汽油罐。”

“油罐里有多少汽油?”

“听说有好几吨呢!”

苟队长向于支队长报告的情况，赵春生也从对讲机中听到。赵春生想汽油有随时爆炸的可能，不能直接派消防队员冒险，他命令于支队长调用消防机器人打前锋。于支队长第二次下达命令：

“一中队，调动消防机器人持水枪进入灭火！

“二中队，调动消防机器人寻找油罐！”

紧接着，一中队马队长用电脑指挥着两台机器人各抱水枪犹如消防战斗员一样向火场扫射，大火再次被扑灭。二中队巩队长指挥的机器人几处搜寻，终于有了线索。

“支队长，机器人找见了油罐！”二中队巩队长报告。

“马队长，命令机器人出水冷却油罐！

“巩队长，命令机器人检查关闭油罐阀门！”

于支队长第三次又下达了两条命令。

……

在另一战区，林区火场消防部队和森警部队分别从西北和西南展开强大的灭火攻势。森警部队利用得天独厚的优势，三个人为一个战斗小组，用灭火风机扫射进攻。消防部队一部分兵力配合森警部队作战，一部分官兵利用现有的装备设施隔离火源，清除可燃物。消防局战训处李处长指挥六架直升飞机在火场上空来回盘旋，消防水炮、水枪不间断地向下喷洒灭火物。

“一号机，低点，再低点……

“三号机，向西南移动，向西南……

“五号机，向东南火势凶猛的地面喷射水！”

……

李处长用信息化手段不停地指挥着消防直升飞机战斗。

激烈的战斗使大火乖乖低头，各处不断传来胜利喜报。

战斗结束后，赵春生坐在返回的直升飞机上想，部队战斗力强不强就是不一样。如果不是岗位大练兵，消防部队的战斗力就不会提高得这么快；如果没有强大的战斗力，这场跨区域作战就不会取得如此好的战绩。

他深深感到，消防部队不是“养兵千日用兵一时”，而是“练兵千日用兵千日”；只有努力提高战斗力，才能不断地取得战斗胜利；只有在灭火救援中追求战无不胜，才能在未来的新形势下求生存、求发展。

# 第二十四章　梦的呼唤

## 一

转眼间，又过去了十多年。赵春生即将到退休的年龄，不过军级将官相对服役时间要长，最高年龄是六十岁。当初，他到消防局上班时，由于种种原因未能将老伴任凤莲带到身边，后来随着任凤莲的身体状况越来越不好，他总算把她接到京城。从此以后，他们两人相依为命，互相照顾。赵春生身体前些年还算可以，下班后还能为老伴分担些家务，可这两年也毛病不少。他自己也觉得不到六十岁的人不应该是这样，也许是操劳过度，体力透支，是为事业？为家庭？为部队？为儿子？还是为那些战友……

他最大的问题是睡眠不好，要么彻夜难眠，要么夜梦不断。这样的情况持续了相当一段时间，不是梦见家里的亲人，就是梦见自己的战友。

他梦见父母亲都病了，病重时召他回家。他回到家中，母亲还是老肺病，好像是手术后的复发症，不过不碍大事。关键是父亲，昏迷不醒躺在床上。看到这种情景，他抱住母亲放声大哭。

“你们怎么都成了这样？”

“我这都是老毛病，不会有事的，”母亲擒着泪说，“你回来的再晚些，你父亲就走了，见不着了。”

他立即走近父亲的床前。“爹……”他轻轻地叫着。在床窝里的父亲听见了儿子的叫声，启开了眼睛，宛如昏睡了许久后突然醒来。父亲看他眼泪汪汪，便对他和母亲说：

“你们何必这样，我还有寿，死不了。”

父亲居然侧转身子，拿起来镜子照着自己说：

“嗯,死不了,活得下去,儿子,没事的”。

他看了看父亲的床铺,说:

“天冷了,床上铺得有点薄。”片刻,好像是片刻吧,母亲抱来了棉被走进来。恰在这时,父亲想上厕所。他背起父亲去解手,母亲乘机铺好了床。片刻,又是片刻,正当他看着父母的房间,父亲颤动着嘴唇,问:

“赵雷呢,他怎么没回来?”

他还没反应过来,不知道该咋回答。父亲又问:

“赵雷回来了吗?我要见我的孙子!”

“赵雷没……没回来。”他含糊其辞地说。

“为什么?你把我孙子带哪里去了?”父亲伸出抖颤的手,抓住他的胳臂,“我要孙子!我要孙子!”

就在父亲情绪非常激动、纠缠不休时,他隐隐约约看见赵雷从门里进来。

“爷爷,我……来……了,我……在这里。”赵雷橄榄绿警服上沾满泥土,还有血迹,走路时有些不正常,好像受伤似的,说话断断续续。

“哦,是赵雷,快来爷爷看看你。”父亲有些激动,忙伸出手。赵雷走到床前,父亲边看边摸着赵雷的衣服。

“啊!怎么身上到处是泥土?哪儿来的血……”父亲紧张起来,“这是怎么了?你告诉爷爷咋会成这样?”

赵雷站在旁边一动不动,什么也不说。父亲发火了。

“春生,你过来!你把我孙子带去怎么会弄成这个样子?为什么?为什么……”

父亲抓住他的衣襟追问不休,他一时不知所措,不知道怎么回答。这时,赵雷说:

“爷爷,你不要责怪我父亲,这不怪他。”

“不怪他怪谁?是他把你带到部队上去的。”父亲气呼呼地说。

“爷爷,军人是要报效国家和人民的,随时都有流血流汗,甚至付出牺牲个人生命的代价。”

“唉,你们都有理由,都哄我骗我。我也累了……”父亲闭着眼睛睡了。

他把父亲的手放进被窝里,一转身不见赵雷了。他急得忙喊:

“赵雷,你去哪儿了?”

“赵雷,你等等,我还问你话哩。”

“儿子,你怎么不理我又走了?”

“儿子，儿子……”

他接二连三地呼叫，惊醒了任凤莲。

“他爹，他爹……你怎么了？”任凤莲叫了几声，他还没醒来，好像还在梦中。

“他爹，你醒醒，你醒醒……”任凤莲边叫边摇着他的身子。

“哦……”他还没完全清醒过来，满脸汗珠。

“你怎么了？”

“哦，我在做梦。”

“梦见什么了，把你一时半刻叫不醒。”

“我梦见了好几个亲人。”

“都梦见谁？”

“梦见父母亲，还有儿子。”

“啊……”她惊叫了一声，“他们都不在好些年了，怎么会……”

“我也感到奇怪。”

“你梦见他们都怎么样？”

“父母亲都在病中，父亲病得很重。”

“儿子呢？”

“儿子也不太好。”

“你和他说话来吗？”

“没有，他好像和他爷爷不知说了些什么，我刚问时他已经不见了。”

“你根本把儿子没当一回事。我可怜的儿子……”她哭起来，而且还哭得很伤心。

“你看你，何必这样，那毕竟是个梦。”他边安慰边说。

“我想儿子，想儿子……”

“好了，好了，咱睡觉吧。”

尽管他叮咛老伴睡觉，其实他也睡不着。他想父母亲都先后去世多年，一直没有梦见过；可咋怎么巧，把他们三人梦在一起。

不过梦告诉他，父母亲与儿子已经在冥国那边住在一起了！

人死之后当然不能有活人那样的景象的，所谓的灵魂与魂魄都只是活人对亡者的的描述，焚香、点烛、贡果、烧纸房子和纸钱，也只是活人对死者的情份的表达，实际上都是空灵的意念。活人对死者的种种程式，包括做道场做佛事，实际上都是为了了却活人的心愿，仅此而已。

让他奇怪的是:在夜梦的时候,为什么会有如此活灵活现的梦境?梦境居然会那么逼真!

## 二

不知是怎么了,在相当一段时间他晚上总爱做梦。他的梦境中这一世的情都在雪花中散尽,涣散这破碎的灵魂也只得悄无声息的拼凑。曾经拿梦去呼吸,要奔向的海阔天空,想呼唤那份跌宕起伏,想咆哮在海的边缘,想拥抱在午夜梦回,想让时光倒退,回到从前那个同生死、共患难的年代。后来,不知是什么原因他和他们的战友走散了……

他梦见孙夏成,虽然看得不是很清楚,但那确实是孙夏成。那个黄昏,太阳被黑云吃了多半个,不到天黑时间天却已经黑了。他在回家的路上,碰见一个黑影若隐若现,好像是人又看不清面目,恍惚如烟雾。他朝前走,它向后退;他左行,它跟左面;他右行,它跟右面。反复的纠缠,使他感到有些寒颤。尽管这样的事情还真没有遇到过,可他镇定自若,决心要弄个明白。

"你是谁?你要干什么?"

"不干什么,就是想见你。"

"你究竟是谁?"

"唉,连老战友都不愿认了,我是孙夏成。"

"啊……孙夏成,真的是……"

"我真是孙夏成。"

"你怎么是这样,挺吓人的。"

"你不要怕,咱俩是最好的战友,有什么可怕的。"

"那你……"

"我是想见你。小芳能到部队多亏你,谢谢!"

"有什么好谢的,你的孩子就是我的孩子。"

"那我就放心了。"

"放心吧……"

"哎,听说你们现在有很多先进的灭火设备。"

"是呀,有消防机器人、消防飞机、消防舰艇,还有许许多多的现代信息化设施。"

“那就好，多研制些，让它们在灭火救援中多发挥作用，减少战友们的伤亡……”

他听着声音越来越小，越来越远，抬头时什么也没有了。

“孙夏成，孙夏成……”尽管他喊了几声，却无影无踪、无声无息。他简直不相信，这是孙夏成吗？是孙夏成本人，还是孙夏成的英灵？是和他同甘共苦、亲密无间的战友吗？是和他共度四年“寒窗”的老同学吗？是他刚到消防部队时，对他无微不至关心的老班长吗？

一觉醒了，他又出了一身汗。也许是做梦多了，睡眠质量不高，他翻身又睡着了。一会儿，他梦见李秋丰。

那天他在办公室，隐隐约约听见门外有人喊“报告”，他回答“进来”。门开了，进来了一个人。他抬头一看，认出了这个熟悉的面孔。

“李秋丰！”他惊叫了一声。

那人微笑着点了点头，并没说话。他觉得意外，李秋丰都走了好多年了，怎么突然出现。

“你是不是李秋丰？怎么会来这里？”他着急地问。

“我是李秋丰，想来看看你。”那人说。

“你从哪里来？”

“从一个很遥远的地方，具体也说不清。”

他有些纳闷：“那……”

“没事，老首长高升为将军我还没见面呢。”

“高升什么，只不过是换了岗位而已。”

“哎，那大不一样。军人能成为将军的寥寥无几，咱们那么多的战友就你一个。”

“还不是多亏那些战友们的支持。”

“战友们多么希望你不仅干好事业，还希望你能研发许许多多的先进装备投入到灭火救援中。”

“现在已经有不少灭火装备在发挥作用。”

“除了灭火装备，如果能有先进的检测设施多好，可以检测火灾救援现场的危险程度，人员能不能进入战斗……”

“是呀，这样可以防止发生不必要的战友们牺牲。”

他还说了好多事情，好一阵时间对方没有反应，仔细看时什么也没有了。

“你……”他没想到对方没打招呼没告别就走了，真是来去匆匆。他不相信，刚才到底是不是李秋丰，还是那个在光明消防支队和他一起当战士时刻苦训练，面对大火冲锋陷阵、毫不犹豫的李秋丰吗？是那个在他手下任新州支队参谋长，在重特大灭火救援中英勇果断、指挥官兵浴血奋战的李秋丰吗？是那个在隧道灭火救援中奋不顾身，冲进隧道内指挥战斗中壮烈牺牲的李秋丰吗？……应该是啊，怎么会不是呢？纷乱的思绪使他觉得这个李秋丰似是而非，变得模糊了，不易辨认了，也许刚才是他的错觉，也许世界上本来就存在两个李秋丰？

从这以后，他还梦见了周冬杰、樊军以及和他一起出生入死战斗过的许多战友。他梦见周冬杰在防火岗位上，无论环境多么艰苦都是风里来，雨里去，日复一日，年复一年，为消除火灾隐患、保一方平安，不知得罪了多少亲朋好友；为查明火灾事故原因、教育当地群众，不知熬过多少个日日夜夜，付出多少心血……他梦见樊军从一个上不起学的农村穷孩子到一名部队战士，后来成长为消防警官，最终为抗震救灾英勇献身的短暂人生经历。

每次梦醒之后，他觉得星光依旧璀璨，月光在吵闹中显得冷清。难道真的是自己变得孤单，徜徉在对昨天的怀想之中。难道真的是失语，让听觉有些失落。匆匆忙忙的相逢，匆匆忙忙的走散。记忆的碎片散尽哀伤过后，就是生命的坚强。哭过之后还要一起看彩虹，只是他还在，战友们早已离去。只是他依旧守望，远方早已高楼林立望不到他们归去的轮廓。他还要不要走下去，绕过千山万水，找寻一个不肯懈怠的梦。

无休无止地做梦，让他无可奈何。那天晚上，又一个梦被惊醒后，任凤莲有些怕了。

“你怎么在不断地做梦？”她问。

“我也不知道。”他说。

“这是不是一种病？”

“睡觉做梦很正常，那能会是病。”

“不对，你这梦有些恐怖，挺吓人的。”

“你说得太玄乎了吧。”

“不是我夸张，还是找人看看。”

“这咋看？”

“医生会有办法的。”

“先睡觉，明天再说。”

## 三

任凤莲睡着了，他又进入了梦乡。他梦见眼前出现了一条小路，路两边是茂密的荒草，野花盛开，五彩缤纷，扑鼻而来，前边有杂七杂八的声音在召唤他。他被那些声音引导着往前走，看不清人的身影，只能看到大小不等、长短不一的脚和腿。那些鲜红的脚后跟踩着泥土留下一个个浅浅的脚印，脚印无比地清晰。

他跟着那些鲜红的脚后跟来到了一片燃烧着的火灾边缘，风从寻火场吹来了焦土、焦草和肉体的焦臭味。从火场附近，又传来了人的哭喊声。一会儿，他看见一大群似人非人的影子，有男人女人，有大人小孩，有的衣着不整，七长八短；有的血迹斑斑，遍体烧伤；有的肢体不全，缺这少那……他们，还有她们把他团团转住，有的抱住他的腿，有的抓住他的胳臂，有的撕住他的衣服，步步紧逼。他退一步，他们紧逼一步，把他逼进燃烧区。他被大火团团围住，衣服着了，快要烧到皮肉。这时，他们不顾一切地扑打他身上的火，帮他摆脱了困境。他们一个个泪流满面，围在他跟前哭泣着，诉说着，呐喊着，呼唤着……

"你是管火的，怎么把火没管好？"

"你看大火把我们祸害成什么样子？"

"火夺去了我的家，我没吃的，没住的，你看连穿的衣服也没有。"

"我失去了父母、妻子、儿子，还有其他亲人。"

"我们幼儿园二十几个孩子被火吞噬了小生命。"

"我的丈夫是在参与灭火中牺牲的。"

"我们渴望远离火灾！"

"我们需要平安幸福的生活！"

"我们……我们……"

"我们……"

……

"叽喳——叽喳——"窗外的鸟叫声打断了他的梦，他猛然醒来后发现自己还睡在被窝里。尽管他假装睡得很踏实，可还是被任凤莲发现了。她又催他赶快去找人看看，他只好答应她的要求。

他先后去了几家医院，医生说法不一，有的说它是一种病，给他开了些药；有的说做梦只有在人身上被直接证实发生过的事情，是人睡眠时的一种心理活动，它与人清醒时的心理活动一样都是客观事物在人脑中的反映，给他做了心理上的疏导；有的说梦境是因人睡眠大脑意识不清时对各种客观事物的刺激产生的错觉引起的，与人的社会环境、心理因素以及所思所想有着不可分割的联系，日有所思，夜有所梦。

他也查找了一些关于梦的资料，其中“魂牵梦萦”这么个成语，意思是形容对梦中人的万分思念。他意识到，他的梦也许是现实生活中常常发生的真实故事，不仅是他对那些在火灾中丧生者亡灵的思念，更是亡者寄托于它的对亲人的呵护。

他和任凤莲商量利用休假机会，去看望那些已故战友的亲人。过了几天，他俩去了新州市。考虑到是个人“探亲”，他没有惊动当地消防部队领导，而是先找到孙小芳。孙小芳已经不在总队机关，而是新州支队司令部通信科副科长。孙小芳母亲娄玉兰自孙夏成牺牲后一直未改嫁，退休后随女儿一起生活。见到娄玉兰，他感到她比上一次见时又老了许多，与实际年龄极不相称。

“你们怎么会远道而来？”娄玉兰高兴地说。

“来看看你和小芳，”他说，“好长时间没有见你们。”

“都好着哩，现在一切都好了。”娄玉兰说。

“那就好，你看小芳越来越漂亮了。”任凤莲说。

“唉，年纪不小了，还未成家。”娄玉兰有些难为情。

“怎么回事？”任凤莲问。

“别人给介绍过几个，”娄玉兰说，“不是男方不愿意就是小芳看不上。”

“妈，你……”小芳有些不好意思。

“该到抓紧解决的时候了，”他看着小芳说，“再不能让你母亲为你着急了。”

第二天，孙小芳陪他俩去李秋丰家里。那是市区中心的一个家属区，一幢高层住宅楼。他们进了十四层的一家，李秋丰妻子尚爱英在家。家里两室一厅，家具及其他设施也还算不错。尚爱英有些紧张，脚忙手乱，边沏茶边说：

“你这么大的首长到我家来，真不好意思。”

没等他开口，“什么首长，是李秋丰的战友。”任凤莲抢了话。

“是战友，志同道合的战友！”他说后又问：

“家里情况怎么样？”

“李秋丰去了后，他父母亲先后在农村去世，城里这面我和两个孩子熬过了十几年。现在好了，两个孩子都有了工作，儿子也有了自己的家。”尚爱英说。

“你再没有考虑过自己的事情？”任凤莲问。

“唉,没法考虑。前些年有人说过,对方嫌我有两个孩子,我也觉得男方也有孩子,许多事情不好处理,所以就放弃了。”尚爱英说得有些伤心,“李秋丰给我留下这两个孩子,我得对的起他,不能叫孩子们受委屈。”

从李秋丰家出来,他们又找见了周冬杰妻子耿菊芳。耿菊芳还在单位上班,正好快到下班时间,他们一同去了一家饭馆,边吃饭边拉家常。耿菊芳说她一直和儿子生活,两个老人也都离世。儿子大学毕业后考上公务员,就是至今还没有媳妇。任凤莲问她为何再没另找人家,耿菊芳说以前儿子还小,带到人家去如果男方对孩子不好,她对不起周冬杰的在天之灵。后来儿子渐渐长大成人,她有了寄托,加上随着自己一天天的变老,也就没有这个心思了。

告别了耿菊芳,他急于想知道樊军家里还有什么人。当孙小芳打听到樊军的母亲还在世时,他决定一定要去看望樊军母亲。当天下午,他和任凤莲去了樊军原籍。樊军父亲去世后,母亲成了孤寡老人。政府将樊军母亲按烈士亲属对待,送进乡上敬老院。他俩去敬老院,樊军母亲不知是激动还是伤心,哭个不停。

“对不起,实在对不起,”任凤莲忙安慰劝说,“让你失去了儿子。”

“不要说对不起,你们也没了儿子,他们都给咱们没丢脸……”

他只在一旁默默地想,什么也没说。

# 尾声 春 思

又是一个春天，离清明节越来越近。

春天到处充满着勃勃生机，水在欢歌，花在盈笑。退休的他在公园散步时并不在意粉艳夺目的桃花，而是专心致志地欣赏白如霜雪、略施粉嫩的杏花。杏花正在吐露花蕾的初期，它的芽瓣处稍稍显现出淡淡的粉红颜色，远远望去似乎整个树冠都泛射出粉色的味道。当满树的花蕊争先怒放的时候，原本还有几分粉嫩的杏花突然会变得白如洁雪，柔若浮云。

此时，他触景生情，觉得一根根枝条犹如烈士灵堂前洁白的挽帐或飘带，一朵朵杏花好像参加战友和亲人追悼会时戴的小白花，思念仿佛插上神奇的翅膀，飞向那些已故的亲人中。于是，他有了清明节前祭拜的念头。

那天，他和老伴任凤莲回老家陇山县。一路上，他解开心的束缚，让它在伤感和思念的思绪里游走。尽管心的天空总是飘着蒙蒙细雨，遥远的往事在心中不知重演了多少遍，可他把一缕思念放在雨中。走在扫墓的田野小路，他频遇相识或不识的扫墓人，知道他们也是一样的心情。

他俩站在父母的墓前，看着一堆黄土，父母躺在里面，他们站在外面。如同回到家中的小院，只是这小院缺少一扇通向父母房间的门。他们跪在父母坟前默默地烧着纸钱，希望老人天冷能有衣穿，有病能有钱医。幻想着他们的世界也如我们的世界一样，只是不敢开口说话，怕那思念不小心溢出，而溢出的还有他的泪水。他强忍着泪水不让它流出，任由它在心的天空不停地飞溅，打湿了整个清明，也打湿了整个季节。他不想让父母看到他的眼泪，以此告诉他们自己也过得很好。虽然他知道他们也如活着的人们一样，思念他们的儿女子孙们。

扫完墓，他的心久久不能从悲伤中走出来。他不想回老家那个旧地方，也不想和熟人打招呼，只好踏着细雨行走在熟悉又陌生的田间小路和小河旁。任泪水伴着雨水流下,让清凉的山风吹着,把思念化作一缕春风,随风而去。

离开父母的墓碑,他们去了孙夏成的安息处。孙夏成牺牲后火葬,骨灰至今安放在光明市烈士陵园。站在孙夏成的碑前,看着沉睡中的战友,他的记忆中又扯开了过往的帷幕,呈现出一幕幕往事——

在那青春年华里,有他们难忘的战斗历程和深厚的战友情;在那浓烟烈火的战场上,见证了他们出生入死的英雄壮举;在那次不幸的电话里,他得知了亲密无间的战友像腾飞的雄鹰升入天空……

不知是安慰还是祈祷,他念念有词:

"熟睡的战友啊,你知道吗?我们的国家是如此的强大,在快速建设中繁荣昌盛……

"熟睡的战友啊,你知道吗?我们的消防无比的坚强,在改革发展中蒸蒸日上……

"熟睡的战友啊,安息吧,我向你们再次深深地鞠躬!"

风夹裹着冰凉的雨丝,带着久违的潮湿气息,淋湿了一地的思念,也淋湿了他的心。告别了孙夏成墓碑,他俩去了新州市烈士陵园。那里也是他的战友和亲人栖身的地方,有李秋丰、周冬杰、樊军,还有他的儿子赵雷。

烈士陵园在新州市郊区西北角,主体建筑采传统的古建筑形式,高廊大檐,雕栋画枋,古香古色,与前部墓地建筑及苍松翠竹相互融合,标准地再现了传统庭院结构的悠雅、古朴又和谐的风格。当他双脚迈入那个庄严又不失生机的陵园时,心中涌起莫名的感动。注视着陵园一个个墓碑,他陷入了沉思。

他先来到李秋丰的烈士墓碑前,深深鞠了一个躬。淅淅小雨中,他点着了香纸,看火苗在微风下冉冉升起。此时,他内心的震撼却比任何时候都要强烈,嘴里又念叨起来。

"秋丰,绵绵细雨,代表我对你的思念;淡淡清香,代表我对你的牵挂;微微春风,代表我对你的祈祷;清明节,我对你祝福依然不断……"

他又来到周冬杰的烈士墓碑前,以同样的方式表达了对战友的哀思。他越来越伤感,什么也没说,从何说起呢?

到了樊军墓碑前,他觉得好像到了自己儿子的身边。他默默地站了片刻,最后他和老伴到了儿子赵雷的墓碑跟前。自从儿子走后,他深深体会到什么是生离死别,什么是痛彻心扉的感觉。他心里总是觉得,儿子、樊军,还有那些战友们没有死,而是去了遥远的地方。因此他心里一直都在想念他们,期盼着有一天他们真的能回到他的身边，可无论怎么想，怎么盼，他们却杳无音信。

此时此刻，他好像又回到多少年前的那个夏天，那个雨季，那个地震灾区，他多想再看儿子一眼。可是，他却永远也看不到儿子了。他只能默默地说：

“儿子，我和你母亲看你来了，你和你的战友们安息吧！

“儿子，是军人就会有牺牲。在当今和平年代，消防官兵是最容易伤亡的……

“儿子……”

离开儿子的墓碑那一瞬间，他突然意识到，清明总与思念相伴。思念是风，吹走最后一抹春寒；思念是雨，滋润心中的回忆；思念是光，带给人们对战友和亲人的期待。

回家的路上，他坐在车上在想，那些离去的战友和他们亲人们似乎告诉他：人生的价值在于为国为民，一切想着别人，把自己永远放在最后；人生的价值在于无私奉献，追求思想的最高境界……如果不是，他们几代人怎么会为这份消防事业拼搏着、奋斗着；如果不是，他那些已经离开人间战友的妻子为什么一直苦熬着、坚守着。

他渐渐地明白了人生的一些真谛：人生不是一场梦，梦醒之后还可以忘却，人生不能忘却，那些英勇献身的战友和亲人更不能忘却；人生不是一部书，书成之后还可以删改，人生不能删改，那些为保卫国家财产和人民生命安全壮烈牺牲的英雄事迹更不能删改；人生从来没有什么蓝图，度过了人生或走到尽头的人才会得到答案。

他深深感到：历史是人的足迹，但并不是所有留下足迹的人都敢于正视自己的历史，牢记自己的历史。消防历史是无法重写的，不管它是涉及消防事业改革的一场巨变，还是牵动许许多多人心的一次灭火、一次救援；不管它是消防官兵的伟大壮举，还是不值得写在纸上的区区小事，都应该真实地记录它，书写它……

第一稿：2013 年 4 月至 2014 年 4 月<br>第二稿：2014 年 5 月至 2015 年 6 月<br>第三稿：2015 年 7 月至 2016 年 3 月

# 陈酿溢香

## ——读长篇小说《火魂》有感

初曰春

坦白地讲,此时我诚惶诚恐。

原因有很多。比如,在文学方面,为《火魂》作序的张策先生和魏珂先生都是我的尊师,他们的文章字字珠玑,让我无从下笔。再比如,在我心目中,这部小说的两位作者都是"老消防",陶华先生是在这支队伍里工作了数十年的老兵,而四林虽然比我小一岁,兵龄却要早一年,我是半路出家从别的兵种调到消防的,如此算来,四林兄弟的兵龄要比我长,很显然,他们也是值得我敬佩的老师。

我有些后悔应允了四林,要为他写这个篇什。我甚至在选择题目上大伤脑筋,先是"我们的战友遍天下",然后是"铸剑",琢磨很久才有些迟疑地在键盘上敲下了"陈酿溢香"。我生怕写下的文字偏离主题,亵渎了这部作品。事实上,每一个题目都会发出不同的声音,唯独这个题目好像跟火热的消防生活完全不沾边。但我固执地认为这四个字最能表达我的心境。

熟悉我的人知道,最近一段时间我滴酒不沾,我总会找出搪塞的理由,问题是我很不实在,动不动就起哄,端杯茶水给别人敬酒,喜欢看别人喝醉。我为此落下了"蔫儿坏"的名声。

之前我也喝过很多酒,喝酒的时候就觉得,生活就该像那些酒,辛辣、刺激、陶醉。约莫是因了年轻的缘故,习惯于热闹和激情,最关键的是消防部队的生活也该有这样的氛围。现在我为自己不喝酒找到了理由——好的文学作品虽然平淡如水,一杯一杯喝下去,到最后却会酩酊大醉。《火魂》就是如此,每一杯给人的感觉都不强烈,让人微醺,会主动再喝下一杯。这完全得益于劝酒人的嘴皮子工夫。

从这个角度讲,两位作者就这样开始了"劝酒":不温不火,不动声色,只是讲述而不渲染，只等着你与他们产生共鸣。可怕的是，在这个过程中共鸣的机遇太多，就好比酒逢知己的机会，与醉酒的机会永远成正比。

说起来，《火魂》是一部很实在的作品，这个独特的书名让人产生热烈而浪漫的联想。作者把纪实与虚构的手法巧妙地融合，让主人公置身于真实的时间与空间，看似并不复杂的情节因融入了消防人的血性，变得更加有向度和广度。而那些朴实无华的文字背后，是一个让人热血沸腾的英雄群体雕塑，更是一段让人激情澎湃的消防发展诗篇。消防部队向来崇尚英雄，作者以忠诚的名义讲述消防人的故事，等于找到了最好的劝酒词，没有哪一个人可以继续保持矜持。

忠与孝不仅是文学中的母题，同样也是现实中很多人面临的选择，特别是对于军人而言，这个话题有着别样的辛酸。和平年代的军人，唯有消防时时处处在经受生与死、血与火的考验。在作者笔下，他们以果敢、坚毅和自信的群体形象，诠释了消防人以忠诚为本的家国情怀。

看着书中一个个熟悉的战友们的形象，我恍惚觉得是在与他们面对面交谈。20 个世纪 70 年代后，正是改革开放初期，伴随着时代的进程，消防事业的发展也历经艰辛。祖孙三代用他们的亲身经历再现消防发展历史，这个时间跨度是四十年，而这四十年恰恰是消防事业奋进的四十年。

时间义无反顾地飞奔向前，百年甚至千年在历史的长河中都像是渺小的浪花，但这四十年却在作者的构思和叙事中变成汹涌的浪潮。我看到的是消防事业的改革发展已是风正帆悬、潮涌浪叠，而这部作品也因此变得厚重而深邃。

在写这篇文章之前，因工作关系我去了趟山东淄博，在一条陌生的街道上，我看到了熟悉的“大红门”，一群素未谋面的战友正在擦车。消防车锃亮，有些耀眼，他们脸上的汗珠被映得晶莹剔透。某一个瞬间，我眼前生出一团雾气，很快又被毒辣的太阳蒸发了。现在我才想起来，那天是端午节，在别人团聚的节日里，他们依然在平凡的岗位上坚守。此刻，我猛然意识到，“蒸发”掉那团雾气的是他们火热的青春。

但《火魂》却真实记录了属于消防人的青春，并以行如流水的叙述发酵着情感，使之变为甘甜醇厚的美酒，又流经岁月的沉淀成为芳香四溢的陈酿。

【作者为全国公安文联创作室副主任、鲁迅文学院第 23 届中青年作家高级研讨班（公安作家班）学员、军旅作家】

# 后　记

历经四年的辛苦，终于完成了《火魂》这部作品。

产生共同写一部长篇小说的想法，缘于一次授课。五年前的初冬时节，受武威市公安消防支队邀请，当时借调在总队政治部工作的我，去和武威消防的战友们交流探讨宣传工作。其时，陶华已由平凉市公安消防支队调任武威支队高级工程师。早在1998年就给我讲过消防宣传知识课的他，却“藏”在会场，硬是听完了我的“报告”。事后，看时间尚早，又执意带我去了武威的雷台公园观光。当时我晋升三级警士长悬而未决，他自己也即将退休，我们共同回忆着各自的从警历程，回忆着走过的军旅岁月，心中都不免有些难舍和伤感。漫步在悠悠丝绸之路、大漠戈壁这片苍凉而厚重的黄土地上，仰望凌空奔驰的马踏飞燕，还有那凝聚汉文化精髓的巨型浮雕、牌楼、图腾柱和那铜马车仪仗俑队列，同为甘肃省作家协会会员的我俩，不禁触景生情，不约而同产生了要写一部长篇小说的想法。就像张策主席说的那样：用自己的经历与感悟为消防人树立一块丰碑——《火魂》。当时，我信心不足，因为自己肚子里有多少“墨水”我自己清楚，但还是决定尽最大努力，争取早日完成。

然而，说起来容易，做起来实在太难。说句实话，我俩都是职业军人，却是业余作家，我自己甚至连“业余作家”都谈不上，只能算是一名文学爱好者。陶华尚有几十年对文学孜孜不倦的热爱和持之以恒的创作，有《烈火铸丰碑》（上、下集）为代表的一大堆作品佐证。而我，虽然多年在部队搞宣传，长期跟文字打交道，也写过几篇不大不小的通讯，发表过几篇散文、诗歌和小说，但我的理解是，新闻报道绝不能等同于文学创作，喜欢文学创作更不等同于会写小说，尤其是会写长篇小说。然而，这些并没能阻挡我俩创作的热情。

这部书的时间跨度大约四十年，在这样一段漫长的岁月里，我国社会经济发展经历了不同的时期，消防部队也经历了多次变革。如此大的跨度，我们怕驾驭不了，但陶华经历过那段激情燃烧的岁月，执意要让故事烙上各个时期的印迹。于是，《火魂》的故事便从20世纪70年代后期开始了，而那时，作为第二作者的我才刚刚出生。

也许亲爱的读者您已经知道了，小说是以主人公赵春生的出场、采取倒述的形式——“红门里面有你在和不在发生的一切，有你知道和不知道的故事……”而拉开序幕的。故事发生在一个叫陇山县的小县城，由县医院住院楼里发生了一场大火开始，以赵春生的成长轨迹为主线，围绕一家三代的消防情结缓缓铺开，叙述了近四十年来我国消防事业发展的艰难历程，以及主人公走过的艰辛之路。故事的主要人物分别叫赵春生、孙夏成、李秋丰、周冬杰，名字的第二个字连起来就是“春夏秋冬”，这也从另一个方面映射记录了陶华自己在消防部队的三十六个和我在消防部队的二十二个春夏秋冬。

小说谋划就用了近一年时间，从2013年4月开始，仅初稿就写了一年时间，整整21万字，大部分是在工作之余完成的，不知熬了多少个夜晚。这期间，我们在学中写、改中写、忙中写，遇到了常人难以遇到、难以克服的困难，渗透着苦与乐、酸与甜、汗水与泪水、挫折与收获……这里面，既有我们对消防事业的忠诚与热爱，也有对文学创作的探索与思考。

2014年9月，第一稿完成。当时，受部队层层推荐和各级领导关爱，我十分幸运地获得了全国公安现役部队士官中，唯一一个去北京鲁迅文学院学习的机会。我便把一稿打印成册，带到了北京。在鲁迅文学院这座我国最高的文学殿堂里，我把《火魂》先后交给鲁迅文学院的多位老师和来自全国公安系统擅长写小说的多位同学，请他们指导，并带到多家出版社商谈出版事宜，得到了出版社老师的指教，他们提出了很好的修改意见，为后来二稿的修改提供了参考。

2015年6月，第二稿修改完成后，出版事项紧锣密鼓展开。由我联系出版社，陶华处长继续对文稿进行最后修改完善，并将篇幅由二稿的二十一章增写了三章，共计二十四章、共30余万字。不仅如此，对结构及小标题也做了相应调整，最终将书名由原来的《烈火中永生》修定为《火魂》。几经沟通协调，在多家出版社有出版意向的情况下，几经权衡，我们于2016年11月份，最终与敦煌文艺出版社签订了出版合同。不为别的，只为那份难舍的故土情结，只为那名扬世界、翩翩起舞的优美“飞天”和大漠中的那汪清泉……

但出版并不顺利，这缘于敦煌文艺出版社严格的“三审三校”。对细节逻辑的核定、对法律相关知识的细抠、对每句话语法语序的推敲、对每个标点符号的运用，都进行了严而又严、细而又细的把关审定，远远超出了我们“业余作家”的想象，也的确发现了一些小瑕疵。书稿便一次又一次从兰州——平凉——甘南三地之间飞来飞去。这期间，陶华过去的不少战友，因保护国家财产和人民生命安全英勇献身；爱人身患疾病，常去西安、北京等地大医院治疗；身边多位亲朋好友突发疾病，不幸离世……他感慨万千，身心疲惫，心急如焚。而许多细节无法敲定，因此迟迟不能开印，出版之事一拖再拖……

面对重重困难，我们有过悲观，有过争吵，但更多的是对消防部队、对消防文学艺术的坚贞不渝。我们下定决心要为消防人立一座丰碑，要让《火魂》立在这个世上。

2017 年春节之后，出版事宜终于步入了快车道。

首先是我们的老领导、老朋友、省作家协会常务副主席魏珂知道此事后，决定为书作序。紧接着，我又想起了全国公安文联的张策副主席。他是著名的公安作家，以《无悔追踪》《档案》《紫砂壶》《宣德炉》等中长篇小说享誉公安文坛。在鲁迅文学院学习时我与张主席相识，并分别在安徽金寨和北京召开的全国公安文学研讨会、“长征路上的坚守”主题文学创作总结会上多次相聚。我试探着给他发了一条短信，短信说，历时两年多时间，我和我们一个高级工程师合著的拙作、长篇小说《火魂》即将出版，非常想请主席写几句话……很快，张策主席只回了八个字：“没有问题，理应支持。”并一同发来了他的电子邮箱。我把小说电子版传给他后，他仅用不到一周时间，看完了作品，并发来了《淬火后的灵魂是英雄的归宿》这篇极有高度的序言，对《火魂》给予了充分肯定，使我们真实感受到了名家的水准和风范，也为《火魂》增添的许多光彩。全国公安文联创作室副主任初曰春，是我在鲁迅文学院学习时的同学，也是我的消防战友。在鲁院时，他住 518 室，我住 516 室，是隔壁。他看完《火魂》后，饱含深情地撰写了《陈酿溢香》这篇读后感，给予肯定和支持，使我们深受鼓舞。

在此，对张策主席、魏珂主席、初曰春主任以及在文学创作中给予我们关心鼓励、支持帮助的所有领导和亲朋好友表示最衷心的感谢！

应当说，是一代又一代的消防人铸就了“火魂”，我俩把《火魂》捧给大家，以记录那些我们共同战斗过的岁月！

邓四林

2017 年 6 月